ro
ro
ro

Isolde Sammer arbeitet seit Jahren erfolgreich als Drehbuchautorin, u. a. für *Tatort, Bella Block, Die Kommissarin, Eurocops, Ein Fall für zwei* und *Der Fahnder.* Dies ist ihr erster Roman. Die Autorin lebt mit ihrem Mann in Hamburg.

Isolde Sammer

DIE STILLE NACH DEM SCHREI

Psychothriller

Rowohlt Taschenbuch Verlag

Originalausgabe

Veröffentlicht im Rowohlt Taschenbuch Verlag,

Reinbek bei Hamburg, September 2010

Umschlaggestaltung any.way,

Barbara Hanke/Cordula Schmidt

(Abbildung: Erik Silvester Kaufmann;

Autorenfoto: Jochen Quast)

Satz Arno Pro Open Type (InDesign) bei

Pinkuin Satz und Datentechnik, Berlin

Druck und Bindung CPI – Clausen & Bosse, Leck

Printed in Germany

ISBN 978 3 499 25370 6

ERSTES KAPITEL

EINS

Jetzt, am Ende meines Lebens, habe ich viel Zeit. Genug, um meinen kleinen Bruder zu retten. Ich muss es versuchen. Ich muss es schaffen. In drei Wochen werde ich neunzehn Jahre alt, und diesen Geburtstag werde ich nicht erleben. Mein Tod ist beschlossene Sache. Aber vorher muss ich das hier hinter mich bringen. Nehmen Sie es als mein Geständnis, Herr Schneider. Dabei will ich nicht um Verständnis betteln. Zum ersten Mal in meinem Leben geht es mir überhaupt nicht um mich. Ich bin nicht mehr wichtig. Ich habe nur noch ein Ziel: Benny darf nichts geschehen. Er ist erst sieben Jahre alt. Wem soll er denn trauen, wenn er nicht einmal mir trauen kann? Ich habe ihn im Stich gelassen. Bin einfach abgehauen, ohne Erklärung und ohne Abschied. Sie sind Polizist, da müssen Sie doch einen Weg finden, einen kleinen Jungen vor Menschen wie mir und Martin zu beschützen. Und wenn er erwachsen ist, wenn er genug Vertrauen in sich und die Welt hat, dann geben Sie ihm diesen Bericht. Geben Sie ihn nicht unserer Mutter, nie, die verhökert ihn doch nur an die meistbietende Illustrierte. Wenn Martin das hier liest, oder sein Freund, dann bedeutet das nicht nur meinen Tod, sondern vor allem, dass Benny weiter in Gefahr schwebt. Und nicht nur er. Deshalb treibe ich ein doppeltes Spiel. Die letzte Anstrengung meines verpfuschten Lebens. Die einzige, die einen Wert hat.

Ich weiß nicht, wann es angefangen hat schiefzulaufen. Vielleicht bei meiner Geburt. (Heute denke ich, es wäre besser gewesen, meine Mutter hätte mich abtreiben lassen. Aber das hätte nicht in ihre egoistische Lebensplanung gepasst.) Vielleicht hat es schon vor meiner Geburt angefangen, mit der falschen Kombination der Gene. Ganz sicher aber ist es seit meinem ersten Kuss schiefgelaufen.

Ich muss ein bisschen ausholen. Sicher sind Ihnen, Herr Schneider, die Narben in meinem Gesicht aufgefallen. Ich habe sie mir mit zwölf Jahren zugezogen, bei einem Küchenunfall. Waren ziemlich üble Brandwunden. Meine Mutter und ich haben verschiedene Ansichten darüber, wie es passiert ist. Sie sagt immer, es sei meine eigene Schuld gewesen. Weil ich beim Frittieren alles mit Fett vollgespritzt habe, auf dem glitschigen Boden ausgerutscht bin und mich, dämlich, wie ich bin, am Topf mit dem heißen Öl festhalten wollte. Ich sage, dass ich reflexartig nach dem Gitter oben auf dem Gasherd gegriffen habe, das schon lange kaputt und wackelig war und das meine Mutter aus Geiz und Faulheit nie hat auswechseln lassen.

Egal, wer schuld war, mir sind jedenfalls hässliche Male geblieben. Inzwischen sind sie etwas verblasst und nicht mehr so auffällig, aber damals sah ein Teil meiner linken Wange ziemlich übel aus, wie ein angefaulter Pfirsich, bräunlich rote Flecken, wulstige Narben. Ohr, Hals und Schulter hatten auch etwas abbekommen. Mit dreizehn, als die meisten Mädchen in meiner Klasse schon ihre ersten Erfahrungen mit Jungs machten, hat mich keiner angeschaut. Und wenn, dann nur, um sich schnell wieder mitleidig oder angewidert abzuwenden.

Zugegeben, ich war damals auch ein bisschen kratzbürstig. Wenn mich niemand mochte, dann mochte ich eben auch niemanden. Nur Martin hat sich von meinem Stacheldrahtcharme nicht beeindrucken lassen. Als mich einmal zwei Jungs aus meiner Klasse blöd angemacht haben, wegen meiner heruntergelatschten Turnschuhe und unmodernen Klamotten und weil ich meine Narben damals trotzig zur Schau gestellt habe, da hat Martin mich als Einziger verteidigt. Die haben mich *Freak* genannt, und er hat die Mistkerle verdroschen. Ohne Vorwarnung, ohne ein Wort, total cool. Er war fünfzehn, groß und kräftig gebaut, hübsches, freundliches Gesicht, blonde Haare, dunkelbraune Augen. Vielleicht war es diese ungewöhnliche Kombination von Haar- und Augenfarbe oder ein bestimmter Ausdruck, keine Ahnung, irgendwas Geheimnisvolles. Ich kann es nicht genauer beschreiben. Jedenfalls fand ich es sehr anziehend.

Es war Zufall, dass er vor unserer Schule aufgekreuzt ist. Er ging aufs Gymnasium und hatte bei uns nur seinen kleinen Bruder abholen wollen, Jonas, der zwei Klassen unter mir war. Nachdem die Mistkerle ordentlich bedient waren, hat mich Martin zum Eis eingeladen. Das heißt, eigentlich habe ich ihn einladen wollen, als Dank, aber dann hat er darauf bestanden, für mich zu bezahlen. Und dann hat er mich geküsst. Vor den zwei geprügelten Hunden und noch ein paar anderen Mitschülern von mir. Richtig geküsst. Auf den Mund und mit Zunge und allem. Ich schmolz schneller als das Eis in meiner Hand.

Ich habe ihm meine Telefonnummer gegeben und nach seiner gefragt, aber er sagte, er sei gerade dabei, mit seiner Familie umzuziehen. «Ich ruf dich an», sagte er zum Abschied. Hat er aber nicht. Auch sein Bruder kam nicht mehr in meine Schule zurück. Es war leicht, seinen Nachnamen herauszukriegen, aber dann habe ich die Telefonauskunft doch nicht angerufen. Irgendwie verbot mir das mein Stolz. Ich habe Martin vier Jahre lang nicht mehr gesehen und ihn so gut wie vergessen. Bis sein Name im Fernsehen fiel. Ich saß gerade bei Benny am Bett, wie fast jeden Abend, und las ihm aus dem *Herrn der Ringe* vor. Meine Mutter hing wie üblich nebenan vor der Glotze. «Martin W.» Ich rannte hinüber, obwohl es eigentlich total verrückt war zu glauben, dass es *mein* Martin sein könnte. Aber er war es tatsächlich. Sie zeigten ihn bei seiner Festnahme.

MARTIN W. Der Name knallte in mein Leben wie ein Meteorit in die Wüste.

ZWEI

«Ich hätte ihn auch umgebracht», sagte Gunter.

Martin blickte überrascht vom Waschbecken auf, in dem er seine Socken wusch. In den drei Wochen, die sie nun die Zelle miteinander teilten, hatten sie kaum über ihre Taten gesprochen. Gunter Sand saß wegen eines Raubüberfalls in Untersuchungshaft. Als man ihn zu Martin in die Zelle brachte, erkannte er ihn sofort und beschwerte sich lautstark über diese Zumutung. Der Fall Martin Werneck war vor einem halben Jahr durch die Presse gegangen: Er hatte seinen vierzehnjährigen Halbbruder Jonas getötet. Das hatte er auch gestanden. Eine Tat im Affekt. Weil er Jonas beim Mord an dem zehnjährigen Joey überrascht hatte. Sagte sein Verteidiger. Es konnte aber ebenso ein kaltblütiger Doppelmord zur Vertuschung seiner eigenen sexuellen Straftat gewesen sein. Sagte der Staatsanwalt. Die Indizien waren spärlich und nicht eindeutig.

Gunter hatte, wie jeder Kriminelle, der auf sich hielt, nur Verachtung für Kindermörder und zeigte sie offen. Martin nahm es ihm nicht übel. «Ich bin unschuldig», beteuerte er. «Wäre ich es nicht, würde ich mich selbst verachten.» Er lächelte ein freundliches, offenes, selbstbewusstes Lächeln.

Irgendwie sind ja immer alle unschuldig im Knast. Gunter glaubte ihm nicht. Er sprach nur das Allernötigste mit ihm, spielte lieber allein Karten. Martin blieb dennoch gut gelaunt.

Wenn ihn die Zurückweisung ärgerte, ließ er es sich zumindest nicht anmerken.

Vor Gericht würde sich schon herausstellen, dass er die Wahrheit sagte, betonte er immer wieder, ungefragt. Immer klang es ruhig und voller Vertrauen in die Weisheit des Gerichts. Gunters strikte Ablehnung bekam nach und nach Risse. Er wandte sich nicht mehr demonstrativ ab, wenn Martin versuchte, eine Unterhaltung zustande zu bringen, über den Knastalltag oder über das Radioprogramm. In der zweiten Woche las Martin seine «Fanpost» vor, Liebesbriefe, die ihm wildfremde Frauen jeden Alters ins Gefängnis schickten. Sie alle glaubten an seine Unschuld. Die blumigen oder ungelenken Formulierungen amüsierten ihn und rangen sogar Gunter manchmal ein Grinsen ab. Gelegentlich waren auch schamlose Angebote dabei, die an Pornographie grenzten, und sie lachten beide über diese seltsamen Wesen. Ein wenig großspurig begann Martin dann von seinen Affären mit Mädchen zu erzählen. Gunter hörte immerhin zu, wenn auch schweigend.

Martin schien sich auch ehrlich für das Leben seines Zellengenossen zu interessieren. Anfang der dritten Woche erzählte Gunter von seiner Frau und seinem Sohn und heftete ein Familienfoto an die Wand. Fragen nach seinem missglückten Raubüberfall beantwortete er nicht. Das tut man während der Untersuchungshaft einfach nicht, man weiß ja nie, wie weit man einem Mithäftling trauen kann. Außerdem war ihm die Erinnerung an sein Versagen peinlich. Er saß schon das zweite Mal. Fragen nach Martins Tat stellte er nicht, vielleicht, um ihn nicht bei einer Lüge zu ertappen. Das hätte die neue, entspannte Atmosphäre in der Zelle sofort zunichtegemacht. Er vermied es sogar, sich zu fragen, warum er keine Fragen stellte.

Am Tag vor der Urteilsverkündung, der Martin noch immer

gleichmütig entgegensah, beschloss Gunter, an seine Unschuld zu glauben. Er bot ihm eine Zigarette an, zum ersten Mal. Martin trocknete sich erstaunt die Hände ab und nahm sie, obwohl er sonst nicht rauchte. Nur gelegentlich nahm er eine, wenn sie ihm von der richtigen Person angeboten wurde, weil es eine unverdächtige Art der Kontaktaufnahme war. Manchmal – draußen – hatte er auch selbst ein Päckchen in der Tasche, weil sich viele Jungs ernst genommen fühlten, wenn ihnen ein Älterer eine Zigarette anbot, und das konnte von Vorteil sein.

«Jeder würde reagieren wie du», sagte Gunter. «Das muss auch der Richter so sehen.»

Martin lächelte sein offenstes Bubenlächeln, aufrichtig dankbar für die Zigarette ebenso wie für das Vertrauen.

«Du sitzt sowieso bloß, weil deine Mutter, die Schlampe ...»

«Stiefmutter», korrigierte Martin und zündete sich die Zigarette mit Gunters Feuerzeug an.

«Erst recht Schlampe. Sonst hätte sie dich nicht beschuldigt, nur um ihre eigene missratene Brut reinzuwaschen. Was glaubst du, was ich mit einem Kerl wie deinem Stiefbruder gemacht hätte, wenn ich ihn dabei erwischt hätte, wie er sich an einem Kind vergreift? Wenn jemals einer meinen Jungen anfassen sollte, Mann ...!» Gunter schnaubte und überließ es Martins Phantasie, sich seine Rache auszumalen. «Ich wünsche dir morgen jedenfalls Glück.»

«Danke.» Martin blickte unwillkürlich zu dem Foto über Gunters Bett hinüber: Vater, Mutter, Kind, einträchtig. Eine Urlaubsszene am Strand. Die Frau sah aus wie eine echte Schlampe, fand Martin, aber natürlich würde er das nie sagen. Sie war 34, wirkte aber wie 40, mit blondierten Haaren und dunklen Schatten unter den Augen. Der sportliche Schnitt des einteiligen Badeanzugs konnte den ekligen Speckring um ihre

Körpermitte nicht kaschieren. Sie drückte den hochaufgeschossenen elfjährigen Jungen in nassen Badeshorts an sich, und Gunter umarmte sie beide von hinten, das Kinn besitzerstolz auf den Kopf seines Sohnes gestützt. Alle drei lachten in die Kamera. Der Junge sah beiden Eltern ähnlich, war nur viel hübscher. Und zarter. Die schlanken langen Beine und die schmale Brust, vollkommen haarlos und in einem seidig schimmernden Karamellton. Jedes Mal, wenn sein Blick dieses Foto streifte, spürte Martin einen Stich.

Er wandte sich rasch wieder seinen Socken im Waschbecken zu, rubbelte sie, die Zigarette lässig im Mundwinkel. Morgen früh mussten sie trocken sein. Dann noch die Schuhe putzen und sich vom Gefängnisfriseur die Haare schneiden lassen; er wollte vor Gericht einen guten Eindruck machen. Vielleicht würde man ihn ja tatsächlich freilassen.

An diesem letzten gemeinsamen Abend lud Gunter seinen Kumpel zum Kartenspielen ein. Das einzige Spiel, das Martin kannte, war Canasta, er hatte es als Kind seiner Großmutter zuliebe gelernt.

«Genauso spielst du auch», grinste Gunter, «wie eine alte Dame, auf Nummer sicher. Riskier doch mal was.»

Martin riskierte etwas und verlor alle Zigaretten, die er vorher gewonnen hatte. Verlor, damit Gunter seinen Spaß hatte. Damit Gunter ihn mochte. Damit Gunters Vertrauen wuchs. Das Kartenspiel, Gewinnen und Verlieren waren ihm absolut gleichgültig. Seine eigenen Spiele – draußen – spielte er mit höherem Einsatz.

Später im Bett, als er endlich Gunters Schnarchen hörte, onanierte er unter der Bettdecke. Er stellte sich dabei Sebastian vor, Gunters Sohn, nackt. Er stellte sich vor, wie er dem Jungen die Füße mit den schlanken Handgelenken auf dem Rücken zusammenband, ein Stück Seil zweimal um den zarten Hals legte und mit den Fesseln verknüpfte, wie er ihm einen Gürtel unter den Schultern hindurchschlang, um ihn an einem Karabinerhaken aufzuhängen. Die erstickten Schreie, die Angst in den Augen des Jungen, das Zappeln, das Röcheln nach Luft. Als Martin das Messer an den Bauch seines Opfers setzte, kam es ihm. Die Vorstellung konnte sich mit der Intensität des realen Aktes nicht messen, im tiefsten Inneren blieb er kalt. Aber dass der reale Vater seines imaginierten Opfers zwei Schritte entfernt lag und quasi der Schlachtung seines Sohnes beiwohnte, das gab der Sache doch einen besonderen Reiz. Ein gewisses Machtgefühl. Befriedigt schlief Martin ein.

DREI

Irene Werneck schlief immer schlechter, je näher das Ende des Prozesses kam. In der Nacht vor der Urteilsverkündung fand sie überhaupt keinen Schlaf. Um vier Uhr früh beendete sie das sinnlose Herumwälzen und stand auf. Dabei hätte sie eigentlich gut schlafen müssen, sie hatte «nach bestem Wissen und Gewissen» ausgesagt. Woher kam dann dieses diffuse Schuldgefühl, das in der Wehrlosigkeit des Halbschlafs immer wieder in ihr hochkroch? Und die Scham?

Während der Abwesenheit ihres Stiefsohns hatte sie das ganze Haus auf den Kopf gestellt. Das hatte die Polizei zwar auch getan, aber vielleicht hatten sie etwas übersehen. Wie unter Zwang suchte sie wieder und wieder nach Hinweisen, um zu widerlegen oder zu bestätigen, was Martin über seinen Vater ausgesagt hatte. Was er vor Gericht behauptet hatte, in der öffentlichen Verhandlung. Konnte es sein, dass ihr eigener Mann Martin jahrelang missbraucht und misshandelt hatte?

Konnte es sein, dass Jonas später in die Fußstapfen seines Vaters getreten und noch weiter gegangen war? Ein Vierzehnjähriger? Konnte es sein, dass sie von alldem nichts mitbekommen hatte? Unmöglich. Irene fand keine Hinweise. Nichts, was ihr wenigstens im Nachhinein ein Licht hätte aufgehen lassen. Alles nur Schutzbehauptungen von Martin. Wenigstens standen Freunde und Kollegen, auch die von Joachim, auf ihrer Seite. Da ohnehin alles öffentlich breitgetreten wurde, verteidigte Irene ihren Mann und Jonas schließlich ebenfalls öffentlich, in einem Zeitungsinterview.

Martin schlug zurück. Nach ihrem Interview behauptete er in der Verhandlung (und alle Welt konnte es am nächsten Tag wortwörtlich in der Zeitung lesen): «Sie hat es gewusst. Ich habe genug Andeutungen gemacht, und ich hätte ihr alles genau erzählt, wenn sie nachgefragt hätte. Wenn sie nur ein einziges Mal direkt gefragt hätte. Aber nein, sie hat es vorgezogen, den Kopf in den Sand zu stecken. Ich habe mich verraten und verkauft gefühlt. Dabei kann ich sie sogar irgendwie verstehen. Sie hätte sich dann wahrscheinlich scheiden lassen müssen, und das hätte ihr ganzes schönes, geordnetes, verlogenes Leben über den Haufen geworfen.»

Das war zu viel. Irene wusste nicht, was sie diesen schamlosen Lügen entgegensetzen sollte, außer zu sagen, zu schreien, dass es Lügen waren. Sie spürte, wie wenig überzeugend das klang, spürte ihre Ohnmacht und ging einfach nicht mehr zu den Verhandlungsterminen. In der Öffentlichkeit schwieg sie jetzt wieder und überließ es dem Gericht, die Wahrheit – ihre Wahrheit – herauszufinden und zu verkünden. Sie bekam die Quittung: Die Stimmung kippte. Zuerst registrierte Irene nur kleine Veränderungen im Verhalten der Menschen um sie herum. Einige Freunde – viele hatte sie sowieso nie gehabt –

riefen nicht mehr an. Irene weigerte sich zu glauben, dass Menschen, die sie selbst viel besser kannten als ihren Stiefsohn, plötzlich Martins Lügen für wahr hielten. Daher nahm Irene an, dass man sie als zu anstrengend empfand, weil ihr das Lachen vergangen war, seit ihre Gedanken immerzu um die Tat kreisten. Oder man wollte sie in Ruhe trauern lassen, sie hatte sich ja selbst sehr zurückgezogen. Irene musste sich in solche Erklärungen flüchten, wenn sie nicht in Bitterkeit versinken wollte.

Beim Nachbarehepaar war es eindeutig Ablehnung. Die beiden grüßten zwar noch, schienen aber immer in Eile, sobald sie Irene entdeckten. Zeit für ein Schwätzchen über den Gartenzaun hinweg, so wie früher, hatten sie nicht mehr. Der Verkäufer beim Bäcker war eine Spur reservierter, wenn sie ihre Frühstücksbrötchen holte, und er fragte nicht mehr, wie es ihr gehe. Die Postbotin, die ihr anfangs die dicken Briefbündel an die Haustür gebracht hatte, um ihr dabei Mut zuzusprechen, dieselbe mitfühlende Frau stopfte jetzt die Post, wenn es zu viel war, lieber gewaltsam in den Briefkasten und klingelte nur noch, wenn eine Lieferung Irenes Empfangsbestätigung erforderte. Selbst ihre andere Nachbarin, eine pensionierte Studienrätin, die früher oft und gern das Gespräch mit Irene gesucht hatte, hielt sich nun auffallend zurück. Und das, obwohl sie als Zeugin gegen Martin – und damit zu Irenes Gunsten – aufgetreten war. Von fremden Menschen bekam sie Briefe, Anrufe und E-Mails, in denen sie beschimpft wurde. «Rabenmutter» war noch die harmloseste Bezeichnung. Manche klangen krank, bedrohlich. Andere maßten sich eine Ferndiagnose ihres Geisteszustandes an. Einige wenige ergriffen Partei für sie und erteilten ihr ungebeten Ratschläge. Irene beantwortete nichts; das meiste war ohnehin anonym. Sie machte es sich zur Gewohnheit, bei

Anrufen den AB laufen zu lassen, um festzustellen, wer dran war, bevor sie entschied, ob sie den Hörer abnehmen wollte oder nicht.

All diese Belästigungen hatten begonnen, nachdem einige Zeitungen Irenes Bild mit ihrem vollen Namen – nicht mehr nur Irene W. – veröffentlicht hatten. Von da an erkannten sie manchmal auch Fremde auf der Straße. Bei einer Bestellung im Laden oder beim Bezahlen mit der Kreditkarte reagierte hin und wieder jemand auf ihren Namen: Das verbindliche Lächeln gefror, das muntere Plaudern verstummte. Nicht dass man sie in solchen Fällen beschimpft hätte – von Angesicht zu Angesicht wagte das niemand. Man sprach sie auch nicht auf den Grund ihrer unfreiwilligen Bekanntheit an. Irene kam sich vor wie jemand mit einer auffälligen Behinderung, mit verkrüppelten Gliedmaßen oder einer roten Wucherung im Gesicht: Die Leute waren neugierig, wussten aber nicht recht, wie sie sich verhalten sollten, folglich starrten sie nur heimlich hin und wandten sich schnell ab, sobald man sie ertappte. Sie taten so, als hätten sie einen nicht bemerkt.

An halbwegs guten Tagen nahm Irene an, dass sie es aus Unsicherheit taten. Oder dass sie selbst nur übertrieben empfindlich war. An schlechteren Tagen, also meistens, vermutete sie, dass die Leute sie verabscheuten, weil ihre Abwesenheit im Gerichtssaal wie eine Bestätigung von Martins Behauptungen aussehen musste. Wie ein Schuldbekenntnis. Die fanatische Mutter, die ihren missratenen leiblichen Sohn über dessen Tod hinaus schützt und dafür den Stiefsohn opfert. Und die vor den Verbrechen ihres Mannes die Augen verschließt. Sie hatte zu verantworten, was aus ihren Söhnen geworden war: Jonas, ein psychisch kranker Kinderschänder, und Martin, ein impulsiver Totschläger. Unmerklich hatte sie sich in den Augen der Menschen vom Opfer in eine Täterin verwandelt. Hatten sie nicht recht, die Leute?

Nein, entschied sie wieder und wieder, Martin log. Er war schon immer ein notorischer Heimlichtuer gewesen, und wenn er überhaupt den Mund aufmachte, kamen Lügen heraus. Andererseits hatte sie drei Jahre nach Joachims Tod die meisten seiner Papiere weggeworfen, Kartons voller Ordner und loser Blätter, Werbeprospekte, Geschäftsunterlagen, die sie kaum oder gar nicht durchgesehen hatte. Was für die Steuerbehörden aufbewahrt werden musste, lag ohnehin bei den Leuten, für die Joachim gearbeitet hatte. Nur persönliche Dokumente und private Dinge hatte sie aufgehoben. *An Joachims Stelle,* dachte sie, *hätte ich brisantes Zeug zwischen dem ganzen alten Firmenkram versteckt.* Dann wäre es längst unentdeckt entsorgt und zu Klopapier verarbeitet worden. Das gab es doch, dass Ehefrauen nichts vom Doppelleben ihres Mannes bemerkten. Und im nächsten Moment schämte sie sich für diesen Gedanken, als ob sie Verrat an ihrem Mann begangen hätte. Die Zweifel brachten sie noch um.

Ein paar Wochen nach Jonas' Tod, als sie noch empfindlich war wie ein Stück rohes Fleisch, als sie fast verrückt wurde in den Nächten, allein im Haus, stürzte sich Irene in die Arbeit, nur um nicht unentwegt zu weinen, zu grübeln und wieder zu weinen. Eine Zeitlang tat es ihr sogar gut, sich auf das Tagesgeschäft ihres Architekturbüros zu konzentrieren. Doch je näher der Verhandlungstermin rückte, desto unruhiger wurde sie auch am Schreibtisch. Sie machte Fehler bei den Statik-Berechnungen, vergaß Termine, verwechselte Auftraggeber oder fuhr bei Verabredungen zum falschen Treffpunkt. Und sie sah schlecht aus.

«Du bist momentan nicht gerade ein Aushängeschild für die Firma», sagte schließlich Sybille, ihre liebste Kollegin und beste

Freundin, in ihrer rauen, aber durchaus herzlich gemeinten Art. «Bleib zu Hause und ruh dich aus, bis der Prozess gelaufen ist. Keine Widerrede», fügte sie streng hinzu, als Irene etwas einwenden wollte. «Wenn du dich erholst, ist allen Beteiligten mehr geholfen. Für eine Weile kommen wir auch ohne dich klar.»

Also blieb Irene zu Hause, verlängerte die Tage mit quälendem Grübeln und verkürzte sie mit fruchtlosem Stöbern in staubigen Winkeln. Von Erholung konnte keine Rede sein. Am Tag der Urteilsverkündung ließ sie den ganzen Vormittag über den Fernseher laufen, den Nachrichtensender. Da der Fall in den Medien für Wirbel gesorgt hatte, würde man sicher vom Prozessausgang berichten. Sie überlegte flüchtig, ob sie nicht besser persönlich im Gerichtssaal erscheinen sollte, aber schon der Gedanke daran, Martin zu sehen, war ihr unerträglich. Und sie hatte nicht die Kraft, sich den Blicken der Menschen und den Fragen der Journalisten auszusetzen. Sie war kein rohes Stück Fleisch mehr, aber immer noch dünnhäutig.

VIER

Am entscheidenden Tag meines Lebens schwänzte ich die Schule. In die Verhandlung durfte ich nicht hinein, ich war noch nicht volljährig. Ich wollte aber auch nicht zu Hause bleiben und mit meiner Mutter vor dem Fernseher sitzen, ich wollte Fragen vermeiden. Nicht nach dem Grund für mein Schuleschwänzen, da fiel mir immer etwas ein, und Mama war viel zu bequem, um nachzuhaken. Oder sie hatte längst resigniert, weil ihr klar war, dass ich meistens log, keine Ahnung, ist mir auch egal. Jedenfalls wollte ich an diesem Tag gar nicht erst gefragt werden. Die ganze Nacht hatte ich damit verbracht, mein Zimmer gründlich aufzuräumen. Ich wollte nicht frühstücken, weil ich vor lauter Zittern die Teetasse nicht richtig hätte halten können. Ausgerechnet an diesem Tag stand meine Mutter auch mal früh auf, wir trafen uns im Bad. Aber die Frage, warum ich so ruhelos und aufgeregt war, stellte sie mir zum Glück nicht. Ich hätte sie selbst nicht beantworten können. Die erste kindliche Verliebtheit lag ja schon Jahre zurück. Es war ein anderes, unklares, aber sehr intensives Gefühl. Etwas wie Sehnsucht.

Wie üblich brachte ich Benny morgens in den Kindergarten. In der Nähe gab es ein kleines Café, wo ich nach der Schule öfter eine Cola trank, ein Sandwich aß und Hausaufgaben machte, weil ich dort von Mamas ewig plärrendem Fernseher verschont blieb. Bis fünf Uhr nachmittags, dann holte ich meinen Bruder wieder ab. Im Café hatten sie zwar auch immer einen Fernseher laufen, aber meistens stumm. Nur wenn einen Gast etwas interessierte, machte die Bedienung den Ton an. Und heute interessierte mich etwas. Am frühen Nachmittag kam es: fast ein Freispruch für Martin Werneck. Verurteilt nur wegen Körperverletzung mit Todesfolge, die Tat, die er gestanden hatte, eine Tat im Affekt. Dass es Mord war, wie seine Stiefmutter behauptet hatte, dafür gab es keine Beweise, sagte der Richter. Ich hatte es gewusst! Martin war kein eiskalter Killer. Er wurde zwar trotzdem verurteilt, aber wegen mildernder Umstände nur zu einem halben Jahr Gefängnis, und das war mit der Untersuchungshaft abgegolten. Martin war frei! Ich hätte es beinahe laut hinausgeschrien vor Freude. Wenn es nach Ihnen gegangen wäre, Herr Schneider, hätte er vermutlich lebenslang gekriegt, und das wäre besser gewesen. Auch für mich. Heute wünschte ich, Sie hätten damals mehr Erfolg gehabt.

Man zeigte Martin, wie er aus der Tür des Gerichtssaals zu den wartenden Presseleuten ging. Sein Gesicht in Großaufnahme: Komischerweise wirkte er nicht, wie es mir wohl an seiner Stelle gegangen wäre, grenzenlos erleichtert, sondern völlig gelassen. Selbstsicher. Überlegen. Ansonsten sah er immer noch so jungenhaft aus wie als Fünfzehnjähriger, nur hatte er mehr Bartschatten. Und dieses freundliche Lächeln, das mir schon früher so gut gefallen hatte. Der ganze Trubel um seine Person schien ihn überhaupt nicht zu stören. Warum auch, wo er doch unschuldig war. Auf die Frage nach seinen Zukunftsplänen antwortete er: «Erst mal nach Hause gehen, zu meiner Mutter. Ich weiß, dass es nicht leicht werden wird. Aber ich habe sonst niemanden.» Dabei blickte er direkt in die Kamera.

Keine Ahnung, warum mir genau da Tränen in die Augen schossen. Ich rannte sofort los. In der Tür fiel mir ein, dass ich gar nicht wusste, wohin. Ich bat die Bedienung um ein Telefonbuch. Es gab nur eine Irene Werneck in Berlin.

FÜNF

Irene beobachtete die Heimkehr ihres Stiefsohns durch das Schlafzimmerfenster im ersten Stock. Die üppige Ravenea-Palme diente ihr als Sichtschutz.

In der sonst so stillen Seitenstraße herrschte lärmende Betriebsamkeit. Immer mehr Journalisten fuhren vor, packten ihre Kameras aus und blockierten den Weg für unbeteiligte oder nur scheinbar zufällig vorbeikommende Passanten. Ihre Stimmen drangen durch die geschlossenen Fenster, sie konnte die Worte nicht verstehen, aber das Gelächter zwischendurch kam ihr höhnisch vor. Wahrscheinlich stellten sie Mutmaßungen an, wie Martin es ihr heimzahlen würde. Das Telefon hatte sie gleich nach der Urteilsverkündung vorsorglich ausgesteckt.

Ein Volvo fuhr vor. Irene erkannte den Fahrer: der Reporter, der Martins Geschichte exklusiv in seinem Wochenblatt veröffentlicht hatte, zusammen mit ihrem spektakulären Interview, in dem sie ihren Stiefsohn des Doppelmords beschuldigte. Er hatte Martin offenbar vom Gericht abgeholt, trug seine Tasche und legte ihm dabei freundschaftlich ermutigend die Hand auf seinen Rücken, als wolle er ihn stützen. Auch die Gesichter der meisten Umstehenden ließen Anteilnahme erkennen. Für Martin.

Dieser Reporter – das konnte sie sogar aus der Entfernung erkennen – suchte sie hinter den Fensterscheiben, und sein Blick blieb an der Palme hängen. Irene fuhr zurück, obwohl es im Zimmer dunkler war als draußen, er konnte sie also kaum gesehen haben. Sie versteckte sich und fand sich lächerlich dabei. Also trat sie wieder näher, um Martin zu beobachten. Lächelnd schüttelte er Hände, wie ein heimkehrender Fußballstar nach dem Auswärtssieg. Fehlte nur noch, dass er Autogramme gegeben hätte. Zum Haus blickte er nicht ein einziges Mal. Ob Irene da war, ob sie ihn erwartete, schien ihm gleichgültig zu sein. Er öffnete das Gartentor, ging, gefolgt von Neugierigen und Presseleuten, zur Haustür und verschwand aus ihrem Blickfeld. Gleich würde er das Haus betreten. Ihr graute davor, aber sie konnte ihn nicht daran hindern. Es war auch sein Haus. Sie hoffte nur, dass er nicht all die Leute mit hereinließ.

Irene lief rasch die Treppe hinunter und in die Küche, gerade noch rechtzeitig, bevor sie die Haustür aufgehen hörte. Sie ließ die schweren Außenjalousien herunter. Seit Monaten schon lebte sie in all den anderen ebenerdigen Räumen hinter geschlossenen Jalousien und Vorhängen, um sich vor neugierigen Blicken zu schützen. Dann schaltete sie das Licht an und füllte die Kaffeemaschine. Sich festhalten an alltäglichen Handgriffen, als sei alles beim Alten. Dabei horchte sie hinaus in den Flur. Die Haustür wurde wieder geschlossen, die Stimmen blieben draußen. Sie hörte nur Martin mit jemandem flüstern, vermutlich mit besagtem Reporter. Noch einmal wurde die Tür kurz geöffnet, um gleich wieder geschlossen zu werden. Anscheinend war der Reporter gegangen, denn jetzt waren Schritte von nur einer Person zu hören, vertraute Schritte. Zielstrebig und auf leisen Turnschuhsohlen kamen sie den Flur entlang zur Küche. Stopp. Stille. Irene sah auf, während sie den Deckel der Kaffeemaschine schloss, und begegnete Martins Blick.

Er lehnte lässig im Türrahmen und lächelte sie an. Das vertraute Lächeln. Es blieb in den Mundwinkeln stecken, wanderte nicht zu den Augen, und die Augen blinzelten nicht. Sie erwiderte seinen Blick, nur dass sie sich nicht einmal die Mühe machte, ein Lächeln zustande zu bringen; ihre Miene blieb reglos. Sie wollte nicht, dass er Furcht und Unsicherheit in ihrem Gesicht las, schon gar nicht Schuldgefühle und Scham. Sie gönnte es ihm nicht.

«Hallo. Willst du Kaffee? Ich mache gerade welchen.» Sie hatte es sachlich sagen wollen und ärgerte sich, dass ihre Stimme verräterisch belegt klang.

«Gern. Hab monatelang nur diese Instantbrühe getrunken.»

Sie füllte schweigend Kaffeepulver und Wasser nach, wobei sie sich bemühte, das leichte Zittern ihrer Hand zu verbergen, und schaltete dann die Maschine ein. Als sie wieder aufblickte, sah sie, dass Martin sie aufmerksam beobachtete.

«Du hast Angst», stellte er in dem sachlichen Ton fest, der ihr selbst nicht gelingen wollte.

«Vor dir etwa?», gab sie zurück und zwang sich, ihm in die Augen zu sehen.

Seine Mundwinkel verzogen sich zu einem spöttischen

Lächeln. «Ich könnte zum Beispiel mit einer Axt auf dich losgehen, weil du mich angeschwärzt hast.»

«Willst du den Richter und all die Leute da draußen Lügen strafen? Du kannst doch niemandem ein Haar krümmen. Nur deinen Bruder erschlagen. Aber der war ja der Teufel höchstpersönlich, der hat's verdient, nicht wahr?» Diesmal ließ sie ihrem Sarkasmus freien Lauf.

Er verlor nicht die Fassung, nur das Lächeln erlosch. «Ich will in Ruhe in meinem Haus leben, das ist alles.»

«Es ist auch mein Haus», sagte sie ruhig.

«Deswegen wäre es gut, wenn zwischen uns alles ins Reine käme», sagte er mit einem Gleichmut, um den sie ihn beinahe beneidete. «Ich trage dir jedenfalls nichts nach. Wahrscheinlich hast du als seine Mutter so handeln müssen. Vielleicht hätte meine leibliche Mutter das Gleiche für mich getan.»

Sie hat es vorgezogen, sich rechtzeitig umzubringen, dachte Irene, schwieg aber. Sie wich unwillkürlich aus, als er sich nun an ihr vorbeidrängte, eine Tasse aus dem Schrank holte und sich Kaffee einschenkte. Wieder ging er an ihr vorbei, dichter als nötig, beinahe drohend, aber diesmal wich sie nicht zurück. Im Gegenteil, sie blickte ihn herausfordernd an. Seine Hand streichelte flüchtig über ihren Arm. Er musste wissen, dass sie nach allem, was geschehen war, diese Berührung nur als Übergriff empfinden konnte, nicht als besänftigende oder gar zärtliche Geste. Aber sicher war sie sich dessen nicht. Wusste er wirklich immer, was er tat? Sie konnte nicht erkennen, ob Martin ihr absichtlich oder nur unbedacht zu nahe trat.

«Ich gehe dann mal rauf und schlafe eine Runde», sagte er freundlich. «Weck mich zum Essen.» Wie an einem gewöhnlichen Tag, als wäre er gerade aus der Schule gekommen.

Er holte seine Reisetasche, die er im Flur abgestellt hatte. Als er auf dem Weg zu seiner Mansarde noch einmal an der Küche vorbeikam, blieb er kurz stehen und sagte: «Ich bin dir wirklich nicht böse.»

Es klang wie Hohn; beinahe hätte Irene aufgelacht. Vermutlich hätte er sie am liebsten erschlagen. Aber er konnte charmant sein, wenn er etwas erreichen wollte. Irene wusste genau, wie gut er Menschen manipulieren konnte. Und wie wütend er werden konnte, wenn man ihm etwas verweigerte. Andererseits, waren nicht alle verwöhnten Kinder so? Vielleicht war er ja nur das: ein verwöhntes, egoistisches Kind, das die Beherrschung verloren hatte. Kein Mörder. Aber wer hatte ihm dann in der Scheune etwas verweigert? Jonas? Joey? Und was?

Oder hatte er vor Gericht doch die Wahrheit gesagt? All die Misshandlungen durch seinen Vater. Die vernarbten Spuren auf seinem Gesäß, von dem glühend heißen Grillgitter, auf das sein Vater – «mein Mann!», schrie sie innerlich verzweifelt zum tausendsten Mal – den zwölfjährigen Martin gesetzt haben sollte, um ihn für eine Verweigerung zu bestrafen. In ihren Augen passte das einfach nicht zu Joachim, zu dem Mann, mit dem sie verheiratet gewesen war, mit dem sie in einem Bett geschlafen hatte, der mit ihr geschlafen hatte, wenn auch nicht so oft, wie sie gewollt hätte, zugegeben. Aber nie hatte sie auch nur den geringsten Hang zu Gewalt gespürt. Im Gegenteil, nur große Zärtlichkeit.

Oder war es gerade das? Zu wenig Temperament im Bett? Verriet dies, dass Joachims Neigungen anderswo gelegen hatten? Warum hatte er dann aber seinen zweiten Sohn nicht auch misshandelt? Oder hatte er? Und Irene hatte auch das einfach nicht wahrgenommen?

Wieder einmal war sie am selben Punkt angelangt, wusste nicht mehr, was sie denken und wem sie glauben sollte. Gutachterin und Gericht hatten Martin immerhin für glaubwürdig befunden. Sie hatten sogar sein schnelles Geständnis und seine Leidensgeschichte für ihn in die Waagschale geworfen. Konnten sie sich alle so irren? Irene wusste nur, dass ihr Leben ein Scherbenhaufen war, wenn Martin die Wahrheit gesagt hatte. Ach was, die Scherben lagen ja auch so schon zu ihren Füßen. Wenn man niemandem mehr trauen kann, dachte sie, am wenigsten der eigenen Wahrnehmung, dann wurde es Zeit – Zeit, sich um den Alltagskram zu kümmern. Sie trank ihren Kaffee und begann, die Einkaufsliste zusammenzustellen.

SECHS

Ich stellte mir vor, wie schrecklich es sein musste, mit dieser eiskalten Frau unter einem Dach zu leben. Bei seiner Rückkehr war ich dabei, hielt mich aber abseits im Schatten einer Gartenhecke, weil ich nicht zu den Gaffern oder den Presseleuten gezählt werden wollte.

Er tat mir so furchtbar leid. Wegen seines Schicksals. Sein grausamer Vater, seine kranke, früh gestorbene Mutter, die egoistische Stiefmutter ... Ich spürte die ganze Zeit nur eines: überwältigendes Mitleid. Und Bewunderung für seine großartige Haltung. Im Fernsehen hatte ich gesehen, wie er sich beim Richter für das gerechte Urteil bedankte. Dabei hätte er einen kompletten Freispruch verdient, nicht nur mildernde Umstände, davon war ich fest überzeugt. Großartig, wie er auf das Haus zuging, selbstbewusst, freundlich zu allen, und wie er dann ohne Zögern hineinging, wo er doch dadrinnen die Hölle erlebt haben musste.

Später, als sich der ganze Auftrieb verflüchtigt hatte, suchte ich mir einen Platz gegenüber von seinem Haus, wo er mich sehen konnte. Ich traute mich nicht zu läuten, weil ich nicht aufdringlich wirken wollte und ... keine Ahnung. Wahrscheinlich brauchte ich irgendein Signal, dass er mich erkannte. Mit der Kraft meiner Gedanken versuchte ich ihn an eines der Fenster zu locken, damit ich mich bemerkbar machen konnte. Ich dachte, mein Gefühl für ihn ist so stark, dass er es auf jeden Fall spüren muss. Gleich würde er ein Fenster öffnen und mir zuwinken.

Eine oder zwei Stunden vergingen, und nichts rührte sich. Unten waren die Jalousien sowieso geschlossen, und oben konnte ich auch niemanden erkennen. Ich fror, die Tage im April waren noch kühl. Der Himmel zog zu, es wurde dämmrig, aber nirgendwo im Haus ging Licht an. Nur bei einem der unteren Fenster drang durch die Ritzen der Jalousie ein wenig Licht. Vermutlich hatte er jetzt lange, unerfreuliche Gespräche mit seiner Stiefmutter. Aber ich hatte Zeit. Und plötzlich fiel mir ein, dass ich heute zum ersten Mal vergessen hatte, Benny vom Kindergarten abzuholen. Der arme Kerl. Über eine Stunde nach Torschluss. Ich radelte zur nächsten Telefonzelle und rief an. Benny war noch da. Die Kindergärtnerin hatte schon versucht, bei uns anzurufen, aber Mama war nicht zu Hause. «Ich habe jemanden getroffen und vergessen, auf die Uhr zu gucken», sagte ich zur Erklärung, als ich ihn aufs Fahrrad setzte, aber Benny war mir sowieso nicht böse. Er war mir nie wirklich böse, für nichts.

Später, als ich ihn ins Bett brachte und dabei ein wenig geistesabwesend war, sah er mich aufmerksam an und fragte: «Bist du verliebt?»

«Was?! Wie kommst du denn darauf?»

«Die Daniela ist in den Markus verliebt, und die guckt auch immer so.» Er schnitt ein Gesicht wie ein Grenzdebiler beim

Empfang eines Riesenlollis. Ich musste lachen. Er freute sich über seinen Scherz und übertrieb die Grimasse noch mehr. «Mama! Mama!», krähte er und hüpfte im Bett auf und ab, dass der Lattenrost bedenklich krachte. «Die Tina ist verliebt!» Aber der Fernseher war zu laut, Mama hatte nichts gehört. War Benny auch nicht wichtig.

«Die Daniela guckt sogar so, wenn der Markus gar nicht da ist. Aber der Markus ist schon sechseinhalb und die Daniela erst fünf, die ist ihm zu klein.» Er erzählte weiter Kindergartengeschichten, lebhaft, wie es seine Art ist, und ich war froh, dass ihn das ablenkte von mir und meinem Ausnahmezustand. Ich hätte nicht gewusst, was ich ihm sagen sollte. Verliebt in wen? Und war der auch verliebt in mich? Mir ist erst durch Bennys Frage klar geworden, was mit mir passiert ist. Und er hatte es gleich gemerkt. Schneller als ich selbst. Und dabei war er gerade mal sechs Jahre alt.

So ist Benny, der süße Knubbel. So sensibel. So verständig. Deshalb habe ich es ein paar Monate später nicht fertiggebracht, mich von ihm zu verabschieden. Ich hätte es ihm erklären und zwangsläufig lügen müssen. Und er hätte es gemerkt. Er hat immer alles gemerkt. Fast alles.

Meine Mutter hat natürlich gar nichts gemerkt. Viel zu beschäftigt mit sich selbst. Überfordert wie immer. Weil sie ausnahmsweise mal einen Job hatte, kurzfristig, als Urlaubsvertretung in einer Boutique. Arbeit macht sie ganz schrecklich krank. Alle sagen, dass sie nicht besonders lebenstüchtig ist. Ich finde, sie ist sogar sehr lebenstüchtig. Sie hat sich ihr Leben total bequem eingerichtet. Mein Vater will zwar nichts von mir wissen, aber er zahlt für mich, mehr, als er müsste. Aus purem schlechten Gewissen. Sie waren nur kurz verheiratet, und sie hat heimlich die Pille abgesetzt, als er schon wieder auf dem

Absprung war. Sie hat mit seinem Verantwortungsbewusstsein gerechnet. Das hat sie natürlich nicht mir gesagt. Ich habe es zufällig mitbekommen, als sie es einer Freundin erzählte, und sie hat sich keineswegs dafür geschämt. Ein paar Jahre lang hat er sich krummgelegt und auch für meine Mutter Unterhalt bezahlt, und zwar inoffiziell. Sie wollte es so, damit sie vom Staat auch noch Geld bekam. Überprüft hat zum Glück keiner was. Das ging ein paar Jahre so, bis mein Vater erfahren hat, dass sie mit einem neuen Mann zusammenlebte. Da hat er die Zuwendungen um ihren Anteil gekürzt. Und das war noch fair von ihm, er hätte sie auch beim Jugendamt verpfeifen können, und dann hätte der Neue von Gesetzes wegen für sie und mich sorgen müssen.

Mein Zweitpapa war Künstler, ansonsten aber vom gleichen Schlag wie meine Mutter. Er hat nicht gern geteilt, und als ihr Geld knapper wurde, hat er das Interesse an ihr verloren. Pech für ihn, dass seine Bilder gerade anfingen, sich gut zu verkaufen. Mama sorgte noch schnell für Nachwuchs, Maya, und drohte mit einem Hinweis ans Finanzamt, falls er nicht zahlte. Er zahlte, das kam ihn billiger. Das arme Würmchen hatte aber epileptische Anfälle und verunglückte beim Spielen tödlich. Mit fünf Jahren. Fiel in eine gläserne Schranktür, zerschnitt sich im Krampf die Halsschlagader – aus. Ich war damals zehn und in der Schule, ich konnte sie nicht retten. Und meine Mutter, bis die das Telefon gefunden und den Notarzt gerufen hatte ...

Der Maler hat sofort nach der Beerdigung aufgehört zu zahlen. Zwei Jahre später kam Benny. Er ist das Ergebnis einer Affäre mit einem verheirateten Mann aus München, der schon zwei Kinder hatte. Und – was für ein glücklicher Zufall! – auch reichlich Geld. Und Skrupel. Weshalb er immer dafür gesorgt hat, dass es meiner Mutter und Benny und mir an nichts fehlte, solange seine Frau nichts von unserer Existenz erfuhr. Das war der Deal. Offiziell gibt es ihn gar nicht, meine Mutter hat im Krankenhaus angegeben: Vater unbekannt. Sie treffen sich gelegentlich, wenn er beruflich in Berlin ist, und so hat Benny wenigstens einen Gelegenheitspapa. Wir haben ihn immer gemocht, Benny und ich, und ich bewundere und bemitleide ihn zugleich für die zärtliche Nachsicht meiner Mutter gegenüber. «Frauen haben ein Recht auf Kinder», hat er einmal zu mir gesagt, «und wenn Männer nicht aufpassen, müssen sie eben dafür geradestehen.» Er passte haargenau in Mamas Beuteschema. Und weil die großzügige Versorgung zusätzlich zur Staatsknete für die arme arbeitslose Alleinerziehende hereinkam, haben wir all die Jahre ziemlich gut gelebt. Zumindest Benny wird es auch später an nichts fehlen, weil er von seinem reichen Vater was erben wird, ob der nun will oder nicht. «Wozu gibt's heutzutage den genetischen Vaterschaftsnachweis», sagt meine liebe Mutter. Sie bewahrt in ihrer Schmuckschatulle vorsorglich ein paar Haare von ihm auf. Wenn das nicht lebenstüchtig ist ...

Und wo stand ich an jenem Tag im Vorfrühling, dem Tag, der mein Leben veränderte? Elfte Klasse und vor der Wahl: schwaches Abitur oder guter Realschulabschluss, mit dem man bei der heutigen Arbeitslosigkeit sowieso nichts mehr anfangen kann. Keine Ahnung, wofür ich mich entscheiden sollte. Ich habe keine ausbaufähige Begabung mitbekommen, weder wissenschaftlich noch künstlerisch. In Fremdsprachen bin ich nur mittelmäßig. Ich bin gut gebaut, sehr zierlich, aber Models mit markanten Schönheitsfehlern liegen wohl auch nicht gerade im Trend. Und in die Fußstapfen meiner Mutter treten, mich von Männern und vom Staat aushalten lassen, da hätte mir vor mir selbst gegraust. Meine paar Freunde gingen mir auch zunehmend auf die Nerven, die Mädchen hatten nur Jungs und Partys im Kopf, und die Jungen wollten entweder nichts oder zu viel von mir.

Ich hatte also keine richtigen Freunde und keine richtige Familie. Nur Benny. Aber der wurde jedes Jahr ein bisschen selbständiger, und spätestens mit der ersten festen Freundin würde er mich nicht mehr brauchen. Hätte mich damals jemand gefragt, wie es mir ginge, hätte ich sagen müssen: nicht schlecht. Aber eben auch nicht richtig gut. Eigentlich, wenn ich zurückdenke, ging es mir überhaupt nicht. Ich weiß nicht, was es war. Irgendwie hatte ich nie das Gefühl, richtig zu sein. Am richtigen Platz in der richtigen Welt. Ein richtiger Außenseiter war ich aber auch nicht. Mein Leben versteckte sich hinter einem grauen Schleier. Die einzige leuchtende Gestalt in dieser Fadheit war mein Bruder. Er war der Einzige, der nie an mir herumgemäkelt hat. Für ihn war ich immer die Größte. Zugegeben, ein Kind hat noch nicht so viele Vergleichsmöglichkeiten, aber trotzdem ist es ein gutes Gefühl, zumindest für einen einzigen Menschen etwas Besonderes zu sein. Etwas, das er nie in seinem Leben verlieren möchte. Und es gab tatsächlich Momente, in denen ich selbst glaubte, dass die Zukunft mir noch Großes bringen würde, eine echte, eine bedeutende Aufgabe – ich wusste bloß nicht, welche.

All das ging mir in jener schlaflosen Nacht durch den Kopf, und obwohl es eigentlich eine traurige Bilanz war, deprimierte sie mich nicht. Im Gegenteil, ich war seltsam euphorisch. Ich kann für einen Menschen richtig sein, sagte ich mir, ich bin es doch auch für Benny. (Ich hoffe inständig, dass Benny jemanden an seiner Seite hat, wenn er seinen Irrtum erkennt. Vielleicht seinen Vater. Oder Sie, Herr Schneider. Das ist der einzige Wunsch, den ich noch habe.)

Am nächsten Tag war Samstag, keine Schule und kein Kindergarten. Benny und Mama schliefen am Wochenende immer bis mittags. Ich stand früh auf, schlich hinaus und fuhr mit dem Fahrrad zu Martins Haus.

SIEBEN

Wie fast immer in den vergangenen Monaten war Irenes Schlaf störanfällig. Zweimal ließ ein leises Geräusch sie hochschrecken, aber ihre Schlafzimmertür war verriegelt und das Fenster geschlossen. *So muss sich ein Urzeitmensch vor der Erfindung des Feuers gefühlt haben,* dachte sie, *wenn er im Dunkeln allein in einer Höhle lag und Angst vor dem Säbelzahntiger hatte, der draußen herumschlich.* Sie machte das Licht an. Vor Morgengrauen stand sie auf.

In den Wochen nach Martins Verhaftung und Jonas' Beerdigung war sie manchmal aus einem bleiernen Tablettenschlaf hochgefahren, weil sie meinte, Jonas in seinem Zimmer schreien zu hören. Einmal war sie in ihrer Benommenheit sogar ans Ende des Flurs getapert, bis ihr, die Türklinke schon in der Hand, einfiel, dass ihr Kind nicht da war. Nie mehr da sein würde. Zitternd war sie in ihr Bett zurückgekrochen.

Selbst jetzt, bei der bloßen Erinnerung daran, erschauderte sie. Es war nicht gut, den Schrecken immer wieder heraufzubeschwören. Aber wie hätte sie es verhindern sollen, jetzt, wo der Feind so nah war? Wenn sie nur gewusst hätte, was er dachte und fühlte. Man konnte in seinem Gesicht schwer etwas lesen. Vielleicht konnte aber auch nur sie es nicht.

Nach einer kurzen Dusche ging sie hinunter in die Küche und zog die Jalousien hoch. Oben in der Mansarde und auf der Straße vor dem Haus war es noch still, nur ein paar Vögel zwitscherten. Irene betrachtete den kupferfarbenen Sonnenaufgang. Er beruhigte sie. Der Nachbar von gegenüber, auch ein Frühaufsteher, fuhr mit seinem Auto weg, wie häufig am Wochenende, vermutlich um seine Freundin in Magdeburg zu besuchen; er hatte sie einmal bei einer flüchtigen Begegnung vorgestellt, als die junge Frau Irenes prachtvoll blühenden Garten bewunderte.

Alltag. *Halte dich am Alltag fest, Irene,* redete sie sich gut zu. Heute Vormittag einkaufen und am Nachmittag ins Kino, morgen Bekannte besuchen, bei denen sie zum Essen eingeladen war, und am Montag wieder zur Arbeit. Es hatte während des vergangenen halben Jahres eine Zeit gegeben, da war ihr der Sinn ihrer Arbeit – außer der Notwendigkeit, Geld zu verdienen – abhandengekommen. Die Diskussionen mit irgendwelchen Bauherren, ob die Böden nun mit weißem, grünem oder kariertem Marmor belegt sein sollten, das zähe Ringen mit sturen Baubeauftragten um Neigungswinkel von Dächern oder Fenstergrößen, das Hickhack mit Denkmalschützern wegen optischer Veränderungen und notwendiger Modernisierungen – all die Luxusprobleme anderer Leute ertrug sie nicht mehr.

Sybille, ihre Freundin und Kollegin im gemeinsamen kleinen Architekturbüro, stärkte ihr den Rücken, wo sie nur konnte. Auch Lothar, den sie erst vor einem Jahr eingestellt hatten, kurz nach seinem Studium und ohne große Berufs- und Lebenserfahrung, bewährte sich in der heiklen Phase nach dem Drama. Es hatte sich noch nicht so etwas wie Freundschaft entwickelt, doch sie schätzten einander, und er bewies Loyalität und Geduld, wenn Irene arbeitsunfähig war. Ohne Murren hatten er und vor allem Sybille Irenes Arbeit wochenlang mit erledigt. Inzwischen hatte sie die Erfahrung gemacht, dass sie den ganzen privaten Mist ausblenden konnte, wenn sie sich dazu zwang, sich ganz auf die Arbeit zu konzentrieren. Doch sobald die Konzentration nachließ, schwappte alles wieder in ihr Bewusstsein. Und die Begeisterung für ihren Beruf war nicht wirklich wiedergekehrt. Trotzdem freute sie sich jetzt auf Montag, auf den ablenkenden Arbeitsstress und vor allem auf die Kollegen.

Die zwei Tage bis dahin kriegst du schon rum, dachte sie. *Also ran an die Kaffeemaschine.* Aus dem Augenwinkel sah sie gerade noch die Zeitungsbotin mit ihrem Fahrrad hinter dem Rhododendron am Gartentor halten, dachte flüchtig, dass es eine andere zu sein schien als sonst, beachtete sie aber nicht weiter.

Martin schlief noch tief. Er genoss die erste Nacht in seinem bequemen Bett, in seiner geräumigen Dachwohnung mit eigenem Bad, dem Computer mit Internet-Anschluss und all den vertrauten Dingen um ihn herum. Allerdings war ihm nicht entgangen, dass nicht alles exakt an seinem Platz war. Jemand hatte herumgeschnüffelt. Das war nicht mehr die Unordnung, die die Polizei damals hinterlassen hatte. Das war seine Stiefmutter. Er war in den Keller gegangen, um sich ein paar Flaschen Mineralwasser und Fruchtsaft zu holen, und hatte festgestellt, dass auch hier gründlich umgeräumt worden war. Selbst Kisten mit irgendwelchem Ramsch von seinem Vater standen nun anders gestapelt als früher.

Natürlich hatte er gestern nicht gleich geschlafen. Stattdessen hatte er seine Tür abgeschlossen und war ins Internet gegangen. Er hatte die alten Chatrooms gesucht und feststellen müssen, dass es sie nicht mehr gab. Dafür hatte er einen neuen vielversprechenden Chat gefunden, sich aber noch nicht daran beteiligt. Vorsicht. Dann Abendessen mit Irene, Call-Pizza, das erste Bier seit sechs Monaten und Schweigen. Anfangs hatte er ihr gut gelaunt von seinem netten Zellengenossen, dem erfolglosen

Räuber, erzählt, und sie hatte höflich zugehört, aber kaum etwas gesagt. Sie sah ihn nur immerzu an. Provozierte ihn. Belauerte ihn. Studierte ihn. Es ärgerte ihn. Aber er blieb ruhig und freundlich, aß seine Pizza mit Appetit und schwieg am Ende wie Irene. Streit konnte er jetzt nicht brauchen. Er brauchte Frieden. Er half sogar beim Aufräumen der Küche. Nur eine Frage konnte er sich nicht verkneifen: «Warum bist du nicht mehr zur Verhandlung gekommen?»

«Ich konnte deine Lügen nicht mehr ertragen», hätte sie am liebsten geantwortet, aber sie sagte nur: «Ich wollte nicht immer wieder alles aufwühlen.»

«Wirklich?» Ein spöttisches Lächeln flog über sein jungenhaftes Gesicht und gab ihm etwas sympathisch Verschmitztes. Jedenfalls hätten es andere als Irene sicher so empfunden.

«Apropos wühlen», fuhr er scheinbar sachlich fort. «Hast du inzwischen gefunden, was du gesucht hast? Ich meine Beweise, dass mein Vater nicht der Unschuldsengel war, für den du ihn gehalten hast.»

Sie fuhr auf. «Danach muss ich nicht suchen. Es gibt nichts zu finden.»

«Ach nein?» Er lächelte sanft. «Warum hast du dann das ganze Haus auf den Kopf gestellt, von meiner Mansarde bis zum Keller? Auch die Kisten mit Papas Sachen.»

Martin sah die sonst so sichere Frau rot werden. Sie hatte keine Antwort parat.

«Die Polizei war das», fiel ihr dann ein. Aber er wusste, er hatte sie ertappt. Stiller Triumph erfüllte ihn.

Es war dieses Gefühl der Überlegenheit, das er beim Aufwachen am nächsten Morgen nachschmeckte. Gegen zehn Uhr stand er auf, zufrieden mit sich und der Welt. Er stellte die Lamellen der herabgelassenen Jalousie schräg, sodass er auf die

Straße schauen konnte. Nichts los. Als er sich wieder abwenden wollte, nahm er auf der anderen Straßenseite eine Bewegung wahr: Ein dunkelhaariges weibliches Wesen in trendigen Klamotten stand dort neben einem Fahrrad im Schatten eines blühenden Forsythienstrauchs, genau gegenüber von Martins Haus. «Gestylt wie für 'ne Castingshow», dachte er belustigt. Das Fahrrad war mit Satteltaschen und einem Kindersitz auf dem Gepäckträger ausgestattet. Eine junge Mutter also. Vermutlich die Freundin von dem Ingenieur gegenüber, er erinnerte sich dunkel, sie einmal mit dickem Bauch gesehen zu haben. Er ging ausgiebig duschen und vergaß die junge Frau wieder.

ACHT

Ich wartete Stunde um Stunde, bis mein Hunger unerträglich wurde, weil ich vor Aufregung natürlich nicht an Frühstück gedacht hatte. Ich fuhr zu einem Supermarkt in der Nähe, kaufte Bananen, Cola und Schokolade und spurtete zurück, einen einzigen Gedanken im Kopf: *Hoffentlich habe ich ihn nicht verpasst.* Irgendwann musste er ja aus dem Haus kommen.

Aber nicht Martin kam, sondern seine Stiefmutter. Sie ging zur Garage und fuhr mit dem Auto heraus. Sie stoppte und musterte mich neugierig. Ich wandte mich schnell ab, fummelte an meinem Fahrrad herum, als ob etwas daran kaputt wäre. Mit diesem Weib wollte ich nicht in Berührung kommen. Schließlich fuhr sie weg, und ich sandte ihr meine bösesten Wünsche hinterher. Als sie um die Ecke verschwand, fiel mir ein, dass ich ja positive Gedanken zu Martin schicken wollte. Und genau dieser Impuls, als ich all meine Kraft sammelte und mich – voll auf Sendung sozusagen – wieder seinem Haus zuwandte, genau diese Sekunde muss die entscheidende gewesen sein. Die Minuten bis zu diesem Moment und die darauffolgenden habe ich bis heute ganz genau im Kopf. Wie einen Film. Denn da war ER. Er hatte eines der Fenster unter dem Dach geöffnet und schaute heraus. Genau in meine Richtung. Ich wollte ihm zuwinken, ließ die Hand aber auf halbem Weg in der Luft hängen, weil ich unsicher wurde, und zog nur ein paar Haarsträhnen über meine hässliche Gesichtshälfte. Vermutlich konnte er mich auf diese Entfernung sowieso nicht richtig erkennen, zumal ihn die Sonne blendete. Da schirmte er die Augen mit der Hand ab, eindeutig, um mich besser sehen zu können.

Das war das Zeichen, auf das ich gewartet hatte. Ich rannte über die Straße, so blind, dass ein Autofahrer schimpfend eine Vollbremsung hinlegen musste. Martin war vom Fenster verschwunden. Ich läutete. Nichts. Mich verließ schon wieder der Mut, da hörte ich den Türöffner summen. Als ich das Gartentor aufdrückte und hinter mir schloss, wusste ich, dass in diesem Augenblick ein neues Leben begann. Ein seltsames Hochgefühl erfasste mich, während ich den Weg entlang zur Haustür ging, jetzt ohne Zögern. Keine Ahnung, warum ich meiner Sache so sicher war. Ich meine, Martin hätte mich auch auslachen oder zum Teufel jagen können. Tat er aber nicht. Er öffnete mir die Haustür, lächelte und forderte mich mit einer Handbewegung zum Eintreten auf, als hätte er mich erwartet. Ich nahm an, dass er mich erkannt hatte, dass er sich an unseren Kuss erinnerte. Mein Herz klopfte bis zum Hals, und ich bekam kein Wort heraus.

«Danke für deinen Brief», sagte er.

Das brachte mich total aus der Fassung. Ich hatte ihm tatsächlich einen Brief geschrieben, vor ein paar Wochen, zu Beginn des Prozesses, in dem ich ihm versicherte, dass ich an seine Unschuld glaubte. Aber woher konnte er das wissen?

«Ich habe ihn gar nicht abgeschickt», sagte ich verwirrt.

«Oh.» Jetzt war er verwirrt. Er musterte mich genauer und führte mich in die Küche. «Ich dachte, du wärst eine von den Frauen, die mir Briefe in den Knast geschickt haben.» Er hatte mich also doch nicht erkannt. «Eine in deinem Alter war auch dabei. Wie alt bist du? Achtzehn?»

«Siebzehn. Erinnerst du dich nicht an mich?» Ich strich das Haar aus meinem Gesicht, sodass er die Narben sehen konnte. «Tina Mahlbach. Du hast mich schon mal geküsst. Da war ich allerdings erst dreizehn.»

Ich sah, dass es ihm dämmerte. «Tina. Ja, klar.» Er lachte. «Habe ich dich damals nicht vor zwei bösen Jungs beschützt?»

Ich nickte glücklich.

«Und jetzt bist du gekommen, damit ich dich wieder küsse.» Er sagte es irgendwie sachlich und blickte dabei auch noch aus dem Fenster – er brachte mich so aus dem Konzept, dass ich zu stottern begann.

«Ich – ich wollte dir nur sagen, dass ich dich – dich nicht vergessen habe. Und dass ich an dich glaube. Und wenn ich dir irgendwie helfen kann ... Ich meine, du – du hast mir ja auch geholfen.»

Er schien nicht zuzuhören. Ich verstummte. Das Schweigen kam mir endlos vor.

«Ja ... dann geh ich jetzt wieder.»

Er wandte sich um. «Hast du ein Kind?»

Das Muster unserer Beziehung war vorgegeben: Er brachte mich dauernd durcheinander.

«Nein. Wieso?»

«Der Kindersitz auf deinem Fahrrad.»

«Ach so. Für meinen kleinen Bruder.»

«Wie alt?»

«Sechs.»

Er kam zu mir zurück. «Willst du einen heißen Tee? Du musst ja ziemlich durchgefroren sein nach dem stundenlangen Rumstehen draußen. Warst du gestern nicht auch schon da?»

Dieser Satz machte mich noch glücklicher. Er hatte mich also doch wahrgenommen. Ich muss wie eine Bekloppte dreingeschaut haben, so wie gestern an Bennys Bett. Jedenfalls schnippte Martin belustigt mit den Fingern vor meinem Gesicht.

«Hallo. Aufwachen. Reicht Tee dazu, oder brauchst du was Stärkeres?»

Ich musste lachen. «Tee reicht. Bin nur ein bisschen durch den Wind. Weil ich hier etwas mache, was ich noch nie zuvor gemacht habe, einfach so hereinplatzen und ...» Ich wusste nicht weiter.

«Und?», fragte er mit einem herausfordernden Grinsen. Dann holte er eine Tasse aus dem Schrank und schenkte mir Tee ein. «Ist schon in Ordnung. Einer muss ja den ersten Schritt tun. Setz dich.»

Ich war erleichtert. Und dann sprudelte es aus mir heraus: «Ich glaube keine Sekunde, was deine Stiefmutter gesagt hat. Du kannst den anderen Jungen nicht umgebracht haben und dann deinen Bruder, weil der dich dabei erwischt hat. Du bist kein Sadist. Sonst hättest du mich damals nicht beschützt. Die zwei Jungs in der Schule, das waren Sadisten. Und du bist auch nicht schwul, sonst hättest du mich nicht geküsst. Und das andere Mädchen auch nicht. Deine Freundin, meine ich, die für dich ausgesagt hat.»

«Ach die. Ich habe mit ihr geschlafen.»

«Ich weiß. Das macht doch keiner, der auf Jungs steht, oder? Das ergibt doch keinen Sinn.»

Martin nickte. «Meine Rede.»

Er setzte sich neben mich an den Küchentisch, strahlte mich an und streichelte mir sanft mit einem Finger über die Narben auf meiner Wange. In diesem Moment hat es gefunkt. Und zwar auch im wörtlichen Sinn. Sie kennen das ja sicher, Herr Schneider, der Schlag, den man bei Berührungen bekommt, wenn man aus irgendwelchen Gründen elektrostatisch geladen ist. Passiert mir oft. Aber in diesem Moment war das so passend, dass wir beide lachen mussten.

«Du hast meinen Prozess ja anscheinend ziemlich genau verfolgt. Warst du auch unter den Zuschauern?»

«Die haben mich nicht reingelassen. Aber ich hab die Zeitungsberichte gelesen. Ich bin sicher, deine Stiefmutter will die Wahrheit bloß nicht wissen. Wenn sie nur einen Funken Gefühl hat, dann wird sie irgendwann verstehen, dass du ausrasten musstest, bei dem, was dein Bruder in der Scheune getan hat.»

Ich denke, Herr Schneider, ich brauche nicht zu erwähnen, dass ich zutiefst von dem überzeugt war, was ich da gesagt habe. Und Martin war offensichtlich dankbar dafür. Er sah mich mit so viel Zuneigung an. Und dann küsste er mich auch noch ganz zart auf die Lippen.

«Danke», sagte er. Einfach nur «danke» und sah mir dabei in die Augen. Dann leckte er sich über die Lippen und lächelte: «Ja, jetzt erkenne ich den Geschmack wieder.» Am liebsten hätte ich vor Freude und Glück geschrien, aber so etwas Kindisches erlaubte ich mir natürlich nicht. Und dann bat er mich zu gehen, weil seine Mutter jeden Moment zurückkommen könne. «Ich will nicht, dass sie dich blöd anmacht», erklärte er. «Jeder, der mich mag, ist automatisch genauso ihr Feind wie ich selber. Das zwischen uns beiden soll unser Geheimnis bleiben.»

Einverstanden. Ich schrieb ihm meine E-Mail-Adresse auf, er mir seine, dann brachte er mich hinaus. In der Tür nahm er meine Hand und streichelte sie sanft mit dem Daumen, während er mir in die Augen blickte, mit einer solchen Intensität, dass ich mich wie in glühende Lava getaucht fühlte. Natürlich hatte ich gehofft, er würde mich umarmen. Aber so weit waren wir noch nicht. Egal. Ich fuhr beschwingt nach Hause. Der Nebel über meinem Leben hatte sich gelichtet und den Blick auf ein weites, spannendes Land freigegeben.

NEUN

Am Montag hatte Martin einen Termin beim Berufsberater. Sein Anwalt hatte ihm das nahegelegt und in sein Plädoyer auch den dringenden Wunsch seines Mandanten nach einem Ausbildungsplatz, nach geregelter Normalität einfließen lassen, weil es sich gut machen würde. Richter hören so etwas gern. Mit Vorstrafe und ohne Schulabschluss, dachte Martin gleichgültig, waren seine Möglichkeiten bestimmt nicht berauschend. Die U-Haft hatte ihn dummerweise ein paar Monate vor dem Abitur erwischt. Er überlegte, ob er es nachholen sollte, statt irgendwelche dämlichen Jobs anzunehmen. Allerdings hatte er nicht die geringste Lust, an seine alte Schule zurückzukehren, wofür jeder Verständnis haben musste, sogar seine Stiefmutter. Jonas war an derselben Schule gewesen. Martin würde automatisch zum misstrauisch beäugten Außenseiter werden, selbst wenn er sich untadelig benehmen würde und äußerst freundlich wäre. An jeder anderen Schule würde sicher das Gleiche geschehen. Die Verantwortung dafür trug seine Stiefmutter, sie allein. Selbst wenn ihn viele Schüler und Lehrer genau wie das Gericht für schuldlos halten sollten, würden immer noch genügend andere übrig bleiben, bei denen die blöde Kuh Zweifel gesät hatte. Und es gab die Moralapostel, die grundsätzlich gegen Gewalt und Selbstjustiz waren und die auch kein Kindheitstrauma und keinen Blackout als Motiv für Totschlag gelten ließen. Auf jeden Fall würden ihm irgendwelche Idioten immer das Leben vermiesen. Aber er musste sich dem nicht aussetzen, er konnte das Abitur ja auch in Fernkursen machen. Und dann studieren, vielleicht im Ausland, wo ihn keiner kannte. Geld genug hatte er, die Lebensversicherung, die sein Vater für ihn abgeschlossen hatte, war vor ein paar Monaten auszahlungsfähig geworden. Bis jetzt hatte er davon nur den Feuerwehreinsatz an der Scheune bestreiten müssen, weil er den Brand selbst gelegt hatte. Und die Anwaltskosten würden noch auf ihn zukommen. Trotzdem würde eine Menge übrig bleiben. Wenn er sparsam war, konnte er damit im Ausland zwei, drei Jahre über die Runden kommen. Oder noch länger, wenn er im Haus seines Vaters blieb oder sich irgendwo in Berlin eine billige Wohnung mietete. Wenige Wochen vor seiner Verhaftung hatte er mit Fahrstunden begonnen, jetzt würde er den Führerschein machen und sich ein gebrauchtes Auto leisten. Morgen würde er seine Zukunftsperspektiven mit dem Berater besprechen, wenn es denn sein musste. Heute konnte er sich schon einmal im Internet umsehen, welche Möglichkeiten für ihn in Frage kamen.

Wie zufällig geriet er wieder in den Chatroom, den er gestern gefunden hatte. Sofort spürte er das vertraute erwartungsfrohe Kribbeln im Bauch. Aber er loggte sich nicht ein. Beherrschte sich. Versagte sich das Vergnügen, heroisch, wie er fand. Er schaltete den Computer aus, und augenblicklich überkam ihn die ebenso vertraute Leere. Mehr oder minder gleichgültige Gedankenpartikel drangen an die Oberfläche. Der diffuse Verdacht, dass andere Menschen etwas hatten, was ihm fehlte.

Eine bestimmte Empfindung. Oder der Sinn für ein Gefühl. So wie dieses Mädchen vorhin. Wie sie ihn ansah, mit diesen glänzenden Augen, fast ein wenig weggetreten und zugleich erwartungsvoll. Oder so ähnlich. So hatten sein Vater und Irene einander manchmal angesehen und sich dabei umarmt und geküsst. Martin hatte nie verstanden, was dieser Blick bedeutete. Er hatte sich dann jedes Mal ausgeschlossen gefühlt, und das kränkte ihn. Nicht dass er auch hätte umarmt und geküsst werden wollen. Im Gegenteil, diese Art Berührung war ihm immer unbehaglich gewesen. Er hatte mit den Jahren nur gelernt, sie aus Höflichkeit zu erwidern. So wie er sich auch häufig bemühte, mit Worten und Gesten Gefühle auszudrücken, die man von ihm erwartete. Er schaute sie den anderen ab, lernte sie wie eine Fremdsprache. Damit die anderen nicht ständig enttäuscht von ihm waren. Damit sie besser funktionierten oder ihn in Ruhe ließen. Und doch gab es Momente, in denen er sich wünschte, die anderen wären nicht so anders als er. Wie in dem Moment, als Tina ihn auf diese eigenartige Weise ansah.

Eine unklare Sehnsucht überfiel ihn, und wie aus einem Nebel tauchte das Bild von Gunters elfjährigem Sohn in nassen Badeshorts auf. Verführerisch samten glänzte die makellos glatte Knabenhaut. Die Eltern auf dem Foto konnte Martin in seinem Kopf mühelos ausblenden. Und jetzt sah der Junge ihn an, nur ihn, als wäre Martin der einzige Mensch auf der Welt. Als wäre er Gott. Als warte der Junge auf eine Offenbarung. Er forderte Martin heraus.

ZEHN

Irene trödelte auf dem Markt herum. Sie kaufte jetzt lieber auf den Märkten in verschiedenen Stadtvierteln ein statt in den vertrauten Läden ihrer Umgebung. Niemand kannte sie hier, und das genoss sie. Keine neugierigen Blicke, kein peinliches Schweigen, keine lästigen Mitleidsbekundungen. Mit wenigen Ausnahmen fühlte sich Irene unter Menschen wie in dem klassischen Albtraum, in dem man nackt aus der eigenen Wohnung ausgesperrt ist und nichts hat, womit man sich bedecken oder wo man sich verstecken kann. Auf den fremden Wochenmärkten dagegen konnte sie sich frei und unbefangen bewegen.

Sie trödelte nicht, weil die Waren an den Ständen so interessant gewesen wären, es zog sie nur nichts nach Hause. Zu Hause saß der Feind. Diese Kuckucksbrut, die sie großgezogen hatte und die dann das schwächere Junge ... Sie wollte nicht immer daran denken, aber sie konnte nicht anders. Obwohl oder gerade weil sie nicht restlos sicher wissen konnte, was die Wahrheit war. Am liebsten wäre sie auf und davon, hätte das Haus Martin überlassen. Besitz bedeutete ihr nichts. Ihretwegen konnte er auch all das behalten, was im Haus war, einschließlich der hässlichen Erinnerungen, die sich jetzt immer wie giftiger Schleim über die schönen Bilder der Vergangenheit legten. Es gab nur einen einzigen Grund, nicht zu fliehen: Sie musste in Martins Nähe bleiben, um die Wahrheit herauszufinden. Sie musste wissen, was passiert war, warum es passiert war und ob es sich wiederholen konnte. Sie musste herausfinden, wer woran schuld war. Nur so konnte sie ihren Seelenfrieden wiederfinden. Irgendwann. Vielleicht.

ZWEITES KAPITEL

EINS

Zehn Tage nach Martins Rückkehr rief Irene vom Büro aus Hanno Schneider an. Er erinnerte sich sofort an sie.

«Hallo, Frau Werneck. Gibt's Probleme?»

Sein besorgter Ton rührte sie. Ein Polizist, der lange nach Abschluss einer Ermittlung noch Anteil nahm. Das hatte sie nicht erwartet.

«Probleme eigentlich nicht», antwortete sie. «Trotzdem habe ich keine Ruhe. Kann ich zu Ihnen kommen, Herr Schneider? Ich möchte unbedingt die Ermittlungsakten einsehen.»

Die Antwort des Polizisten kam zögernd: «Sie geben wohl nie auf.»

«Nein. Sie?»

Ein Laut wie ein winziges Lachen. Dann Schweigen.

«Ich weiß», sagte sie, «ich habe nicht das Recht ...»

Er unterbrach sie: «Können Sie um 18 Uhr ins Präsidium kommen?»

Hanno Schneider holte sie an der Pforte ab. Sein Lächeln, das nicht bloß höflich wirkte, sondern ihr persönlich zu gelten schien, sein energischer und zugleich geschmeidiger Gang, sein fester Händedruck weckten sofort wieder das Vertrauen, das sie früher schon gespürt hatte. «Er hätte Arzt werden sollen», dachte sie.

«Wie geht es Ihnen inzwischen?», fragte er prompt, während er sie zum Aufzug führte.

«Ganz gut», sagte sie leichthin. «Bin gesund.»

«Sieht aber nicht so aus», dachte er, während er sie mit dem

schnellen, alles erfassenden Blick musterte, den man sich in seinem Beruf angewöhnte. Er hatte sie anders in Erinnerung, kräftiger, nicht dick, aber mit runderen, weiblicheren Formen. Offensichtlich hatte sie in den letzten Monaten stark abgenommen, die dunkelgrüne taillierte Lederjacke, die sie damals schon getragen hatte, war inzwischen ein, zwei Nummern zu groß. Und im grellen Neonlicht des Aufzugs wirkte ihr ungeschminktes Gesicht noch blasser.

«Haben Sie jemanden, der sich um Sie kümmert?»

«Ich komme schon klar», sagte sie ausweichend. Es störte sie, dass er ihre Einsamkeit und Schutzbedürftigkeit sah. Andererseits musste sie ja nur in den Spiegel an der Rückwand des Aufzugs blicken, um zu wissen, warum. Sie beschloss, ins Solarium zu gehen oder sich wenigstens zu schminken. Und vor allem würde sie sich zwingen, mehr zu essen.

«Was macht Martin?», fragte Schneider.

«Er will sich zum Fernabitur anmelden. Ist ihm lieber, als in die Schule zurückzukehren.»

«Warum?»

«Weil man ihn doch nur wie einen Paria anstarren würde, sagt er. Was er mir zu verdanken hätte.» Irene zuckte die Schultern. «Im Moment nimmt er wieder Fahrstunden.»

«Scheint, dass er sich Mühe gibt, im normalen Leben wieder Fuß zu fassen.»

«Scheint so ...» Sie hörte selbst die ungewollte Skepsis in ihrem Ton. Schneider auch. Er streifte sie mit einem aufmerksamen Blick.

Als sie sich in seinem Büro gegenübersaßen und an den typischen staubtrockenen, für Notfälle bereitgehaltenen Bürokeksen knabberten, setzte er noch einmal an: «Sie wissen, dass es den Weißen Ring gibt.»

«Ja, aber die kümmern sich um Verbrechensopfer und ihre Angehörigen. Ich bin zugleich Angehörige des Täters. Das macht es ein bisschen kompliziert.»

Der Gedanke, selbst als Opfer dazustehen, war Irene zutiefst unangenehm. Aber die Möglichkeit, selbst Täterin zu sein, die Augen vor dem Verbrechen in ihrer Familie verschlossen zu haben, bis die Katastrophe hereinbrach, dieser Gedanke war unerträglich.

«Hören Sie, Herr Schneider. Ich muss meine innere Ruhe wiederfinden, da haben Sie recht. Aber ich muss es auf meine Weise tun. Ich muss die Wahrheit herausfinden, auch wenn sie mir nicht passen sollte. Die Wahrheit über alle Beteiligten, auch über mich. Wer, was, warum. Das Gerichtsurteil hat mir da nicht weitergeholfen.»

«In den Ermittlungsakten steht auch nicht mehr.»

«Aber vor Gericht sind nicht alle Details zur Sprache gekommen. Über Joey beispielsweise hat es lediglich geheißen, dass er regelrecht ...» Sie zwang sich, es auszusprechen: «geschlachtet ...»

«Die Tatortfotos», sagte der Polizist schnell, «haben wir nicht für die Öffentlichkeit freigegeben, und Ihnen zeige ich sie auch nicht.»

Genau die aber wollte sie sehen. Sie erhoffte sich einen Hinweis, etwas, das für die Ermittler vielleicht unwichtig war, weil es keinen juristisch verwertbaren Beweis darstellte, in Irenes Augen aber wie ein Finger auf einen ihrer Söhne zeigte: *Ja, das kann nur Jonas getan haben, Jonas hat den anderen Jungen getötet.* Oder: *Es kann nur Martin gewesen sein, er hat sie beide ermordet.*

Irene hatte keine Ahnung, was genau sie suchte. Aber sie hoffte, dass sie es erkennen würde, wenn sie es sah, ein Bild wie ein Zauberwort, irgendein Detail, und plötzlich würden sich alle Scheinwerfer darauf richten, und alles wäre klar. Das erklärte sie dem Polizisten.

«Ich habe Sie damals über alle Ergebnisse auf dem Laufenden gehalten, mehr, als es sonst üblich ist.»

Sie hörte unterdrückte Missbilligung heraus. Aber er gab ihr endlich doch den abschließenden Ermittlungsbericht mit den wesentlichen Ergebnissen der Obduktion. Keine Fotos.

«Aber darauf kommt es doch auch nicht mehr an.»

«Doch, darauf kommt es an. Sie würden Albträume davon bekommen.»

«Hab ich schon.»

«Schlimmere Albträume. Ich weiß das. Aus eigener Erfahrung. Dabei habe ich nicht einmal selbst Kinder, um die ich Angst kriegen könnte. In meinem Bericht habe ich die Einzelheiten beschrieben, soweit wie nötig. Aber Worte sind nicht so grausam wie Bilder.»

Irene gab nach. Während sie las, zog er sich diskret an seinen Leseplatz am Fenster zurück, an einen kleinen Tisch mit einem extrem bequemen Pending-Sessel, den er sich – wegen der staatlichen Sparmaßnahmen – auf eigene Kosten besorgt hatte, gebraucht, trotzdem schweineteuer, aber das einzige Sitzmöbel, in dem er keine Rückenschmerzen bekam. Er tat so, als studiere er ebenfalls Akten, ließ Irene aber insgeheim nicht aus den Augen. Sie las konzentriert, ab und zu trank sie einen Schluck von dem Mineralwasser, das er ihr hingestellt hatte. Er konnte an ihrem Gesicht erkennen, welche Passage sie gerade las. Jede Regung sah man ihr an. Welch ein Kontrast zu Martins ausdrucksarmer Mimik. Hanno Schneider erinnerte sich genau an die Vernehmungen. Martin hatte sich nicht in die Karten schauen lassen. Das jedenfalls war sein Eindruck gewesen. Einige Kollegen hatten Martin bald mit milderen Augen betrachtet, da er sehr kooperativ und zuvorkommend war, vor allem den weiblichen Beamten gegenüber.

Als Irene plötzlich laut die Luft einsog und den Kopf gepeinigt wegdrehte, wusste Schneider, dass sie bei der Beschreibung von Joeys Leiche war. Er überlegte, ob er die Sache abbrechen sollte, aber dann sagte er sich: *Da muss sie jetzt durch, genau das hat sie ja gewollt.*

Aus dem abschließenden Polizeibericht:

... Um 20:51 Uhr erfolgt ein Anruf bei der Notrufzentrale der Feuerwehr: Der Zeuge Andreas Jaske, auf der Suche nach seinem entlaufenen Hund, meldet per Handy einen Brand mit starker Rauchentwicklung in einer alten Scheune südlich von Berlin, am Waldrand südöstlich der Ortschaft Ruhlsdorf, Kreis Teltow. Wegen der akuten Waldbrandgefahr (Stufe 3) müssen mehrere Löschfahrzeuge ausrücken. Bei den Löscharbeiten werden zwei Knabenleichen entdeckt, die kleinere vollständig entkleidet und der ältere Junge mit entblößtem Unterleib. Körper und Kleidung sind mit einem Benzin-Öl-Gemisch aus dem Tank eines ebenfalls in der Scheune befindlichen Mofas übergossen, mit Heu bedeckt und angezündet worden. Da jedoch offenbar nur wenig Treibstoff verfügbar und das Heu alt, teilweise verrottet und feucht ist, entwickelt sich der Brand nur schleppend, sodass die Leichen bei ihrer Entdeckung durch die Feuerwehr noch relativ gut erhalten sind. Die Kripo Berlin wird hinzugezogen, da in der Hosentasche des Jüngeren eine Monatskarte des BVV gefunden wird, die auf den Namen Joey McGregan lautet, 10 Jahre, amerikanischer Staatsbürger, wohnhaft in Berlin-Wannsee. Er ist von seinen Eltern am Tag zuvor vermisst gemeldet worden.

Die Identifizierung erfolgt am frühen Morgen durch den Vater des Toten, Robert McGregan.

Bei der zweiten Leiche sind keinerlei Papiere vorhanden, und das Nummernschild des Mofas ist entfernt worden. Da zu diesem Zeitpunkt für diese Person keine Vermisstenmeldung vorliegt, ist die Identifizierung erst am nächsten Vormittag möglich, als die Polizeidienststelle Zehlendorf die bereits am Tattag erfolgte Meldung an die Zentralstelle weiterleitet: Es handelt sich um Jonas Werneck, 14 Jahre, deutscher Staatsbürger, wohnhaft in Berlin-Zehlendorf. Spätere Ermittlungen ergeben zweifelsfrei, dass Jonas Werneck als Besitzer des Mofas gemeldet ist.

Zusammenfassung der Ergebnisse von Spurensicherung und Obduktion: Eintreten des Todes in beiden Fällen zwischen 17:30 und 18:30 Uhr des Auffindungstags. Joey McGregan wurden Hände und Füße mit Paket-Klebeband auf den Rücken gefesselt und mit einer handelsüblichen Paketschnur, die zusätzlich doppelt um den Hals geschlungen ist, zur sog. Affenschaukel verbunden. Wenn sich das Opfer wehrt, erdrosselt es sich bei dieser Fesselungsart selbst. Reste des transparenten Klebebands sind auf der Augenpartie festzustellen, offenbar hat der Täter verhindern wollen, dass das Opfer die Augen schließt. Zusätzlich ist um die Brust des Jungen ein langes Nylonseil, wie man es in Baumärkten kaufen kann, befestigt (Asservat Nr. 6). Es ist teilweise verbrannt bzw. geschmolzen, doch Anhaftungen an einem Querbalken der Dachkonstruktion der Scheune und die Lage der Leiche lassen den Schluss zu, dass das Opfer J. McG. an diesem Seil hochgezogen worden ist. Der Bauch des Opfers J. McG. war vom Genital bis zum Brustbein mit einem glatten Schnitt aufgeschlitzt und die

Eingeweide teilweise herausgestülpt, was ebenfalls darauf hindeutet, dass das Opfer während dieses Vorgangs aufgehängt war.

Die Obduktion hat ergeben, dass der Tod unmittelbar vor dem Aufschneiden des Rumpfes eingetreten ist, und zwar durch Erdrosseln, wozu auch die zyanotische Gesichtsfärbung, die Drosselungsmale am Hals, die stark ausgeprägten Einblutungen in der Augenbindehaut und der unwillkürliche Abgang von Kot passen. Im Mund der Leiche des Joey McGregan befand sich als Knebel dessen zusammengeknüllte und mit Speichel und Blut getränkte Unterhose (Asservat Nr. 8). Offenbar ist das Wäschestück so gewaltsam in den Mund des Opfers gepresst worden, dass das Zungenbändchen dabei gerissen ist. Die Leichenflecke auf der Vorderseite des Toten sind nur schwach ausgebildet, da der Körper durch den Bauchschnitt weitgehend ausgeblutet war. Das Genital des J. McG., das (durch die Bauchlage bei Auffindung) vor Brandschäden geschützt war, weist an Penis und Hoden mehrere frische punktförmige Einstiche mit umgebenden Hämatomen von ca. 2 mm Durchmesser auf. Das Tatwerkzeug hierzu (vermutlich die buchstäbliche Nadel im Heuhaufen) konnte jedoch nicht gefunden werden. Das Messer, mit dem der Leib des J. McG. aufgeschlitzt wurde, ein Küchenmesser der Marke Zwilling mit Metallgriff und 12 cm langer Klinge (Asservat Nr. 7), lag dagegen in unmittelbarer Nähe der zweiten Leiche und wies die Fingerabdrücke von Jonas Werneck auf. Wobei erwähnt werden muss, dass das Messer nur klar umrissene einmalige Abdrücke aufweist. Darunter konnten verwischte Blutspuren festgestellt werden, so als sei der Griff nach Gebrauch zunächst abgewischt und dann wieder in die Hand genommen worden. Folglich kann das Messer dem toten Jonas W. auch in die Hand gedrückt worden sein, um den Tatverdacht auf ihn zu lenken. Beide Leichen liegen bei Auffindung dicht nebeneinander, umgeben von blutgetränkten Kleidungsstücken. Tatort und Fundort sind also identisch.

Zum Tod von Jonas Werneck hat – nach Augenschein und bestätigt durch Obduktion sowie Laboruntersuchungen – stumpfe Gewalt geführt, eine doppelte Fraktur des Schädeldachs und der Schädelbasis, verursacht durch mehrfache Schläge mit einer eisernen Deichsel (Asservat Nr. 4, mit Blut-, Haar- und Hautgewebeanhaftungen); sie gehört zu einer rostigen alten Egge, die sich in der Scheune befindet. Da dieses Tatwerkzeug stark korrodiert ist, konnten auf dem porösen Material keine brauchbaren Fingerabdrücke gesichert werden. Zudem ist davon auszugehen, dass Feuer und Ruß sowie nicht zuletzt die Löscharbeiten relevante Spuren darauf vernichtet haben. Das gilt auch für Spuren auf dem Beton des Scheunenbodens sowie vor dem Eingang der Scheune. Nur in dem an der Außenseite befindlichen Winkel des Eingangstors findet sich schließlich auf einer Länge von 6 cm der noch intakte blutige Abdruck eines Fahrradreifens mit deutlich erkennbarem Profil (Asservat Nr. 11).

Das Gesamtszenario deutet auf den ersten Blick darauf hin, dass Joey McGregan von Jonas Werneck, dieser wiederum von einem Dritten getötet wurde, der danach zur Vertuschung der Tat den Brand gelegt hat. Die Spuren auf dem Tatmesser lassen jedoch ebenso die Möglichkeit zu, dass die dritte Person beide Tötungsdelikte begangen und das Indiz für die Täterschaft, den Mord an J. McG. betreffend, gefälscht hat. Der letztere Verdacht wird auch dadurch genährt, dass die Leiche des J. Werneck mit mehr Stroh bedeckt und gründlicher mit Benzin übergossen wurde als die andere Leiche, daher auch stärker verbrannt war. Ein weiteres Indiz, das diese Möglichkeit des Tathergangs nahelegt: Das Mofakennzeichen ist entfernt worden, vermutlich, um die Identifizierung von J. Werneck zusätzlich zu erschweren. Insgesamt legt die allgemeine Tatortsituation den Schluss nahe, dass der Brand zur Vertuschung der Tötungsdelikte in großer Eile und ohne vorherige Planung gelegt worden ist.

Kurz nach 24 Uhr werden Herr und Frau McGregan von Kommissarin Lomberg und mir benachrichtigt. Die Mutter berichtet, Joey habe ihr am Vortag Geld gestohlen und sei aus Scham und Angst vor Bestrafung davongelaufen, bevor Herr McGregan von der Arbeit kam.

Die Mutter des zweiten Opfers treffen Kollegin Lomberg und ich am nächsten Tag um 11:45 Uhr zu Hause an. Bei der Nachricht vom Tod des Sohnes reagiert sie zunächst schockiert, erleidet einen kurzen Schwächeanfall und gerät dann vollkommen außer Kontrolle: Sie schreit ihren ebenfalls anwesenden 19-jährigen Stiefsohn Martin Werneck an, beschuldigt ihn, dass er Jonas unbeaufsichtigt auf den Rummel habe gehen lassen. Im gleichen Atemzug äußert sie Selbstvorwürfe, dass auch sie nicht genug auf Jonas aufgepasst habe. Martin W. bleibt auffallend kontrolliert. Er rechtfertigt sich damit, dass er einem fast 15-Jährigen nicht verbieten könne, den Rummel zu besuchen. Befragt, was er am Nachmittag und frühen Abend des vorangegangenen Tages gemacht habe, gibt Martin W. ohne Zögern an, er habe sich die ganze Zeit zu Hause mit einem Computervirus herumgeschlagen. Darauf wendet Frau Werneck ein, das könne nicht sein, sie habe, als sie von der Arbeit gekommen sei, nicht nur nach Jonas, sondern auch nach ihm in Haus und Garten gesucht. Sein Fahrrad sei nicht da gewesen. Worauf Martin, wiederum ruhig und ohne Zögern, aussagt, das sei dann offenbar gerade um die Zeit gewesen, als er sich mit dem Fahrrad einen Döner geholt habe.

Nach der Identifizierung ihres Sohnes Jonas in der Pathologie wirkt Frau Werneck wieder einigermaßen gefasst und gibt im Präsidium Folgendes zu Protokoll: Sie sei am Tattag um ca. 18 Uhr von ihrer Arbeitsstelle nach Hause gekommen und habe Jonas nicht wie sonst angetroffen, auch keine Nachricht von ihm vorgefunden. Zudem sei sein Halbbruder Martin nicht anwesend gewesen.

Da Jonas offenbar auch den von seiner Mutter gewünschten Einkauf nicht erledigt hatte, sei Frau Werneck selbst zu einem Kaufhaus in Steglitz gefahren. Bei ihrer Rückkehr um ca. 20 Uhr habe sie Martin in der Badewanne liegend angetroffen.

Ihr gegenüber – wie auch später bei seiner ersten Vernehmung – gibt Martin Werneck an, sein Halbbruder habe nachmittags mit dem Mofa auf den Rummel (deutsch-amerikanisches Freundschaftsfest an der Clayallee) fahren wollen. Daraufhin ruft Frau Werneck beunruhigt einige Freunde von Jonas an und, da niemand etwas über seinen Verbleib weiß, die Krankenhäuser. Gegen 22 Uhr meldet sie ihn bei der Dienststelle Zehlendorf als vermisst.

Die weiteren Ermittlungen ergeben, dass die Fahrradspuren am Tatort exakt zu den Reifen des Rades von Martin W. passen. Seiner Behauptung, am Nachmittag des Tattages zu Hause gewesen zu sein und Hausaufgaben gemacht zu haben, widerspricht die Zeugenaussage der Nachbarin Frau Schmittke: Nach deren Beobachtung ist Martin W. gegen 13 Uhr mit dem Schulrucksack per Fahrrad nach Hause gekommen und kurz darauf ohne Rucksack, aber mit einer Plastiktüte auf dem Gepäckträger wieder weggefahren. Da er sein Rad gewöhnlich unter dem seitlichen Garagendach abstellt, kann Frau Schmittke diesen Platz von ihrer Küche aus einsehen. Des Weiteren sagt Frau Schmittke aus, sie habe Jonas Werneck mindestens eine Stunde vor Martin nach Hause kommen sehen und ihn später mit seinem Mofa davonknattern hören, und zwar ca. eine Stunde nachdem Martin weggefahren sei. Daraufhin wird Martin Werneck unter dringendem Tatverdacht festgenommen.

Konfrontiert mit der Aussage der Nachbarin und den Indizien am Tatort leugnet er zunächst, in der Scheune gewesen zu sein. Auf eigenen Wunsch wird ihm ein Verteidiger gestellt. Die Staatsanwaltschaft erteilt die Erlaubnis zur Hausdurchsuchung, die jedoch keine tatrelevanten Ergebnisse zeitigt.

Die gentechnische Untersuchung ergibt, dass sich auf dem Tatwerkzeug *Deichsel* neben Haaren und Hautpartikeln von Jonas Werneck auch Hautpartikel von Martin Werneck befinden. Konfrontiert mit diesen Indizien und im Beisein seines Anwalts legt Martin Werneck nun ohne weiteres Leugnen ein umfassendes Geständnis ab: Er sei tatsächlich schon vor seinem Bruder und ohne dessen Wissen auf das Volksfest gefahren. Nachdem er etwa zwei Stunden dort verbracht habe, hätte er zufällig seinen Bruder gesehen und beobachtet, wie dieser einem kleinen Jungen, den er bei der Vernehmung als Joey McGregan identifiziert, Pommes und Würstchen spendiert habe. Danach sei Jonas mit dem Mofa und dem fremden Jungen auf dem Sozius weggefahren. Diese Beobachtung habe in Martin den Verdacht wachgerufen, dass sein Bruder an dem kleinen Jungen sexuelle Handlungen vorzunehmen beabsichtige. Jonas habe nämlich ein paar Tage zuvor aus eigenem Antrieb ein Gespräch über Sex mit ihm geführt und ihm dabei gestanden, dass er sich zu Jungen hingezogen fühle bzw. dass ihn die Vorstellung, Sex mit Mädchen zu haben, anekle. Martin W. habe das zunächst nicht ernst genommen, Jonas sei ja in der Pubertät gewesen. Nun aber, auf dem Rummelplatz, habe er beschlossen, sich Gewissheit zu verschaffen und seinen Bruder zu beobachten. Da er jedoch sein Fahrrad am entgegengesetzten Ende des Rummelplatzes abgestellt hatte, habe Jonas einen größeren Vorsprung gehabt und sei deshalb lange vor Martin in der halbverfallenen Scheune angekommen. Auf die Frage, woher er wissen konnte, dass Jonas mit dem Jungen zur Scheune fahren würde, antwortet Martin: «Weil ich ihm die selbst gezeigt habe.» Martin habe sich dort als Kind manchmal vor seinem Vater versteckt. Nach dem Tod seines Vaters aber habe er die Scheune nur noch einmal aufgesucht, bei einer gemeinsamen Tour an Jonas' 14. Geburtstag, Jonas auf seinem neuen Mofa und Martin mit dem Fahrrad. (Diese Aussage wird später von Frau Werneck insofern bestätigt, als Jonas ihr von der Fahrt mit seinem Bruder berichtet hat.) Jetzt habe Martin rein instinktiv überlegt, dass dieser abgelegene Ort geeignet wäre, sich heimlich an einem kleinen Jungen zu vergehen. Als er an der Scheune angekommen sei, habe er entsetzt feststellen müssen, dass sein Halbbruder Joey bereits getötet hatte.

Auf mehrfaches Nachfragen gibt er zunächst an, nicht mehr genau zu wissen, wie viel Zeit vergangen sei, bevor er seinem Bruder gefolgt ist. (Die inszenierte Tötung muss wesentlich längere Zeit in Anspruch genommen haben als der Vorsprung, den Jonas W. vor Martin W. gehabt haben kann.) Schließlich legt sich der Beschuldigte darauf fest, dass er nicht sofort an die Scheune gedacht habe, sondern zunächst noch auf dem Rummel geblieben sei, um sich darüber klarzuwerden, was er von dem Beobachteten halten solle. Wie lange, wisse er nicht genau. Als er dann den aufgehängten, aufgeschnittenen und bereits toten Jungen gesehen habe, sei er ausgerastet. Er habe an sein eigenes Leid in der Kindheit denken müssen, daran, dass sein Vater ihn, Martin, wiederholt sexuell missbraucht und grausam bestraft habe, wenn er sich wehrte. Und nun habe er feststellen müssen, dass Jonas in die Fußstapfen seines Vaters getreten sei, ja, dass er noch schlimmer sei als sein Vater. Eine übermächtige Wut habe ihn da gepackt.

Martin W. gibt an, (trotz Ausrastens!) eine klare Erinnerung an seine Handlungen gleich nach Eintreffen in der Scheune zu haben. Zuerst habe er seinen Bruder, der im Licht einer Kerze mit dem blutigen Messer in der Hand vor Joey stand, weggestoßen und versucht, den Strick zu lösen, mit dem der Junge aufgehängt war. Dabei habe er erkannt, dass Joey bereits tot war, worauf er in rasender Wut nach dem nächsten Gegenstand (die eiserne Deichsel) gegriffen und damit auf den Bruder eingeschlagen habe, bis der sich nicht mehr gerührt habe. Dann erst sei er sich dessen bewusst geworden, was er angerichtet habe. Er habe Angst bekommen, dass man ihm seine Geschichte nicht glauben würde, jetzt, da Jonas die Wahrheit nicht mehr aussagen konnte. Aus diesem Grund habe er beschlossen, die Spuren zu beseitigen. Da er keine Schaufel bei sich hatte, habe er die Leichen nicht vergraben können, habe sich aber auch nicht getraut, sie liegenzulassen und später mit einem Werkzeug zurückzukommen, aus Angst, frei laufende Hunde könnten die Leichen in der Zwischenzeit entdecken und Leute darauf aufmerksam machen. Aufgrund dieser Überlegungen habe er beschlossen, den Brand zu legen. In der Dunkelheit, habe er gedacht, würde man das Feuer nicht entdecken, weil nachts niemand in diesen abgelegenen Wald gehe. (Die nächsten Häuser liegen über 1 km entfernt, und die Scheune ist von dort aus wegen der umgebenden Bäume und Büsche auch bei Tag nicht zu sehen.) Seine blutbefleckte und schmutzige Kleidung habe Martin W. zu Hause sofort in die Waschmaschine gesteckt, dann sein Fahrrad mit dem Gartenschlauch gereinigt, anschließend sich selbst in der Badewanne. Wegen des umfassenden Geständnisses von Martin W. erübrigte sich die Untersuchung der Kleidung auf Faserspuren und wäre wegen der Wäsche auch nicht mehr zu einem unanfechtbaren Ergebnis gekommen. Stattdessen wurden trotz Wäsche Spuren von Blut an den Vorderseiten der Hosenbeine und an der Jeansjacke gefunden. Die Blutgruppen konnten den beiden Opfern zugeordnet werden. Nach Aussage von Martin W. sind die Blutflecke beim Herabziehen des toten Joey und beim Bedecken beider Leichen und ihrer Kleidung mit Stroh entstanden. Das Mofa-Nummernschild habe er zwecks Erschwerung der späteren Identifizierung entfernt und mitgenommen. Auf dem Rückweg von der Scheune habe er es in den Teltowkanal geworfen, ebenso seine eigenen blutbeschmutzten Turnschuhe.

Das Fahrrad von Martin Werneck wurde auf Fasern der Kleidung von Joey McGregan untersucht, um zu ermitteln, ob Joey damit statt mit dem Mofa zur Scheune gebracht worden sein könnte. Auch dieser Beweis konnte jedoch wegen der zuvor erfolgten Reinigung nicht mit ausreichender Sicherheit erhoben werden. Ebenso konnten Faser- und andere Spuren am Mofa zur Stützung oder Widerlegung der Aussage von Martin Werneck wegen der Feuer- und Löschwassereinwirkung nicht mehr sichergestellt werden.

Befragt nach seinen sexuellen Präferenzen gibt Martin Werneck an, keinesfalls homosexuell zu sein, und benennt seine Freundin Katrin Weiss als Zeugin. Die 22-Jährige bestätigt, mit Martin W. seit drei Monaten befreundet zu sein und mit ihm sexuell verkehrt zu haben.

Nach meiner Einschätzung und der von Kommissarin Lomberg und Kommissar Gebhart ist die Aussage von Martin Werneck, sein Bruder habe Joey McGregan getötet, nicht beweiskräftig zu widerlegen, zumal keine weiteren Zeugen gefunden werden konnten. Auch die Durchsuchung des Wohnhauses und der Laptops der beiden Werneck-Brüder haben keine tatrelevanten Erkenntnisse gebracht. Jedoch spricht alle polizeiliche Erfahrung dagegen, dass ein Junge im Alter von 14 Jahren eine solch ausgeklügelt brutale Tat begangen haben könnte. Zumeist weisen derartige Täter eine Vorgeschichte von Eigentumsdelikten über Gewalttätigkeit und Brandstiftung bis zu Vergewaltigung auf. Über Jonas Werneck konnte derlei nicht in Erfahrung gebracht werden, im Gegenteil, er war bei seinen Lehrern, Mitschülern und Freunden beliebt. Allerdings ist auch im Falle von Martin Werneck, der als Einzelgänger gilt, keine einschlägige Vorgeschichte zu ermitteln gewesen, abgesehen von einigen Wutausbrüchen bzw. harmloseren Schulhofrangeleien, die nach Aussagen von Mitschülern schon zwei bis drei Jahre zurückliegen. Trotzdem möchte ich persönlich hinzufügen: Zweifel bleiben.

Gezeichnet: Hauptkommissar Hanno Schneider
Leiter der Soko *SCHEUNE*

Irene schwieg nach dem Lesen. Sie schwieg, als sie mit Schneider im Aufzug hinunterfuhr, schwieg, als er sie zu ihrem Wagen begleitete. Er drängte sie nicht zu sprechen, sie würde doch nur anfangen zu weinen. Sie brauchte Zeit, um ihre Gedanken und Gefühle zu sortieren. Allein. So jedenfalls schätzte er sie ein: eine Frau, die es gewohnt war, ihre Probleme selbst zu lösen. In ein paar Tagen würde er sie anrufen. Einen Moment lang überlegte er, ob es dann zu spät sein könnte. Aber sie schien ihm nicht der Typ für eine unwiderrufliche Verzweiflungstat.

Irene schwieg weiter, als sie nach Hause kam und Martin in der Küche begegnete. Er aß mit Genuss ein Schinkenbrot und trank Bier aus der Flasche.

«Schinken und Käse sind alle», sagte er aufgeräumt. «Gute Nacht.»

Mit Brot und Bier ging er in seine Mansarde hinauf. Kein Wort darüber, wo sie gewesen war, ob sie schon gegessen hatte oder sonst etwas Persönliches. Natürlich nicht. Er lebte hier wie in einem Hotel, und das Personal fragt man ja auch nicht, wie's geht. Ihm fiel nicht einmal auf, dass sie keinen Ton sagte. Oder es kümmerte ihn nicht.

Sie aß Joghurt und Bananen und trank Fruchtsaft, im Stehen und ohne Appetit, nur um nicht noch dünner zu werden und weil sie es leicht herunterbekam. Und sie war froh, allein zu sein, nicht reden zu müssen. Schon gar nicht mit Martin. Nicht jetzt. Sie hätte nur angefangen zu heulen und kopflos Beschuldigungen herauszuschreien. Ein hysterischer Anfall hätte ihr jetzt gerade noch gefehlt. Ruhig bleiben. *Konzentriere dich, Irene.* Aber wie, jetzt, da der ganze Schrecken jener Nacht des Wartens und der Zeit danach wieder lebendig geworden war? Die Zeit heilt nichts.

Doch besser mit jemandem darüber reden? Mit Sybille? Aber wie hätte Sybille ihr helfen können? Sie hätte ihr zuerst die Beschreibung aller grausigen Details zumuten müssen. Nein, wozu ihr diesen Albtraum aufbürden. Freundinnen müssen nicht alles teilen. Irene musste die Bilder in ihrem Kopf allein bewältigen, musste sie irgendwie abstrahieren, damit sie über das Gelesene nachdenken konnte.

Sie schloss sich in ihrem Zimmer ein, setzte sich bei heruntergelassener Jalousie in ihren bequemen Ledersessel mit dem kleinen Lesetisch daneben – ein ganz ähnliches Arrangement wie das in Hanno Schneiders Büro – und versuchte, sich zu konzentrieren. Aber sobald sie die Augen schloss, überschwemmten die blutigen Bilder in rasendem Durcheinander ihr Hirn und beschleunigten ihren Herzschlag. Und sie spürte Martins Anwesenheit im Haus noch deutlicher, hörte seine Musik aus der Mansarde, nicht laut, nur als entfernten dünnen Klangteppich, strukturiert von vibrierenden Bässen. Sie wollte es nicht, aber all ihre Sensoren richteten sich automatisch nach ihm aus. Was machte er die ganze Zeit in seiner Mansarde? Welchen ekelerregenden Gelüsten gab er sich da oben heimlich hin?

Erst als die Musik ausgeschaltet wurde, als sie Martin die Treppen hinunterlaufen hörte, die Haustür ins Schloss fiel und er mit dem Fahrrad wegfuhr – sie beobachtete ihn durch die

Blätter der Palme am Fenster hindurch –, erst jetzt schaffte sie es, sich zu sammeln. Sie versuchte es mit einer Art Autosuggestion. Es kostete enorme Anstrengung, aber schließlich gelang es ihr, sich die blutige Szenerie in der Scheune als Zeichnung vorzustellen, wie einen Comic, eine Computeranimation. Schließlich fertigte sie auf einem Blatt Papier eine Strichzeichnung davon an, so karg und auf das Wesentliche beschränkt, wie sie gewöhnlich die ersten Ideen zu architektonischen Entwürfen skizzierte. So wie auf Grundrissen Bäume nur als leere Kreise angedeutet wurden, so blendete sie jetzt die Gesichter der Jungen aus. Keine Details, keine Mimik und folglich keine Gefühle. Kein Grauen. Nimm den Figuren ihre Persönlichkeit, und sie berühren dich nicht mehr. Das war der Trick, der ihr zu ihrer eigenen Überraschung half, die Fakten aus dem Polizeibericht und Martins Aussagen vor Gericht zu rekapitulieren, sie einigermaßen kühl und sachlich von außen zu betrachten. Warum kam sie erst jetzt darauf?

Gab es Fehler? Schwachpunkte? Ungereimtheiten? Martin war keine Antwort schuldig geblieben. Doch wie konnte Jonas, der wegen einer Schilddrüsenüberfunktion zuletzt etwas untergewichtig und schnell erschöpft war, wie konnte dieser gerade einen Meter fünfundsechzig kleine, schmalschultrige Junge den Körper des anderen Jungen an einem Seil hochziehen? Den Zeitungsfotos nach konnte der für sein Alter relativ hochgewachsene und kräftige Joey nicht viel leichter als ihr Jonas gewesen sein. Joey musste sich doch auch heftig gewehrt haben. Man kann ein argloses Kind sicher leicht überrumpeln und fesseln. Ein Mensch aber, selbst ein zehnjähriger Junge, der gewürgt wird und Todesangst leidet, entwickelt doch viel größere Kräfte, trotz der Fesseln.

Außerdem teilte Irene Schneiders Skepsis, was das Messer

betraf: Wieso war es erst abgewischt und dann noch einmal benutzt worden? Bei einem Mord säuberte man das Messer doch nicht zwischendurch, wie Irene es in der Küche tat, etwa nachdem sie Fleisch geschnitten hatte und bevor sie Salat mit demselben Werkzeug zerkleinerte.

Überhaupt: das Messer. In Irenes Küche fehlte keines, und sie konnte sich nicht vorstellen, dass Jonas sich eines gekauft haben sollte. Seit er sich als Zwölfjähriger beim Schnitzen die Sehne des linken Daumens durchtrennt hatte, genäht werden und drei Monate lang einen Gipsverband tragen musste, hatte er größten Respekt vor scharfen Klingen. Okay, er hatte das auch als Vorwand benutzt, um fortan nicht mehr bei der Küchenarbeit helfen zu müssen. Aber das Interesse an Schnitzereien hatte er seither verloren. Dass er insgeheim von Messern fasziniert gewesen sein könnte – schwer vorstellbar. Das sah schon eher Martin ähnlich, Martin mit seiner Vorliebe für Action- und Horrorfilme und Computerspiele voller Gewalt. Und für Werkzeuge, mit denen sich ordentlich schrauben und hämmern ließ; Handwerksarbeiten der gröberen Sorte hatte er schon als Kind gemocht.

Martin. Irene atmete tief durch. Martin hatte ihr vor Gericht emotionale Kälte vorgeworfen. Ihre Beziehung zu ihrem Stiefsohn war nie besonders innig gewesen, das stimmte schon. Aber deshalb war sie nicht kalt. Martin hatte es ihr und den meisten anderen Menschen in seiner Umgebung nicht leichtgemacht. Er war von klein an eher verschlossen gewesen. Mit nicht einmal vier Jahren, als sie ihn kennenlernte, war er jedenfalls schon so gewesen.

Seine leibliche Mutter war nach seiner Geburt in die berüchtigte *postnatale Stimmungsstörung* gefallen, die sich, der harmlos klingenden Bezeichnung zum Trotz, als tiefe, hartnäckige Depression entpuppte. Dass ihr Kind kurz nach der Geburt um ein Haar gestorben wäre und nur durch eine Notoperation gerettet werden konnte, schien sie kaum wahrzunehmen. Das gefürchtete schwarze Loch umschloss sie so fest, dass sie sich nicht um den Säugling kümmern konnte. Nach ein, zwei Wochen im Krankenhaus hatte man sie in eine psychiatrische Klinik eingewiesen. Ein halbes Jahr später erhängte sie sich.

Martins Vater war Lebensmittelchemiker, entwickelte im Labor eines großen Konzerns Käsebakterien und betreute mit seiner Firma verbundene Milchproduktehersteller im In- und Ausland. Wochentags war er ständig unterwegs oder arbeitete zu unregelmäßigen Zeiten im Labor, sodass er nur an den Wochenenden für seinen Sohn sorgen konnte. Daher lebte Martin bei seiner Großmutter mütterlicherseits. Sein Omili schien das einzige Wesen zu sein, für das er Zuneigung entwickelte, so jedenfalls kam es Irene später vor. Die Großmutter versuchte, ihm die Eltern zu ersetzen und ihn für seine Leiden zu entschädigen, indem sie ihn verwöhnte und ihm durchgehen ließ, was sie ihrer eigenen Tochter im gleichen Alter entschlossen ausgetrieben hatte, etwa beim Füttern mit Milchfläschchen und Breitellern um sich zu werfen.

Als sie mit einem schweren Schlaganfall ins Krankenhaus und anschließend monatelang in ein Rehabilitationszentrum kam, nahm Joachim unbezahlten Urlaub, um eine Pflegestelle für ihn zu suchen. Schließlich fand er eine vertrauenswürdige Familie mit mehreren eigenen Kindern, verlor aber dieses Vertrauen wieder, als die Pflegemutter nach wenigen Wochen Martins Benehmen «aggressiv und egozentrisch» nannte. Wie sollte sich denn auch ein Kleinkind von gerade mal achtzehn Monaten gegen eine Horde älterer Kinder behaupten und auf seine Bedürfnisse aufmerksam machen, wenn nicht durch Schreien,

Strampeln und Boxen? Joachim war empört. Dass sich Martin damals noch nicht gesittet in Worten mitteilen, noch nicht einmal «Oma» oder «Papa» sagen konnte, dass er nicht laufen konnte, nur krabbeln, das war nicht seine Schuld. Niemand war dafür verantwortlich. Der arme kleine Kerl war eben durch die schwere Operation am Beginn seines Lebens in seiner Entwicklung gehemmt.

Martin wurde in die nächste Pflegefamilie weitergereicht. Sein Vater holte ihn zwar an den meisten Wochenenden nach Hause, aber er wusste natürlich, dass das nicht genug war, um eine wirklich innige Beziehung zu seinem Sohn aufzubauen. Er hatte deswegen ein chronisch schlechtes Gewissen, konnte jedoch, wenn er seinen Beruf nicht aufgeben wollte, nichts an der Situation ändern. Bis sich seine und Irenes Wege kreuzten.

Irene war siebenunddreißig, schon lange geschieden und bereit, sich noch einmal dauerhaft an einen Mann zu binden, wenn es bloß nicht wieder so ein Chaot war wie ihr erster. Sie verliebten sich ineinander, nicht Hals über Kopf, sondern vorsichtig und langsam, auf eine vernünftige, ruhige Art, gespickt mit Anfällen von Leidenschaft. Nach einem halben Jahr heirateten sie. Als Irene bald darauf schwanger wurde, beschloss sie, ihre Karriere für eine Weile zu unterbrechen. Schließlich gab es noch andere Statik-Experten, mit denen ihre beiden Kollegen zusammenarbeiten konnten. Irene mochte keine halben Sachen, und wenn sie schon ein Kind in die Welt setzte, dann wollte sie sich auch richtig darum kümmern. Zumindest die prägende erste Zeit über. Außerdem konnten sie und Joachim dann endlich auch Martin eine richtige Familie bieten.

Lange Zeit dachten Irene und Joachim, dass Martins auffallende Zurückhaltung, vor allem seiner neuen Mutter gegenüber, mit seiner problematischen frühen Kindheit zu tun hatte. Er würde schon auftauen, wenn sie ihm nur beharrlich und deutlich genug zeigten, dass er geliebt wurde und in Sicherheit war. Aber dann stellte sich heraus, dass auch Jonas nicht pflegeleicht war, wenn auch auf andere Weise. Schon als Kleinkind litt er an Neurodermitis und war extrem anfällig für allerlei Infektionskrankheiten. Auch Martin fing sich als Kind jeden Bazillus ein, nur besaß er eine robuste Konstitution und überwand alle Kinderkrankheiten relativ schnell und unstrapaziös. Bei Jonas hingegen konnte sich eine harmlos erscheinende Erkältung zu einer lebensbedrohlichen Lungenentzündung auswachsen. Die Folge war, dass Jonas zeitweise von Außenkontakten abgeschirmt werden musste.

Joachim und Irene war dabei unbehaglich zumute, sie fürchteten, ihre beiden Jungs könnten vereinsamen, weil sie wegen dieser Empfindlichkeit keine richtigen Freundschaften mit anderen Kindern aufbauen konnten. Auch Martin musste ja auf Jonas Rücksicht nehmen. Allerdings schien er sowieso nicht viele Freunde zu haben. Manchmal bekam Irene mit, dass Martin zu Kindern in der Nachbarschaft ging. Wenn sie ihn dann fragte, ob er diesen oder jenen wieder besucht habe, schüttelte er meistens den Kopf oder antwortete überhaupt nicht. Seine Freundschaften schienen nie von Dauer zu sein.

Der Zwang, Rücksicht auf Jonas zu nehmen, lockerte sich erst, als diesem mit sechs Jahren die häufig vereiterten Mandeln herausoperiert wurden. Danach stabilisierte sich sein Gesundheitszustand. Kinder kamen ins Haus, die unbeschwerte Zeit der Gartenpartys begann. Bis dahin aber hatten Irene und Joachim kein Risiko eingehen wollen, und wenn Martin eine Grippe oder etwas Ansteckendes bekam, gaben sie ihn in die

Obhut seiner Großmutter. Gudrun war inzwischen von den Nachwirkungen des Schlaganfalls genesen und kümmerte sich mit Vergnügen um ihren Enkel, wann immer die Situation es erforderte. Niemand hätte je gedacht, dass Martin sich abgeschoben fühlen könnte, wie er später aussagte. Alle dachten, er wäre gern bei seinem Omili. Dort gab es praktisch keine Verbote für ihn. Immer, wenn Martin von den Besuchen bei ihr zurückkehrte, wirkte er besonders selbstsicher. Herrisch, könnte man auch sagen. Er kommandierte seinen kleinen Bruder dann mit Genuss herum.

Wirklich Genuss? Irene ertappte sich dabei, dass sie parteiisch war. Wie früher nahm sie Jonas gegen Martin in Schutz. So kam sie nicht weiter.

ZWEI

Nachdem ich mit der Tür in sein Haus gefallen war, hat Martin mir tatsächlich eine Mail geschickt, gleich am nächsten Tag. Wir verabredeten uns am Potsdamer Platz, absichtlich an einem Ort mit vielen Leuten, vor allem Touristen, weil Martin nicht erkannt werden wollte. In der Masse fällt man nicht auf, meinte er. Es stimmte. Praktisch versteckt zwischen Hunderten anderer Menschen, saßen wir über eine Stunde lang am Brunnenrand, tranken Cola, und ich erzählte ihm von mir und meiner Familie. Er wollte alles wissen. Und ich war so glücklich, dass er sich für mich interessierte.

Von da an haben wir uns immer per E-Mail verabredet und ungefähr zweimal die Woche getroffen, heimlich. Warum ich es meiner Mutter nicht sagen wollte, versteht sich von selbst: Sie hätte mich ja doch nur dauernd vollgelabert, dass ich mir etwas Besseres suchen sollte als einen verurteilten Totschläger. Weil so etwas keine Zukunft hat. Mit Zukunft meinte meine Mutter natürlich, dass ich mir nach dem Schulabgang möglichst schnell einen großzügigen Mann mit gutbezahlter Arbeit in einem krisensicheren Beruf angeln sollte. Ich hatte immer das Gefühl, dass sie mir nicht zutraut, mein Geld selbst zu verdienen, und vielleicht hatte sie sogar recht, keine Ahnung. Jetzt ist es jedenfalls zu spät, um das Gegenteil zu beweisen.

Da Martin ja auch nicht gerade das große Vertrauensverhältnis zu seiner Stiefmutter hatte, trafen wir uns nie bei ihm oder bei mir zu Hause, sondern waren irgendwo unterwegs. Wir entdeckten viele Gemeinsamkeiten. Unsere Ansichten über Mütter beispielsweise. Was eine gute Mutter ist und was nicht. Was nicht, war natürlich klar: meine und seine. Eine gute Mutter dagegen war für uns eine, die zuallererst den Mann liebt und die Kinder aus Liebe bekommt, ohne jede Berechnung. Und die folglich ihre Kinder, selbst wenn es nicht die leiblichen sind, genauso bedingungslos lieben kann wie ihren Mann.

Martin erzählte mir auch von dem, was sein Vater ihm angetan hatte, Einzelheiten, die ich noch nicht aus der Presse kannte. Und die ich mir lieber nicht vorstellen wollte, weil mich davor gruselte. Aber es war Martin offenbar ein Bedürfnis, es loszuwerden, also hörte ich zu. Das war das mindeste, was ich für ihn tun konnte, fand ich. Auch die Geschichte, die ich schon aus der Zeitung kannte, wie ihn sein Vater zur Strafe auf den glühenden Holzkohlegrill gesetzt hat, erzählte er nochmal ausführlich.

Sein Leiden begann, als er zehn war, und endete mit vierzehn, als sein Vater an einem Herzinfarkt starb. Ich fand es schade, dass man ihn jetzt nicht mehr zur Rechenschaft ziehen konnte. Aber Martin war – was ich unbegreiflich und zugleich großzügig fand – überhaupt nicht nachtragend. Hauptsache, er war seinen

Vater los. Er meinte auch, dass sein Vater seinen kleinen Bruder nur deshalb verschont habe, weil Jonas so ein zimperliches Muttersöhnchen gewesen sei. Der hätte seiner Mama bestimmt alles brühwarm erzählt. Martin dagegen hatte alles still ertragen, weil er wusste, dass seine Stiefmutter ihm sowieso nicht geglaubt hätte, einfach, weil sie Martin vom ersten Moment an nicht leiden konnte.

Damals empfand ich es als eine seltsame Ironie des Schicksals, dass Martins Halbbruder später andere Kinder gequält hat, obwohl er so verhätschelt worden ist. Dass er sogar viel schlimmer geworden ist als sein Vater. Selbst noch ein Kind und schon ein Kindermörder. Tolle Karriere. Martin dagegen sah ich als Racheengel, in der Scheune genauso wie damals vor meiner Schule, als er mich vor den zwei Jungs in Schutz genommen hatte. Dass er vom Gericht überhaupt bestraft worden war, fand ich total ungerecht.

Eigentlich passierte gar nichts Besonderes, wenn wir uns trafen. Manchmal gingen wir ins Kino. Wir mochten die gleichen Action- und Liebesfilme. Martin mochte auch Horrorfilme, aber weil ich die nicht sehen wollte, schaute er sie auch nicht mehr an. Fand ich total süß von ihm. Meistens stromerten wir nur so auf dem Kiez herum und guckten in die Schaufenster. Gekauft haben wir nie etwas, weil wir uns immer erst nach Ladenschluss trafen und weil wir sowieso zu wenig Geld hatten. Wir tranken lieber Cola in Straßencafés und beobachteten Leute. Oder erkundeten neue Clubs, wenn wir uns spätnachts trafen. Wir tanzten beide gern, am liebsten zu Rockmusik aus den siebziger und achtziger Jahren, jedenfalls keine langsamen Sachen, die mochte Martin nicht, weil er leicht schwitzte, das war ihm unangenehm beim engen Tanzen.

Manchmal fuhren wir auch an den Wannsee oder an den

Müggelsee, wenn wir mehr als zwei oder drei Stunden Zeit hatten. Oft kam das nicht vor, weil Martin das Abi in Fernkursen nachholen und gleichzeitig den Führerschein machen wollte. Und ich ließ mich von seinem Arbeitseifer anstecken und tat ebenfalls mehr für die Schule. Ich beschloss, jetzt auch bis zum Abitur weiterzumachen. Außerdem musste ich mich ja noch um meinen kleinen Bruder kümmern. Martin meinte, wir könnten Benny ja an den See zum Bötchenfahren mitnehmen, aber ich wollte das nicht. Wahrscheinlich, weil ich Benny dann die Wahrheit über Martin hätte sagen müssen. Wer er war. Woher ich ihn kannte. Was er getan hatte. Oder Martin hätte es ihm von sich aus erzählt. Benny war immer so neugierig und posaunte dann alles aus. Noch sollte niemand etwas von unserer Beziehung erfahren. Belügen wollte ich Benny aber auch nicht. Also halte ich sie besser auseinander, dachte ich.

Wenn ich sage, wir erzählten uns unser Leben, dann heißt das vor allem: Ich redete von meinem. Im Nachhinein habe ich gemerkt, dass er mir eigentlich gar nicht so viel von sich selbst erzählt hat, außer ein paar Geschichten aus seiner Kindheit bei der Großmutter und Einzelheiten über die Misshandlungen durch seinen Vater. Dafür habe ich Martin so sehr vertraut, dass ich ihm Dinge von mir gebeichtet habe, die nie jemand erfahren sollte. Dass ich gelegentlich in Klamottenläden gestohlen habe, zum Beispiel. Er fand das harmlos, hat selbst oft geklaut. Da er hartnäckig gefragt hat, habe ich ihm auch meine erotischen Abenteuer gestanden. Viele waren es ja nicht in den vier Jahren seit meinem ersten Kuss von ihm. Aber manche Erlebnisse waren wohl nicht ganz das, was sich anständige Eltern für ihre brave Tochter wünschen. Der nächtliche Quickie im Hinterhof mit irgendeiner Partybekanntschaft zum Beispiel. Martin dagegen fand so was eher lustig, und das hat mich erleichtert.

Deshalb habe ich ihm auch erzählt, wovon ich insgeheim seit Jahren besessen war: von der Vorstellung, dem Drang, etwas ganz Irres zu tun. Etwas vollkommen Sinnloses, Unberechenbares. Etwa im Auto dem Fahrer bei Höchstgeschwindigkeit ins Lenkrad zu greifen. (Bei meiner Mutter hatte ich oft den Impuls dazu verspürt, deshalb habe ich mir angewöhnt, die Hände verschränkt zwischen die Schenkel zu klemmen, wenn ich mit ihr im Auto unterwegs war.) Oder mit Benny Flieger zu spielen, ihn also an einer Hand und einem Fuß zu packen und herumzuwirbeln, bis er vor Vergnügen quiekt – und ihn dann loszulassen. Solche Sachen. Ich habe sie mir nicht ausgedacht, sie sind mir durch den Kopf geschossen. Einfach so. Ich habe mich immer geschämt für solche Phantasien, obwohl ich nichts davon je in die Tat umgesetzt habe. Nicht einmal ansatzweise. Auch nicht aus Versehen. Sie haben mir Angst gemacht, diese Gedanken. Irgendwann, fürchtete ich, verlierst du vielleicht die Kontrolle, und dann passiert es wirklich. Vielleicht habe ich deswegen nie wie andere aus meiner Klasse mit Alkohol und Drogen experimentiert, keine Ahnung.

Martin fand das alles nicht schlimm. Er war überzeugt, dass in jedem Menschen der Wunsch steckt, Tabus zu brechen. Und meine Phantasien waren nur ein Zeichen dafür.

Inzwischen habe ich es wirklich getan. Ich habe Tabus gebrochen. Auf so grauenhafte Weise, dass mir meine Phantasien von damals jetzt geradezu harmlos vorkommen, wie ein Kinderspiel.

In unserer Anfangszeit aber haben wir ganz ungefährliche Dinge gemacht, wir wollten einfach nur Spaß haben. Einmal waren wir im Planetarium, bei einem dieser Hörspielabende, wo man im Dunkeln in einem bequemen Sessel liegt, in den Sternenhimmel guckt und eine Geschichte hört. Unsere Geschichte hieß «Xalú, die Ungeheuerwolke vom andern Stern». Xalú ist ein Wolkenwesen aus Sternenstaub, das ein kleines Mädchen erfindet, als sich ihre Eltern trennen. Xalú kann und muss sich in alles verwandeln, was ihm das Kind befiehlt. Natürlich hat die Phantasiegestalt ihr Eigenleben, und es geschieht nicht immer genau das, was das Mädchen will. Vor allem deshalb nicht, weil ihr Vater Schriftsteller ist und die Phantasien seiner Tochter für seine eigenen Geschichten verwendet. Allerdings verändert er Xalú auch nach seinen eigenen Vorstellungen und benutzt sie, um seine Tochter zu manipulieren. Was die natürlich spitzkriegt. Es entsteht ein Machtkampf zwischen Vater und Tochter, und die arme Xalú wird von beiden benutzt. Phantasie und Wirklichkeit gehen ineinander über und verändern sich gegenseitig. Die Geschichte endet damit, dass sich das Kind von seiner Schöpfung trennt. Das heißt, das Mädchen entlässt Xalú in seiner eigenen Wolkengestalt in die ersehnte Freiheit des Sternenhimmels und beendet damit den Machtkampf. Damit beendet sie aber auch die Zeit des gemeinsamen Geschichtenspinnens mit dem Vater und ist ein Stück weit erwachsener geworden – und einsamer.

Es war eine lustige und zugleich traurige und rührende Geschichte. Ich bin total mitgegangen, und am Schluss, als das Mädchen ihr Geschöpf freilässt, musste ich weinen, so schön fand ich das. Ich tastete im Dunkeln nach Martins Hand und spürte, dass sie mir entgegenkam, im selben Moment. Und gleichzeitig wurde mir klar, dass ich, wie wahrscheinlich die meisten anderen Menschen auch, genau das Gleiche wollte wie das Mädchen in dem Hörspiel: irgendein Wesen ganz für mich haben, bedingungslos und auf ewig, eine Traumgestalt.

Als das Licht im Planetarium anging und alle wieder auf der Erde gelandet waren, sah ich Martin an, sah, dass auch seine

Augen feucht glänzten, und ich hatte das ganz sichere Gefühl: Ich habe es gefunden, dieses Wesen vom anderen Stern, hier, im wirklichen Leben. Ein Glücksgefühl durchflutete mich, ein Gefühl tiefster Seelennähe. Und zum ersten Mal in meinem Leben fühlte ich mich richtig. Absolut richtig und vollständig. Vielleicht wissen Sie, was ich meine, Herr Schneider.

Ich war verliebt, und die Begeisterung darüber begleitete mich beim Einschlafen und beim Aufwachen wie Schokolade auf der Zunge, und noch in der Schule hatte ich Mühe, mich auf etwas anderes zu konzentrieren. Dabei hielten wir bestenfalls Händchen, wenn wir zusammen waren. Als wir kurz nach dem Planetarium einmal in einem Straßencafé saßen, konnte ich nicht anders, ich tat etwas ganz Uncooles: «Ich habe mich in dich verliebt, Martin.» Ich traute mich nicht, ihn dabei anzusehen, hielt mich an meinem Milchshake fest.

«Das ist schon in Ordnung», sagte er, hob mit dem Zeigefinger mein Kinn hoch und lächelte mich an. «Geht mir genauso.»

Ich hörte es überdeutlich und doch wie von fern, wie unter Wasser: *Geht mir genauso*. Wir waren ein Paar. Ich fühlte mich schwerelos. Schwebend. Unsere Umarmung gleich darauf war Feuer und Eis, schmerzhaft intensiv. Dennoch wich er mir aus, als ich ihn küssen wollte, richtig, so wie er mich vor viereinhalb Jahren geküsst hatte, nicht nur so eine flüchtige Berührung der Lippen wie jetzt.

«Ich mag dieses Geschlabber in der Öffentlichkeit nicht», sagte er. Und dann, als er mein erschrockenes Gesicht sah: «Das werden wir alles nachholen, wenn die Zeit dafür reif ist.»

Geschlabber. Das traf mich wie eine Kopfnuss. Dieses abfällige Wort machte mir Angst, ich befürchtete, die Zurückweisung könnte der Anfang vom Ende sein. Und gleichzeitig war ich glücklich über sein Versprechen, es legte sich wie eine wärmende Decke über meine fröstelnden Schultern. (Dass er vor viereinhalb Jahren keine Abneigung gegen das «Geschlabber» in der Öffentlichkeit gehabt hatte, das kam mir in dem Moment nicht in den Sinn.)

Wir hatten also keinen Sex. Jedenfalls nicht fürs Erste. Wo auch. Keine Wohnung, kein Geld für ein Hotelzimmer, kein Auto, und irgendwo «im Wald wie die Tiere» wollten wir es auch nicht tun. Er fand, das wäre unserer Liebe nicht würdig, und ich empfand es genauso. Nicht einmal in den Pfingstferien hatten wir Gelegenheit dazu, weil Benny und meine Mutter eine schwere Grippe auskurieren mussten und rund um die Uhr zu Hause waren. Ich musste aber gar nicht mit Martin schlafen, um mich ihm nahe zu fühlen. Die innere Verbindung, das Gefühl, dass wir zusammengehörten, war auch so immer da, Tag und Nacht.

Eines Tages sagte Benny beim Zu-Bett-Bringen: «Du bist so anders.»

«Wieso?», fragte ich erschrocken, als hätte er mich bei etwas Verbotenem ertappt.

«Du willst den *Herrn der Ringe* nicht zu Ende vorlesen», beklagte sich mein süßer Zwerg. «Sooo lang schon nicht. Immer hast du keine Zeit.»

Ich murmelte etwas von «Kopf voll Schulkram» und hatte ein schlechtes Gewissen. Aber für mehr als zwei Seiten Vorlesen reichte es auch an diesem Abend nicht. Ich war mit Martin verabredet.

Vier Tage nachdem sie bei ihm gewesen war, rief Hanno Schneider während der Mittagspause in Irenes Büro an. «Sie ist gerade bei einer Besichtigung», sagte die Sekretärin. «Wollen Sie eine Nachricht hinterlassen?»

«Wann ist sie denn wieder im Büro?»

«Erst morgen früh. Kann Frau Werneck Sie zurückrufen?»

«Nicht nötig. Ich versuch's morgen wieder.» Kaum hatte er aufgelegt, fragte er sich, warum er nicht um Rückruf gebeten hatte. Weil er ein Bulle war, natürlich. Bullen bitten selten um Rückruf, sie bestellen die Leute ins Präsidium oder kreuzen unangemeldet bei ihnen auf. Macht der Gewohnheit. Er überlegte, ob er das vielleicht tatsächlich tun sollte, bei Irene aufkreuzen. Schon um zu sehen, wie Martin auf den Besuch des früheren Chefermittlers der Sonderkommission «Scheune» reagieren würde. Der Junge würde das Signal sicher verstehen: *Die Polizei hat dich im Visier. Lass die Pfoten von den kleinen Jungs. Nächstes Mal kommst du uns nicht davon.*

Offenbar hatte man Irene sofort benachrichtigt, denn drei Minuten nachdem er aufgelegt hatte und gerade in die Kantine gehen wollte, rief sie per Handy zurück.

«Ich bin in Potsdam, in so einem neoklassizistischen Klotz. Der Dachstuhl soll zu schicken Wohnungen ausgebaut werden, und ich muss die Statik neu berechnen und verändern. Sonst kracht der Kasten nachher unter dem ganzen Marmor zusammen. Warum haben Sie angerufen?»

Sie sprach lebhaft und mehr als unbedingt nötig. Also ging es ihr wieder besser.

«Ich würde Sie gern sehen. Wann kommen Sie zurück nach Berlin?»

Ihre Stimme nahm einen gespannten Klang an. «Gibt es Neuigkeiten?»

«Nein, keine.» Er fragte sich, wie sie seinen Wunsch nach einer Verabredung jetzt verstehen würde.

«Ich schätze, ich kann hier um neun losfahren. Wir könnten uns dann irgendwo treffen. Ich muss sowieso noch ein paar Fragen loswerden.»

«In Ordnung.» Der Gedanke, dass er sie vielleicht um ihrer selbst willen sehen wollte, kam ihr anscheinend gar nicht.

Gut so.

«Kennen Sie sich um den Savignyplatz herum aus?»

«Halbwegs.»

«Das Café Florian?»

«Natürlich.»

«Dann treffen wir uns da.»

«Ich werde ungefähr um halb zehn dort sein.»

Warum, zum Teufel, machte er sich gerade um Irene Werneck Sorgen? In seinem Beruf begegnete er einer Menge Leute, um die man sich weit mehr sorgen musste, und normalerweise tat er es selbst dann nicht. Normalerweise verbannte er auf der zwanzigminütigen Autofahrt vom Büro nach Hause Täter, Opfer, Zeugen und Kollegen aus seinem Kopf. Sobald er seine Frau zur Begrüßung küsste – wenn sie zu Hause war –, hatte er diese selbsterhaltende Maßnahme erfolgreich abgeschlossen. Normalerweise. Eigentlich, sagte er sich, machte er sich weniger Gedanken über Irene Werneck als über ihren Stiefsohn. Es ging Hanno wie Irene: Sein Verdacht gärte noch immer.

Irene kam pünktlich. Das Café Florian war wie üblich rappelvoll, aber es war eine milde Mainacht, und man konnte draußen sitzen. Irene trank ein Glas Weißwein, Hanno einen Kaffee. Irene wirkte gefasst, die Schatten unter ihren Augen waren nicht mehr so tief. Aber sie sah noch immer so verhungert aus.

«Haben Sie Hunger?», fragte er. «Man kann hier sehr gut essen.»

«Ich weiß nicht ... Essen Sie was?»

«Ich hab schon», sagte er und strich lächelnd mit einer Hand über seinen leicht gerundeten Bauch. «Steak mit grünem Spargel und Kartoffelpuffern. Meine Frau kocht sehr gut. Aber da sie selten Zeit dafür hat, esse ich, wenn sie kocht, immer viel zu viel. Sie liebt es, mich zu mästen.»

Der leichte Ton, den er anschlug, tat Irene gut.

«Und da hauen Sie sich nicht mit Ihrer Frau vor die Glotze und verdauen in aller Ruhe?»

«Sie wurde zu einem Notfall ins Krankenhaus gerufen.»

Das Reden über Essen machte ihr Appetit. Sie bestellte sich ein Baguette mit hausgebeiztem Fisch und Salat.

«Warum haben Sie mich eigentlich angerufen?», fragte sie dann.

«Um zu sehen, ob Sie mit der Lektüre von neulich klarkommen. Sie sagten ja auch, Sie hätten noch Fragen.»

«Ja ...» Sie zögerte. «Auf die Gefahr hin, dass Sie mich für verbohrt halten: Wie schwer war Joey?»

«Ungefähr 40 Kilo.»

«Und mein Sohn – ich meine Jonas – wog zu der Zeit gerade mal 46 Kilo. Er war nicht sehr kräftig.»

«Ich weiß, worauf Sie hinauswollen. Der Täter» – er sagte bewusst nicht Jonas – «hat das Seil über den Deckenbalken geworfen und das Ende um eine Strebe der alten Egge geschlungen, sodass das schwere eiserne Gerät seine eigene Zugkraft verstärkt hat. Und er musste das Gewicht ja auch nicht weit hochziehen. Nur einen halben Meter.»

Irene nickte. An das weitere Geschehen in der Scheune wollte sie nicht denken. Sie verscheuchte das Bild, indem sie weitersprach.

«Das Messer ist abgewischt worden, richtig? Und dann war nur ein einziger Abdruck darauf, von Jonas' Hand. Darauf haben Sie in Ihrem Bericht selbst hingewiesen. Mir kommt das genauso komisch vor wie Ihnen. Erinnert mich an Fernsehkrimis, in denen der Täter dem Opfer die Tatwaffe in die Hand drückt, um eine falsche Spur zu legen.»

«Es kann auch eine plausible Erklärung dafür geben», entgegnete Schneider zu ihrer Überraschung. «Jonas könnte das Messer abgewischt haben, um es nach der Tat einzustecken, und genau in dem Moment kam Martin dazwischen.»

Als Schneider Jonas' Namen nannte, gefror Irenes Gesicht für einen Moment.

«Sie haben also doch keine Zweifel mehr, dass es Jonas war, der Joey umgebracht hat?»

Schneider ging nicht auf die Frage ein, sondern beendete seinen Gedankengang: «So hat es jedenfalls Martins Anwalt interpretiert. Und er hat recht. Warum sollte sich Martin die Mühe machen, eine falsche Spur zu legen, wo er doch vorhatte, mit dem Brand alle Spuren zu beseitigen?»

«Vorsichtshalber vielleicht. Oder weil er selbst das Messer schon einstecken wollte und ihm dann erst das Anzünden eingefallen ist.»

Hanno Schneider machte eine abwägende Geste. Irene begriff, dass er sich nicht festlegen wollte, seine Zweifel also noch nicht zu den Akten gelegt hatte, und war ihm dankbar. Sie fühlte sich plötzlich nicht mehr so allein mit der eigenen Unsicherheit. Dafür akzeptierte sie, dass er in dem Frage-und-Antwort-Spiel den Part ihres Kontrahenten übernahm.

«Jonas hatte seit einem Unfall beim Schnitzen eher Angst vor scharfen Messern. Oder zumindest einen leicht übertriebenen Respekt. Ich kann ihn mir nicht als *Schlitzer* vorstellen.» So hatte ihn eine sensationslüsterne Zeitung kurz nach Bekanntwerden der Tat genannt. Als hätte Jonas in der Nachfolge von Jack the Ripper gleich eine ganze Mordserie begangen.

«Manchmal», antwortete Schneider mit Bedacht, «ist man insgeheim fasziniert von Dingen, vor denen man Angst hat.»

«Eine psychologische Binsenweisheit», erwiderte Irene und schwieg dann. Sie konnte nicht ausschließen, dass es so war, wie Schneider sagte. Aber glauben konnte sie es auch nicht. Hanno Schneider beobachtete Irene dabei, wie sie in ihrem Inneren vermutlich die richtigen Fragen und die erlösenden Antworten suchte und dabei das Besteck, das die Kellnerin inzwischen gebracht hatte, nervös hin und her schob. Aber welche Antwort konnte diese Frau schon erlösen? Egal, ob einer ihrer Söhne Opfer oder beide Täter waren, Irene Werneck würde sich immer mitschuldig fühlen.

Endlich blickte sie ihn wieder an. «Sie haben mir während der Ermittlungen von den Kindern in Jonas' Klasse erzählt. Da haben welche gesagt, dass er mit Mädchen nichts am Hut hatte. Dass er sich nur mit Jungs abgegeben hat.»

Schneider nickte. «Oft auch mit den Jungen aus den unteren Klassen.»

«Ja, aber was bedeutet das schon? Er war noch keine fünfzehn und sah aus wie dreizehn.»

«In diesem Alter haben viele Jungen schon längst die ersten erotischen Erfahrungen mit Mädchen gemacht.» Schneider wusste, dass er damit Irenes Zweifel an der Unschuld ihres Mannes und ihres leiblichen Sohnes schürte. Eigentlich widersprach das auch seinem eigenen Gefühl, aber vielleicht war er ja in diesem Fall tatsächlich voreingenommen. Manchmal wussten Mütter im tiefsten Inneren mehr über ihre Kinder und Ehefrauen mehr über ihre Männer, als sie sich eingestehen wollten. Dann musste man ein wenig nachhelfen, musste um Vertrauen werben oder, wenn das nicht half, provozieren, um sich Klarheit über Täter und Tat zu verschaffen. Allerdings hatte er das auch schon während der Ermittlungen versucht, erfolglos. Jetzt war die Akte offiziell geschlossen, und eigentlich hatte Schneider beabsichtigt, Irene Werneck ein Stück innere Ruhe zurückzugeben. Er sollte also diesen Polizistenquatsch bleibenlassen.

«Manche Jungen machen erst mit sechzehn oder achtzehn ihre ersten sexuellen Erfahrungen», entgegnete sie trotzig. «Jonas hätte es mir bestimmt erzählt, wenn er ein Problem mit Mädchen – oder mit Jungen – gehabt hätte.»

«Vielleicht», lenkte Schneider lächelnd ein, und seine Stimme wurde weich. «Vielleicht hat Jonas ja in den Nächten von einer abweisenden Mitschülerin geträumt oder von einer unerreichbaren Filmschönheit, und er hat es nur heldenhaft für sich behalten.»

Dankbar erwiderte sie sein Lächeln. «In Ordnung. Solange Sie nicht unterstellen, dass er insgeheim von seiner Mutter geträumt hat ...» Ihr Lächeln erlosch. «Martin hat ihn immer Muttersöhnchen genannt. Jonas und ich hatten wirklich eine sehr enge Beziehung. Aber ist das nicht normal bei einem Kind, das so oft krank ist und den Vater früh verloren hat? Ich weiß es nicht.»

«Selbst wenn er ein Muttersöhnchen war, macht ihn das noch lange nicht zum Kindermörder. Aber auch das ist eine Binsenweisheit.»

«Danke», sagte sie trocken, doch die Erleichterung klang

durch. «Andererseits: Selbst wenn Martin gern Gewaltfilme angeschaut hat, weist ihn das noch nicht als Gewalttäter aus. Das ist ebenfalls eine Binsenweisheit. Sonst wäre die halbe Bevölkerung kriminell, nur weil sie gern Krimis konsumiert.»

«Was ist denn auf einmal los?», sagte Schneider lächelnd. «Sie verkehren die Rollen in diesem Kreuzverhör mit zwei abwesenden Angeklagten. Sie sind doch der Ankläger, ich der Verteidiger.»

Irene erwiderte das Lächeln, während die Kellnerin ihr das Baguette und den Salat brachte. Es funktionierte ja gar nicht, dieses Rollenspiel, sie spielten beide die gleiche Rolle: Ankläger. Und es gab nur einen Beschuldigten.

Nachdem die Kellnerin gegangen war, senkte Irene die Gabel in die Salatschale, spießte ein Stück Tomate auf, aß es aber nicht. «Anfangs», sagte sie schließlich, «habe ich nur aus dem Bauch heraus geurteilt. Inzwischen hatte ich viel Zeit zum Nachdenken. Könnte Martin die Wahrheit nicht einfach umgedreht haben? Angenommen, er war es, der sich auf dem Rummel an Joey herangemacht hat. Und Jonas hat ihn dabei beobachtet, egal, ob zufällig oder gezielt. Jonas ist seinem Bruder und dem fremden Jungen zur Scheune gefolgt. Und Martin hat erst ihn umgebracht und dann Joey. Oder Joey hat zu spät erraten, wo Martin hinwollte, und Joey war schon tot, als er ankam. Dann hätte Martin Jonas aus Angst vor Verrat erschlagen. Könnte es nicht so gewesen sein?»

«Ohne Beweise keine Anklage. Auf dem Rummel konnte sich niemand an Martin oder Jonas erinnern. Auch der Mann an der Wurstbude nicht. Der konnte sich nur an Joey erinnern, weil der ihn angebettelt hat. Ein Streuner, ohne Begleitung.»

«Warum», fragte Irene, «hat der Mann den Jungen nicht der Polizei übergeben? Dann wäre er jetzt noch am Leben.»

«Wissen Sie, wie viele Straßenkinder es in Berlin gibt?», entgegnete Schneider achselzuckend. «So etwas fällt auf einem Volksfest nicht auf. Die Polizei wird erst gerufen, wenn einer beim Klauen erwischt wird. – Wie auch immer, wir haben einfach nichts finden können, was Martins Version widerlegt hätte.»

Obwohl Schneider und seine Kollegen buchstäblich jeden Strohhalm umgedreht hatten, in der Scheune und in Irenes Haus, hatten sie nichts gefunden. Nur ein einziges, fünf Jahre altes Männermagazin für Schwule mit Martins, aber auch mit fremden Fingerabdrücken darauf. So etwas schauten sich pubertierende Jungs schon mal an, das machte die Runde und bedeutete nichts, erst recht nicht vor Gericht. Es gab keine schmutzigen Bilder aus dem Internet, nicht die üblichen Trophäen, die Sexualtäter als Andenken aufbewahrten, Kleidungsstücke der Opfer, Körperteile, Fotos ... Nichts, was Martin belastet hätte. Allerdings auch nichts, was seine Aussagen bestätigt hätte. Nur das alte Brandzeichen auf seinem Gesäß. Dass sein Computer auffällig leer war, hatte er schon plausibel begründet, bevor er beschuldigt worden war: Wegen des Virus habe er die Festplatte neu formatieren müssen.

«Trotzdem bleiben es nur Behauptungen, keine Beweise. Und ich habe immer noch dieses dumme, diffuse Gefühl, dass er lügt.» Sie warf die Gabel auf den Teller, den Tränen nahe. «Aber mehr als das habe ich eben auch nicht zu bieten. Verdammt nochmal, dieses ewige Einerseits-Andererseits. Ich habe die Nase voll davon. Alle Gewissheiten, alle Beruhigungen sind zum Teufel. Ich weiß nicht mehr, was ich denken soll. Ich weiß nicht mal mehr, wer oder was ich bin. Ich weiß nicht mehr, wer oder was mein Mann war. Ich weiß nicht, wer oder was mein Sohn war. Und ich weiß nicht, wer oder was mein Stiefsohn ist.

Ich weiß nur, dass Martin so überzeugend wirkt, dass ihm alle Welt glaubt, die Zeitungen, sein Anwalt, die psychiatrische Gutachterin ...»

«Der Staatsanwalt», unterbrach Schneider lächelnd, «hat tapfer das Fähnlein der Ungläubigen hochgehalten.»

«Ja», sagte Irene etwas ruhiger, «aber beweisen konnte er auch nichts. Letztlich musste der Richter Martin glauben. Ihr Ermittlungsbericht hat mir im Grunde auch nichts gebracht.» Sie lächelte Schneider flüchtig an. «Außer Albträumen.»

«Ich habe gehofft», antwortete er, «dass diese Strapaze wenigstens für eines gut war: die widersprüchlichen Gedanken in Ihrem Kopf zu klären. Einen Schlusspunkt zu finden.»

Sie schwieg.

«Das war Blödsinn, ich weiß», sagte Schneider. Er nahm ihre Gabel mit der aufgespießten Tomate und reichte sie Irene. «Essen Sie.»

Sie nahm ihm die Gabel aus der Hand, wobei sie unabsichtlich seine Finger berührte. Ihre Blicke trafen sich. Beide sahen rasch weg, verlegen. Unnötig verlegen, wie sie beide fanden.

Irene begann endlich, den Salat zu essen, und merkte dabei, dass sie Hunger hatte, sogar Appetit. «Er hat jetzt anscheinend eine Freundin», sagte sie zwischen zwei Bissen.

«Eine Freundin?» Schneider wurde neugierig. «Haben Sie sie kennengelernt?»

«Nein, nur ein paarmal gesehen. Am Tag, als er entlassen wurde, stand sie eine Weile vor unserem Haus. Sie fiel mir auf, weil sie noch dastand, als die ganze Meute längst abgezogen war. Aber ich habe nicht weiter darüber nachgedacht. Erst am nächsten Morgen, als sie wieder unser Haus beobachtet hat, von der anderen Straßenseite aus. Ich meine, wenn sie von der Presse gewesen wäre, hätte sie geklingelt. Sah auch zu jung aus für eine Journalistin. Und wenn sie eine dieser sensationsgeilen Neugierigen gewesen wäre, die nur mal einen zweifelhaften Prominenten aus der Nähe sehen wollte, dann hätte sie wohl nicht so beharrlich dort gestanden.»

«Beschreiben Sie sie.»

«Ungefähr siebzehn, achtzehn, höchstens neunzehn. Sehr schlank. Schulterlange dunkle Haare.»

«Das ist jedenfalls nicht die Zeugin, Katrin Weiss, mit der Martin ein Verhältnis gehabt haben will.»

«Haben will? Sie glauben es nicht?»

Schneider zuckte die Achseln. «Immerhin hat sie beim Kreuzverhör standgehalten. Aber viele Einzelheiten hat sie auch nicht rausgelassen. – Sie wissen keinen Namen?»

«Nein. Ich habe sie aber noch einmal mit Martin gesehen, abends, Hand in Hand in der Goltzstraße in Schöneberg. Ich bin mit dem Auto vorbeigefahren, als sie gerade in ein Café gingen.»

«Vielleicht ein Fan, eine von den Frauen, die ihm Briefe ins Gefängnis geschickt haben.»

«Was für Briefe?», fragte sie irritiert.

«Liebesbriefe. Von wildfremden Frauen. Junge, reife, hübsche, hässliche, intelligente, schlichte ... Querbeet. Groupies. Sie verlieben sich in Mörder. Ist nichts Besonderes. Erleben wir oft. Je skrupelloser ein Mörder, desto besser seine Heiratschancen.»

Irene hatte gelegentlich über dieses Phänomen in der Zeitung gelesen und es immer für Verirrungen psychisch gestörter oder geltungssüchtiger, einsamer Frauen gehalten.

«Martin», sagte sie mit einem ironischen Lächeln, «ist doch nur wegen Totschlag im Affekt verurteilt worden. Es wundert mich, dass schon eine solch mittelmäßige Karriere erotisierend wirkt.»

«Vielleicht haben diese Weiber den gleichen Riecher wie wir», erwiderte er lächelnd. «Vielleicht ahnen sie, dass in Martin ein größeres kriminelles Potenzial steckt, als die Welt bisher weiß. Sie glauben sozusagen an seine inneren Werte.»

«Beruhigend zu wissen, dass wir nicht allein sind mit unserer Ahnung», sagte sie sarkastisch.

«Ich frage mich, wie Sie es aushalten, mit ihm unter einem Dach zu leben.»

«Das frage ich mich auch. Aber wenn ich ausziehe, habe ich ihn gar nicht mehr unter Kontrolle.»

«Haben Sie denn überhaupt eine Kontrolle?»

Sie nickte. «Ein wenig. Er schließt zwar die Tür zu seiner Mansarde ab, wenn er aus dem Haus geht ...»

«Aber Sie haben einen Zweitschlüssel.»

«Nicht mehr. Der ist plötzlich verschwunden. Mir ist auch aufgefallen, dass Martin sein Fahrrad nicht mehr am alten Platz abstellt, wo Frau Schmittke, die gegen ihn ausgesagt hat, sein Kommen und Gehen beobachten könnte.»

«Klingt nach noch weniger Kontrolle als früher.»

«Immerhin kriege ich mit, dass er abends oft unterwegs ist und spät zurückkommt.»

«Er wird sich mit seiner Freundin treffen.»

Irene zuckte die Achseln. «Wenn er zu Hause ist, bleibt er nachts oft sehr lange wach. Wenn ich dann im Garten bin und sein Fenster offen ist oder wenn ich an seiner Tür vorbeischleiche ...» Sie unterbrach sich, als sie Schneiders amüsiertem Blick begegnete. «Ja, das tue ich neuerdings», sagte sie mit einem Anflug von jugendlichem Trotz, lächelte aber dabei. «Das vor jemand anderem als Ihnen zuzugeben, wäre mir allerdings peinlich. Aber für Bullen sind Lauschangriffe ja alltäglich, oder?»

Sie lächelten sich kurz zu.

«Außerdem ist unsere Telefonanlage im Flur installiert, und das Lämpchen am Router leuchtet, wenn er im Internet ist. Es leuchtet oft und lang. Und um das Fernabitur geht es dabei bestimmt nicht. Die halb ausgefüllten Anmeldeformulare habe ich vor kurzem nämlich in der Papiertonne gefunden. Außerdem sehe ich abends, wenn ich von der Arbeit nach Hause komme, ob er tagsüber mehr oder weniger zu Hause war, weil der Kühlschrank dann mehr oder weniger geplündert ist. Sie sehen also, eine gewisse Kontrolle habe ich schon.»

VIER

«Ich will mein Geld haben, Irene.»

An einem Abend Ende Mai stand Martin bei Irene in der Küche und sah interessiert zu, wie sie mit einem zangenförmigen Schäler ein Kilo Spargelstangen schnell und geübt bearbeitete.

«Du hast dein Taschengeld doch bekommen. Und das Geld für die Fahrprüfung.»

«Ich meine alles. Mein Erbteil.»

Sie hielt inne und blickte ihn überrascht an. «Die Lebensversicherung, die dein Vater für dich abgeschlossen hat? Oder auch deinen Pflichtteil von diesem Haus?»

«Erst mal nur das Bargeld.»

«Wofür?»

«Ich bin volljährig, ich bin dir keine Rechenschaft schuldig, das weißt du.»

Irenes Ton wurde scharf. «Und du weißt, dass dein Vater das Geld für deine Ausbildung bestimmt hat. Für dein Studium.»

«Interessantes Gerät, das», sagte er unvermittelt. «Neu?»

«Nein. Du interessierst dich nur sonst nie für Küchenarbeit.»

«Darf ich mal?» Er nahm ihr das Werkzeug mit den zwei Klingen aus der Hand, schnappte sich einen Spargel, warf ihn gut gelaunt bis an die Decke, ließ ihn dabei einen mehrfachen Salto drehen, und versuchte ihn dann mit links aufzufangen, was misslang. Das Gemüse fiel zu Boden und brach. Martin ließ es liegen.

Er kann immer noch nicht werfen und fangen, dachte Irene. *Konnte er als Kind schon nicht gut. Jonas war viel besser.*

Martin nahm einen zweiten Spargel, hielt ihn so wie Irene unterhalb der Spitze fest und versuchte ihn zu schälen. (Wobei er überlegte, was sich mit dem Gerät noch alles anstellen ließe.) Das Ergebnis befriedigte ihn nicht, an einer Seite war die Schale noch daran. Er legte Spargel und Schäler beiseite.

«Die eine Schneide ist stumpf.»

Sie hatte keine Lust, darauf einzugehen, und setzte schweigend ihre Schälarbeit fort. Martin begutachtete ihr einwandfreies Ergebnis.

«Toll, Mama. Du hast eben wahnsinnig geschickte Hände.»

«Routine», murmelte sie, ohne auf seine übertriebene Freundlichkeit einzugehen. «Mama» hatte er gesagt. Das sagte er nur, wenn er seinen Kopf durchsetzen wollte. Sie war gewarnt. Seit Kindertagen nannte er sie sonst beim Vornamen oder sprach sie lediglich mit «du» an. Das vertraute Mama ging ihm so gut wie nie über die Lippen. Selbst Joachim hatte er nur selten Papa genannt, sondern meistens förmlich «Vater». Bei der Polizei und vor Gericht sprach er dann nur noch von seinem «Erzeuger».

«Nächste Woche habe ich Führerscheinprüfung», sagte Martin. «Danach will ich mir ein Auto kaufen. Ich habe mir schon eines ausgesucht. Außerdem will ich eine eigene Wohnung. Dreihundert Euro Taschengeld reichen nicht für Miete, Essen, Benzin, Schulbücher und alles andere. Ich kann und will über mein Geld verfügen, wie ich es für richtig halte.»

Sie wunderte sich nicht nur über seine Zuversicht, die Fahrprüfung auf Anhieb zu bestehen. «Warum willst du jetzt plötzlich ausziehen?»

Er grinste breit. «Tja, Mütterlein, ich weiß, du hältst mich für schwul, seit du dieses Schwulenheft gefunden hast ...»

«Jedenfalls kannst du es nicht deinem Vater unterjubeln», warf sie dazwischen. «Der war schon tot, als das Heft erschienen ist.»

Martin ließ sich nicht reizen. «Meine Freundin hält mich jedenfalls nicht für schwul.»

Er hatte also wirklich eine Freundin. Irene überlegte einen Moment, ob sie sich überrascht geben sollte. Sie entschied sich gegen Heuchelei.

«Deine Freundin, ist das die mit den langen dunklen Haaren?»

Sein Grinsen verschwand wie weggewischt. «Siehst du, genau deshalb will ich ausziehen. Ich will mit Tina auch mal zusammen sein können, ohne dass du mir nachspionierst.»

«Ich habe nicht spioniert. Das Mädchen war nicht zu übersehen, sie hat immerhin zwei Tage lang vor dem Haus gewartet.»

«Und dir war gleich klar, dass sie meine Freundin ist?»

«Nein. Ich habe euch später Hand in Hand in Schöneberg gesehen. Zufällig», fügte sie betont hinzu, als sie ihn zu einer gehässigen Antwort ansetzen sah.

«Okay», lenkte er ein und fuhr fort, den Blick abgewandt und scheinbar so ruhig wie ein Straßenkater, bevor er den Rivalen angreift: «Siehst du, ich weiß, dass du mich nicht leiden kannst. Ich verstehe dich sogar. Du hast durch mich deinen Sohn verloren und die Illusionen über ihn und meinen Erzeuger.» Er hob den Blick und bohrte ihn in ihre Augen. «Aber vergiss nicht, ich kann nichts dafür, dass du dich jahrelang blind und taub gestellt hast.»

Es hatte keinen Sinn, mit ihm zu streiten. Keinen Sinn, ihn für seine Verlogenheit zu beschimpfen. Keinen Sinn, sich darüber zu empören, dass er das Andenken von Jonas und Joachim öffentlich in den Dreck gezogen hatte. Das hatte sie längst getan, hatte ihn weinend vor Wut und Trauer angeschrien, in aller Öffentlichkeit. Sinnlos. Nun waren sie wieder am gleichen Punkt angelangt. Irene beherrschte sich mühsam und beendete schweigend ihre Arbeit. Und wünschte sich, dass er sofort das Haus verließe. Sollte er doch zum Teufel gehen.

«Erinnerst du dich an unsere zwei Katzen, als ich klein war?», fragte Martin aus einem seiner nur scheinbar sprunghaften Gedankengänge heraus. «Erst war Lucy allein und zufrieden. Dann ist uns Blacky zugelaufen, und aus war's mit dem Frieden. Zwei, die sich nicht vertragen, das war einer zu viel im Revier. Lucy ist abgehauen, obwohl sie die älteren Rechte hatte. Siehst du, Mama, so ist das eben auch bei uns. Nur, dass nicht du abhauen musst. Ich gebe nach. Obwohl ein Teil des Hauses mir zusteht, weil es meinem Vater gehört hat. Aber du hast es ausgebaut und viel Arbeit und Geld reingesteckt. Klar hängst du an dem Haus. Ich nicht. Und deshalb überlasse ich es dir und gehe. Einverstanden?»

Drei Tage später bestand er morgens die Fahrprüfung, kaufte sich mittags einen gebrauchten Lieferwagen, erledigte nachmittags Zulassung und Versicherung und hatte abends das Transportmittel für den Umzug.

DRITTES KAPITEL

EINS

Letzte Klausur vor den Sommerferien und die endgültige Entscheidung, ob ich das Jahr würde wiederholen müssen. Ausgerechnet an meinem achtzehnten Geburtstag. Die Chance, den Einstieg ins ersehnte Erwachsenenalter zu vermasseln, war groß. Aber die Mathearbeit lief besser als befürchtet, ich erlaubte mir, die anschließenden zwei Unterrichtsstunden zu schwänzen, und stürmte hinaus in dieses neue Leben, in dem mir ab sofort niemand mehr sagen konnte, was ich zu tun und zu lassen hatte, am wenigsten meine Mutter. Frei und wild auf Abenteuer flog ich auf die Straße, so aufgedreht war ich. Genau auf einen Abgrund zu, den ich für den Himmel hielt. So verdreht war ich.

Ich landete in Martins ausgebreiteten Armen. Er lehnte gegenüber der Schule lässig an einem Lieferwagen und lächelte mich an. «Überraschung!»

Wir hatten uns in der Nacht zuvor verabredet, eine knappe Mail sagte mir, dass er mich von der Schule abholen wolle, und ich schrieb ihm, wann genau. Von der bestandenen Fahrprüfung erzählte er mir erst jetzt und dass er sich sofort danach dieses gebrauchte Auto gekauft hatte. Ich war so stolz, dass er das mit mir feiern wollte. Auf die Idee, dass er niemanden sonst hatte, kam ich gar nicht.

«Glückwunsch zum Geburtstag», sagte er und küsste mich auf die (beschädigte) Wange. «Wenn das kein Tag zum Feiern ist. Drei gute Gründe: Geburtstag, Führerschein, Auto.»

«Vier. Ich hab die entscheidende Mathearbeit gut hingekriegt.»

«Ich hoffe, du hast ein bisschen Zeit.»

Ich nickte heftig. «Bis fünf jedenfalls. Dann muss ich Benny vom Kindergarten abholen und mit ihm feiern. Meine Mutter wird sicher die traditionelle Geburtstagstorte gebacken haben.»

«Dann mal los», grinste er, «damit wir unser Programm bis dahin schaffen.»

«Was hast du vor?», fragte ich und war bereit, alles mitzumachen, so sehr freute ich mich, dass er an meinen Geburtstag gedacht hatte. Ich hatte ihn Wochen zuvor nur ein einziges Mal erwähnt.

«Hast du Hunger?», fragte er, als wir losfuhren.

«Ja.»

«Das ist gut», meinte er grinsend.

«Finde ich nicht. Ich könnte eine Jumbo-Pizza vertragen.»

«Später. Mein Geburtstagsgeschenk verträgt man nur mit leerem Magen.»

«Ist es so zum Kotzen?», lachte ich.

«Genau.» Sein amüsiertes Grinsen wurde noch breiter. «Minirock ist allerdings die falsche Kleidung dafür.»

Ich grinste zurück. «Abendkleid?»

«Hosen.»

«Warum?» Ich zappelte vor Neugier auf meinem Sitz.

«Frag nicht. Und schnall dich an.»

Ich zog mir den Gurt über die Schulter. «Spann mich nicht so auf die Folter. Das ist unfair.» Das war keine ernsthafte Beschwerde, aber er dachte wohl, es wäre eine. Er wurde streng.

«Vertraue mir einfach. Oder kannst du das nicht?», fragte er mit einem merkwürdig lauernden Blick. Fast feindselig. Hatte ich ihn verletzt? Jetzt bloß keinen falschen Ton hineinbringen. Nicht an so einem Tag.

Aber vielleicht hatte ich seinen Blick falsch gedeutet, jedenfalls lächelte er schon wieder.

«Wenn ich es dir verrate, ist es ja keine Überraschung mehr.»

«Stimmt.» Also fuhren wir die paar Ecken zu mir nach Hause, damit ich mich umziehen konnte. Meine Mutter war nicht da, ich musste also nichts erklären. Die Geburtstagstorte war auch noch nicht gebacken. Typisch. Immer alles auf den letzten Drücker, wenn überhaupt. Dann ging es zum Messegelände. Auf der Stadtautobahn dachte ich, er würde ein bisschen Gas geben, das hätte jedenfalls zu ihm gepasst. Aber er hielt sich ganz genau an die Geschwindigkeitsbegrenzungen.

«Zwei Jahre Probezeit. In dieser Phase sind sie besonders streng mit Regelverletzungen», erklärte Martin. Er war so glücklich, endlich ein eigenes Auto zu haben, dass er auf keinen Fall den Führerschein riskieren wollte.

«Komisch», sagte ich, «eigentlich hätte ich dir einen Sportflitzer zugetraut, nicht so eine klobige Kutsche.»

«Stimmt», antwortete er. «Aber es ist ein vorausschauender Kauf. Man kann ihn als Camper benutzen, wenn man kein Geld für Hotels hat. Ich will in Zukunft so viel reisen wie möglich. Mit dir, ist ja klar», fügte er hinzu, als wäre es das Selbstverständlichste der Welt.

Das Geschenk war ein Bungee-Sprung. 70 Meter von einem Spezialkran aus in die Tiefe. Auf so etwas war ich wirklich nicht gefasst gewesen. Ich hatte Höhenangst. Und ich war ganz sicher, dass ich ihm das erzählt hatte.

«Vergessen», sagte er. «Sorry. Aber du musst keine Angst haben, ich springe mit dir. Im Tandem.»

«Ich hab trotzdem Angst», sagte ich piepsig wie ein kleines Mädchen. Dabei wusste ich, dass es nicht schlimm war, Freunde von mir hatten das schon gemacht, Martin auch, es konnte einem nichts passieren.

«Wovor genau hast du denn Angst? Ich meine, wie fühlt sich das an?»

«Mir wird schwindelig, wenn ich hinunterschaue, der Schweiß bricht mir aus, und ich hab dann immer den Drang zu springen. Und Angst, es wirklich irgendwann zu tun.»

«Jetzt wirst du's tun», erwiderte er lachend.

«Mir wird schon schlecht, wenn ich nur daran denke.» Prompt wurde mir wirklich ein wenig übel.

«Es gibt kein Zurück», sagte er gleichmütig. «Ich habe schon bezahlt. Aber wenn du kneifen willst ...»

Ich war noch unentschlossen, aber bevor ich mich zu einer Antwort durchringen konnte, küsste er mich. So wie damals vor vier Jahren, lang und intensiv. Die ganzen Wochen hatte ich mich danach gesehnt, wie sich eine Pflanze nach Sonne sehnt. Aber in diesem Augenblick kam es überraschend. Eine Art Energieblitz schoss mein Rückgrat entlang, vom Becken bis unter die Kopfhaut. Hitze überflutete in umgekehrter Richtung Wangen, Hals, den ganzen Körper hinab bis zwischen meine Beine. In meinem Kopf entstand für einen Moment eine weiße Leere.

Genau dieses Gefühl hatte ich auch damals bei unserem allerersten Kuss gehabt, ich erinnerte mich genau. Bei keinem der Kerle, mit denen ich in der Zwischenzeit geknutscht oder sonst was gemacht hatte, bei keinem habe ich das Gleiche gefühlt. Auch nicht bei dem vierundzwanzigjährigen Studenten, der mich, als ich knapp sechzehn war, entjungfert hat und in den ich anfangs sogar verliebt gewesen war und dann plötzlich nicht mehr. Das schoss mir durch den Kopf, als der Nebel sich lichtete. Und auch, dass Martin – im Gegensatz zu den anderen – mich nie bedrängt hatte, mit ihm zu schlafen. Lieber wollte er auf den richtigen Moment warten.

An diesem Tag wäre für mich der richtige Moment gewesen. Ich war zu allem bereit. Bis dahin hatte ich immer ein bisschen Angst vor dem Sex mit ihm gehabt, oder nicht eigentlich vor dem Sex, vielmehr davor, dass dann alles vorbei sein könnte. Dass er danach das Interesse an mir verlieren könnte. Weil ich die Erfahrung schon einmal gemacht hatte, dass mich ein Junge sitzenließ, kaum dass er mich nach langem Anbaggern ins Bett gekriegt hatte. Und mir selbst war es eben bei meinem Studenten auch passiert. Ein paar Mädchen, die ich kannte, hatten die gleichen Erfahrungen gemacht. So einen Flop wollte ich mit Martin auf keinen Fall riskieren. Trotzdem: Erfahrungen und Befürchtungen hin oder her – in diesem Moment war das alles wie weggewischt. Martin hatte meine Angst vernichtet. Nicht nur vor dem Sex oder dem Verlassenwerden danach. Plötzlich hatte ich überhaupt keine Angst mehr. Vor nichts. Auch nicht vor dem Sprung in die Tiefe. Ich nahm sein Geschenk also an. Und heute, dachte ich, heute wird «es» endlich passieren, egal wo, meinetwegen im Auto. Als Belohnung sozusagen, wenn ich das hier tapfer überstanden habe.

Glücklicherweise war mittags noch nicht so viel Betrieb, wir kamen sofort an die Reihe. Wenn ich zuerst noch andere beim Fallen und Schreien erlebt hätte, wäre ich vielleicht doch zu feige gewesen. So aber blieb mir keine Zeit mehr, mir auszumalen, was alles passieren könnte, keine Zeit, wieder Angst zu kriegen und mich ins große Zittern hineinzusteigern.

Wir bekamen das Geschirr angelegt, all diese Sicherheitsgurte um Schultern, Oberkörper, Hüften und Beine. Das Gummiseil wurde an unseren Fußgelenken befestigt. Nach und nach kam ich mir vor wie die gefangene und eingesponnene Beute einer Riesenspinne. Schließlich standen wir Bauch an Bauch auf der Plattform, wurden mit einem weiteren Gurt um die Mitte aneinandergefesselt. Nur unsere Arme konnten wir frei bewegen. So als Paket verschnürt, wurden wir auf der Plattform stehend vom Kran ganz langsam hochgehievt. Wahrscheinlich ging es ziemlich schnell, für Martin allerdings nicht schnell genug. Für mich hingegen dauerte es lange genug, um doch noch das große Flattern zu bekommen. Mir wurde schwindelig, meine Knie wurden weich. Ich klammerte mich mit kalten, feuchten Händen am Geländer hinter Martins Rücken fest und kniff die Augen zu; bloß nicht nach unten sehen. Aber ich war bereit. Trotz meiner Scheißangst.

Wie symbolträchtig die ganze Situation war, wusste ich damals natürlich noch nicht.

Martin hielt mich. «Mach die Augen auf», flüsterte er.

«Ich denke gar nicht daran», antwortete ich und lehnte meine Stirn an seine Schulter. Er lachte, drückte mich fest an sich und hob mit den Fingerspitzen ganz sanft mein Kinn, sodass er mein Gesicht sehen konnte. Irgendwie schämte ich mich, dass ich so ein Hasenfuß war.

«Sieh mir in die Augen, Tina.»

Ich tat es. Seine Augen glitzerten.

«Hast du Angst?»

«Überhaupt nicht. Ich mach mir nur gleich in die Hosen.»

Er lachte nicht. «Stell dir vor, wir sind Adler, die sich auf ihre Beute stürzen», sagte er leise. «Wir haben alles unter Kontrolle.»

Seltsamerweise beruhigte mich das ein bisschen. Und als der Mann vom Bungee-Team fragte «Seid ihr bereit?», sagte Martin ungeduldig: «Ja, natürlich.» Ich schluckte den Kloß in meiner Kehle hinunter und krächzte ebenfalls mein «Ja».

«Wenn euch nach Schreien ist», sagte der vom Team, «schreit nur. Das tun alle.» Wir fassten uns an den Händen und ließen uns auf eins, zwei, drei ins Nichts fallen. Im Fallen schrie ich natürlich, wie alle, man kann eigentlich gar nicht anders, egal, wie mutig man ist. Martin schrie nicht. Er breitete die Arme aus, ohne meine Hände loszulassen, und riss die Augen auf. Ich presste mich an ihn und drückte die Augen fest zu. Ich spürte das Herz hämmern, ohne zu wissen, ob es nur meines oder auch seines war. Und ich spürte eindeutig seine sexuelle Erregung.

Als ich wieder halbwegs sicher auf meinen zitternden Beinen stand, spürte ich den Lohn der Angst: ein wahnsinniges Glücksgefühl. Ich hatte es gewagt. Ich hatte es überlebt. Und Martin? Der verblüffte mich wieder einmal.

«Du hättest die Augen offen lassen sollen», sagte er. «Ein irrer Kick, wenn du kopfüber da hinunterjagst, die Erde auf dich zurasen siehst und dir vorstellst, dass etwas schiefgeht, dass das Seil reißt, dass du aufschlägst und dein Kopf explodiert wie eine reife Tomate.»

Was ich möglichst verdrängte, stellte er sich mutwillig vor. Wie kann man sich selbst nur Todesangst machen und sie gleichzeitig genießen? In der nächsten Sekunde dachte ich, er ist eben ein besonderer Mensch, kein Durchschnittstyp. Mehr Zeit zum Nachdenken hatte ich nicht. Denn der Bungee-Sprung war nicht die einzige Überraschung an diesem Tag.

«Hast du schon mal im KaDeWe geklaut?», fragte mich Martin, als wir zum Parkplatz zurückkehrten.

Ich verstand den Zusammenhang nicht. «Wieso?»

«Frag doch nicht immer. Sag einfach ja oder nein.»

«Nein. Zu viele Detektive und Kameras. Und die Klamotten dort sind mehr was für Zahnarztgattinnen. Nicht mein Stil.»

«Ich habe da einen tollen Hosenanzug gesehen. Genau dein Stil.»

Er schlug allen Ernstes vor, zum Klauen in Berlins teuerstes und bestkontrolliertes Kaufhaus zu gehen. Ziemlich verrückte Idee.

«Die Sachen sind doch alle mit diesen Magnetdingern gesichert», wandte ich ein. «Damit kommst du niemals aus dem Gebäude.»

«Wart's ab. Und vertraue mir.»

Er hatte natürlich einen Plan, und der ging so: Wir schlendern getrennt, wie Fremde, durch das Kaufhaus, und er hängt mir den Hosenanzug so hin, dass ich ihn anschauen und probieren kann, wenn er mir gefällt. Dann soll ich ihn an seinen Platz zurückbringen, mit ein paar anderen Kleidern in die Kabine gegenüber der Kasse gehen und mich umziehen. Falls sich eine Verkäuferin um mich kümmert, soll ich sie nach bestimmten anderen Kleidern losschicken. Wenn ich durch den Kabinenvorhang sehen kann, dass gerade keine Kunden an der Kasse stehen, soll ich herauskommen. Falls der Detektiv in der Nähe ist (Martin hat ihn vormittags schon ausbaldowert), soll ich ihn fragen, ob mir die Klamotten stehen, so als bräuchte ich männlichen Rat. Dann rufe ich dem Personal an der Kasse laut zu, dass ich das Kleid in einer anderen Größe haben will, und ziehe es dabei aus, während ich zur Kabine zurückkehre. Vor aller Augen, ganz unschuldig. Darunter trage ich natürlich meine Wäsche, damit die Szene nicht zu dick aufgetragen wirkt. Ich soll mich nur so weit danebenbenehmen, dass ich damit die Aufmerksamkeit des Personals auf mich lenke. Dann tue ich so, als hätte ich am Ständer vor meiner Kabine ein weiteres ganz tolles Kleidungsstück entdeckt. Sie werden versuchen, mich höflich in die Kabine zurückzubugsieren. Ich wehre mich ein bisschen oder auch nicht, um sie nicht misstrauisch zu machen. Jedenfalls werden dann alle mit mir beschäftigt sein, und weil sie sowieso zu wenig Personal haben, wird sich niemand um die Kasse kümmern. Zumindest so lange nicht, bis Martin dort die Magnetsicherung vom Hosenanzug entfernt hat. Mit diesem Spezialgerät. Natürlich hat er vorher schon beobachtet, wie das geht. Und er wusste, dass es an der Kasse keine Kamera gibt. Dann muss er den Anzug nur noch in seinen Rucksack stopfen und verschwinden.

Ich hatte echte Bedenken. Keine moralischen, in Kaufhäusern stehlen fand ich nicht schlimm, das tun so ziemlich alle in meinem Alter. Mir ging es nur darum, dass ich ab diesem Tag offiziell erwachsen war und härter bestraft werden konnte.

«Und wenn sie den Anzug nachher vermissen? Wenn dich eine von den Kameras filmt, wie du damit zur Kasse gehst? Du bist vorbestraft. Du hast sofort wieder die Bullen am Hals.»

«Hab ich nicht. Erstens weiß ich, wo die Kamera hängt, und ich halte da nicht mein Gesicht hin. Zweitens merken die nicht so schnell, dass etwas fehlt, und wenn sie's merken, irgendwann, dann sind wir längst weg.»

Ich glaubte ihm nur zu gern. Das KaDeWe war eine echte Herausforderung. Ich hatte mich längst von seiner selbstsicheren Frechheit anstecken lassen. Und er hatte ja auch alles genau geplant.

Es war ein raffiniert geschnittener Jeansanzug von Calvin Klein für fast fünfhundert Euro, der wie für mich gemacht war. Ich spielte meine Rolle so, wie Martin es sich ausgedacht hatte, und fünf Minuten später gehörte der Anzug mir.

Ich habe mich so was von stark gefühlt! Martin und ich sind danach nicht etwa abgehauen, nein, wir haben die Frechheit noch auf die Spitze getrieben: Wir haben unseren Erfolg im sechsten Stock vom KaDeWe mit einer Fressorgie gefeiert. All die schweineteuren Delikatessen an den verschiedenen Ständen. Dazu Champagner. Trüffelpralinen zum Nachtisch. Am Ende war mir fast schon wieder schlecht, ich war froh, dass ich das Bungee-Abenteuer bereits hinter mir hatte.

Das Essen inklusive einer Tüte Süßigkeiten für Benny hat Martin bezahlt, über zweihundert Euro. Ich wunderte mich, woher er so viel Geld hatte, für all die Geschenke. Und natürlich für das Auto.

Für Essen und Bungee habe er sein Taschengeld gespart, sagte er. Und für Auto und Führerschein hatte ihm seine Stiefmutter Geld gegeben. Allerdings stammte nichts davon aus ihrer eigenen Tasche.

«Dazu ist sie zu geizig», erklärte er. «Mein Vater hat ihr was für mich hinterlassen. Wahrscheinlich aus schlechtem Gewissen. Eigentlich ist es für mein Studium bestimmt. Meine Stiefmutter ist offiziell die Nachlassverwalterin, und sie rückt nicht mehr raus als unbedingt nötig. Deshalb mussten wir deinen Hosenanzug klauen, verstehst du?»

Ich verstand. Vor allem verstand ich, dass ihm wirklich etwas an mir lag. Viel. Hätte er sich sonst so große Mühe gegeben, mir eine Freude zu machen? Und wäre er das Risiko eingegangen, als Ladendieb gleich wieder vor Gericht zu landen? Nur weil er fand, dass mir Hosen besser stehen als Röcke? Das hat er nämlich gesagt.

Im Auto zog ich mich sofort um. Es war schon halb sechs, als wir fett und glücklich zum Kindergarten kamen. Benny hockte mit wütend zusammengezogenen Brauen auf der Treppe, die Ellbogen auf die Knie und das Kinn auf die Fäuste gestützt. Er sah so süß aus, wenn er wütend war. Er sieht immer süß aus.

«Du hast mich vergessen!», schimpfte er schon von weitem.

«Nein, hat sie nicht», antwortete Martin hinter mir. Ich hatte nicht bemerkt, dass er mir gefolgt war, und erschrak ein bisschen. Weil wir doch unsere Freundschaft geheim halten wollten. Aber jetzt hatte Martin buchstäblich hinter meinem Rücken beschlossen, mit offenen Karten zu spielen. Ich weiß noch, wie sich eine Sekunde lang etwas in mir dagegen sträubte. Was mich selbst einigermaßen verwirrte, da ich mir meiner Liebe so sicher war.

Martin trug ein großes buntes Paket unter dem Arm und grinste breit. «Ich habe nur noch schnell ein Geschenk für dich besorgt, Benny.»

Er hielt Benny das Paket hin. Der stand irritiert auf, nahm das Geschenk aber nicht an. Stattdessen blickte er Martin misstrauisch ins Gesicht.

Plötzlich schien es mir ganz natürlich, meinen kleinen Bruder einzuweihen. Er hatte ja sowieso längst etwas gemerkt.

«Das ist Martin», erklärte ich. «Mein Freund.»

Benny schwieg und starrte Martin weiter ungeniert ins Gesicht, irgendwie abweisend, fand ich. Jetzt war er es, der mich irritierte.

«Willst du nicht hallo zu Martin sagen?»

«Hallo», sagte Benny. Es klang eher wie «Verpiss dich». Seltsam. Sonst war Benny nie nachtragend. Aber dann dämmerte mir, warum er sich heute anders verhielt: Mein kleiner Bruder war eifersüchtig. Er hatte mich noch nie mit einem Freund gesehen.

Mir wurde ganz warm ums Herz. Ich nahm ihn einfach in die Arme und küsste ihn auf die Nasenspitze. «Sieh dir doch mal an, was Martin dir mitgebracht hat.» Aber so einfach ging das nicht.

«Mama sagt, ich soll von fremden Männern nischt nehmen», sagte er.

«Aber Martin ist doch kein Fremder. Er ist mein Freund.»

Benny schwieg trotzig.

Inzwischen hatte sich Martin auf die unterste Stufe gesetzt und das Paket geöffnet. Zum Vorschein kam ein supercooles Modell-Rennboot mit Fernsteuerung.

«Wenn es dir nicht gefällt», sagte Martin, «dann gebe ich es zurück.» *Wenn du kannst,* dachte ich. Vermutlich war es geklaut, aber vor Benny fragte ich lieber nicht nach. Später auch nicht.

Die Neugier trieb Benny wie eine kleine Katze nun doch die drei Stufen zu Martin hinunter. Er untersuchte das Boot genauer, und man konnte zuschauen, wie sein Ärger verflog. In seinem kleinen Gesicht breitete sich ein begeistertes Lächeln aus.

«Wie schnell ist es?», fragte er.

«Sehr schnell», antwortete Martin. «Sollen wir es ausprobieren?»

Benny, ein junger Mann von schnellen Entschlüssen, nickte.

«Am nächsten Wochenende? Wir könnten zu dritt an den Müggelsee fahren.»

Benny nickte begeistert. Ich wollte auch schon zustimmen, doch dann fiel mir ein, dass Ferienbeginn sein würde und Mama mit Benny für zwei Wochen zu ihren Eltern nach Bayreuth fahren wollte. Ich erinnerte Benny daran. Er schnitt eine bedauernde Grimasse.

«Macht nichts», sagte Martin tröstend und legte das Spielzeug in den Karton zurück. «Das Schiff gehört dir. Wenn es da, wo du hinfährst, einen See gibt, dann kannst du's ja dort ausprobieren.»

«Danke», strahlte Benny. Ich schärfte ihm ein, dass er vor unserer Mutter behaupten sollte, es sei ein Geschenk von mir. Auch wenn er nicht verstand, warum, versprach er es, schlang beide Arme um sein riesiges Paket und schleppte es Richtung Straße.

«Komm, Tina, wir müssen endlich nach Hause. Die Mama hat meine Lieblingstorte gebacken.»

«He!», sagte ich lachend. «*Meine* Torte. *Ich* habe Geburtstag.»

«Vielleicht gebe ich dir ein Stück ab», grinste Benny.

«Und dir auch», sagte er zu Martin, aber der schüttelte den Kopf.

«Nein, der Abend gehört der Familie», sagte er und fuhr uns nach Hause. Er selbst hatte abends etwas anderes vor.

«Es» würde also wieder nicht passieren. Ein bisschen enttäuscht war ich schon, wollte es mir aber nicht anmerken lassen, um den Tag nicht mit einem Missklang zu beenden. War ja auch ohne das ein toller Tag.

«Sorry, ich muss noch dringend etwas erledigen», sagte Martin und küsste mich zum Abschied. Immerhin ein inniger Kuss. «Ich melde mich.»

Danach wartete ich lange Zeit vergeblich auf Nachricht von ihm.

ZWEI

«Wer sind Sie? Woher kennen Sie meinen Namen? Gehen Sie, ich habe Sie nicht herbestellt.» Gudrun erkannte Irene wieder einmal nicht.

«Ich bin's, Irene. Die Stiefmutter von deinem Enkel Martin.»

«Martin», murmelte die alte Frau, und langsam, wie von weit her, kam Erkennen in ihre Augen.

Fünf Jahre nach ihrem ersten Schlaganfall hatte Gudrun

Schweikart einen Herzinfarkt erlitten, von dem sie sich überraschend schnell erholte. Nur ein paar gewöhnliche Alterserscheinungen schienen nach dem Krankenhausaufenthalt übrig zu bleiben, hier drückte, dort zwickte es, die Kraft in den Beinen ließ nach, die Beweglichkeit, es knackte und knirschte in den alten Knochen, alles nicht weiter tragisch. Bis dann nach Jahren gelegentliche Anfälle von Langsamkeit, von Leere im Kopf, ein unkontrollierbares Zittern der Hand sie doch zum Arzt trieben. Diagnose: Parkinson.

Pragmatisch, wie sie war, wusste Gudrun, dass sie nicht mehr lange würde allein leben können; sie suchte sich einen Platz in einem guten Seniorenheim an Hamburgs Stadtrand. Für die enormen Kosten reichte ihre Rente nicht, also beschloss sie, ihr geliebtes Haus an der Alster zu verkaufen. Und da es nun einmal sein musste, tat sie es zu ihrer eigenen Überraschung leichten Herzens.

Der Makler, den sie mit dem Verkauf betraut hatte, arbeite ihrer Meinung nach nicht effizient genug und schrieb das schwache Käuferinteresse Gudruns überzogener Preisvorstellung zu, was sie besonders fuchste. Sie entließ ihn und nahm die Sache selbst in die Hand. Zwar ließ ihr Gedächtnis ein wenig nach, doch es reichte, um sich intensiv über die aktuelle Immobilien-Marktlage zu informieren. Sie wusste genau, wie hoch sie die Preislatte hängen konnte. Und der Käufer, den sie schließlich fand, übersprang sie nach zwei, drei Anläufen. Nach dem Notartermin, zu dem Irene sie begleitet hatte, schmunzelte Gudrun zufrieden.

«Na, Charlotte? Wie hat deine Mama das hingekriegt?»

Es war kein Versprecher, es war das erste Mal, dass sie nicht nur Namen, sondern Personen verwechselte, nicht flüchtige Bekannte, wie es jedem gelegentlich passiert, sondern Vertraute.

Ungefähr eine halbe Minute lang war sie überzeugt, dass Charlotte in einem seltsamen Anflug geistiger Verwirrung behauptete, sie sei nicht Charlotte. Das war nun über ein Jahr her. Wenige Monate nach dem Verkauf ihres Hauses erlitt sie den nächsten Schlaganfall. Von diesem erholte sie sich nicht mehr so gut, sie blieb rechtsseitig gelähmt, und die Parkinson-Erkrankung hatte die linke Hand jetzt fest im Griff, sie zitterte unaufhörlich. Die Verheerungen im Gehirn hatten ihr die Sprache jedoch nicht vollständig genommen, nur verlangsamt. Auch das Verstehen brauchte mehr Zeit. Der akustische Gebrauch der Sprache funktionierte also. Der optische nicht; die Fähigkeit zum Lesen und Schreiben, das Wissen um das Aussehen und die Bedeutung von Buchstaben, war aus ihrem Gedächtnis gelöscht wie Kreideschrift von der Schultafel.

Gudrun nahm auch das gelassen. «Aus dem Liebesbrief-Alter bin ich raus, und mein Testament hab ich auch gemacht. Ich muss nichts mehr schreiben.» Das Radio und ein CD-Player mit Kopfhörern, beides Geschenke von Irene, genügten ihr zur Unterhaltung.

Abgesehen von den Folgen des Schlaganfalls nahm Gudruns Altersdemenz einen quasi normalen Verlauf: Es geschah immer häufiger, dass sie Namen falsch zuordnete, Personen und Ereignisse durcheinanderbrachte oder die Menschen um sie herum zeitweilig überhaupt nicht mehr erkannte, neue Bekannte ebenso wie nahe Verwandte. Martin, den sie wie närrisch liebte und nach dem sie früher bei jedem Besuch und jedem Telefonat gefragt hatte, und Jonas, den sie ebenfalls sehr mochte, beide erwähnte sie nach dem Schlaganfall gar nicht mehr. Nur in ihren frühen Erinnerungen, als die Jungs noch Kinder waren, tauchten sie gelegentlich noch auf.

So wie die Demenz für das allmähliche Verschwinden der

Gegenwart aus Gudruns Leben sorgte, so sorgte sie immer häufiger für die Wiederauferstehung ihrer liebsten Toten, Charlotte.

«Ich bin nicht deine Tochter, Gudrun. Ich bin Irene», sagte Irene geduldig und wusch das Obst, das sie mitgebracht hatte. Gudrun blickte sie indigniert an, als habe Irene einen schlechten Scherz gemacht. Doch schließlich verstand sie.

«Irene. Natürlich. Entschuldige. Diese blöden Pillen gegen das Zittern machen mein Hirn ganz matschig.»

Irene wusste, dass die Zerstörung der Hirnzellen unaufhaltsam voranschritt. Der Zelltod fraß sich langsam vor, Schicht um Schicht, wie Fäulnis durch eine Zwiebel. Nur in manchen Winkeln ihrer Gehirnwindungen gelang es Gudrun noch, Aktuelles zu verwahren, etwa zu welchen Uhrzeiten es in diesem Heim Essen gab. Wehleidig war Gudrun nie gewesen, und so ließ sie sich auch vor Irene nicht anmerken, ob sie unter dem allmählichen Absterben von immer mehr Fähigkeiten litt. Vielleicht war es ihr auch gar nicht bewusst.

Nur kurz vor dem jüngsten Schlaganfall, bei einem der Spaziergänge mit Irene, die der Arzt verordnet hatte und die Gudrun wegen der schmerzenden Beine keine Freude mehr machten, sagte sie: «Wenn irgendwer behauptet, das Alter habe auch seine schönen Seiten – glaube ihm nicht, Irene. Die lügen alle.»

Damals konnte Irene auch jenseits der Worte und der Mimik noch einigermaßen erkennen, wie es der alten Frau ging; starkes Zittern signalisierte innere Anspannung, ruhigere Hände bedeuteten Wohlbefinden. Seit sie im Heim lebte und Medikamente gegen die Parkinsonsymptome bekam, war auch dieses Zeichen nicht mehr zuverlässig. Meistens sagte ein stärkerer Tremor nur, dass Gudrun ihre Medizin nicht genommen hatte.

Heute zitterte sie wieder einmal besonders stark. Irene hielt die runzelige, knöcherne Hand fest; sie zuckte zwischen ihren beiden Händen wie ein kleiner Vogel, der aus seinem engen Käfig auszubrechen versucht. Irene streichelte die alte Hand, um sie zu beruhigen.

«Du siehst gut aus», log sie. «Soll ich dich im Park spazieren fahren?»

«O ja», sagte Gudrun begeistert. «Und nimm die Hockeyschläger mit. Ich fühle mich topfit.»

Gudrun hatte als junge Frau Feldhockey gespielt, aber die Bemerkung eben war keine neuronale Fehlleistung, sondern ein Aufblitzen ihres alten Humors. Irene lachte, während sie der gebrechlichen Frau aus dem Sessel in den Rollstuhl half. Wie deprimierend musste diese Unbeweglichkeit für eine Frau sein, die, als sie noch Auto fuhr, so viele Strafzettel wegen überhöhter Geschwindigkeit gesammelt hatte.

«Was hältst du von einem Rollstuhl mit Rennreifen und Turbomotor? Du könntest mit den anderen Rollstuhlfahrern an der Alster Rennen veranstalten.»

Gudrun lachte vergnügt und klang dabei wieder jung. «Ich würde die lahmen Enten hier alle von der Piste putzen, darauf kannst du wetten.»

«Darauf würde ich wetten», lachte Irene. Dann blickte sie sich im Zimmer um. «Sag mal, Gudrun, hast du die blaue Fotoschachtel noch?»

Gudrun hatte ihre Fotos – Familie, Reisen, Feste, das Übliche – in farbige Schachteln gepackt, die Bilddokumente ihres Lebens grob nach Epochen geordnet: rosa für ihre eigene Kindheit und Jugend, braun für das Erwachsenenalter bis zum Ende des Krieges, rot für die Zeit bis zu ihrem ungarischen Geliebten, grün für die Zeit mit ihrer Tochter und eben blau für Martin, von seiner Geburt bis hin zu den Familienfotos, die Irene ihr geschickt hatte. Weil die Werneck-Fotos mit den Jahren zu viele geworden waren, hatte Gudrun zuletzt noch eine weiße Schachtel dafür angeschafft. Sie hatte die Bilder immer hineingelegt, wie sie kamen. Das akribische Sortieren und Einkleben in Alben lag ihr nicht, Buchführung war ihr schon im Geschäftsleben ein Gräuel gewesen. Irene sah Grün, Braun, Rot, Rosa und Weiß oben auf dem Schrank, Blau war nicht dabei. Blau fand sich griffbereit im offenen Teil des Nachtkästchens. Anscheinend waren es die einzigen Bilder, die sich Martins Großmutter noch ansah, oft genug, um sie in erreichbarer Nähe aufzubewahren. Irene rührte die Vorstellung, wie die zitternde Hand Bilder aus dem ungeordneten Haufen fischte und sie auf der Bettdecke ausbreitete, um sie betrachten zu können. Welche Mühe sie das jedes Mal kosten musste.

«Darf ich sie mir anschauen?»

«Habe ich sie dir nie gezeigt?»

«Doch, aber es ist lange her.»

«Bitte, bediene dich.»

Irene legte den blauen Karton auf Gudruns Schoß und schob den plumpen hauseigenen Rollstuhl in den Park.

Eine Weile sprachen sie nicht, die kurze geistige Anstrengung hatte Gudrun erschöpft. Es war ruhig im Park, der ferne städtische Verkehrslärm wurde vom Gezwitscher der Vögel übertönt, die Frühsommerluft war angenehm warm, und Gudrun nickte bald ein. Irene hielt an einer Bank zwischen riesigen Rhododendronbüschen, deren weiße und violette Blüten schon fast verwelkt waren. Sie parkte den Rollstuhl neben der Bank im Schatten der Blätter, setzte sich und wartete, bis die alte Frau aufwachte. Wecken wollte sie sie nicht, Irene wusste, dass das Gespräch, das sie plante, länger dauern und an Gudruns Kräften zehren würde. Behutsam nahm sie die linke Hand, die auf der Schachtel ruhte und jetzt weniger zitterte, und legte sie neben die gelähmte Rechte auf den Schoß.

Im Karton herrschte keinerlei erkennbare Ordnung, weder nach zeitlicher Chronologie noch nach Themen, einfach ein wildes Durcheinander von Martin als Baby, Grundschüler, Kleinkind, Gymnasiast, mal mit Oma oder Vater, mal mit Krankenhauspersonal oder anderen Menschen, die Irene nicht kannte. Nie mit seiner Mutter. Martin im Kinderzimmer in Omas Haus, im Wohnzimmer, im Garten am Froschteich. Jedes Jahr Weihnachten mit Martin inmitten üppiger Geschenke und Haufen zerfetzten Geschenkpapiers. Kindergeburtstage mit Vater und Großmutter, einmal mit ein paar Kindern, «vierter Geburtstag» stand in Gudruns Handschrift auf der Rückseite. Erster Schultag mit prächtiger Schultüte. Da lebte er schon bei seinem Vater und Irene in Berlin. Und mit seinem Halbbruder.

Irgendwann fiel Irene auf, dass Martin gelegentlich in Großmutters Armen abgebildet war, zärtliche Momente, obwohl er da, wenn man genau hinsah, immer etwas steif wirkte. Nie aber war er in den Armen seines Vaters zu sehen und nur ein einziges Mal an dessen Hand. Auf diesem Foto schien sich der etwa Dreijährige allerdings eher gefangen als gehalten zu fühlen, er strebte wild entschlossen fort, den Mund wie schreiend aufgerissen, die Augenbrauen zusammengezogen.

Ein Hinweis darauf, dass der Kleine Angst vor seinem Vater hatte?, schoss es Irene durch den Kopf. Aber wirkte Martins Gesicht nicht eher wütend? Ein wütendes Weinen. Weinten auch seine Augen? Und Joachim, blickte er seinen Sohn nicht eher ratlos an? Es war nicht eindeutig zu erkennen, die Szene war aus zu großer Entfernung aufgenommen.

Alles in allem wirkte der Junge wie ein ganz normales Kind.

Manchmal lachte er in die Kamera, mit weit offenem Mund. Und unbeteiligten Augen. Oder täuschte sich Irene? Lag es nur daran, dass Gudrun die Menschen, die sie knipste, gern aufforderte, in die Kamera zu lachen, ob ihnen nun danach zumute war oder nicht? Andererseits war es eine Eigenheit, die Irene schon früh aufgefallen war. Alle Kinder blicken einen unbefangen an, geradeaus, so wie Martin auch. Aber sie reagierten, wenn man lächelte oder sie ansprach, erwiderten das Lächeln, sagten etwas oder wendeten sich desinteressiert ab. Nicht so Martin. Schon als Fünfjähriger konnte er den Blick halten, ohne zu blinzeln oder die Miene zu verziehen. Er konnte es heute noch. Anfangs hatte sie nicht gewusst, was sie davon halten sollte. Später hatte sie gedacht, dass es ein Machtspiel war. Obgleich ihr nicht wohl war bei dem Gedanken, einem fünfjährigen Kind Derartiges zu unterstellen. Darüber zu sprechen war ihr immer schwergefallen, vor allem mit Joachim. Kritik an seinen Söhnen, ganz besonders an Martin, konnte er schwer ertragen, wahrscheinlich weil er sie, ohne es sich einzugestehen, immer auch als Kritik an der eigenen Person empfand.

Irene hatte also schnell einsehen müssen, dass sie, wenn es um Martin ging, nicht den direkten Weg wählen konnte. Sagte sie: ‹Wir müssen über Martin reden›, reagierte Joachim mürrisch und abwehrend. Als Martin elf Jahre alt war, versuchte sie es trotzdem wieder einmal, nach einem sonntäglichen Mittagessen, während Joachim satt und zufrieden seine Zigarette rauchte. Martin trieb sich irgendwo mit dem Fahrrad herum und hatte, wie so oft, die Essenszeit versäumt. Sein Bruder Jonas war zum Spielen in den Garten gegangen. Die Gelegenheit war günstig.

«Hast du auch den Eindruck, dass Martin zurzeit ziemlich schnell wächst?», fragte sie im Plauderton.

«Findest du? Ist mir gar nicht aufgefallen.»

«Er kriegt sogar schon einen zarten Bartflaum.»

«Jetzt schon? Der beeilt sich aber mit dem Erwachsenwerden.»

«Tja. Bald werden wir ihn überhaupt nicht mehr zu Gesicht bekommen.»

Etwas an ihrem Ton alarmierte ihn, obwohl sie versucht hatte, so harmlos wie möglich zu klingen. Egal, was sie über Martin sagte und wie sie es ausdrückte, Joachim war sofort auf der Hut, Irene kannte das schon. Also konnte sie es genauso gut bleibenlassen, weiter um den heißen Brei herumzuschleichen.

«Kannst du nicht mal mit ihm reden?»

«Was hat er denn jetzt wieder angestellt? Deiner Meinung nach.» Joachim klang erwartungsgemäß gereizt. Sie wollte immer noch, dass er selbst darauf kam, damit er es nicht als eine ihrer Übertreibungen abtun konnte.

«Hast du ihn dieses Wochenende eigentlich schon zu Gesicht bekommen?»

«Natürlich. Heute beim Frühstück.»

«Zwischen Tür und Angel», präzisierte sie. «Du hast dich hingesetzt, er ist weggegangen. Ständig ist er unterwegs.»

«Wäre dir ein Stubenhocker lieber?»

«Er übertreibt es. Die Schule hat mich benachrichtigt: In diesem Halbjahr hat er schon einundzwanzig unentschuldigte Fehlstunden.»

Joachim beschloss offenbar, sich den Tag nicht verderben zu lassen und sich großzügig zu geben.

«Jeder schwänzt mal, nur Streber nicht. Und solange er gute Noten hat ... Hat er doch noch, oder?»

«Geht so. Waren schon besser. Nach der Schule kommt er nach Hause, wann er will, Hausaufgaben macht er auch, wann er will. Oder gar nicht. Er isst, wann und was er will, und er sagt nie, wo er sich herumtreibt.»

«Was erwartest du? Er ist ein Junge. Er orientiert sich eben an seinem Vater. Ich bin ja auch viel unterwegs.»

«Aber ich weiß immer, wo du bist.»

Er legte seine Hand versöhnlich auf ihre, und mit einer Prise mildem Spott sagte er: «Was macht dich da so sicher? Vielleicht bin ich wochentags bei meiner Zweitfamilie. Vielleicht bin ich Bigamist.»

«Schön», gab sie im gleichen Ton zurück, «dann lass uns ins Bett gehen, bevor du wieder die andere beglückst.»

Er warf einen Blick durch die offen stehende Terrassentür auf sein spielendes Kind, nahm Irenes Hand und stand auf.

«Komm.»

Sie ließ ihm ihre Hand, blieb aber sitzen. Sie musste noch etwas loswerden.

«Ich weiß nicht mehr, was ich machen soll. Mit Martin, meine ich. Er hört überhaupt nicht mehr auf mich.»

Joachim ließ ihre Hand los, blieb jedoch stehen.

«Vielleicht machst du etwas falsch. Mir widersetzt er sich jedenfalls nicht.»

«Dann sprich du doch mal mit ihm.»

«Worüber? Ich habe nichts an ihm auszusetzen.»

«Nicht einmal die einundzwanzig Fehlstunden?»

«Dazu könnte ich ihm nur das Gleiche sagen, was du ihm sicher schon gesagt hast: dass er regelmäßig in die Schule gehen soll.»

«Aber du sagst es ihm nicht, weil du's dir nicht mit ihm verderben willst», sagte Irene, jetzt ihrerseits gereizt. «Für dich ist es einfach, gut mit ihm auszukommen. Du verlangst nichts von ihm. Außerdem bestichst du ihn.»

Joachim verzog unwillig das Gesicht. «Geht das schon wieder los? Ich bin nicht übertrieben großzügig. Heute haben Kinder eben Gameboys und eigene Fernseher mit DVD und Computer und Hi-Fi-Anlagen und Mountainbikes. Laubsägen sind out. Was soll's auch? Ich habe genug Geld. Er würde es als Strafe ansehen, wenn ich ihm seine Wünsche nicht erfüllen würde.»

Sinnlos, darüber zu streiten, es waren immer die gleichen Argumente. Vielleicht hatte Joachim ja auch recht mit seiner Großzügigkeit, sie war zeitgemäß, zumindest für den, der sie sich leisten konnte. Andererseits bekam Jonas nicht so viele Geschenke. Aber der hatte auch nicht so viele Wünsche, von ihm hörte sie nicht andauernd: «Ich will, ich will, ich will.» Ein paar Plüschtiere, Malblöcke, Farben, Knetmasse und Kinderbücher waren Jonas das Wichtigste. Und Jonas hing sowieso an seinen Eltern, er musste nicht bestochen werden.

Trotz der Einsicht in die Fruchtlosigkeit dieser Auseinandersetzung konnte Irene einfach nicht den Mund halten; es musste zur Sprache gebracht werden.

«Ist dir schon mal aufgefallen, wie er andere Menschen anschaut? So starr. Irgendwie ...» Sie zögerte, es auszusprechen. «... kalt.»

Irene sah, wie die Gutmütigkeit schlagartig aus Joachims Gesicht verschwand; jetzt changierte seine Miene zwischen Verblüffung und Zorn.

«Du bist ja hysterisch.»

Adieu, erotisches Intermezzo. Trotzdem, die Dinge durften doch nicht einfach so laufen, bis es zu spät war. Wobei ihr damals nicht ganz klar gewesen war, was genau «zu spät» bedeutete.

«Du musst das doch auch merken», sagte sie fast flehend. «Das konnte er schon, als er noch klein war, weißt du nicht mehr? Seinen Bruder schaut er genauso an.»

«Mich nicht.» Joachim warf ihr einen erschreckend feindseligen Blick zu.

Auf der einen Seite konnte sie seine Empfindlichkeit sogar verstehen, wenn sie heute, rund zehn Jahre später, daran dachte. Schließlich hatte sie selbst oft abwehrend reagiert, wenn Außenstehende Kritik an ihrer Familie übten, selbst wenn es dabei um Martin ging. Immerhin bildete sie sich ein, dass sie berechtigte Kritik letztlich doch immer geschluckt hatte, manchmal sogar dankbar dafür war. Doch Empfindlichkeiten hin oder her, an diesem Tag hatte sie darauf keine Rücksicht nehmen können und wollen.

«Mit mir treibt er auch sein Spiel. Entweder er ignoriert, was ich sage, oder tut demonstrativ das Gegenteil. Er legt es auf einen Machtkampf an.»

Sie hatte damit gerechnet, dass er jetzt richtig wütend werden, vielleicht sogar regelrecht explodieren würde, sie sah schon das Funkeln in seinen Augen. Aber er beherrschte sich, lachte nur höhnisch.

«Machtkampf. Ein elfjähriges Kind.»

«Du kriegst es nicht mit, weil du die meiste Zeit nicht da bist. Und wenn, dann lässt du ihm alles durchgehen. Wie du siehst, kommt er nicht einmal am Sonntag zum Familienessen. Obwohl ich es ihm ausdrücklich gesagt habe. Und obwohl wir ihm eine Armbanduhr zum Geburtstag geschenkt haben, damit er immer weiß, wie spät es ist und wann er nach Hause kommen muss.»

Sie hatte unwillkürlich die Stimme erhoben, wissend, dass sie mit diesem anklagenden Ton nur das Gegenteil dessen erreichte, was sie erreichen wollte. Aber sie konnte nicht anders, sie fühlte sich alleingelassen mit all der Verantwortung. Und Diplomatie war nicht ihre Stärke.

Plötzlich begriff sie, dass Joachim und Martin sich darin glichen, wie sie auf – berechtigte oder unberechtigte – Vorwürfe reagierten: mit zorniger Zurückweisung. Aber was sollte sie mit dieser Erkenntnis anfangen? Dass sie beide erziehen musste? Unmöglich. Sie wurde selbst wütend. Und gleichzeitig stand einem Wutausbruch ihr Bedürfnis nach Harmonie im Weg, ihr dringender Wunsch nach einer friedlichen Lösung des Problems. Bei allen anderen Dingen bekamen sie das doch auch hin. Sie suchte in Joachims halb abgewandtem Gesicht nach Versöhnlichkeit. Langsam, wie in Zeitlupe – vielleicht kam es Irene in der Erinnerung auch nur so vor –, wandte er sich ihr wieder zu.

«Ich dachte, du bist eine rational denkende Frau», kam es so abweisend, dass es ihr ins Herz schnitt. «Aber dass du dich gleich angegriffen fühlst, wenn sich ein vorpubertärer Junge ein bisschen danebenbenimmt? Der arme Kerl hat wohl kein Glück mit seinen Müttern.»

Peng. Getroffen. Irene schwieg. Dieses Wochenende blieb sexfrei. Am Nachmittag kreuzte Martin auf, und Joachim ging mit ihm ins Kino, in irgendeinen Actionfilm, ohne seine Unpünktlichkeit oder sein Schuleschwänzen auch nur zu erwähnen. Irene sah sich zu Hause mit Jonas *E. T.* auf DVD an. Nachts, schlaflos neben Joachim, dachte sie, dass er vielleicht recht hatte, vielleicht interpretierte sie wirklich zu viel in Kleinigkeiten hinein. Fest stand, dass Joachims und Irenes Welt, wenn es um Martin ging, inzwischen geteilt war, durchschnitten wie von einer Chinesischen Mauer. Sie spürten wohl beide die Gefahr, dass unterschwelliger chronischer Groll ihre Ehe nach und nach vergiften könnte. Also blendeten sie das Thema lieber aus.

Wie viel Martin von diesen Verkettungen mitbekam, wusste Irene nicht. Wie viel ihm als Kind an ihrer Zuneigung gelegen hätte, wusste sie auch nicht. Ob er überhaupt ein Vakuum gespürt hatte – keine Ahnung. Sie wusste, dass sie sich ein paar Jahre Mühe gegeben hatte, das vermutete Vakuum zu füllen, aber sie hatte es nicht verstanden, das Fenster zu seiner Seele zu finden. Schließlich hatte sie aufgegeben. Liebe ließ sich nicht erzwingen, seine nicht und ihre auch nicht. Er hatte ja seinen Vater und seine Großmutter.

Drei Jahre später starb Joachim mitten in einer geschäftlichen Besprechung an einem plötzlichen Herztod. Vorausgegangene Symptome, die er laut Arzt gespürt haben musste, hatte er verschwiegen, möglicherweise vor sich selbst verleugnet oder verharmlost, zuzutrauen war es ihm.

Heute, im Garten der Seniorenresidenz, fragte Irene sich widerstrebend, ob sich Joachim vielleicht deshalb so vehement vor Martin gestellt hatte, weil er verdecken wollte, welche Verwüstungen er selbst an Leib und Seele des Jungen angerichtet hatte.

Gudrun hob das Kinn, blinzelte ins Licht und gähnte. Als ihr Blick auf Irene fiel, musste sie sich erst orientieren und erinnern, wie sie hierhergekommen und wer die Frau da auf der Bank war.

«Oh, Irene. Hab ich lange geschlafen?», fragte sie schleppend.

Irene schüttelte lächelnd den Kopf. «Nur ein Viertelstündchen.»

«Hat mir gutgetan.» Die rechte Hand lag wie immer leblos in ihrem Schoß, die zittrige linke schob sie wie schutzsuchend darunter. «Warum ist Martin denn nicht mitgekommen?»

Die Frage kam überraschend, so lange hatte sie ihre beiden Enkel nicht mehr erwähnt, dass Irene angenommen hatte, sie seien in einem von Gudruns Gedächtnislöchern verschwunden.

Oder befand sich Gudrun im Moment in der Vergangenheit? Wie alt war Martin jetzt gerade in ihrem Kopf?

«Er muss für die Führerscheinprüfung büffeln», log Irene probehalber.

«Jetzt schon? Mit ... wie? Sechzehn?»

«Er lässt dich grüßen», sagte Irene ausweichend. «Jonas auch.»

Da Gudrun zeitweise noch vollkommen klar war, wollte Irene ihr nichts erzählen, was sie hätte belasten können. So verschwieg sie, dass Martin schon fast zwanzig war und den Führerschein bereits besaß, ein Auto ebenfalls, dass er vor kurzem ausgezogen war und schon lange nicht mehr nach seiner Großmutter gefragt hatte. Vor allem hielt Irene geheim, dass er im Gefängnis gewesen war und dass Jonas nicht mehr lebte. Fernsehnachrichten und Tageszeitungen interessierten Gudrun längst nicht mehr. «Zu deprimierend», pflegte sie zu sagen.

Anfangs hatte das Personal des Heimes gar keinen Zusammenhang hergestellt zwischen Frau Schweikart und dem Jungen, der seinen Bruder getötet hatte, man kannte sein Bild nur aus den Nachrichten. Dass er zu Irenes Familie gehörte, wusste man zunächst auch nicht, da ihrer beider Namen eine Zeitlang nur als Initialen gedruckt wurden. Irene achtete auch darauf, dass kein Bild von ihr in den Medien erschien. Nicht einmal von dem Zeitungsreporter, dem sie zu Prozessbeginn ihr einziges Interview gab, wollte sie sich fotografieren lassen. Aber in irgendeinem Archiv hatte er dann doch ein Foto von ihr gefunden, wenn auch ein älteres, aufgenommen anlässlich der Verleihung eines Architekturpreises. In der Bildunterschrift erschien erstmals ihr voller Name, und der Artikel nahm nahezu unverhüllt für Martin Partei; im Zweifel sind immer die Mütter schuld. Danach geschah in dem Hamburger Heim das Gleiche wie in ihrer Berliner Umgebung: Man begegnete ihr mit schlecht versteckter, neugieriger Ablehnung. Vermutlich stellten sie hinter ihrem Rücken wilde Spekulationen darüber an, was in der Familie außer Mord, Totschlag und sexuellem Sadismus noch alles vorgefallen sein mochte. Oder schlossen Wetten ab, welche Aussage der Wahrheit entsprach, ihre oder Martins.

Als Irene die Veränderung bemerkte, hatte zum Glück noch niemand mit Gudrun darüber gesprochen, aus demselben Grund wie sie selbst: Es würde die kranke Frau nur aufregen. Da Irene aber fürchtete, irgendeine Pflegerin oder sonst jemand könnte sich doch verplappern, bat sie den Heimleiter, das gesamte Personal und die Heimbewohner zum Schweigen zu verpflichten, soweit das möglich war. Er versprach es, um Frau Schweikarts willen. Es war ein langes Gespräch, in dem hauptsächlich Irene erzählte, von Martins Kindheit, dem Verlust der Mutter, dem ersten Schlaganfall der Großmutter, vom Kinderheim und von der Schwierigkeit, ihn später in die Familie zu integrieren. Sie bemühte sich um Sachlichkeit, klagte niemanden an, auch Martin nicht, ohne jedoch ihre strapazierte Seele zu verstecken.

Schon während des Gesprächs spürte sie, dass sich die Atmosphäre entkrampfte. In den folgenden Wochen fand auch das übrige Personal zu seinem freundlichen Ton zurück. Man schien nun eher Irene als Martin zu glauben, was wohl auch an ihren häufigen Besuchen bei Gudrun lag. Man rechnete ihr auch an, dass sie sogar in den Wochen nach dem Familiendrama kam, als es ihr selbst miserabel ging.

«Richte Martin Grüße aus», sagte Gudrun. «Ich drücke ihm die Daumen für die Fahrprüfung. Den einen wenigstens», fügte sie mit einem flüchtigen Lächeln hinzu und hob die linke Hand. «Wenn er achtzehn wird, schenke ich ihm ein Auto.»

«Behalte dein Geld mal lieber, er kann sich selbst ein Auto leisten.»

Doch Gudrun antwortete nicht mehr, ihr plötzlich leerer Blick schien auf einen inneren, stillen Raum gerichtet zu sein. Da Irene fürchtete, die alte Dame könne wieder in einen Zustand der verwirrten Apathie versinken, musste sie rasch ihre Fragen stellen.

«Sag mal, erinnerst du dich noch an Martin, als er ganz klein war? Als er bei dir gelebt hat?»

Das brachte Gudrun wieder zurück. «Natürlich. Was für eine Frage. Ich bin zwar alt, aber nicht vertrottelt.» Manchmal vergaß sie, dass sie vergesslich wurde.

«Erzähl mir von ihm.»

«Hab ich das noch nicht? Das wundert mich.»

Gudrun hatte oft von Martins Kindheit erzählt. Damals, als Joachim noch lebte, als Jonas noch ein alle bezauberndes kleines Wesen war und Martin noch kein wirklicher Problemfall, nur etwas speziell und manchmal grob. Also lange her. Und heute ging es Irene nicht um Anekdoten. Sie suchte Spuren. Die andere Seite.

«Natürlich hast du von ihm erzählt.» Sie lächelte Gudrun an. «Aber mein Gedächtnis lässt nach, fürchte ich.»

«Jetzt schon? Dann bin ich froh, dass ich dich nicht mehr erleben muss, wenn du in meinem Alter bist. Man ist ja kein Mensch mehr ohne Gedächtnis. Was willst du denn wissen?»

«Alles.»

«Warum ist er denn heute nicht mitgekommen?»

Irene wiederholte geduldig, was sie über Schule und Fahrprüfung gesagt hatte.

«Gib ihm einen Kuss von mir», sagte die alte Dame. «Ich schenke ihm ein Auto, wenn er den Führerschein schafft.»

«Ich sag's ihm.»

Sie zeigte Gudrun das Foto mit dem Dreijährigen an der Hand seines Vaters. «Erinnerst du dich vielleicht an die Geschichte? Warum Martin da so sauer ist?»

Gudrun konzentrierte sich lange auf das Bild.

«Ich weiß es nicht. Vielleicht haben wir ihn wieder einmal vom Teich weggeholt. Der hat ihn ja magisch angezogen, kaum dass er hinkrabbeln konnte. Ich hatte immer Angst, er könnte hineinfallen und ertrinken. Deshalb habe ich ihn vorsichtshalber trockengelegt. Aber manchmal stand Regenwasser darin. Erst als er vier oder fünf war und vernünftig genug, habe ich den Teich wieder aufgefüllt. Ist nie was passiert.»

«Wenn du so zurückblickst, Gudrun – war Martin irgendwie anders als andere Kinder?»

«Jedes Kind ist anders.»

«Er konnte auf ganz besondere Art gucken. Er war erst vier, fünf Jahre alt, da fiel mir schon auf, dass er seinen Vater und mich oft so anschaute, als seien wir Wesen von einem anderen Stern.»

«Was wundert dich daran? Ein kleines Kind weiß doch noch nichts von der Welt.»

«Ich meine, er konnte so distanziert gucken. Wie auf diesem Foto hier.»

Irene legte das Bild, das sie meinte, auf Gudruns Schoß. Martin war darauf höchstens vier Jahre alt, ein hübsches Kind mit großen dunklen Augen und etwas mädchenhaft langen blonden Locken. Einen Kinderspaten quer vor sich haltend, stand er neben einem großen, frisch ausgehobenen Loch in Omas Garten, von Kopf bis Fuß mit feuchter Erde bespritzt. Auf der Wasseroberfläche des Froschteichs neben ihm zeichneten Regentropfen kleine Wellenkreise. Es musste kalt gewesen sein, denn im Hintergrund war noch der Rest eines Schneemanns zu erkennen, und Martin trug eine Steppjacke und eine Mütze. Das heißt, er hätte sie tragen sollen. Beides lag pitschnass im Gras neben seinen gefütterten Gummistiefeln und Handschuhen. Sein Haar klebte nass am Kopf, und seine hellbraunen Hosenbeine waren von den Knien abwärts dunkel vom Wasser. Seine Großmutter, damals Anfang siebzig, stand auf der anderen Seite des Lochs auf einem Bein, die Arme in der Luft. Sie kehrte dem Betrachter halb den Rücken zu. Ihr Gesicht, soweit man es aus diesem Blickwinkel erkennen konnte, war schmerzverzerrt. Martin sah ruhig und aufmerksam zu ihr auf, doch ohne Ausdruck, wie unbeteiligt.

«Siehst du, Gudrun, diesen Blick meine ich. Als wärst du für ihn ein fremdes Wesen.»

Gudrun lachte. «Ja, stimmt. Er studiert mich. Wie mein Kater. Der sitzt immer auf der Anrichte neben dem Herd, wenn ich koche, und verfolgt jeden Handgriff. Eines Tages nimmt er selbst den Kochlöffel zwischen die Pfoten und kocht mir Shebasuppe.»

Sie hatte vergessen, dass der Kater lange tot und begraben war, dass sie noch nicht einmal mehr einen Herd besaß. Doch die tiefer liegenden Hirnspeicher hatte der Zelltod noch nicht verwüstet. Mühelos führte sie ihre Besucherin in den Fundus weit zurückliegender Erinnerungen.

Die Geschichte der Fotografie: Der kleine Martin schaufelte Wiesenerde in den zur Hälfte mit Regenwasser gefüllten Froschteich, trampelte die Kante der abdichtenden Folie so weit nieder, dass Wasser aus dem Teich in das neugeschaffene Loch floss, goss mit einem Kindereimer noch mehr Wasser nach, unermüdlich, rupfte Stauden aus dem Garten und versenkte sie im Erdloch und im Teich, trat sie fest, bis am Ende alles wie ein Stück Sumpfland nach der Durchreise einer Horde Nilpferde aussah. Mit dem Spaten schlug er vergnügt auf die trübe Wasserfläche ein, warf mit dem Matsch um sich, bis er selbst ein Moddermonster war. Er watete durch das Wasser, ohne darauf zu achten, dass es ihm in die Stiefel rann. Vollkommen weltvergessen machte er seine «Arbeit», wie er es nannte, und wusste zugleich, dass er Verbotenes tat. Oma hatte ihm eingeschärft, dass er draußen nicht mit nassen Kleidern herumlaufen sollte, weil er sonst krank würde. Schon gar nicht durfte er mit Schuhen ins Wasser steigen. Und wenn ihn doch einmal irgendwo beim Spielen der Regen überraschte, sollte er schleunigst nach Hause kommen und seine nassen Sachen ausziehen.

Nun gut, er war zu Hause, und er zog seine nassen Sachen aus. Gleich hier im Garten. Die Kälte – Ende November, fünf Grad – spürte er nicht. Seine Großmutter trank mit einer Nachbarin Tee, bewunderte deren neue Kamera und die schönen Urlaubsfotos, die sie damit geschossen hatte, und vermutete ihren Liebling im Spielzimmer. Erst nach einer ganzen Weile begann die Stille im Haus in Gudruns Ohren zu dröhnen. Sie suchte Martin und entdeckte ihn schließlich draußen, im Sweatshirt, barfuß. Gerade wollte er sich auch noch die durchnässten Hosen ausziehen. Sie stürzte hinaus und rügte ihn: «Was habe ich dir gesagt ...?»

Martin verstand nicht, was er falsch gemacht haben sollte. Was nass war, hatte er ausgezogen und nicht wie sonst irgendwo im Garten Löcher gegraben, was ihm die Omi – «Du bist doch kein Maulwurf!» – verboten hatte. Nein, diesmal hatte er einen zweiten Teich geschaffen, den kleinen Bruder vom großen Teich. Er hatte harte Arbeit geleistet. Und trotzdem war seine Oma unzufrieden mit ihm.

«Wir wollen mit der Schubkarre Erde vom Kompost holen

und das Loch wieder zuschütten», sagte sie und zog einen abgeknickten Lavendelstock heraus. Mit dem Fuß schob sie ein Häufchen sandigen Matsch in die Grube zurück. Im selben Moment schlug Martin die Schaufel mit allem Schwung, zu dem er fähig war, auf ebendiesen Haufen und traf mit der Kante den Stiefel seiner Großmutter. Sie schrie vor Schmerz, machte einen Satz rückwärts, riss den malträtierten Fuß aus der Gefahrenzone und ruderte dabei, Gleichgewicht suchend, mit den Armen. In ihrem weißen Regenmantel und den roten Stiefeln sah sie aus wie ein aufgescheuchter Storch. (Das war der Moment, als die Nachbarin, die Gudrun gefolgt war, auf den Auslöser ihrer Kamera drückte.) Noch während dieser Reflexbewegung registrierte Gudrun in einem nicht vom Adrenalin überschwemmten Teil ihres Gehirns die ungewöhnliche Kraft dieses Knirpses. Das fiel ihr nicht zum ersten Mal auf, obwohl sie seine Stärke nie zuvor auf so handfeste Art zu spüren bekommen hatte, und sie war sich nicht sicher, ob ihr das Angst oder Bewunderung einflößen sollte.

«Das habe ich gemeint», sagte Irene. «Er hat etwas getan, das er nicht tun sollte, du hast ihn getadelt, er hat dir wehgetan, aber man kann an seinem Gesicht nicht ablesen, ob er sich ärgert oder schämt oder sonst etwas empfindet. Findest du das nicht ungewöhnlich bei einem Kind?»

Lange betrachtete Gudrun das Foto. Schon während des Erzählens hatte der Tremor zugenommen, sogar ihr Kopf schüttelte ein wenig, und die Hand trommelte einen rasenden Rhythmus auf die Armlehne des Rollstuhls. Ein Zeichen höchsten emotionalen Aufruhrs, oder war es die Anstrengung des Erinnerns? Schließlich wischte sie das Foto mit einer fahrigen Bewegung zu Boden.

«Er hat ja nur den Rand von seinem Teich glätten wollen»,

erklärte sie, erschöpft von der langen Erzählung. «Er konnte nichts dafür, dass ich meinen Fuß dazwischengeschoben habe. Du kannst einem so kleinen Kind doch keine Bosheit unterstellen.»

Schweigend hob Irene das Foto auf und legte es in die Schachtel zurück. Welchen Sinn hatte es, die alte Frau zu bedrängen? Und sich selbst fragte sie im Stillen, ob sie nicht doch einer fixen Idee hinterherrannte.

Gudrun Schweikart war eine Großmutter, die die Welt aus der Sicht der großen Mutter sah. Schon als Schülerin wusste sie, wie man Kinder großzieht: Mädchen brauchten eine führende Hand, Jungen musste man Ellbogenfreiheit gewähren. Gelegenheit, ihre Vorkriegsprinzipien an der Realität zu messen, bekam sie lange nicht, ihre mit achtzehn Jahren geschlossene Ehe blieb kinderlos. Nicht dass sie um jeden Preis Kinder gewollt hätte. Lieber steckte sie alle Kraft in den Aufbau einer eigenen Firma. Sie und ihr Mann waren beide gelernte Schneider, und bald florierte das Geschäft mit Damenmode, die Gudrun selbst entwarf, wobei sie sich auch gerne von den ausgefallenen Kreationen der großen Modeschöpfer anregen ließ. Sie war für die Werkstatt zuständig, er für die Kundenkontakte. Das heißt, sie machte die Arbeit, er vergnügte sich auf den Festen der Boheme. Und er nahm sich weit mehr Freiheiten heraus, als Gudrun ihm je zugestanden hätte, wenn er sie denn gefragt hätte. Der Zweite Weltkrieg ersparte ihr den Ärger und die Kosten der Scheidung: Gudruns Mann fiel schon im ersten Kampfeinsatz.

Nach dem Krieg musste sie von vorne anfangen. Unverdrossen zäh und ehrgeizig, brachte sie es erneut zu einem florierenden Laden.

Genau in dieser Aufbauphase verliebte sie sich unverhofft noch einmal. Der Geliebte war ein gebürtiger Ungar und fünf Jahre jünger als Gudrun. Es wurde eine stürmische, aber kurze Affäre. Gudrun wurde schwanger. Als sie es bemerkte, war es zuerst ein Schock, weil sie ahnte, dass Probleme unvermeidlich sein würden. Im nächsten Moment aber schrie alles in ihr: «Ja, ich will es!» Weil es das Kind ihres Geliebten war.

Es kam wie befürchtet. Noch bevor Charlotte geboren wurde, kehrte der Geliebte zu seiner Ehefrau zurück. Gudrun war zu stolz und zu selbständig, um Unterhalt für ihre Tochter zu erzwingen. Um Charlotte ein gutes Leben und eine aussichtsreiche Zukunft zu ermöglichen, musste sie noch härter arbeiten. Ihre Tochter wurde tagsüber von wechselnden Erzieherinnen versorgt, kam mit drei Jahren in den Kindergarten und anschließend in ein teures Internat, in dem sie auch, weil sie begabt war, Musik- und Tanzunterricht erhielt. Sehr innig wurde die Beziehung zwischen Mutter und Kind nicht. Ihr schlechtes Gewissen versuchte Gudrun mit großen Geschenken zu besänftigen, mit geringem Erfolg. Aber was half es, sie musste nun einmal hart arbeiten, um in der Modebranche konkurrenzfähig zu bleiben. Sie war froh, dass Charlotte im Internat eine Freundin fand, die beste Freundin, die allerliebste Freundin, sie hingen aneinander wie siamesische Zwillinge und schworen sich ewige Treue. Die Eltern der Freundin hatten jedoch andere Pläne: Sie zogen ins Ausland und nahmen ihre Tochter mit. Aus der äußeren Entfernung wurde nach vielen Briefen und wenigen Besuchen allmählich eine innere Distanz. Charlotte fiel zum ersten, aber nicht zum letzten Mal in ihrem kurzen Leben in eine Depression. Gudrun holte sie nach Hause. Die letzten Jahre bis zum Abitur ging Charlotte auf ein Gymnasium in ihrer Nähe und setzte den Musik- und Tanzunterricht fort, mehr ihrer Mutter zuliebe als aus eigenem Ehrgeiz. Gudrun nahm sich mehr Zeit für sie, ging mit ihr ins Kino, ins Ballett, in Konzerte, versuchte, ihr so etwas wie Wärme zu geben, Geborgenheit, besser spät als nie. Doch sie blieben sich fremd.

Nach dem Abitur – und nachdem Charlotte den Klavierdeckel endgültig geschlossen und die Ballettschuhe verschenkt hatte – finanzierte Gudrun ihr Sprachreisen nach England und Frankreich, ermutigte sie zu verschiedenen Studiengängen, die Charlotte jeweils nach wenigen Monaten und unglücklichen Liebesaffären hinschmiss. Erst als Gudrun entnervt drohte, ihr die finanzielle Unterstützung zu streichen, wenn sie nicht endlich etwas konsequent zu Ende brachte, packte Charlotte es an. Auf ihre Art, träumerisch. Sie verliebte sich unsterblich.

Joachim Werneck war nach einer Reihe anstrengender Kundenbesuche nach Hause gefahren und hatte beim Abbiegen in seine Einfahrt das Fahrrad übersehen. Charlotte krachte in seine Beifahrertür und landete im gefühlten Zeitlupentempo auf der Motorhaube. Durch die Windschutzscheibe starrten die beiden einander an und hatten (wie sie sich später erzählten) nach einer vollkommen empfindungsfreien und gedankenleeren Schrecksekunde die gleiche Abfolge von Gefühlen und Gedanken:

Sie und er: «Scheiße.»

Sie, als sie sein bleiches, zu Tode erschrockenes Gesicht wahrnimmt, denkt: «Der Ärmste. Hoffentlich ist mir nichts passiert.»

Er denkt: «Hoffentlich ist sie nicht verletzt.»

Sie spürt einen merkwürdigen, der Situation vollkommen unangemessenen Sog in seine Richtung und denkt: «Jetzt ist es passiert.»

Er spürt ein merkwürdiges Ziehen und Pochen in der Bauchgegend und weiß schon die Antwort, während er sich verwirrt fragt: «Was ist jetzt passiert?»

Sie denkt, ohne zu denken: «Er wird sich um mich kümmern.»

Er weiß: «Ich muss mich um sie kümmern.» Und springt voller Eifer aus dem Wagen.

Sie rappelt sich auf. «Kannst du nicht aufpassen, du Vollidiot?! Das ist ein Fahrradweg!»

Seine Brauen ziehen sich zusammen, und sein Mund wird klein: «Selbst nicht aufgepasst. Du bist aus der falschen Richtung gekommen.»

Beide verstummen. Beide sind sich selbst peinlich.

Er reicht ihr die Hand, um ihr von der Motorhaube herunterzuhelfen, sie nimmt die Hand. Stumm begutachten sie den Schaden: ein langer, blutender Kratzer an ihrem Schenkel. Ein blauer Fleck an der Schulter. Sonst – o gnädiges Wunder – keine Verletzungen. Das Fahrrad hat eine Acht, die Autotür eine Delle, ein wenig Lack ist abgeplatzt, der Seitenspiegel zerbrochen. Während sie noch gucken und nicht wissen, wie es weitergehen soll, hören sie hinter sich wildes Geklingel. Ein Fahrradkurier düst haarscharf am Autokühler vorbei und schimpft: «Schert euch vom Radweg, verdammt!»

Charlotte und Joachim schauen ihm nach, dann blicken sie einander an und lachen: Der muss einen schlechten Tag erwischt haben, darin sind sie sich einig.

Sie hält ihm lächelnd die Hand hin: «Sind wir quitt?» Er drückt die Hand und spürt dabei schon wieder dieses Pochen, jetzt auch ein wenig tiefer und eindeutiger lokalisiert. «Quitt.» Da sie schon zum vertraulichen Du übergegangen sind, ist der Rest einfach: Sie hält einen Arzt für unnötig, er trägt ihr fahruntaugliches Rad in seinen Garten, fährt das Auto in die Garage, führt Charlotte ins Haus, reinigt ihre zum Glück oberflächliche Wunde und wickelt einen protzigen Verband um ihren Schenkel. Danach wie selbstverständlich der erste Kuss.

Ab jetzt – Charlotte war fast vierundzwanzig – kamen sie und ihre Mutter sich näher. Joachim hatte einen Beruf, in dem er ständig reisen musste. Charlotte quälte sich mit Mutmaßungen über seine Untreue und steigerte sich in verzweifelte Eifersucht hinein. Immer häufiger saßen Mutter und Tochter nächtelang in der Küche und redeten über Liebe, Männer, verwirrende Gefühle und all den Kram, über den Freundinnen pausenlos reden. Endlich konnte Gudrun Charlotte trösten und ihr die Welt erklären, zumindest die Welt der Liebe (von der sie selbst allerdings auch nicht mehr Ahnung hatte). Und es tat gut, dass ihr Kind den Trost annahm.

Dass Joachim sie nie betrog, glaubte Charlotte dennoch nicht. Also heiratete er sie. Aber es wurde noch schlimmer. Nun dachte er, das Problem komme von ihrer Unausgefülltheit, und machte ihr ein Kind. Das kostete sie das Leben. Ihre Hormone spielten verrückt, und sie fiel in den Zustand zurück, der ihr aus ihrer Kindheit so vertraut war: Fremdheit. Nur dass sie sich nun nicht nur ihrer Mutter fremd fühlte, sondern der ganzen Welt, allen Lebewesen, besonders sich selbst. Nicht einmal ihr neugeborener Sohn vermochte die Eiswand um sie herum zum Schmelzen zu bringen. Charlotte sah durch ihn hindurch, wenn die Krankenschwester oder ihr Ehemann den zappelnden, schreienden Alien neben sie legten. Ihre Brust verweigerte die Milch. Und das Baby verweigerte seinerseits jeden Versuch, sich doch noch stillen zu lassen. Nur wenn seine erstaunlich starken Beinchen sie in den Bauch trafen, zeigte Charlotte eine Reaktion: Sie verzog vor Schmerz das Gesicht und wandte sich ab.

Martins Start ins Leben war eine Bruchlandung. Nicht nur die Verbindung zu seiner Mutter war gerissen, nachdem er sich aus dem Geburtskanal gequält hatte, auch die erste Entschlackung seines jungen Lebens missglückte. Das Kindspech, ein Kotklümpchen, zur Hälfte gebildet aus den Säften der Plazenta, die ihn vor der Geburt ernährt hatte, ergänzt und vergrößert durch die Ammenmilch, mit der er am ersten Tag auf der Säuglingsstation gefüttert worden war, dieser grünschwarze Pfropfen blieb an einer verengten Stelle seines Dünndarms stecken, schwoll durch die nachdrängende Nahrung an. «Darmverschluss», lautete die Diagnose am zweiten Tag. Um ihn vor dem Tod zu bewahren, musste er notoperiert werden. Man schnitt ihn wie einen Brotlaib in der Mitte auf, nahm das verengte Stück Darm mitsamt dem Schmutz heraus, nähte die beiden Enden zusammen und schloss die magere Bauchwand mit vielen Stichen. Zwei Wochen lang lag er auf der Intensivstation, betreut von mitfühlenden Pflegerinnen bei Tag und robusten, von den berufsbedingten Störungen ihrer natürlichen Schlaf-Wach-Rhythmen reizbar gewordenen Schwestern bei Nacht. Joachim nahm seinen Jahresurlaub und hielt abwechselnd mit seiner Schwiegermutter Wache. Manchmal saßen sie gemeinsam am Bett, um jemanden zu haben, mit dem sie sich austauschen konnten. Obendrein besuchten sie zu jeder Tages- und Nachtzeit Charlotte und störten deren katzenleichten Albtraumschlaf. Sie brachten ihr anständiges Essen und Vitamintabletten, fütterten sie, wenn sie sich selbst zu schlapp zum Essen fühlte und niemand vom Personal Zeit oder Geduld hatte. Sie flößten ihr zusätzlich zum Valium Bachblütentropfen und Johanniskrautölkapseln zur Stimmungsaufhellung ein – dreifach genäht hält besser. Sie bestanden darauf, dass man sie aus dem Einzelzimmer in ein Zweibettzimmer verlegte, zu einer jungen und glücklicheren Mutter, in der Hoffnung, deren Fröhlichkeit könne Charlottes Kokon aufbrechen. Nach zwei Tagen bat die Zimmernachbarin um ein Einzelzimmer; Charlottes Zustand deprimierte sie, was sich auf ihr Baby übertrug: Es erbrach die Milch.

Zum ersten Mal in ihrem Leben stellte Gudrun ihren Beruf hintenan. Sie war jetzt achtundsechzig Jahre alt, für ihr Alter gesund und in Grenzen sogar noch sportlich aktiv. Und sie hatte soeben bewiesen, dass sie durchaus persönlich für einen Menschen da sein konnte. Also übergab sie ihre Firma einer Geschäftsführerin, die ihr bisher eine tüchtige Assistentin gewesen war. Sie wunderte sich, wie leicht ihr das nach all den Jahren fiel. Aber sie hatte ja inzwischen genug Geld, und vor allem wartete eine neue Aufgabe auf sie. Joachim vertraute ihr seinen Sohn an, bis sich seine Frau von den Hormonturbulenzen erholt haben würde. Er war zuversichtlich, dass dieser Zustand nicht mehr lange andauern konnte. Den Babyblues bekamen schließlich viele frischgebackene Mütter, gewöhnlich verschwand er nach wenigen Tagen. Manchmal ging die Melancholie auch in eine ernsthafte Depression über, wie bei Charlotte, aber die betroffenen Frauen fanden nach ein paar Wochen fast immer zurück in einen gesunden Zustand, das hatten Ärzte und Fachbücher versichert.

Fast immer. In etwa einem Prozent der Fälle halfen keine liebende Familie, kein gutes Zureden, keine psychologische Betreuung, keine Spaziergänge bei Sonnenschein und keine Hormontherapie. Vom Valium wurde Charlotte müde, und von anderen Psychopharmaka bekam sie das heulende Elend oder Bluthochdruck. Am Ende seines vierwöchigen Urlaubs fürchtete Joachim schließlich doch, dass Charlotte zu diesem einen Prozent chronischer Fälle gehören könnte. Aber er musste wieder arbeiten, musste Frau und Kind ernähren. Er musste reisen. Und er hatte jemanden, auf den er sich verlassen konnte.

Gudrun managte ihre neue Aufgabe wie früher ihr Geschäft: mit ganzer Kraft. Sie versorgte den Säugling und den Haushalt und besuchte regelmäßig ihre Tochter, die mittlerweile in die Psychiatrie eingewiesen worden war. Oft nahm sie Martin in einer Tragetasche mit, er sollte den Kontakt zu seiner Mutter nicht verlieren. Das heißt, ihn nach Möglichkeit erst finden. Doch jedes Mal kam sie selbst deprimiert zurück; weder ihr noch dem Baby noch dem Therapeuten oder den Medikamenten gelang es, Charlottes Raumkapsel aus dem Sog des schwarzen Lochs zu befreien.

Wie zum Ausgleich überschüttete Gudrun den Jungen mit einem Maß an Zuneigung, das sie selbst nicht in sich vermutet hatte. Im Nachhinein musste sie sich eingestehen, dass sie ihrer eigenen Tochter gegenüber nicht so stark empfunden hatte. Wobei sie sich unsicher war, ob es damals zu wenig war oder heute zu viel. Da es ihr aber so gut gefiel, den niedlichen kleinen Jungen zu verwöhnen, entschied sie: Es kann nicht zu viel sein. Omas sind nun mal so, und es schadet ja nicht.

Fast drei Jahre nach Charlottes Tod lernte Joachim auf einer Geschäftsreise nach Berlin Irene kennen. Im Osten der Stadt hatten die Montagsdemonstrationen begonnen, die Mauer war noch nicht gefallen, schien aber schon zu wanken. Eine Art Frühlingsgefühl mitten im Herbst erfasste auch den Westen Berlins, das ganze geteilte Land vereint in Erwartung von etwas Unerhörtem, Weltbewegendem. Plötzlich schien alles möglich. In dieser Stimmung löste sich auch Joachim aus seiner Versteinerung, in die er sich nach Charlottes Selbstmord gerettet hatte. Er saß, wie schon viele Male zuvor, in einem kleinen Café und arbeitete an seinem kleinen Reisecomputer, der damals noch vergleichsweise riesig war, geeignet, sich in der Öffentlichkeit dahinter zu verschanzen. Als er über den Bildschirm hinwegblickte, blieb sein Blick an einer Frau hängen, die irgendwo in den Dreißigern sein mochte und deren attraktives, kaum geschminktes Gesicht durch die ersten Fältchen noch anziehender erschien. Sie saß am Nebentisch, allein wie er, aß den gleichen Kuchen wie er und arbeitete an einem Laptop wie er. Joachim verwickelte sie in eine Fachsimpelei über Computer, und sie verabredeten sich für den Abend zum Essen.

Am nächsten Tag musste er nach Hamburg zurück. Doch er richtete es so ein, dass er schon eine Woche darauf wieder in Berlin zu tun hatte. Und diesmal ließen sie auch die Nacht nicht ungenutzt. Es war der Beginn einer Gelegenheitsbeziehung. Sie mochten sich, fanden eine Menge Gesprächsstoff, harmonierten im Bett – aber Liebe? Beide setzten dahinter ein Fragezeichen und dachten nicht weiter darüber nach. Joachim hegte eine vage Furcht vor neuem Verlust, Irene laborierte noch an alten Verletzungen aus der Zeit ihrer Ehe herum. Und überhaupt, welche Zukunft hätte ihre Liebe, da Irene an ihr Architekturbüro und ihre Kollegen in Berlin gebunden war und Joachim an seine Firma und an seinen Sohn in Hamburg. Doch schon wenige Wochen später, am Tag, als die Mauer fiel, begriffen sie – vielleicht unter dem Eindruck der allgemeinen Euphorie –, dass sie sich beide hinter alten Geschichten und neuen Vernünfteleien versteckten wie hinter ihren Laptops im Café. Sie klappten beide den Deckel über der Vergangenheit zu und gestanden sich selbst und einander ihre Liebe ein. Am darauffolgenden Wochenende fuhr Irene nach Hamburg, um Joachims Sohn und dessen Großmutter kennenzulernen.

Martin war nicht im Haus an jenem feuchtkalten Sonntagnachmittag. Joachim und Irene gingen ihn im Garten suchen und fanden ihn am Sandkasten. Mit einem Kinderspaten verteilte er den Sand in der Wiese. Er hielt damit nur kurz inne, als Joachim sie einander vorstellte, dann machte er weiter mit dem Sandwerfen. Irene hatte offensichtlich nicht seine Neugier wecken können. Um Kontakt herzustellen, setzte sie sich auf die hölzerne Sandkasteneinfassung und begann, eine Art Bungalow aus dem Sand zu formen. Das weckte tatsächlich seine Aufmerksamkeit. Er lächelte. Dann hob er seinen Spaten und schlug das kleine Gebilde platt. Und lachte froh, als habe er damit ein noch schöneres Werk geschaffen als Irene. Damit hatte er aber auch das Interesse am Sand und an Irene verloren. Er lief mitsamt seinem Spaten in die Wiese und grub Löcher. Später, vom Wohnzimmerfenster aus, konnte sie beobachten, wie er unermüdlich seine Löcher grub und die ausgehobene Erde daneben anhäufte. Sonst nichts. Die Monotonie des Spiels und seine Ausdauer dabei erstaunten Irene. Aber sie sagte nichts dazu. Joachim und Gudrun auch nicht. Sie sprachen nur kurz über den Plan, eine eigene Familie zu gründen, in Berlin und mit Martin. Und ob es dann besser wäre, ihn gleich ganz mitzunehmen oder ihn noch eine Weile zwischen Hamburg und Berlin pendeln zu lassen, um ihm die Umstellung zu erleichtern und damit er den Kontakt zu seinen Freunden nicht so schnell verlöre.

Gudrun sah in den Spielkameraden kein Problem: Martin hatte keine. Jedenfalls keine festen. Warum? Gudrun zuckte die Achseln. «Er ist halt ziemlich temperamentvoll. Und nicht gerade zimperlich. Und diese verwöhnten Kinder hier in der Umgebung, die können ja nichts einstecken.»

Ein gutes halbes Jahr nach der Öffnung der Mauer wurde Irene schwanger. Sie heirateten, kauften das Haus in Zehlendorf mit dem großen Garten und holten Martin zu sich. Der Kampf um den Spaten begann. Irene schloss ihr Werkzeug immer sorgfältig weg, aber auch mit einem Kinderspaten lassen sich ansehnliche Löcher graben und Pflanzen ausheben. Irene liebte ihre Rosen und Lilien und versuchte, dem inzwischen Fünfjährigen zu erklären, dass Pflanzen sterben, wenn man sie während der Blütezeit ausgräbt. Und dass man Schaufeln besser im Schuppen aufbewahrt, damit sie nicht rosten. Martin aber wollte sich von der seinen um keinen Preis trennen, selbst Bestechungsversuche mit Lieblingssüßigkeiten fruchteten nicht. Als Irene ihm die Schaufel trotzdem wegnahm, trat er ihr gegen das Schienbein. Er weinte nicht, schrie nicht, schimpfte nicht, trat nur in stummer Wut zu und versuchte zu boxen. Joachim war gerade zu Hause und ging dazwischen, konnte den außer Kontrolle geratenen, um sich schlagenden und beißenden Wilden aber auch nur mit einer Ohrfeige zur Räson bringen. Überrascht starrte er zu seinem Vater hinauf. Der nützte die Schrecksekunde, um den kleinen Kobold fest wie ein Schraubstock in die Arme zu nehmen. Joachim sprach beruhigend auf ihn ein und erklärte ihm, warum Irene tun musste, was sie tat. Zuerst versuchte der Junge, die Umarmung zu sprengen, und gab, als es ihm nicht gelang, wilde Laute von sich, etwas, das nur entfernt an ein trotziges Weinen erinnerte. Es klang eher wie ein kehliges Knurren. Erst als Irene ihm versprach, dass er den Spaten jederzeit bekommen könne, wenn er eine wirklich wichtige Arbeit zu tun habe – sie dachte dabei an die Pflanzaktion unter ihrer Anleitung im nächsten Frühling –, gab Martin nach und beruhigte sich. «Gut.»

Sie schenkte ihm eine Versöhnungs-Schokolade und streichelte ihm über die Locken. Das heißt, sie versuchte es, aber er wich ihrer Berührung aus. *Er grollt mir noch,* dachte sie, *aber das wird sich schon geben.*

Natürlich hatte er gleich am nächsten Tag eine überaus wichtige Gartenarbeit zu erledigen: Er hatte einen Jungvogel mit gebrochenem Genick und aufgerissenem Bauch gefunden, vermutlich das Opfer einer Katze. Dass er beerdigt werden musste, dagegen konnte niemand etwas einwenden. Irene gab ihm eine passende Schachtel mit Seidenpapier zur würdigen Bestattung. Allerdings musste Martin mehrere Gräber schaufeln, bis er endlich den richtigen Platz gefunden hatte. Das dauerte den ganzen Tag, und der Garten sah danach aus, als habe ihn eine Armee von Riesenmaulwürfen heimgesucht. Zuletzt verfiel er auf die Idee, den Vogel nicht zu begraben, sondern ihn lieber mitsamt der Schachtel zu verbrennen. Also gut, Feuerbestattung. Die Schaufel konnte er anschließend nicht in den Schuppen bringen, weil er sie verloren hatte. «Suche morgen», sagte er in seiner typischen sparsamen Ausdrucksweise.

Als Irene frühmorgens die Probegräber wieder zuschippte, fand sie das Kinderwerkzeug in der Hecke am Zaun versteckt. Martin schlief noch. Sie versenkte den kleinen Spaten in der Mülltonne und bat ihren Mann, ihm bloß nichts mehr zu schenken, was sich zum Graben eignete. Dem Jungen sagte sie, als er sie nach vergeblicher Suche wütend danach fragte, dass wohl nachts ein Dieb da gewesen sein müsse.

Gleich am nächsten Tag schenkten Joachim und sie Martin sein erstes Fahrrad. Das Ablenkungsmanöver glückte. Martin lernte schnell fahren und kurvte von nun an ständig im Garten und – obwohl sie beide es ihm verboten hatten – auf der Straße herum. Inzwischen war Irene hochschwanger und tat sich schwer, ihn immer wieder einzufangen. Martin fuhr ungestüm, stürzte oft, holte sich unzählige Schürfwunden und blaue Flecken, aber er weinte nie. Vor Freude am Fahren schien er den Schmerz kaum zu spüren.

«Du bist eben ein echter Hunne», lachte sein Vater, warf

ihn in die Luft und fing ihn wieder auf, was bei einem kräftigen Fünfjährigen gar nicht mehr so einfach war. Aber solche rauen Spiele liebte Martin. «Hunne! Hunne! Hunne!», juchzte er begeistert. «Was ist Hunne?»

«Ein tapferer, wilder Mann. Einer, der nicht gleich bei jedem Furz heult. Dein Großvater war ein Hunne.» Er schubste den Kleinen auf die Wiese, tat so, als raufe er mit ihm, zeigte ihm, wie man einen Gegner in den Schwitzkasten nimmt, brachte ihm das Klettern auf Bäume bei. Fröhliche Jungenspiele. Joachim war stolz auf seinen Sohn und erleichtert, dass nach all dem frühen Leid doch ein richtig starker und gesunder Junge aus ihm geworden war. Bald nahm Martin das Rad komplett auseinander und setzte es mit Hilfe seines Vaters wieder zusammen. Irene erinnerte sich gut an das übermütige Lachen der beiden, als alles wieder ordentlich funktionierte und Martin in einem waghalsigen Slalom zwischen den Bäumen hindurchfegte, bis er im Rhododendron landete. Das Herz ging Irene auf, wenn sie die beiden so zusammen sah. Momente, in denen sie alles vergaß, was ihr sonst an dem Kind so fremd erschien. Und wovon sein Vater nie etwas hören wollte, als riefe jeder noch so leise Hinweis darauf, dass etwas mit seinem Kind nicht stimmte, unangenehme Gefühle wach. Zumindest erklärte sich Irene seine Empfindlichkeit so. Einmal fragte ihn Irene, ob er Schuldgefühle habe, etwa weil er sich nicht genug um seinen Sohn kümmern konnte. Joachim wies das zurück. Für ihn waren gelegentliches schlechtes Benehmen, Anfälle von Jähzorn, manche Grobheit und Eigensinn nichts Schlimmes. Es gehörte zur normalen Entwicklung. Ein Junge, der immer brav und folgsam ist, der seine Grenzen nie auslotet, solch ein Sohn hätte Joachim viel mehr Sorgen gemacht als sein kleiner wilder Hunne. Und er hatte ja recht, irgendwie.

Als sein zweiter Sohn geboren wurde, versuchte Joachim, das bisschen freie Zeit möglichst gerecht auf alle drei Familienmitglieder zu verteilen. Anstrengend. Manchmal war er froh, als er am Montag wieder in sein Auto steigen und zu seiner Firma in Hamburg oder zu seinen Geschäftspartnern im Ausland aufbrechen konnte.

Nachdem sich Martin in seinem neuen Zuhause eingewöhnt hatte – was ihm nicht schwerfiel –, fragten sie ihn, ob er in einen Kindergarten gehen wolle. Er hatte nichts dagegen, und Irene und Joachim erhofften sich davon, dass er richtige Freunde fand. Sie freuten sich, als ihn die Kindergärtnerin nach den ersten Wochen als feinen, zurückhaltenden Jungen beschrieb, der gern erst lange beobachtete, bevor er an den Spielen der anderen teilnahm.

Eine Fotografie in Gudruns blauer Schachtel zeigte den Fünfjährigen am Martinstag beim abendlichen Laternenumzug. Er unterschied sich in nichts von den anderen Kindern, lachte mit ihnen, sang mit ihnen und schwenkte seinen Lampion über dem Kopf des Mädchens vor ihm. Dieser Tag war für Martin ein besonderer Tag, weil nicht nur ein Heiliger gefeiert wurde, sondern auch er selbst; es war sein eigener Namenstag. Das Omili war extra aus Hamburg angereist, um ihn bei dem stimmungsvollen Lichterzug zu bewundern. Sie lobte ihn über alle Maßen für seinen Gesang, und seine Laterne war natürlich die schönste von allen. Joachim und Irene fanden, sie übertreibe schamlos, stimmten aber ohne Einschränkung zu, nur um das Leuchten in Gudruns und Martins Augen nicht zu löschen. Gudrun war so erleichtert darüber, dass ihr Enkelkind Anschluss gefunden hatte und glücklich war. Einige Monate später wurden sie gebeten, Martin aus dem Kindergarten zu nehmen. Wegen seiner mangelnden Bereitschaft, sich in die Gemeinschaft einzufügen. Er hatte zu viele Anfälle von Jähzorn, war zu oft in Raufereien verwickelt und verschwand von Zeit zu Zeit einfach, ohne irgendjemandem etwas zu sagen. Zuletzt zielte er mit einem gespitzten Malstift auf das Auge eines Mädchens und hätte es um ein Haar ausgestochen, ohne dass er oder das Opfer oder sonst jemand hätte sagen können, warum. In diesem Zusammenhang erfuhr Irene, dass es auch schon in Hamburg ähnliche Probleme gegeben hatte. Es gab sie auch in den ersten Schuljahren. Wieder verhielt er sich ein paar Monate lang ruhig und höflich, und plötzlich legte er sich mit anderen Kindern an, durchaus nicht nur mit schwächeren.

Allerdings fügte er niemandem schlimme Verletzungen zu, weshalb es auch nicht zu ernsten Problemen mit anderen Eltern oder mit der Schulbehörde kam. Im Laufe der Jahre ließ seine Aggressivität ohnehin nach, er entwickelte sich zu einem eher unauffälligen Schüler, der manchmal schwänzte, über die Gründe log, sich im Unterricht nicht überanstrengte, aber intelligent genug war, seine Leistungen auf einem akzeptablen Niveau zu halten. Mit zehn Jahren schien er einigermaßen in die Klasse integriert zu sein. Nur richtig gernzuhaben schien ihn niemand. Vielleicht kam es aber auch nur Irene so vor, denn keiner sprach so deutlich darüber, weder Lehrer noch sonst jemand. Irene schnitt das Thema ebenfalls nicht an, vielleicht, um keine Geister zu beschwören, die besser unterm Deckel blieben.

Offenbar hatte Irene zu lange schweigend ihren eigenen Gedanken nachgehangen. Gudrun stupste sie an.

«Was überlegst du?»

«Er ist oft ausgebüxt.»

Gudrun lachte. «Ständig. Und in der Wahl seiner Weiber

war er nicht anspruchsvoll.» Sie dachte an ihren Mann, der im Krieg gefallen war.

«Ich rede von Martin.»

«Unsinn.» Gudrun legte missbilligend die intakte Seite der Stirn in Falten. «Mir ist er jedenfalls nie weggelaufen.»

«Du hast aber selbst erzählt, dass du ihn oft suchen musstest.»

«Irgendwann kam er immer von allein nach Hause.»

«Oder er ist bei deinem Gärtner aufgekreuzt, und der hat ihn zurückgebracht.»

Gudrun lachte. Da sie Irene dabei nur die gelähmte Gesichtshälfte zuwandte, wirkte ihr Lachen so gespenstisch, als käme es aus einer Maske.

«Den hat er geliebt und bewundert, den Gärtner. Der hat ihn immer auf dem Rasenmäher mitfahren lassen. Dass Martin ihn besucht hat, das ist doch kein Weglaufen. Weglaufen ist Flucht.» Sie blickte Irene herausfordernd an, soweit ihr das mit dem einen gesunden Auge möglich war. «Flucht vor schlechten Erfahrungen.»

Spielte sie auf etwas an? Hatte sie doch etwas gehört? Hatte sich irgendjemand in diesem Haus nicht an den Schweigepakt gehalten? Was sollte sie ihr jetzt sagen?

«Wie kommst du darauf, Gudrun?»

Gudrun blickte auf ihren Schoß. Sie klammerte sich, so gut es ging, an die Armlehne, um das wieder stärker werdende Zittern zu unterdrücken. Leise sagte sie: «Ich habe getan, was ich konnte, damals. Wenn es zu wenig war, wenn es das Falsche war – ich hab's nicht besser gewusst.»

Die arme alte Frau quälte sich also mit den gleichen Zweifeln herum wie sie selbst. Gerührt strich ihr Irene über die runzlige Wange.

«Mach dir keine Gedanken, Gudrun. Du hast alles richtig gemacht.»

Gudrun warf ihr einen dankbaren Blick zu. «Ich weiß nicht. Manchmal denke ich, ich bin schuld an Charlottes Selbstmord.»

Sie hatte ihre Tochter gemeint. Martin war schon wieder vergessen. Vom inneren Aufruhr wurde Gudruns Hand jetzt heftiger und unbezwingbar geschüttelt.

«Wir sind doch verantwortlich für die, denen wir das Leben geben. Aber sind wir auch für jedes Unglück verantwortlich?»

«Mütter sind nicht an allem schuld», sagte Irene. «Menschen sind zu kompliziert für so einfache Antworten.»

«Vielleicht gibt es ja doch das Gute und das Böse. Weiß und Schwarz. Einen Gott und einen Teufel.»

«Wenn man daran glaubt, dann muss man auch an Adam und Eva glauben. Seit sie vom Baum der Erkenntnis gegessen haben, kann sich der Mensch zwischen Gut und Böse selbst entscheiden.»

«Und wenn nicht die Christen recht haben? Wenn es die Moslems besser wissen? Dass jedem ein Schicksal vorherbestimmt ist? Tut ein Mensch Gutes, ist es Gottes Wille. Tut er Böses, ist der Teufel daran schuld, und der Mensch kann nichts dafür.»

Irene lachte. «Das würde dir gefallen.»

Gudrun lächelte ihr schiefes Lächeln, während sie Irene ansah: «Dir nicht?»

Wieder eine Anspielung? «Warum fragst du das?»

Gudrun tätschelte zittrig Irenes Hand, eine Berührung, leicht wie der Flügelschlag eines Nachtfalters. «Du darfst nicht so streng mit ihm sein. Es ist nicht leicht für ...»

Sie verstummte, als hätte sie den Faden verloren. Irritiert

blickten die Frauen einander an. «Was ist für wen nicht leicht? Sprichst du von Martin?»

«Nein, von ...» Sie suchte nach dem verlorengegangenen Namen.

«Meinst du Joachim?»

Gudrun schwieg verwirrt. Langsam sank ihr Kinn auf die Brust.

«Gudrun?»

«Ich bin müde», murmelte sie undeutlich. «Bring mich nach Hause.» Sie legte den schützenden Mantel des Schlafes um sich. Oder tat sie nur so?

Kaum zurück im Zimmer, kam die Pflegerin mit dem Essen und den Medikamenten.

«Oh, Frau Werneck. Tagchen. Haben Sie einen Spaziergang gemacht? Aufwachen, Frau Schweikart.» Als Gudrun das intakte Auge öffnete, reichte die Pflegerin ihr einen kleinen Plastikbecher mit einer Tablette. Gudrun verzog angewidert die bewegliche Gesichtshälfte und machte eine abwehrende Geste, die vor lauter Flattern aber nicht so recht entschlossen wirken wollte.

«Sie haben sie morgens wieder ausgespuckt, stimmt's?», rügte die Pflegerin. «Warum tun Sie das, verdammt nochmal? Wollen Sie wieder wie ein Säugling gefüttert werden, weil Sie so zittern?»

«Ja», antwortete Gudrun trotzig wie ein Kind. «Ist mir lieber als dieser Nebel im Hirn.»

Irene fand, sie müsse nicht Zeugin dieses kleinen, häufig wiederkehrenden Machtkampfs werden, und verabschiedete sich von Gudrun wie gewohnt mit einem Kuss auf beide Wangen. «Bis bald.»

«Komm gut nach Hause. Und den blauen Karton, nimm ihn

mit, ich brauche ihn nicht mehr», fügte Gudrun ohne erkennbare Emotion hinzu. Sie zog die gelähmte Hand, die auf dem Deckel geruht hatte, mit der anderen Hand zurück, und Irene nahm zögernd die Schachtel.

«Bist du sicher?»

Gudrun nickte knapp.

«Danke.» Mit einem Anflug von Trauer dachte Irene: «Sie hat schon abgeschlossen mit dem Leben.»

Draußen beschlich Irene das Gefühl, sie könnte Gudrun heute zum letzten Mal gesehen haben, ihr Zustand verschlechterte sich rapide. Aber hatte sie das nicht auch schon beim letzten und vorletzten Besuch gedacht? Sie war zäh, die alte Dame.

DREI

Am Tag nach meinem Geburtstag dachte ich mir noch nichts. Am zweiten Tag wurde ich leicht unruhig. Ab dem dritten Tag konnte ich mich auf nichts mehr konzentrieren, in der Schule nicht und zu Hause schon gar nicht. Meine Mutter beschwerte sich, weil ich beim Einkaufen die Hälfte vergaß, trotz Liste. Benny beschwerte sich, dass ich beim abendlichen Vorleseritual am Bett nicht mehr wusste, wo ich tags zuvor aufgehört hatte. Mein Klassenlehrer meinte, ich wäre so blass und nervös aus Angst vorm Zeugnis, und beruhigte mich: Es würde viel besser ausfallen als im letzten Jahr. Karla, meine Schulfreundin, beklagte sich, dass ich seit einer Weile in den Pausen einsilbig war und nachmittags nicht mehr mit ins Café ging. Die gemeinsamen nächtlichen Streifzüge durch die Clubs interessierten mich ebenfalls nicht mehr. Natürlich merkte sie, dass irgendetwas in mir murkelte, und sie war gekränkt, dass ich nicht damit herausrückte. Ich konnte ihr nichts von Martin erzählen, obwohl ich es gerne getan hätte, aber die Geheimhaltungsregel war nur für meinen kleinen Bruder aufgehoben. Am fünften Tag begannen die Sommerferien. Benny, meine Mutter und alle aus meiner Klasse fuhren ins Ausland oder zumindest an die Seen, nur ich saß ständig in meinem Zimmer vor dem Laptop, um nur ja sofort mitzukriegen, wenn eine E-Mail ankam. Von ihm. Aber es kam keine. Auf meine antwortete er auch nicht. *Cool bleiben, Tina. Das kann nicht alles gewesen sein.* Dieser tolle Geburtstag konnte kein Abschiedsgeschenk gewesen sein. Dafür gab sich kein Mensch solche Mühe.

Wir hatten ausgemacht, uns nicht anzurufen, damit unsere Mütter nichts mitbekamen, aber am sechsten Tag tat ich es doch. Nur der Anrufbeantworter meldete sich, mit der Stimme seiner Stiefmutter. Ich legte auf.

Am siebten Tag stand ich früh auf und radelte zu seinem Haus. Ich wollte es wissen. Ich musste es wissen. Wenn er da war, würde sein Auto vor der Tür stehen. Von Martin wusste ich, dass seine Stiefmutter wochentags meistens zwischen acht und neun Uhr das Haus verließ. Er selbst schlief gern lang. Wenn ich früh genug käme, müsste ich ihn auf jeden Fall erwischen. Ich würde klingeln, sobald seine Stiefmutter weg war.

Um halb neun kam ich an, und sein Auto stand nicht vor dem Haus. Ich dachte, vielleicht ist es in der Garage, wo sonst das seiner Stiefmutter steht. Ihres parkte auch nicht vorm Haus, aber sie konnte ja schon weg sein. Sicher war das nicht, deshalb traute ich mich nicht zu klingeln. Irgendwann musste Martin ja aus dem Haus gehen oder mit dem Auto von irgendwoher zurückkommen, er wohnte schließlich hier. Und wenn er verreist wäre, hätte er es mir auf jeden Fall gesagt.

Ich drückte mich möglichst tief in den Schatten des überhängenden Strauchs gegenüber und hatte das unangenehme Gefühl, alles noch einmal zu erleben, mit ungewissem Ausgang: das Warten auf Martin, zur gleichen Tageszeit, an derselben Stelle ... Ich überlegte noch, ob ich diesmal doch lieber klingeln sollte, als plötzlich Frau Werneck herauskam. Sie ging zur Garage – und blickte in meine Richtung. Sie blieb stehen, winkte mir zu, ließ per Fernbedienung das Tor der Einfahrt aufschwingen und winkte noch einmal. Ganz klar, ich sollte zu ihr kommen. Sie hatte mich wiedererkannt. Scheiße. Einerseits. Andererseits konnte ich sie nach Martin fragen. Ewig konnten wir ja doch nicht verheimlichen, dass wir ein Paar waren. Sie kam mir auf der Zufahrt entgegen.

«Du bist die Freundin von Martin, stimmt's?» Dass sie es wusste, irritierte mich. Noch mehr, dass sie es nett sagte. Während ich vor ihr stand und ihre ausgestreckte Hand ignorierte, musterte ich sie ungeniert. Für ihr Alter hatte sie noch keine schlimmen Falten, zwar Schatten unter den Augen, aber die Haut war leicht gebräunt, die Haare kastanienbraun gefärbt und modisch geschnitten, sie trug schwarze Jeans, eine dunkelgrüne, etwas zu weite Lederjacke und bequeme Schuhe. Ihr Lächeln schien mir gar nicht kalt, im Gegenteil. Dabei taxierte sie mich genauso gründlich wie ich sie. Aus der Nähe betrachtet wirkte sie sympathischer, als ich erwartet hatte, aber ich ließ mich nicht täuschen. Und auf ihren freundlichen Ton ging ich schon gar nicht ein. Erst nach einer Weile antwortete ich und sah ihr dabei in die Augen, ohne eine Miene zu verziehen, Pokerface: «Ist er zu Hause?»

«Das weiß ich nicht», sagte sie und brachte mich damit aus dem Konzept.

«Sie müssen doch wissen, ob Martin da ist.»

«Hier ist er nicht, weil er hier nicht mehr zu Hause ist. Er hat jetzt eine eigene Wohnung, weißt du das nicht?»

Ich starrte sie fassungslos an, wahrscheinlich mit einem so dämlichen Gesicht, dass sie erst lächelte und dann mit einem mitleidigen Tonfall sagte: «Offenbar seid ihr nicht mehr befreundet, sonst hätte er es dir gesagt.»

Gegen meinen Willen schossen mir Tränen in die Augen. Meine Unruhe während der letzten Tage war also nicht grundlos gewesen. Ich hatte es gespürt!

Sie berührte mich an der Schulter. «Willst du reinkommen und reden? Ich kann auch später zur Arbeit fahren.»

Die zarte Berührung, der warme Ton – die Tränen flossen, ich konnte es nicht verhindern. Aber ich schüttelte den Kopf; irgendwie gönnte ich es seiner/meiner Feindin nicht, mich so schwach zu sehen. Auf ihr Mitleid konnte ich gut verzichten. Schon gar nicht wollte ich mit ihr an einem Tisch sitzen, Tee trinken und über Martin klagen. Es wäre mir wie Verrat vorgekommen. Ich wollte von ihm selbst hören, was los war.

«Wo wohnt er?», fragte ich leise und zog meine Schulter unter ihrer Hand weg.

«Du solltest froh sein, dass er dich nicht mehr sehen will», sagte sie.

«Wer sagt, dass er mich nicht mehr sehen will?», schrie ich. «Vielleicht kann er nicht. Vielleicht ist ihm was passiert. Sie wissen ja offenbar selbst nichts von ihm. Geben Sie mir nun seine Adresse oder nicht?»

«Weißt du denn nicht, dass er gar nicht auf Mädchen steht? Als platonische Freundinnen vielleicht. Aber schläft er etwa mit dir?»

Ich stand da wie vom Donner gerührt und spürte, wie mein Gesicht heiß wurde. Ich muss dunkelrot angelaufen sein. Da packte mich die Wut. «Das geht Sie einen Scheißdreck an!», schrie ich. «Ich kriege seine Adresse auch so raus.» Ich drehte mich um und wollte zu meinem Rad auf die andere Straßenseite laufen.

Sie kam mir nach. «Tina! Warte!»

Ich fuhr herum, mitten auf der Straße. Tina. Er hatte ihr sogar meinen Namen verraten. Seiner Todfeindin. Ich konnte es nicht fassen. Frau Werneck ging auf mich zu. Ich starrte sie an. *Sie weiß alles über mich,* dachte ich. *Über uns.* Ich weiß nicht warum, aber ich schämte mich auf einmal vor ihr. Ich rannte einfach weg, völlig kopflos. Beinahe hätte ich mein Fahrrad vergessen.

VIERTES KAPITEL

EINS

Zu Hause rief ich die Auskunft an. Kein Eintrag unter *Martin Werneck*. Ich suchte im Internet nach seiner neuen Adresse – nichts. Also schickte ich ihm noch eine Mail. Sie wurde viel länger als die anderen davor. Ich passte auf, dass ich keinen vorwurfsvollen Ton anschlug, ich wollte ihn auf keinen Fall vergrätzen. Ich erzählte ihm von der Begegnung mit seiner Stiefmutter und dass sie mir seine Adresse nicht geben wollte und dass sie meinte, wir seien nicht mehr zusammen. Dass ich aber keinen Grund für eine Trennung sehen könne. Oder ob ich unabsichtlich etwas falsch gemacht hätte? Egal, was die Gründe für die Funkstille seien, ich würde darauf vertrauen, dass er sich melden würde, sobald es ihm möglich wäre. Und dass ich die Wohnung noch mindestens zehn Tage für mich allein hätte.

Dass ich wütend war auf ihn, schrieb ich nicht. Auch nicht, dass ich mich gleichzeitig so sehr nach ihm sehnte, dass es wehtat, und dass ich nur wegen ihm auf eine Ferienreise verzichtet hatte. Das zuzugeben verbot mein Stolz. Oder der klägliche Rest, der davon noch übrig war. Zwar versuchte ich das Gefühl, verlassen worden zu sein, aus meinen Gedanken zu verbannen. Aber wenn ich am wehrlosesten war, nachts vorm Einschlafen und morgens beim Aufwachen, oder wenn ich im Fernsehen einen Liebesfilm sah, dann überwältigte es mich. Ich weinte viel in diesen Tagen. Ich trank Mamas Vorrat an Piña Colada weg und kotzte ihn sturzbetrunken wieder aus. Wenn ich mich im Spiegel betrachtete, fand ich mich hässlich. «Nicht liebenswert», lautete mein Urteil. Martins Schweigen bewies es. Ich fühlte mich total leer. Eine dicke Schicht Asche erstickte meine

Seele. Trotzdem wollte der Schmerz nicht vergehen. Am liebsten wäre ich zu Stein geworden, um überhaupt nichts mehr zu spüren.

ZWEI

Die ganze erste Woche in der neuen Wohnung war Martin beschäftigt mit Streichen, Teppichböden verlegen, Einrichten, Umgestalten. Die zweieinhalb Zimmer mit Küche und Bad auf zweiundfünfzig Quadratmetern eines heruntergekommenen Wohnblocks in Friedrichshain waren kleiner als seine Dachwohnung im elterlichen Haus, aber wenigstens billig. Vor allem lebten hier eine Menge Ausländer um ihn herum, aus allen Kontinenten, dazu einige wenige junge Einheimische, Sozialhilfeempfänger und Studenten, die sich nur eine solche Bruchbude leisten konnten. Man kümmerte sich nicht um den Neuen. Als Martin seine wenigen Möbelstücke in den dritten Stock hinaufschleppte, half ihm gerade mal ein alter Türke, und der wohl auch nur, weil er auf dem engen Treppenabsatz sonst nicht um den neuen Bewohner mit seiner sperrigen Schreibtischplatte herumgekommen wäre. Hier fühlte Martin sich wohl. Niemand, der durch das Haus schlich und große Ohren machte, keine Nachbarn, die die Augen überall hatten, keiner, der die Nase in anderer Leute Angelegenheiten steckte.

Einmal noch kehrte er in sein Vaterhaus zurück, um den letzten Kleinkram abzuholen, wobei er es bewusst so einrichtete, dass Irene nicht zu Hause war. Er hatte keine Lust auf Smalltalk.

Mitten auf dem Boden seiner Mansarde, die er jetzt nicht mehr abschließen musste, fand er einen blauen Schuhkarton. Auf dem Deckel lag ein Zettel: *Gruß von Oma. Sie würde sich über einen Besuch von Dir freuen.* Augenblicklich ärgerte er sich über Irene. Typisch, noch immer behandelte sie ihn wie ein Kind, tu dies, tu das. Er war versucht, ihr ebenfalls einen Zettel zu hinterlassen: *Kümmere dich um deinen Scheiß. Ich besuche die Oma, wenn ich Lust dazu habe.* Er ließ es bleiben. Je weniger Berührung mit Irene, desto besser. In dem Karton waren Kinder- und Familienfotos von ihm. Nichts war ihm gleichgültiger als das. Trotzdem nahm er sie mit.

Den Telefonanschluss hatte Martin sofort nach dem Einzug beantragt, wegen Personalmangels konnte er aber nicht gleich installiert werden. Also auch kein Internet. Keine Chats mit Gleichgesinnten. Das wachsende Bedürfnis danach erstickte Martin in Farbeimern und Werkzeugkisten. Nur gelegentlich, nachts beim Einschlafen, gestattete er sich Erinnerungen an Joey. Seinen Bruder blendete er dabei aus. Aber allmählich begannen die Bilder zu verblassen und brachten ihn nicht mehr so leicht zum Höhepunkt. Manchmal flocht er Phantasien von Sebastian hinein, dem Sohn seines Zellengenossen Gunter Sand. Einmal versuchte er auch auf ein früheres Erlebnis zurückzugreifen. Aber der zwölfjährige Junkie, den er mit siebzehn in der Hasenheide aufgegabelt und mit in seine Scheune genommen hatte, war nicht mehr imstande, Martins Ansprüchen zu genügen.

Ein paarmal versuchte er, Tinas Bruder in seinen Phantasien mitspielen zu lassen, aber es gelang ihm nicht recht. Vielleicht war er noch zu klein. Ohnehin musste Martin zuerst die Wohnung vorbereiten. An E-Mails dachte er überhaupt nicht. Und Tina glaubte er mit Mutter und Bruder irgendwo in – wo, hatte sie gesagt? Egal.

Den größten Teil der Einrichtung aus seiner Mansarde hatte er in die neue Wohnung mitgenommen. Ein paar Kleinigkeiten, vor allem Bettwäsche, Handtücher und Geschirr, musste er sich besorgen. Irene hätte ihm zwar alles Nötige aus ihrem reichen Fundus mitgegeben, aber er lehnte ab; nichts, was die Familie benutzt hatte, woran Erinnerungen wie Schneckenschleim klebten, wollte er um sich haben. Die größte Investition war ein teures neues Bettgestell aus Metall mit hohen schwarzlackierten Eisenstäben an Kopf- und Fußende.

Das Schlafzimmer war ihm der wichtigste Raum und als Erstes eingerichtet. Nachdem er das letzte Accessoire an seinen Platz gestellt hatte, schaute er sich zufrieden um: ein dicker Teppichboden in kräftigem Rostrot, dunkelblaue Springrollos an den zwei Fenstern, Musikanlage, Fernseher mit DVD, kleines Bücherregal, in jeder Ecke ein silberner Deckenfluter. Zwei offene schwarze Holzwürfel dienten als Ablagen neben dem Doppelbett. Im Raum verteilt mehrere Kerzenhalter vom Flohmarkt aus verschiedenen Materialien, Messing, Glas, Keramik. Er liebte romantische Beleuchtung. Auch in der Scheune hatte er immer Kerzen um sich gehabt.

Als zu Beginn der zweiten Woche endlich das Telefon angeschlossen wurde, schaute er als Erstes in seine Mailbox. Ein schmalziger Liebesbrief von einer seiner Verehrerinnen aus Knastzeiten war darin, die einzige, die ihm geblieben war. Von den anderen hatte er nichts mehr gehört, wahrscheinlich, weil er nach seiner Freilassung selbst nicht mehr geantwortet hatte. Vor allem entdeckte er mehr als ein Dutzend Nachrichten von Tina. Die letzte war vor zwei Tagen eingetroffen, darin stand, dass sie mit seiner Stiefmutter gesprochen hatte und von seinem Umzug wusste. Er musste sich schleunigst darum kümmern. Tina sollte keinesfalls böse auf ihn sein.

Wieder stand ich vor seiner Tür. Am Tag zuvor hatte er endlich alle meine Mails gelesen und mich sofort angerufen. Wir haben lange telefoniert. Er hatte geglaubt, ich wäre mit Mama und Benny verreist, deshalb hatte er sich nicht gemeldet. Ein bisschen verletzte es mich trotzdem, dass er vorher nicht versucht hatte, sich von mir zu verabschieden, dann hätte ich das Missverständnis aufklären können. Aber auch dafür gab es eine Erklärung: Er hatte schon vor ein paar Wochen beschlossen, eine eigene Wohnung zu nehmen, damit wir endlich ungestört zusammen sein konnten. Nach meinem tollen Geburtstag hatte er es eilig gehabt, sich jeden Tag mehrere Wohnungen angeschaut und schließlich die in Friedrichshain gefunden. Damit hatte er mich überraschen wollen, wenn ich aus den Ferien zurück wäre. Und er hatte seine Stiefmutter überredet, ihm das Erbteil seines Vaters – oder was davon noch übrig war – auszubezahlen. Für eine Weile konnte er nun ein sorgloses, unabhängiges Leben führen.

Als ich bei ihm klingelte, wusste ich also, dass er Tag und Nacht mit Renovieren und Umzug beschäftigt gewesen war und dass die Funkstille auf einem Irrtum beruht hatte. Also kein Groll mehr, keine Traurigkeit, keine Unsicherheit. Trotzdem hatte ich weiche Knie. Weil ich wieder nicht wusste, was passieren würde, wenn er mir die Tür öffnete. Lange Gespräche zu führen über Gott und die Welt, sich zu erzählen, was man den ganzen Tag über so getrieben hat, ins Kino zu gehen oder ins Café, das war eine Sache. Eine ganz andere war, unverhofft einen Ort zu haben, wo die geheimsten Wünsche in Erfüllung gehen konnten – oder auch nicht. Denn dass ich diese Wünsche hatte, das machten mir der kalte Schweiß meiner Hände, die

Hitze auf meinen Wangen und das flaue Gefühl in der Magengegend in diesem Augenblick unmissverständlich klar.

Trotz des Straßenlärms hörte ich das Dingdong der Glocke irgendwo im Haus und fürchtete fast, dass Martin drinnen mein Herzklopfen ebenso laut hören konnte, was natürlich Unsinn war. Plötzlich war ich mir nicht mehr so sicher, ob er für mich genauso viel empfand wie ich für ihn. Meine Nervosität war mir peinlich. Einen Wimpernschlag lang spürte ich einen Fluchtimpuls. Doch als der Öffner summte, drückte ich die Haustür auf und stieg mit Schaumgummiknien die Stufen zum dritten Stock hinauf.

Kaum war ich oben, riss Martin die Wohnungstür auf, packte meine Hand, die gerade hatte klopfen wollen, zog mich hinein, drückte die Tür ins Schloss und nahm mich fest in die Arme.

«Hallo. Da bist du ja endlich.»

Endlich. Ich war zehn Minuten zu früh. Und da wusste ich, dass er sich so sehr nach mir gesehnt hatte wie ich mich nach ihm.

Er zeigte mir die Wohnung. Sie war noch nicht ganz fertig eingerichtet. In dem einen Zimmer lehnte eine dicke Teppichbodenrolle in der Ecke. Es sollte das Wohn- und Arbeitszimmer werden, Schreibtisch und Bürostuhl, ein kleiner Tisch und zwei gemütliche Rattansessel standen im Flur bereit. Eine Abstellkammer als begehbarer Kleiderschrank, in dem die Regale und eine Kleiderstange auf Rollen schon aufgestellt waren, die Klamotten aber größtenteils noch in Umzugskartons darauf warteten, einsortiert oder aufgehängt zu werden. In der kleinen Küche, die vom Vermieter mit dem Nötigsten ausgestattet war, stapelten sich weitere Kisten, auf denen mit rotem Filzstift «Bücher/DVD» und «Schulzeug» stand. In den Hängeschränken mit Plexiglastüren sah ich das Nötigste an Geschirr und Gläsern.

Da war noch viel Platz für ein paar Sachen, die ich mitbringen konnte. Überall lagen leere Kartons vom Pizza-Service. Nach unserer teuren Schlemmerei im KaDeWe hatte er anscheinend beim Essen gespart.

«Eigentlich wollte ich noch aufräumen, bevor du kommst», sagte er und stopfte die Pizzaschachteln in den Putzeimer, der als Abfallkübel diente. So richtig viel Ahnung von den Dingen, die man in einem Haushalt brauchte, hatte er offenbar nicht. Aber dafür war ich ja jetzt da.

«Zum Einkaufen bin ich leider auch nicht gekommen.» Er öffnete den Kühlschrank: gähnende Leere bis auf ein paar Joghurts, Saft- und Bierflaschen. Der Anblick rührte mich. Ich beschloss spontan, morgen von dem Geld, das mir meine Mutter für Essen dagelassen hatte, lauter köstliche Dinge zu kaufen und ihn mit einer Koch- und Fressorgie zu überraschen. Seinen Geschmack kannte ich ja schon ein wenig.

«Ich lade dich nachher zum Essen ein», versprach er. «In ein Restaurant deiner Wahl. Hier hab ich nur Kekse und Erdnüsse. Willst du welche?»

Ich schüttelte den Kopf; ich hätte jetzt nichts hinuntergekriegt, was genauso trocken war wie mein Mund.

«Ein Bier?»

Alkohol beruhigt bekanntlich. «Okay.»

Beide mit einer Bierflasche in der Hand, führte Martin mich ins Schlafzimmer, das schon komplett eingerichtet war, in einer Mischung aus Hightech und Flohmarkt, aber geschmackvoll. Sogar romantisch. Nur das Bettgestell gefiel mir nicht so gut, dieses schwarze Eisenzeug, irgendwie – keine Ahnung. Hart. Kalt. Ich mag Metallmöbel jedenfalls nicht so gern. Ich hätte das nie gekauft, dachte ich, ist aber wahrscheinlich so etwas wie ein männliches Design. Dafür fand ich die Bettwäsche richtig schön, grünblauer Baumwollsatin, matt schimmernd wie das tropische Meer unterm Sommerhimmel.

«Fühlt sich glatt und weich an wie ein Kinderpopo», grinste Martin. «War stinkteuer.»

«Nicht geklaut?»

Er schüttelte den Kopf, sah mich dann an. Lange. Er stand am Fenster, und im Gegenlicht konnte ich seinen Gesichtsausdruck nicht deutlich erkennen. Das und sein Schweigen machten mich noch nervöser, als ich ohnehin schon war. Plötzlich war er mit zwei schnellen Schritten bei mir am Bett.

Ohne Vorwarnung küsste er mich, und obwohl ich die ganze Zeit an nichts anderes hatte denken können, als von ihm geküsst zu werden, war ich jetzt doch überrascht.

«Ich will es endlich einweihen», flüsterte er in meinen Mund. Er nahm mir die Flasche aus der Hand und stellte sie zusammen mit seiner auf den Boden. Dann drückte er mich auf das Bett, ein bisschen unsanft vielleicht, sodass ich ziemlich unelegant rückwärts draufplumpste, aber er war wohl genauso nervös wie ich. Er zog mir Jacke und T-Shirt aus, ich half ihm dabei, trotzdem war er so fahrig, dass es nicht ohne Gezerre ging. *Ein Glück, dass ich wegen meiner winzigen Brüste keinen BH tragen muss,* dachte ich, *das macht es leichter.* Ich öffnete schon mal Knopf und Reißverschluss meiner Jeans; sie gehörte zu dem Anzug, den er mir geschenkt hatte. Die Hose war ein wenig eng. Als ich mich herausschälen wollte, packte er meine Hände und bog sie zur Seite.

«Ich mach das», sagte er mit seltsam gepresster, rauer Stimme und in einem harten Ton, den ich sonst nicht von ihm kannte und der mich einen Augenblick lang irritierte. Später habe ich diesen Ton noch bei anderen Gelegenheiten gehört und fürchten gelernt.

In dem Moment aber habe ich einfach nicht weiter darauf geachtet. Irgendwie schaffte er es, mich von Turnschuhen und Hosen zu befreien, schon ganz rot im Gesicht. Seine Aufregung rührte mich. Die Selbstsicherheit, die ich sonst so an ihm bewundert hatte, war wie weggewischt. Aber ich war nicht etwa enttäuscht. Gar nicht. Ich spürte, dass er mich brauchte, meine Hilfe, meine Liebe. Meine Selbstsicherheit, die in den letzten Tagen so total zusammengebrochen war, kehrte allmählich zurück. Als ich zusah, wie er sich neben dem Bett seine eigenen Kleider herunterriss und noch gar nicht erregt war, beschloss ich, die Sache selbst in die Hand zu nehmen.

Das war allerdings genau das Falsche. Er wollte nicht, dass ich ihn anfasse, nirgendwo. Er packte mich kurzerhand an den Hüften, drehte mich auf den Bauch und warf sich auf mich. Aber nichts passierte. *Wahrscheinlich haben wir zu lange damit gewartet,* dachte ich. Männer sollen ja oft nicht können, wenn die Erwartungen zu hoch sind. Trotzdem hatte ich Angst, der wahre Grund könnte sein, dass er mich nicht attraktiv genug fand. Vielleicht weil ihn jetzt, in dieser Situation, meine Brandnarben mehr störten als sonst. Oder weil ihm meine Figur zu wenig weiblich war, keine Ahnung. Jedenfalls machte mich dieses vergebliche Gezappel richtig traurig. Es passte nicht zu den romantischen Phantasien, in denen ich monatelang geschwelgt hatte. Darin war Martin immer der zärtlichste und tollste Liebhaber der Welt gewesen.

Nur Geduld, redete ich mir gut zu, *es hat ja gerade erst angefangen.* Aber ein klein wenig ernüchtert war ich schon. Und dann rollte er sich von mir herunter und stand auf. Ich traute meinen Ohren nicht, als er sagte: «Lass mich jetzt in Ruhe.»

Ich starrte ihn an, völlig perplex. Er zog seine Unterhose an, schnappte sich seine Bierflasche, lehnte sich an die Wand zwischen den Fenstern und trank auf ex. Ich setzte mich auf und wusste nicht weiter. Sollte ich gehen? Wollte er das? Oder besser reden? Herausfinden, was los war? Ich starrte ihn immer noch an und muss dabei ziemlich blöd aus der meerblauen Wäsche geguckt haben. Prompt sagte er: «Guck nicht so dumm. Ich kann nicht mit dir. Tut mir leid, ist eben so.»

Diese Kälte. Mein romantisches Liebesmärchen stürzte in sich zusammen wie eine Fontäne, wenn man die Pumpe abstellt. Ein, zwei Schmerzwellen noch – und aus. Still und leer wurde es in mir. Ich sammelte meine Klamotten zusammen und verließ das Zimmer. Im Flur zog ich mich so schnell wie möglich an. Aus dem Schlafzimmer kein Ton, kein Geräusch. Ich war schon fast aus der Tür, als mir einfiel, dass ich meine Umhängetasche in der Küche vergessen hatte. Ich machte die Wohnungstür also wieder zu, ziemlich geräuschvoll, zugegeben, allmählich begann ich mich über sein grundlos mieses Benehmen zu ärgern.

Bis zur Küche kam ich aber nicht. Als hätte das Türknallen seine Kältestarre gelöst, hörte ich Martin plötzlich aufheulen und dann wimmernde Laute. Es klang so verzweifelt, dass ich – schon wieder verdutzt – im Flur stehen blieb und lauschte. Dann hörte ich zwischen Stöhnen und Klagelauten ein Geräusch, als ob er mit der Faust gegen die Wand schlüge, wieder und wieder, und dazu seine halberstickte Stimme: «Ich kann nicht, kann nicht, kann nicht ...»

Ich schlich zur Schlafzimmertür und schaute hinein. Er kauerte auf dem Boden mit dem Rücken an der Wand wie ein geprügeltes Kind, sein tränennasses Gesicht voller Schmerz und Wut. Immer wieder schlug er den Hinterkopf gegen die Wand, so heftig, dass schon ein Blutfleck auf dem frischen Weiß zu sehen war. Er hatte die Augen geschlossen, sah mich nicht und hörte mich nicht, ganz und gar seiner Verzweiflung hingegeben.

Was ich da sah, schockierte mich zuerst, und dann ... ja, dann – keine Ahnung. Meine Gefühle wirbelten durcheinander, die Enttäuschung von vorhin, Mitleid, Verwunderung, Schadenfreude ... und im nächsten Moment kippte alles. Aus dem Das-hat-er-nun-davon wuchs Das-hat-er-nicht-verdient. Die Liebe kehrte zurück, stärker denn je, und flog ihm zu. Ich flog ihm zu. Martin brauchte mich, meinen Trost, meinen Schutz. Ich wollte ihn einhüllen mit meinen Adlerschwingen. Als ich mich vor ihn hinkniete, riss er die Augen auf, so überrascht, dass ich fast lachen musste.

«Guck nicht so dumm», flüsterte ich. «Ich kann mit dir. Tut mir leid, so ist das eben.»

Er lächelte schwach, ich nahm ihn in die Arme, küsste seine Tränen fort, und er klammerte sich an mich wie an eine Rettungsboje mitten im Meer.

«Ich liebe dich.» Wir sagten es gleichzeitig. Brauchte es noch mehr Beweise für unsere innere Verbundenheit? Ich war sicher, jetzt konnte uns wirklich nichts mehr trennen. Was mich vorher verletzt hatte, war ausgelöscht. Und dieses Vergeben-und-vergessen-Können, dieses Springen über meinen eigenen Schatten gab mir ein ungeheures Gefühl von Stärke.

Martin beruhigte sich schnell. Ich sah mir seine Verletzung an. Es war nur eine Beule am Hinterkopf mit einer kleinen Platzwunde. Ich tupfte das Blut mit einem Taschentuch ab.

«Was hast du gemeint mit *ich kann nicht*?», fragte ich vorsichtig.

«Fühlen», antwortete er, ohne zu zögern. «Ich spüre nichts.»

Das war mir neu. Er war so ziemlich der sensibelste Mensch,

den ich kannte. Außer Benny natürlich. Ich versuchte sein Gesicht zu mir zu drehen, damit ich ihm in die Augen sehen konnte, aber er sperrte sich.

«Meinst du körperlich?» Er schwieg. «Komm, du kannst mir alles sagen, das weißt du doch.»

«Ich will dich nicht verletzen.»

Also liegt es doch an mir, dass er nicht mit mir schlafen kann, dachte ich erschrocken.

«Du findest meine Narben also auch abstoßend.»

«Ach, die sind mir völlig egal», sagte er und blickte mich endlich an. Er klang ehrlich. «Außerdem fallen sie kaum auf. Nein, es ist der Sex. Dieses gewöhnliche Rein und Raus gibt mir nichts. Ich spüre nichts dabei. Weder körperlich noch seelisch.»

Natürlich traf mich das. Ich hatte keine Ahnung, was ich sagen oder tun sollte. In das Schweigen hinein hörte ich ganz leise seine Stimme. Und umso deutlicher seine Worte.

«Manchmal denke ich, ich habe keine Seele.»

Ein ungeheuerlicher Satz. Wie kann ein Mensch nur so etwas von sich sagen! Der arme Martin. Wie verletzt musste er sein. Meine Schulmädchen-Gewissheit, dass jeder Mensch eine Seele hat, ließ keinen Raum für solche Zweifel.

Heute wünschte ich, ich hätte ihm geglaubt. Ich hätte noch die Chance gehabt, dieser Hölle zu entkommen.

«Weißt du», sagte er, «beim Sex mag ich an den Mädchen nur, was sie mit den Jungs gemeinsam haben.»

Ich war noch zu unerfahren, um sofort zu kapieren. Aber dann musste ich erst einmal schlucken. War er also doch schwul? Hatte seine Stiefmutter recht? Ich löste mich aus seinen Armen und kauerte mich neben ihn an die Wand. Er griff nach meiner Hand.

«Ich will dich nicht verlieren.»

Wahrscheinlich fragen Sie sich, Herr Schneider, warum ich nicht spätestens in dem Moment die Beine in die Hand genommen habe und weggerannt bin. Eigentlich hat mir Martin doch ziemlich unverblümt gesagt, dass er mit Frauen nichts am Hut hat. Was auch diese emotionalen Wechselbäder erklärte. Jede normale Frau hätte sich in diesem Augenblick schleunigst aus dem Staub gemacht und ihre Wunden geleckt. Ich bin aber keine normale Frau. Jede noch so hauchzarte Berührung von Martin tauchte mich in glühende Lava. Ich war unfähig, innerlich auch nur einen Millimeter von ihm abzurücken. Ich fragte mich auch keine Sekunde lang, wie das zusammenpasst, dass er mich liebt und gleichzeitig nichts fühlt. Ich habe auch nicht weiter darüber nachgedacht, wie das alles zu seinen Aussagen vor Gericht passte. Ich habe nur gehört, was ich hören wollte: «Ich liebe dich, ich will dich nicht verlieren.» Nur das war entscheidend. Das gab mir die Gewissheit, dass alles gut werden würde. Schlagartig erkannte ich, dass mir das Leben eine ganz besondere Aufgabe zugewiesen hatte: Ich musste Martin retten. Vor seiner Angst retten, keine Seele zu haben. Nichts zu empfinden. Nicht lieben zu können. Ich glaubte, dass er wegen seiner Kindheitserfahrungen nur Angst hatte, sich zu seinen Gefühlen zu bekennen. Aber er hatte sie, wie hätte er sonst wissen können, dass er mich liebt? Ich fühlte mich stark genug, ihn zu überzeugen, dass er ein fühlendes Wesen war.

«Du wirst mich nicht verlieren», sagte ich und blickte ihm in die Augen. Ich sah das Staunen darin.

«Bist du nicht schockiert?»

«Doch. Aber ich liebe dich nun mal.»

«Bedingungslos, wie es sein soll?»

«Wie es sein soll», sagte ich und nickte. Seltsamerweise hatte ich dabei einen Kloß im Hals. Wieder ein Zeichen, das ich missachtet habe. Ich habe so ziemlich alle Warnsignale ignoriert.

Er sah mich an, auf eine Art, die ich schwer deuten konnte, irgendwie unter Spannung. Mit aufgestellten Ohren sozusagen, wie eine Katze vor dem Sprung auf die Beute. Plötzlich schnellte er tatsächlich hoch, zog das Rollo herunter, damit niemand hereinsehen konnte, hob mich vom Boden hoch und trug mich zum Bett. Zum zweiten Mal streifte er mir die Kleider ab, und diesmal wirkte er überhaupt nicht fahrig oder grob. Er zündete all die jungfräulichen Kerzen an. In dem weichen, warmen Licht schimmerten die Bettlaken wie der Sommernachtshimmel kurz nach Sonnenuntergang. Nochmal wollte ich mir die romantische Stimmung nicht verderben lassen. Ich wusste ja, dass ich es mit einem ungewöhnlichen Menschen zu tun hatte und dass mich folglich eine ungewöhnliche Liebesnacht erwartete, die auch mich zu einem ungewöhnlichen Menschen machen würde. Ich war zu allem entschlossen, egal, was kommen würde, Gutes oder Böses. Und dieser Entschluss, ich gebe es zu, hat mich wahnsinnig erregt.

Martin fischte eine Dose Vaseline unter dem Bett hervor. Diesmal begriff ich sofort. Er hatte angekündigt, auf welche Art er mich lieben wollte, und jetzt wurde es ernst. Prompt bekam ich Angst. Zugleich aber auch Lust. Ich hatte das noch nie gemacht. Das heißt, mein Student hatte es einmal andeutungsweise versucht, aber es war zu unangenehm für mich, da hat er drauf verzichtet. Und der Typ war nun wirklich nicht schwul gewesen. Der Gedanke schoss mir durch den Kopf, dass Martin vielleicht nur Angst hatte, schwul zu sein, wegen dieser sexuellen Vorliebe. (Und weil Vater und Bruder pervers gewesen waren.) Ihm zuliebe war ich bereit, mich darauf einzulassen.

Martin hielt mir die geöffnete Dose hin. «Steck deine Finger dahinein und dann in meinen Hintern.» Zuerst dachte ich, ich hätte mich verhört, dann hielt ich es für einen Scherz und weigerte mich. Da wurde er wütend.

«Das nennst du bedingungslos?»

«Ich will dir doch nicht wehtun.»

«Es ist mein Arsch, okay? Tu es.» Er schloss meine Finger zur Faust.

Um es kurz zu machen, Herr Schneider: Ich hab's getan. Ich habe alles getan, was er wollte. Und seltsam – in dem Moment wollte ich es dann auch. Mit der einen Hand drang ich in ihn ein, mit der anderen streichelte ich das Narbengitter auf seinem Po. Ich habe erlebt, wie ihm der Schmerz die Tränen aus den Augen getrieben hat, wie ihn das erregt hat und er endlich mit mir schlafen konnte. Er hat mich genommen wie einen Jungen.

«Ich wollte dich spüren», erklärte er nachher, «so intensiv, wie es nur geht. Ich muss spüren, was du spürst, sonst kann ich es mir nicht vorstellen.»

Das alles war auch für ihn das erste Mal gewesen. Zu den anderen Mädchen hatte er nicht das Vertrauen gehabt, so etwas von ihnen zu verlangen. Ein Geständnis, das mich glücklich machte, weil es bewies, wie wichtig ich ihm war.

Dass wir so taten, als wären wir zwei Homos, das kam übrigens nur dieses eine Mal vor. Sonst hat er zwar auch immer nur von hinten mit mir geschlafen, aber oft auch auf normale Art, wie mit einer Frau eben. Nur dass wir uns dabei nicht in die Augen sehen konnten, das habe ich vermisst.

Hinterher mussten wir das beschmutzte Bettzeug in die Waschmaschine stecken. Wir bezogen es gemeinsam neu, duschten zusammen, tranken Bier aus derselben Flasche, ließen uns Pizza ins Haus liefern, sahen beim Essen fern und schliefen aneinandergekuschelt unter einer Decke.

So ist es also, wenn man bedingungslos liebt, dachte ich beim Einschlafen. Ein bisschen schmerzhaft, aber auch berauschend und unendlich beglückend. Es war die Steigerung meines Geburtstags. Wir hatten etwas Ungewöhnliches getan. Wir waren ein ungewöhnliches Paar. Dass es erst der harmlose Anfang war, das ahnte ich damals noch nicht.

Am nächsten Tag beim Frühstück im Café sagte er: «Ich habe eine Bitte. Lass dir die Haare schneiden. Kurz. Das steht dir besser.»

«Aber dann kann ich meine Brandnarben nicht mehr verdecken.»

Er streichelte mir lächelnd über die fleckige Wange. «Außer mir musst du niemandem gefallen. Und ich finde deine Narben interessant. Sie gehören nun mal zu dir. Zeig sie der Welt.»

Ich nahm das nicht ganz ernst. «Dann musst du der Welt aber auch deine zeigen.»

Er lachte. «Na, mit nacktem Hintern kann ich ja wohl schlecht herumlaufen.»

Noch am selben Tag ging ich zum Friseur. Seitdem trage ich das Haar kurz. Ich sehe damit noch jungenhafter aus. Einen Tag später wollte er, dass ich mich rasiere. Ich meine, nicht nur die Achselhöhlen und die Beine, das ist normal, sondern auch die Schamhaare. Ich kenne viele Mädchen, die das machen. Ich wollte das eigentlich nie, weil ich sowieso jünger wirke, als ich bin, und so komplett haarlos, dachte ich, nimmt mich kein Mann mehr ernst, weil ich wie ein Kind aussehe. Aber Martin hat es sich so sehr gewünscht, und es sieht ja auch ästhetisch aus. Da hab ich es eben machen lassen. Waxing. Tut gemein weh, hält aber wenigstens ein paar Wochen vor.

Am Nachmittag, als Tina beim Friseur war, legte sich Martin auf das Bett und lauschte auf den Nachhall der vergangenen Nacht. Sex mit Frauen bedeutete ihm immer noch nicht viel. Allerdings hatte er es vor Tina nur mit zwei Frauen ausprobiert, die beide etwas älter gewesen waren als er. Jedes Mal war es eine rein mechanische Angelegenheit gewesen, es hatte ihn innerlich kaltgelassen und physisch weniger befriedigt, als wenn er sich seinen einsamen Träumereien hingab. Mit Tina dagegen war es anders. Lustvoller. Zwar konnte er erst richtig mit ihr schlafen, als er sie sich als Jungen vorstellte, was leicht war, da sie keine aufdringlich weiblichen Rundungen besaß. Aber darüber hinaus gab es noch etwas. Irgendetwas an dem Mädchen berührte ihn. Eine Vertrautheit, eine Art Verwandtschaft, die er in seinem ganzen Leben noch bei niemandem gespürt hatte, am wenigsten bei seinen leiblichen Verwandten. Ficken mit ihr war zwar auch nur ein schwacher Abglanz seiner Erlebnisse mit den Jungen. Trotzdem. Die Sache war ausbaufähig. Vielleicht konnte er sie dazu bringen, ihn bei seinen gefährlichen Neigungen zu unterstützen. Eine so unschuldig wirkende Jagdgefährtin konnte von Vorteil sein. Dass sie fähig war, trotz ihrer Höhenangst den Bungee-Sprung mit ihm zu wagen, sprach für ihre Risikobereitschaft, für ihre Ebenbürtigkeit. Und für seine Macht über sie.

Es war seltsam: Der Junkie – seinen Namen hatte er vergessen –, dieser kleine Stricher hatte Martin wütend gemacht, seine abgefuckte Kaltschnäuzigkeit hatte ihn zu Quälereien gereizt. Joey dagegen hatte ihn wegen seiner Passivität wütend gemacht. Auch Tina hatte ihn für einen Moment in Wut versetzt, als sie sich weigerte, seiner Anweisung zu folgen. Wut war ein intensives Gefühl; es machte ihn scharf. Aber er hatte nicht, wie sonst, das Bedürfnis gehabt, sein Gegenüber zu quälen. Tina sollte nur das Gleiche empfinden wie er, physisch und psychisch. Und das hatte sie, da war er sicher. Martin hatte einen Freund gefunden, einen Menschen, den einzigen (wenn er die Internet-Bekanntschaften mal beiseiteließ), der ihn verstand. Er empfand so etwas wie Glück.

Beschwingt von diesem neuartigen Gefühl setzte er sich an den Computer, um im Internet Kontakt mit einem Gleichgesinnten aufzunehmen, den er schon vor seinem Umzug entdeckt hatte. Gleich gesinnt nicht wie Tina. Eher wie ein Geschäftspartner, mit dem einen nur in einer Hinsicht gleiche Interessen verbinden. Martin nannte sich *Scarface*, der andere *Vlad T.* Wie üblich, hatten sie sich vorsichtig herangetastet, man weiß ja nie, ob sich hinter dem Chat-Partner nicht ein Fahnder der Polizei verbirgt. Die Vertrauensbasis herzustellen war nicht ganz einfach, denn Martin hatte keine eigenen Bilder mehr anzubieten. Alles, was im Speicher seines Laptops archiviert gewesen war, hatte er vernichten müssen, nachdem das mit seinem Bruder passiert war.

Noch während er im Wutrausch auf Jonas eingeschlagen hatte, war Martin klar geworden, dass er nicht genug Zeit haben würde, die ganze Sache gründlich zu vertuschen. Und dass ihn die Polizei früher oder später ins Visier nehmen würde. Zumal er nicht sicher sein konnte, ob Jonas die Geheimnisse seines großen Bruders nicht schon irgendjemandem gesteckt hatte.

Es stellte sich heraus, dass Jonas für sich behalten hatte, was er beim Herumspielen an Martins Computer gefunden hatte. Er war keine Petze, das musste man ihm lassen. Nur zu neugierig. Er hätte Martin nicht auf dem Rummelplatz nachspionieren sollen. Na, die Strafe war ja auf dem Fuß gefolgt.

Gleich nachdem er in der Dunkelheit von der Scheune zurückgekehrt war und seine blutigen Kleider in die Waschmaschine gestopft hatte, hatte er sich darangemacht, alles Verdächtige zu vernichten. Nur gut, dass er daran gedacht hatte, die Taschen des toten Jonas nach dessen Kamera zu durchsuchen. Auf der Speicherkarte hatte er tatsächlich Bilder von sich und Joey auf dem Rummel gefunden. Ab damit ins Klo. Da Jonas mehrere Chips besessen hatte, war niemandem aufgefallen, dass einer fehlte. Die Speicherkarte seiner eigenen Kamera war ebenfalls im Klo verschwunden – was er später bereute, das kleine Ding hätte er leicht verstecken können. Die Compact Disc mit seinem persönlichen Best-of-Archiv hatte er zerbrochen und hinterhergeworfen. Dann hatte er sich in aller Eile darangemacht, die Festplatte seines Computers neu zu formatieren. Zum Glück hatte er sich kurz zuvor ein neues Löschprogramm gekauft. Damit hatte er den Speicher mehrmals gelöscht, die ganze Nacht lang, sodass kein noch so gewiefter Spezialist auch nur Bruchstücke von verdächtigen Dateien hätte rekonstruieren können. Martin hatte gerade noch Zeit gefunden, seine Arbeitsprogramme für die Schule und ein paar harmlose Spiele neu zu installieren, bevor ihn die Polizei verhaftete und alles durchsuchte. Vergeblich allerdings. Seine kluge Voraussicht und seine gründliche Arbeit erfüllten Martin noch heute mit tiefer Zufriedenheit.

Leider waren damit alle seine Schätze verloren, die Fotos von dem Junkie und vor allem die brandneuen, spektakulären Bilder von dem Ami-Jungen. Eigentlich erstklassiges Material für die Internet-Tauschbörsen. Andererseits hätte er die neuen Bilder wahrscheinlich sowieso niemandem mehr angeboten. In letzter Zeit hatte es zu viele Berichte gegeben, dass die Polizei Pornoringe gesprengt hatte. Man konnte sich offenbar immer weniger auf die Zuverlässigkeit der Betreiber verlassen. Außerdem fand Martin Fotos und Filme mit der Zeit ohnehin unbefriedigend. Eine Weile regten sie die Phantasie an, aber irgendwann erschöpfte sich ihre Kraft in der Wiederholung, und Neues, Reales, Aufregenderes musste her. Input eben. Im Moment begnügte er sich mit rein verbalen Inszenierungen, Phantasie war nicht strafbar.

Vlad war ein spannender Partner für solche Spielchen, sie stachelten sich gegenseitig zu immer wahnwitzigeren, in höchstem Maße erregenden Phantasien an. Wobei Martin nie genau wusste, was der andere davon tatsächlich erlebt hatte. Er selbst jedenfalls vermischte Wahres mit Erfundenem. Allerdings hütete er sich wohlweislich davor, irgendetwas einfließen zu lassen, was die Polizei mit ihm hätte in Verbindung bringen können, etwa seine Erlebnisse in der Scheune. Ganz sicher konnte er schließlich nicht sein, dass sein Chat-Partner sauber war. Die Möglichkeit einer künftigen Zusammenarbeit musste jedenfalls noch gründlich gecheckt werden. Dass er seinerseits das Vertrauen von Vlad bereits gewonnen hatte, dessen war er sich sicher. Er konnte jeden herumkriegen, auf diese Fähigkeit war er stolz. Sogar vor Gericht hatte er das bewiesen. Die Psychiaterin, diese sentimentale Kuh mit ihrer Kindergärtnerinnenstimme, war in ihrem Gutachten davon ausgegangen, dass es sich um eine einmalige Beziehungstat während eines seelischen Ausnahmezustands gehandelt hatte und folglich keine Wiederholungsgefahr bestand. Und der Richter hatte ihr geglaubt. Sogar die Eltern von – wie hieß er gleich? – Joey. Selbst die. Er hatte sich am Ende öffentlich bei ihnen dafür entschuldigt, dass er zu spät gekommen war, dass er ihren Sohn nicht mehr vor Jonas hatte retten können. Danach hatte er sie im Sack. Wahrscheinlich sogar den blöden Kommissar, diesen misstrauischen alten Wachhund, Schneider. Martin war stolz auf seine grandiose Darstellung von Aufrichtigkeit.

Die Einzige, die ihm jetzt noch gefährlich werden konnte, war seine Stiefmutter. Der traute er zu, dass sie einen Spitzel auf ihn angesetzt hatte. Martin hatte immer aufgepasst, ob ihm jemand folgte, wenn er unterwegs war, hatte aber nichts Verdächtiges bemerkt. Restlos beruhigt war er trotzdem nicht.

Immerhin hatte Martin bewiesen, dass man ihm nicht so leicht ein Bein stellen konnte. Nur der Junkie hätte es gekonnt. Noch einmal versuchte Martin, diese Erinnerung wiederzubeleben. Immerhin hatte er damals zum ersten Mal eine seiner Lieblingsphantasien in die Tat umgesetzt. Seit er fünfzehn war, hatte er sich diese Szene immer wieder ausgemalt und neue Details hinzugefügt. Gewöhnlich zog er sich in seine Scheune zurück, briet auf seinem improvisierten Grill Würstchen, trank Bier (was seine Stiefmutter nicht wissen durfte) und gab sich der Vorstellung hin, dass ihm ein hübscher Junge mit glatter Haut Gesellschaft leistete. Und was er nach dem Mahl mit dem Jungen anstellen würde. Mit dem Junkie hatte er es dann wirklich gemacht. Alles. Anfangs hatte sich der abgebrühte Stricher nicht einmal gewehrt, ein bisschen Sado-Maso war er wohl gewöhnt. Erst als die Sache handfester wurde, wollte er plötzlich kratzen und beißen und um Hilfe schreien. Martin musste ihn zusammenschlagen (was gar nicht zu seinem ursprünglichen Plan gehört hatte), ihn fesseln und knebeln (was dazugehörte) und ihm dann eine kräftige Dosis von dem Stoff verabreichen, den der Junkie vorher selbst besorgt hatte. Endlich hielt er still.

Nach vollzogenem Ritual brachte Martin ihn in der Dunkelheit zu einer Bushaltestelle, die weit genug von seinem Versteck entfernt lag. Vermutlich eine ganz unnötige Vorsichtsmaßnahme; der Junge war so zugedröhnt und besoffen, dass er sich kaum auf der Fahrradstange halten konnte. Martin musste ihn praktisch zwischen die Arme klemmen, damit er nicht herunterrutschte. Er ließ ihn wie einen Müllsack ins Wartehäuschen plumpsen und radelte davon. Der konnte sich später bestimmt an nichts mehr erinnern, selbst wenn er der Polizei das Andenken gezeigt haben sollte, das er aus der Scheune mitgenommen hatte. Ein Andenken für immer und ewig. Eine originelle Zeichnung, genau so eine, wie Martin sie selbst trug. Noch heute musste er grinsen bei dem Gedanken, wie der Trottel am nächsten Tag aus seinem Rausch aufwachte und nicht wusste, warum seine Arschbacken so brannten.

Dieser Junkie wäre der Einzige gewesen, der vor Gericht gegen ihn hätte aussagen können. Eine Weile hatte Martin befürchtet, der Junge könnte seinen damaligen Gastgeber irgendwo in den Medien wiedererkennen, aber er meldete sich nicht. Vermutlich hatte er sich längst totgefixt.

Auch der Reiz dieser Erinnerung war tot. Martin bekam Lust, ein bisschen mit dem Auto in der Gegend herumzufahren. Er liebte es, unterwegs zu sein, allein, ziellos, und einfach nur Ausschau zu halten. Er musste allerdings wieder da sein, wenn Tina zurückkam, sie hatte keinen Schlüssel. Er würde ihr auch keinen geben. Er glaubte zwar nicht, dass sie schnüffeln würde, aber sicher war sicher. Sie musste nicht alles wissen. Noch nicht. Er würde ihr sagen, dass er einen Job hatte. Dass er in Wirklichkeit vom Geld seines Vaters lebte, ging sie nichts an. Er dachte sich einen Job als Gelegenheitsfahrer aus, für die kleine Speditionsfirma eines Bekannten. Sachen irgendwo hinbringen oder abholen, mit dem eigenen Auto, wenn sein Bekannter mit dem Firmenwagen wegen eines anderen Auftrags unterwegs war. Unregelmäßige Arbeitszeiten. Das würde ihm erlauben, auf Tour zu gehen, wann immer er Lust dazu hatte.

Er nahm sich aber auch vor, nicht zu viele Lügen zu erzählen; so etwas wie die Sache mit dem angeblichen Umzug vor ein paar Jahren durfte ihm nicht noch einmal unterlaufen. Beim Plaudern letzte Nacht hatte er beiläufig erwähnt, wie viel Schrott sich doch anhäuft, wenn man fünfzehn Jahre im selben Haus wohnt. Sie hatte sofort nachgefragt: «Aber als wir uns das erste Mal trafen, da hast du doch gesagt, dass ihr gerade am Umziehen wart. Deshalb konntest du mir deine Telefonnummer nicht geben.» Martin konnte sich zwar nicht daran erinnern, aber ihm fiel natürlich sofort eine plausible Erklärung ein: «Das war eine Ausrede. Du warst damals viel zu jung für mich, aber ich wollte dich nicht kränken.»

«Zu jung? Warum hast du mich dann geküsst?»

Sie war der Wahrheit bedenklich nahe: *Weil ich wissen wollte, was andere Jungs daran finden,* hätte er sagen können. Und: *Es war abstoßend, dieses feuchte, klebrige Loch mit dem faden Mädchengeruch nach Milchschnitte.* Doch diesmal wollte er sie tatsächlich nicht kränken, ihre Naivität rührte und belustigte ihn gleichermaßen. Und dieser Gesichtsausdruck dabei, den er nie richtig einordnen konnte. Als täte ihr etwas weh. Allmählich kannte er das schon; so schauten Frauen immer, wenn sie mit einem vögeln wollten. Wenn sie geil waren und ihren Willen durchsetzen wollten. Deshalb sagte er schnell: «Weil ich dich trotzdem anziehend fand.» Damit hatte sie sich zufriedengegeben.

Morgen würde er für sie beide Handys mit Prepaid-Karten besorgen und ihr einschärfen, dass sie immer erreichbar sein sollte. So konnte er sich mit ihr verabreden, wann immer er Lust hatte. Oder sie brauchte.

Aufräumen. Ballast abwerfen. Abstand gewinnen. Platz schaffen. Ein ganzes Wochenende lang. Martin war längst ausgezogen, und Irene hatte sich endlich aufgerafft und zwei Container bestellt, einen für Müll und einen für die Hinterlassenschaft ihrer Familie, die noch verwendbar war: Kleidung, Spielsachen, Bücher, ein kleiner Fernseher mit Videogerät, die Stereoanlagen von Jonas und Joachim, deren Laptops und elektronischer Kleinkram, Schulutensilien, Betten samt Wäsche, Kissen und Decken, alles, was das Stigma einer Geschichte trug, die Irene krank machte. Vergessen war nicht möglich, niemals. Aber täglich im ganzen Haus von tausend Dingen daran erinnert zu werden, das war zu viel. Falls sie feststellen sollte, dass auch die Räumaktion nichts nützte, konnte sie das Haus immer noch verkaufen oder vermieten.

Sybille half ihr. Beiden war klar, dass diese Aktion im doppelten Sinn viel Staub aufwirbeln würde, eine Menge Erinnerungen und Emotionen. Sybille war entschlossen, Irene am Kragen zu packen und aus dem schwarzen Loch herauszuzerren, falls sie wieder darin zu versinken drohte. Sie hatte Mandelkuchen mitgebracht, Ciabatta, San Danieler Schinken und andere italienische Spezialitäten, die sie beide gern mochten, dazu zwei Flaschen guten Rotwein, um am Abend eines jeden Entrümpelungstags auf die getane Arbeit anzustoßen und krankmachende Erinnerungen hinunterzuspülen.

Sie begannen im Keller und schleppten als Erstes eine Menge Altpapier zum Container: Joachims Fachbücher über Käseherstellung, Geschäftspapiere und seine private Korrespondenz aus der Zeit vor Irene. Einen Augenblick lang überlegte sie, ob sie die Keksdose mit kleinen Zetteln und Briefen, die Joachim und

Charlotte sich geschickt hatten, nicht besser Martin zukommen lassen sollte, immerhin waren es Erinnerungen an seine Eltern. Andererseits hatte er nie nach seiner Mutter gefragt, ebenso wenig wie nach seinem Vater, als dieser verstorben war. Und Gudruns blaue Schachtel hatte er zwar mitgenommen, doch ob ihn die Fotos wirklich interessierten? Irene bezweifelte es.

Als Nächstes wanderten Irenes alte Steuerunterlagen, Gebrauchsanweisungen von Geräten, die längst nicht mehr existierten, ins Altpapier, dazu die nicht realisierten Entwürfe aus ihren Anfängen als Architektin. Weg damit. Die Kisten mit Kleidung, die zu gut oder zu teuer gewesen war, um sie wegzuwerfen, Lieblingsklamotten, für die man zu dick oder zu dünn geworden war – sie hoffte immer, irgendwann wieder hineinzupassen, was fast nie geschah –, diese Dinge kamen in den zweiten Container.

Irene spendete alles Brauchbare einer privaten Initiative im Osten Berlins, die abgeschobene oder aus problematischen Familien befreite Kinder in ihre Obhut nahm, bis sie volljährig wurden. Diese Achtzehnjährigen konnten alles gebrauchen, was man für den Start in ein eigenständiges Leben benötigte, sie hatten gar nichts. Irene besaß eine Menge Dinge doppelt, seit Joachim und sie ihre Haushalte zu einem zusammengefasst hatten, Hausrat und Möbel, die ohnehin nur seit Jahren die Kellerräume verstopften. Sie schaute in keine der Kisten mehr hinein, weder in die, die sie wegwarf, noch in die, die sie verschenkte. Die Polizei hatte es getan und sie selbst später auch noch einmal, sie wusste, was darin war: Erfolg und Misserfolg, Glück und Unglück, Leben und Tod – Vergangenheit. Weg damit. Einer der Heimleiter kam am zweiten Tag der Räumaktion vorbei, um die Schätze zu begutachten, und packte begeistert gleich alles in seinen Kleinbus, was hineinpasste.

Nur von Jonas' Sachen konnte Irene sich nicht trennen, ohne sie noch einmal anzuschauen. Sybille versuchte vergeblich, sie daran zu hindern. Als Irene eine zerbeulte Umzugskiste mit Jonas' Lieblingsspielzeug aus Kindertagen entdeckte, darunter einen sandgelben, abgelutschten Plüschlöwen, brach sie prompt in Tränen aus. Genau solche Momente hatte Sybille befürchtet. Sie nahm der Freundin das gefühlsbeladene Symbol einer glücklichen Familie weg, um es in eine der Kisten für die Heimkinder zu verstauen. Doch Irene packte den Löwen am Schwanz und versuchte, ihn wieder an sich zu reißen. Sybille hielt ihn entschlossen an der schütteren Mähne fest. Alles gute Zureden, alles wütende Gezerre half nichts, Irene kämpfte wie eine Löwenmutter um ihr Junges. Schließlich platzte der nichtsahnende Heimvater in das Gezänk. Die beiden Frauen hielten inne und mussten plötzlich über ihr Benehmen lachen. Sie ließen ihr Opfer gleichzeitig los. Da lag es, wie tot zu ihren Füßen auf dem Betonboden, ausgerissene Büschel aus Schwanzquaste und Mähne schwebten darauf hinab. Lachend setzten sie sich neben den Löwen, lachten bis zur Erschöpfung, ohne dem Mann sagen zu können, warum. Er wusste nicht recht, was er von diesem hysterischen Anfall halten sollte, und packte eilig die nächste Kiste in seinen Bus. Er hatte keine Ahnung, was der Spenderin und ihrer Familie zugestoßen war. Oder wenn doch, ließ er sich zumindest nichts anmerken.

Das Gezerre gewann Irene; von dem kostbaren Erinnerungsstück konnte sie sich nicht trennen, auf gar keinen Fall. Zuerst wollte sie den Plüschlöwen in ihr Arbeitszimmer setzen, neben die Familienfotos und die Schachtel mit den paar Briefen, die sie und Joachim einander in der ersten Zeit geschrieben hatten (später hatten sie nur noch telefoniert). Doch dann gab sie Sybilles Protest nach, packte ihn in einen Schuhkarton und deponierte ihn im hintersten Winkel des Kellers. Von Zeit zu Zeit konnte sie den Löwen ja besuchen, und wenn sie irgendwann bei seinem Anblick nicht mehr in Tränen ausbrach, würde sie wissen, dass sie auf dem Weg der Besserung war.

Jonas' Kleidung füllte noch immer die Schränke in seinem Zimmer, seit seinem Tod unberührt wie alles andere in diesem Raum. So als käme er gleich von der Schule nach Hause. Irene zwang sich dazu, dem Heimleiter Zutritt zu diesem Zimmer zu gestatten, damit er auch hier ausräumen konnte, aber sie brachte es nicht fertig, ihm dabei zu helfen. Nicht einmal zusehen wollte sie, wie ein ganzes Leben abtransportiert wurde, die Bücher, die Jonas in der Hand gehabt, das Bett, in dem er geträumt, die Schuhe, die er beim Fußballspielen getragen hatte. Einen Moment überwältigte sie die Angst, die Erinnerung an Jonas könnte irgendwann verblassen, wenn die äußeren Beweise seiner Existenz nicht mehr da wären. Aber sie hatte ja – außer dem Löwen – auch noch die Fotografien und seine Kinderzeichnungen. Seine Schulaufsätze behielt sie ebenfalls, vor allem das Heft mit seinen selbsterfundenen kleinen Geschichten, ersten, noch sehr kindlichen literarischen Gehversuchen, Science-Fiction-Märchen, inspiriert von Filmen wie *E. T.* Damit würde sie die Erinnerung an ihren Jungen jederzeit wiederbeleben können. Später. Wenn es nicht mehr so wehtat.

Jonas' Zimmer war das einzige, das Irene während des Prozesses nicht durchsucht hatte. Die Polizei, Hanno Schneider selbst, hatte es vorher getan, sorgfältig, aber auch rücksichtsvoll. Schneider hatte sich fast so benommen, als stünde er dem Opfer nahe. Er schien sogar Verständnis dafür zu haben, dass sie den Wahrheitsgehalt von Martins Aussagen, soweit sie Jonas betrafen, nicht überprüfen wollte. Um keinen Preis. Allerdings kam es ihr nicht in den Sinn, die Kripo daran zu hindern, es zu tun.

Die Polizei hatte nichts gefunden. Jonas hatte kein Tagebuch geführt. Seinen Computer hatte er vor allem für die Schule benutzt und für sein Fotoarchiv. Stundenlanges Surfen im Internet oder Computerspiele interessierten ihn nicht. Wenn er etwas recherchieren wollte, tat er es zielgerichtet oder schlug in einem Lexikon nach. Oder er fragte Irene. Nie, auch nicht im Rückblick, hatte sie dabei in irgendeiner Weise Interessen entdecken können, die sie befremdet hätten. Auch keine versteckten Hinweise in seinen Zeichnungen und Geschichten. Andererseits hieß es jedoch, dass Täter ihre Abgründe umso besser tarnen können, je intelligenter sie sind. Und Jonas war sehr intelligent gewesen.

Die Frauen standen noch in der Zimmertür, als der Heimleiter begann, Jonas' Schrank auszuräumen. *Wenn da doch irgendwo ein dunkles Geheimnis versteckt ist,* dachte Irene, *dann ist es gleich beseitigt, für alle Zeiten.* Ein erleichternder Gedanke – und gleichzeitig ein Gedanke, den Irene ihr verfluchter Hang zu Zweifeln eingab. Etwas in ihr zog sich schmerzhaft zusammen. *Nein,* dachte sie im nächsten Moment, *da ist einfach nichts. Hör auf, dich zu quälen.*

«Hör endlich auf damit», sagte Sybille, die Gedankenleserin.

«Womit?», fragte Irene trotzdem.

Sybille legte den Arm um die Schultern der Freundin und lenkte sie aus dem Zimmer.

«Mit der Selbstquälerei. Komm, wir knöpfen uns die Mansarde vor.»

Während die Dinge aus Jonas' Leben abtransportiert wurden, stiegen Irene und Sybille in Martins ehemaliges Reich hinauf. Viel hatte er nicht zurückgelassen, sein Bettgestell, einen Kleiderschrank mit ein paar Klamotten, die er nicht mehr mochte, alte Schulsachen, Computer- und Autozeitschriften, ein Bücherregal mit durchhängenden Brettern und Staub aus fünf Jahren. Einmal die Woche kam zwar eine Putzfrau und fegte durch das Haus, während Irene in ihrer Firma war. Nur Martins Mansarde hatte sie nie geputzt, er hatte darauf bestanden, es selbst zu tun. *(Auch verdächtig, oder nicht? Seit wann reißt sich ein Junge ums Putzen?)*

Irene und Sybille stopften die Zeitschriften in große Tüten. Sybille war ein wenig neugieriger als Irene, sie wollte wissen, was ein Mörder so las, und wunderte sich, einen Stapel Versandhauskataloge zu finden, aktuelle Sommermode für die ganze Familie. Irene schaute sich das Titelblatt des obersten Exemplars an.

«Kenne ich nicht.»

«Von so einem Billigheimer», sagte Sybille. «Nicht dein Stil.» Sie blätterte kurz darin, während Irene ihr über die Schulter schaute. «Martins Stil aber auch nicht», stellte Irene fest.

«Egal.» Sybille wollte den Katalog schon zum übrigen Altpapier in die Tüte stopfen, als sie stutzte. Etwas hatte ihre Neugierde geweckt. Ein Eselsohr. Zwei eingeknickte Ecken. Sybille versuchte die Seite aufzuschlagen, um festzustellen, was Martins Interesse geweckt haben mochte. Es ging nicht. Die Blätter klebten zusammen. Irgendeine weißliche Substanz.

«Guck mal, Irene.» Sie hielt ihr den Katalog hin, und Irene nahm ihn. Trotz der verklebten Seiten war deutlich zu sehen, was abgebildet war: Bademode für Kinder. Knaben. Schlagartig wurde Irene klar, was da klebte. Und Sybilles Miene sagte ihr, dass sie das Gleiche dachte. Erschrocken ließ Irene den Katalog fallen. Sie starrte auf ihn hinab wie auf eine eklige Spinne. Dann hob sie ihn mit spitzen Fingern wieder auf. Das war der

Beweis, nach dem sie gesucht hatte. Und den sie jetzt vielleicht doch lieber nicht gefunden hätte. Jedenfalls dachte sie das einen Augenblick lang. Denn ihre Erkenntnis würde nicht ohne Konsequenz bleiben können und ihr Leben in nächster Zeit nicht angenehmer machen. Trotzdem atmete sie unwillkürlich auf. Der Fund war zwar kein juristisch verwertbarer Beweis, aber er gab ihr endlich Gewissheit. Einen Halt.

«Martin war es. Er hat beide umgebracht. Er allein.»

Sybille nickte. «*Er* ist der Perversling. Definitiv.»

Zum zweiten Mal an diesem Tag flossen Irenes Tränen. Diesmal aus Erleichterung.

SECHS

Sorgfältig in einen Gefrierbeutel verpackt, lag der Katalog zwei Tage später vor Hanno Schneider auf dem Tisch einer Eisdiele.

«Ich werde das in unserem Labor untersuchen lassen», sagte er. Eigentlich durfte er das nicht, der Fall war abgeschlossen und die Datenschutzbestimmungen streng. Man konnte in diesem Land nicht einfach jedermanns Genmaterial untersuchen lassen, nicht ohne Einwilligung des Betroffenen. Es sei denn, es gab einen handfesten Tatverdacht. Der Hinweis auf dem Tisch dürfte kaum ausreichen, um Nachforschungen zu rechtfertigen, doch Schneider war entschlossen, darauf zu pfeifen. Wie die meisten seiner Kollegen hatte er es satt, immer wieder durch alle möglichen Vorschriften an effizienten Ermittlungen gehindert zu werden. Und in diesem speziellen Fall spürte er erst recht keine moralischen Bauchschmerzen, wenn er sich über die Vorschriften hinwegsetzte. Das genetische Vergleichsmaterial – Martins Hautpartikel vom Tatort und seine Speichelprobe – lag noch im Archiv.

«Es muss nicht sein, wonach es aussieht», sagte Schneider. «Es kann auch eine ganz unverfängliche Substanz sein.»

«Aber wenn es ist, wonach es aussieht», antwortete Irene, «kann es zumindest nicht von Jonas stammen. Der hat nicht mehr gelebt, als der Katalog herauskam.»

«Es kann auch Sperma von sonst jemand sein, von jemand, der den Katalog vor Martin besessen hat. Man erlebt da so seine Überraschungen.»

Beide schwiegen, während sein Kaffee und ihr Eiskaffee serviert wurden.

«Ein harmloser Versandhauskatalog als Wichsvorlage», sagte Irene mit schiefem Lächeln. «Wenn es nicht so einen mörderischen Hintergrund hätte, würde ich das eher skurril finden.»

«Tja, was Männer manchmal erregend finden ...», meinte Schneider amüsiert. «Da gibt's noch ganz andere Kuriositäten.»

«Zum Beispiel?», fragte Irene herausfordernd. Schneider erwiderte ihren Blick schweigend und eher nachdenklich.

«Okay», sagte Irene. «Das war indiskret.»

«Sehr indiskret», sagte er und zog einen Kugelschreiber aus der Innentasche seiner Leinenjacke.

«Ich ziehe die Frage zurück.»

Schneider antwortete nicht, zeichnete stattdessen ein Dreieck auf seine Serviette und schob sie Irene zu. «Das zum Beispiel.»

«Was ist das?» Sie verstand nicht.

«Etwas, das mich erregt hat. Allerdings war ich da erst elf Jahre alt.»

«Ein Dreieck? Da müssen Sie ja dauernd mit roten Ohren im Geometrieunterricht gesessen haben.»

Er lachte. «So ungefähr. Es symbolisierte für mich das weibliche Geschlecht. Das kam so: Ich hatte beim Herumstöbern im Speicher meiner Eltern ein altes Aufklärungsheft gefunden, aus der Nachkriegszeit. Ohne Fotos, nur mit dürren Strichzeichnungen von Männlein und Weiblein. Damit es nur ja nicht erregend wirkte. Und ob Sie's glauben oder nicht, von Bienen und Blumen war auch die Rede. Der menschliche Zeugungsvorgang wurde nur mit trockenen Worten und schematisierten Darstellungen der äußeren und inneren Geschlechtsorgane beschrieben. Das Dreieck war eben die Vulva. Und die hatte ich bis dahin noch nie in natura gesehen, jedenfalls nicht bewusst. Trotzdem hatte ich offenbar schon damals eine Ahnung von ihrer Anziehungskraft.»

«Ein pornographisches Dreieck.» Irene lachte. «Wie war denn das männliche Teil dargestellt?»

«Ja, komisch. Daran kann ich mich nicht mehr erinnern.»

Ihr Lachen gefiel ihm, frei, unbefangen. Er sollte sie öfter zum Lachen bringen.

Unter seinem aufmerksamen Blick wurde sie unsicher. Sie wich aus, indem sie in ihrem Eiskaffee rührte. Irgendwie machte dieser Kripomann sie immer ein bisschen befangen, ohne dass sie recht wusste, warum.

«Ist gar nicht so selten», nahm er den Faden wieder auf. «Ich meine das mit den eigentlich harmlosen Knabenfotos. So fängt es oft an bei einschlägig Veranlagten. Allerdings gewöhnlich schon in jüngeren Jahren, in der Pubertät. Später verschaffen sie sich härteren Stoff. Aus Pornoläden und aus dem Internet. Oder sie schleichen als Spanner um Parterrewohnungen und an Badestränden herum. Hatte Martin früher schon Interesse an solchen Katalogen?»

Irene hob die Schultern. «Ist mir nicht aufgefallen.»

«Anscheinend hat er zurzeit sonst nichts, womit er seine Phantasie in Gang setzen kann. Aus Vorsicht vermutlich. Modekataloge sind schließlich unverdächtig.»

«War reiner Zufall. Wenn meine Freundin das Altpapier, das er mir hinterlassen hat, nicht genauer angeschaut hätte ...»

Sie löffelte die Sahnerosette von ihrem Eiskaffee. «Ekelhaft.»

«Sauer?»

«Was?»

«Die Sahne.»

«Ach so. Nein. Ich meine die Vorstellung, dass diese unschuldigen Kinder-Models für irgendwelche perversen Sexphantasien herhalten müssen. Selbst wenn sie es selbst gar nicht wissen. Finden Sie das etwa harmlos?»

«Relativ, ja. Wenn es bei Phantasien bliebe. Die Erfahrung lehrt aber, dass es allzu oft leider nicht der Fall ist.»

Sie schwiegen eine Weile, nippten abwesend an ihren Getränken.

«Wenn das da» – Irene tippte auf den eingetüteten Katalog – «wirklich sein Sperma ist, dann ist Martin eine tickende Zeitbombe.»

Schneider nickte vorsichtig. «Möglich. Bloß: Onanieren ist nicht strafbar. Auf so ein schwaches Indiz hin kriege ich keine Genehmigung für eine Observierung. Viel zu aufwendig und zu teuer. Berlin ist sowieso pleite.»

Irene senkte den Blick; sie versuchte, sich ihre Enttäuschung nicht anmerken zu lassen.

«Dann brauchen Sie also auch seine neue Adresse nicht.»

«Das habe ich nicht gesagt.» Er lächelte sie an, als sie überrascht aufblickte. «Wenn das Labor Ihren Verdacht bestätigt, dann sehen wir weiter.»

Irene hatte die Adresse bereits aufgeschrieben, erleichtert schob sie ihm den Zettel zu. Schneider steckte ihn ein und legte Geld auf den Teller mit der Rechnung, für beide.

«O nein», protestierte Irene und angelte ihren eigenen Geldbeutel aus der Handtasche. «Sie haben mich schon einmal eingeladen. Diesmal bin ich dran. Das ist das mindeste.»

«Kommt nicht in Frage.»

«Aber ich will keinen unterbezahlten Polizisten ausnehmen», sagte sie lächelnd.

«Meine Frau verdient mit», erwiderte Hanno amüsiert, dann wieder ernst: «Wissen Sie, wie Martins Freundin heißt?»

«Tina. Den Nachnamen weiß ich nicht. Ich weiß auch nicht, ob sie überhaupt noch Kontakt haben. Vor ein paar Tagen hing sie wieder vor meinem Haus herum. Ich habe sie angesprochen. Sie hat nicht gewusst, dass Martin ausgezogen ist. Ich nehme an, er hat sie längst abserviert. Warum, ist ja wohl klar. Uns ist es klar. Ihr mit Sicherheit nicht.»

«Woraus schließen Sie das?»

«Ich habe sie unverblümt gefragt, ob er mit ihr schläft. Sie ist wütend geworden und sehr, sehr verlegen. War ein Schuss ins Blaue, hat aber voll ins Schwarze getroffen.»

«Hm. Sie könnte eine wichtige Zeugin sein.»

«Ich hatte den Eindruck, dass sie sich nicht so leicht geschlagen gibt. Die findet einen Weg zu ihm.»

Doch um das Mädchen zu finden, musste Martins Wohnung beobachtet werden, das war beiden klar. Und dass die Polizei das nicht leisten konnte. Also eine Detektei.

«Kennen Sie eine gute?» Irene packte der Jagdeifer.

«Ja. Aber wir wissen nicht, wann sie sich treffen und ob überhaupt. So eine Rund-um-die-Uhr-Überwachung kann ein Vermögen kosten.»

Irene zuckte die Achseln. «Das ist es mir wert.»

Der Polizist blickte sie schweigend an, plötzlich ausdruckslos. *Als habe er einen Tatverdächtigen vor sich,* dachte Irene unbehaglich.

«Warum?», fragte er, ohne dass sich sein Gesichtsausdruck veränderte. «Was versprechen Sie sich davon? Rache?»

Da Irene sich diese Frage längst selbst gestellt hatte, wusste sie die Antwort sofort: «Erst einmal Gewissheit. Und dann – Rache, ja. Oder vielmehr Genugtuung. Wenn Martin ein Kinderschänder ist und ein Mörder. Wenn ich Beweise dafür finde. Aber ich will ihn nicht über den Haufen schießen, keine Sorge. Selbstjustiz ist nicht mein Ding. Ich will ihn nur hinter Schloss und Riegel sehen, für alle Zeiten. Wenn er schuldig ist, muss man die Welt vor ihm schützen.»

Noch während sie den letzten Satz sprach, wich sie Hannos Blick aus; das Pathos in ihren Worten war ihr peinlich. Um ihre Verlegenheit zu überspielen, kratzte sie mit dem Eislöffel den letzten Rest Sahneschaum aus dem leeren Becher und blickte Hanno an, als erwarte sie eine moralische Verurteilung.

Er lächelte aufmunternd. «Wenn Sie wollen, stelle ich den Kontakt mit der Detektei her. Ich kenne den Chef gut. Vielleicht kann ich einen erträglichen Preis für Sie aushandeln.»

Erleichtert dankte sie ihm. Schneider verabschiedete sich. Seine Frau würde gleich nach Hause kommen, und er hatte versprochen, mit ihr einkaufen zu gehen. Sie sahen sich kaum noch, einer von beiden musste meistens Überstunden machen. Aber gelegentlich klappte es doch. Heute war so ein Feiertag. Und Hanno freute sich darauf.

FÜNFTES KAPITEL

EINS

Benny und meine Mutter kamen aus den Ferien zurück und mit ihnen das wirkliche Leben: Zoff. Weil ich ihre Piña Colada ausgetrunken, die Wohnung nicht geputzt, zu viel von ihrem Haushaltsgeld für einen teuren Friseur ausgegeben hatte und nichts für ihre Rückkehr eingekauft war. Jedenfalls nicht das, was meine Mutter wollte, Gemüse und so. Benny wollte sowieso nichts anderes als Pommes, Pizza und Schokoriegel – eben alles, was die Oma aus ihrer gesunden Vollwertküche verbannt hatte. Also aßen wir genau das: Pizza, Pommes, Schokolade, bis uns schlecht wurde. Dazu zogen wir uns vor dem Fernseher die übelsten Serien rein. Es wurde also doch noch ein gemütlicher Abend. Deswegen, weil ich die Nörgeleien meiner Mutter total gelassen an mir abtropfen lassen konnte. Weil ich so glücklich war mit Martin. Die Liebe zu ihm war wie ein Power-Schub und ein Schutzschild.

Benny gefiel mein neuer Kurzhaarschnitt. Er fragte nach Martin. Er hatte das ferngesteuerte Rennboot ausprobiert und war begeistert. Natürlich hatte er meiner Mutter von meinem Freund erzählt und seinen Namen verraten. Zum Glück hat es bei ihr nicht geklickert. Sie kam nicht darauf, dass es der wegen Totschlag verurteilte Martin W. aus den Nachrichten sein könnte. Sie fragte nur nach Alter, Ausbildung und Eltern.

«Fast zwanzig», sagte ich, «Abiturient aus gutem Haus, Vater schon gestorben, Mutter Architektin.» Mehr wollte sie nicht wissen. Mehr musste sie auch nicht wissen.

Am nächsten Tag wollte meine Mutter unbedingt mit einer Freundin auf dem Ku'damm shoppen gehen. Stundenlang nach

Klamotten suchen, ausziehen, anziehen, nächster Laden ... Ein kleiner Junge würde sich dabei zu Tode langweilen und schnell nerven, das war klar. Und weil in den Kindergartenferien alle seine Freunde verreist waren, musste ich Benny mitnehmen zu meiner Verabredung mit Martin.

Wir gingen in einen Kinderfilm, Martin kaufte für uns alle Cola und Popcorn. Er hat sich nur kurz mit Benny unterhalten, über das Rennboot. Benny ist nicht der Typ, der sich gleich an jeden ranschmust, der ihm was schenkt, und Martin hat sich nicht aufgedrängt. Es gab nichts, was mich hätte misstrauisch machen können, Herr Schneider. Gar nichts.

Bis kurz vor Ende der Ferien traf ich mich mit Martin zwei-, dreimal die Woche, nicht öfter, weil er ja jobben musste. An unseren gemeinsamen Abenden gingen wir ins Kino oder auf Clubpartys. An den Nachmittagen tourten wir manchmal durch die Kaufhäuser, klauten teure Delikatessen und feierten Fressgelage. Auf die gleiche Art kam ich auch zu mehr neuen Klamotten. Ich habe sie in seiner Wohnung deponiert, vorsichtshalber. Meine Mutter hat zwar auch früher nie gefragt, woher ich meine Sachen hatte, nur immer so geguckt, als wüsste sie genau, dass ich sie nicht von meinem bisschen Taschengeld gekauft haben konnte. Wahrscheinlich war sie froh, dass ich mich selbst versorgte. Blieb mehr Geld für sie übrig. Jetzt aber waren es so viele neue Teile, dass ich lieber keine dummen Fragen riskieren wollte, hauptsächlich wegen Benny. Erstens wäre eine Schwester, die wie ein Rabe klaut, pädagogisch nicht gerade wertvoll, und zweitens hätte er es womöglich in aller Unschuld herumerzählt. Den Hosenanzug kannte sie natürlich, den hatte ich an meinem Geburtstag abends zu Hause getragen, er hatte ihr gefallen, und ihr war sofort klar gewesen, dass das kein Schnäppchen von H&M sein konnte. Als ich behauptete, dass er aus dem Secondhandladen stammte – von Martin sollte sie damals ja noch nichts wissen –, da hat sie gegiftet, ich solle sie nicht für dumm verkaufen. Von da an war ich vorsichtiger.

Einmal sind wir auch in so ein Superrestaurant gegangen, wo man lange vorher reservieren muss. Haben wir auch getan, unter falschem Namen, und dann sind wir ohne zu zahlen abgehauen. Nicht, weil wir kein Geld gehabt hätten, Martin hatte genug in der Tasche. Einfach, weil es Spaß machte. Weil es spannend war. Alles mit Martin war spannend. Ich wusste nie, was als Nächstes kommen würde.

Als Nächstes schenkte er mir ein Springmesser mit einer zwölf Zentimeter langen spitzen Klinge und silberverziertem Perlmuttgriff. Wirklich hübsch. Und extrem scharf. Geklaut natürlich.

«Damit du dich in Zukunft selber vor den bösen Buben schützen kannst, wenn ich nicht dabei bin», grinste er.

Ich ließ es ein paarmal aufspringen. Es lag gut in der Hand. Kann sein, dass es albern klingt, aber ich spürte die Kraft, die von so einer Waffe ausgeht. Zum ersten Mal begriff ich, warum viele Jungs oder Männer einen Waffentick haben. Benutzt habe ich das Messer nur zum Obstschneiden, wenn wir Ausflüge machten.

Manchmal blieben wir auch einfach bei Martin zu Hause, sahen fern oder erzählten uns Kindheitserinnerungen. Eine seiner Anekdoten war, wie er als ungefähr Vierjähriger seiner Oma mit dem Spaten auf den Fuß gehauen hat, weil sie ungerecht gewesen war. Keine Angeberei, es gab sogar ein Foto von der Szene. Fand ich ziemlich cool für so einen kleinen Knirps. Wir schmiedeten Zukunftspläne, vor allem planten wir Reisen. Wir besorgten uns Reiseführer und Prospekte und träumten uns in exotische Länder und Luxushotels. Machten Spaß, diese

Reisen mit dem Finger auf der Landkarte. Natürlich war uns klar, dass das alles Wunschträume bleiben würden. Zumindest in absehbarer Zeit. So viel Geld hatten wir auch wieder nicht. Von dem bisschen, was Martin geerbt hatte, wollte er auch noch etwas für sein Studium übrig behalten. Nur einmal haben wir uns einen Flug nach London gegönnt, zum Shopping. Wörtlich gemeint, ehrlich! Weil uns die immer gleichen Läden in Berlin zum Hals heraushingen. Ich habe mein Erspartes dazugepackt, und unsere Kasse war gar nicht so mager. Wir haben alles auf den Kopf gehauen. London ist unglaublich teuer.

Ein anderes Mal sind wir an den Müggelsee zum Baden gefahren, mit Benny und seinem Rennboot. War richtig lustig. Benny konnte nicht schwimmen, und Martin und ich wollten es ihm beibringen. Aber das war ungefähr so, als wollte man einen Betrunkenen zum Seiltanzen zwingen. Benny quiekte und ruderte wild mit den Armen, klammerte und war drauf und dran, eher uns zu ersäufen als geordnete Schwimmbewegungen zu machen. Er hatte Angst vor dem trübem Wasser, wo er den Grund nicht sehen konnte. Schließlich gaben wir auf. Er planschte im seichten Uferwasser und lenkte sein Rennboot um uns herum oder scheuchte Wildenten damit auf, bis die Batterien leer waren. Martin hat mit seiner Digitalkamera wirklich süße Bilder von ihm gemacht. Ein paar davon druckte er zu Hause auf seinem Farbdrucker aus und schenkte sie Benny zur Erinnerung, bevor wir ihn wieder bei Mama ablieferten.

Es war eine tolle Zeit. Dauer-Euphorie. Alles war möglich. Keine Ahnung, was genau noch alles, aber das war mein Lebensgefühl. Martins Vorgänger kamen mir jetzt vor wie ungesüßte Hafergrütze mit Magermilch.

Martin kaufte sich einen riesigen Hometrainer, so eine mehrteilige Fitnessstation, mit der man alle Muskeln trainieren kann, fast wie in einem richtigen Studio. Die Maschine füllte das halbe Wohnzimmer aus. Er trainierte wie besessen. Um nicht einzurosten, sagte er, weil er nicht mehr genug Zeit zum Radfahren hatte. Als Kurierfahrer musste er dauernd im Auto und wegen seiner Fernkurse am Computer sitzen. Ich habe kurzerhand mittrainiert. Wir haben also stundenlang Gewichte gestemmt und gedrückt und gezogen, dabei Musik gehört oder ferngesehen, und wurden unerträglich fit.

Sex hatten wir nicht so oft in dieser Zeit, aber ich hab's genommen, wie es kam. Sex war mir nie sooo wichtig. Hauptsache, ich war mit Martin zusammen. Ich lebte in den Tag hinein. Wenn wir uns nicht treffen konnten, dachte ich nur an den Moment, in dem ich ihn wiedersehen würde. Ich war besessen von ihm. Eine Woche vor Ferienende saß er wieder einmal am Computer, als ich –

Ich schäme mich entsetzlich für das, was jetzt kommt, Herr Schneider. Einerseits. Wenn ich daran denke, was für ein Mensch ich war, früher, vor Martin. Ein Mensch nämlich. Einer mit ganz normalen Gefühlen und Verhaltensweisen. Glaube ich zumindest. Andererseits muss diese andere, dunkle Seite schon immer in mir versteckt gewesen sein, wie sonst hätte sie jemand wie Martin so leicht ans Licht holen können. Es fällt mir wirklich schwer weiterzuerzählen. Trotzdem muss es sein, wenn ich will, dass man mich versteht. Verstehen nicht im Sinn von Mitgefühl, das habe ich nicht verdient. Verstehen im Sinne von sehen können, Schritt für Schritt nachvollziehen können, was passiert ist. So wie bei einer mathematischen Gleichung, einer ziemlich komplizierten allerdings. Vielleicht begreifen Sie es dann und später auch Benny. Ich begreife es nicht. Nicht wirklich.

Ich kam also zu Martin. Aber diesmal schaltete er den Computer nicht aus, er zeigte mir etwas im Internet: ein pornographisches Foto von einem erwachsenen Mann und einem Jugendlichen. Martin fragte mich ohne Verlegenheit, ob mir das gefiele. Dabei streichelte er meinen Hintern. Ich musste zugeben, dass es mich antörnte, wenn ich auch nicht genau wusste, ob es das Foto war oder Martins Hand.

«Sollen wir uns auch so ein Spielzeug besorgen wie der Alte da?», fragte er mich in einem ganz sachlichen Ton. Ich wusste echt nicht, ob ich ihn richtig verstanden hatte, und hab ihn nur verwirrt angeschaut.

«Guck nicht so blöd», sagte er. «Ich habe dir gegenüber doch kein Geheimnis daraus gemacht, dass ich auf so was steh, oder?»

Seine erotische Vorliebe, klar. Und wieder einmal dachte ich nicht an die Vergangenheit, nicht an seinen Bruder und den anderen toten Jungen. Ich dachte keine Sekunde darüber nach, was Martins Eingeständnis in Wahrheit bedeutete. Oder doch, ich dachte daran, eine Sekunde lang. *Dann ist das die Wahrheit,* dachte ich, *es liegt in seiner Familie, sein Bruder stand auf Jungen, sein Vater mochte Sex mit beiden Geschlechtern und Martin auch. Gut, dann ist es eben so.* Was tat das schon? Solange ich für ihn die Nummer eins war. Viele Menschen sind schließlich bisexuell. Na und? Das macht sie noch lange nicht zu schlechten Menschen. Schon gar nicht zu Mördern. Ich habe Martin danach beurteilt, wie ich ihn inzwischen kennengelernt hatte, also danach, wie er mich behandelte, und zu mir war er gut. Er liebte mich, daran hatte ich nicht den geringsten Zweifel. Ich liebte ihn. Und Liebe hat immer recht, oder?

Martin schlief mit mir. Und danach gab er ein weiteres Stück von sich preis. Er redete ganz allgemein über Sex zwischen Männern und minderjährigen Jungen. Auch Jungen vor der Pubertät. Er bekannte sich so offen und selbstverständlich zu seinem Interesse daran, dass es auch mir plötzlich nicht mehr pervers vorkam. Schon die alten Griechen, meinte er, hätten bekanntermaßen die Knabenliebe gepflegt. Damals war so etwas gesellschaftlich anerkannt. Normal. Erst das Christentum hat die Knabenliebe verteufelt. Sex überhaupt.

Für ihn war alles ganz unkompliziert. In irgendeinem Buch von einem modernen französischen Philosophen hatte er gelesen, dass es für die Kinder besser wäre, wenn sie von ihren eigenen Eltern in die Sexualität eingeführt werden würden statt von fremden Gleichaltrigen. Wie oft passiert es schließlich, dass die Entjungferung ein Trauma hinterlässt oder zumindest einen schlechten Nachgeschmack? Wie oft verdirbt ein missratenes erstes Mal die Freude am Sex auch später im Leben? Von den Erfahrungen der Älteren könnten Neulinge nur profitieren. Eltern kennen ihre Kinder viel genauer und könnten auf ihre Bedürfnisse viel besser eingehen als unerfahrene Jugendliche. Wenn Eltern ihre Kinder lieben, würden sie ihnen nichts Böses antun. Sie wüssten instinktiv, wie weit sie gehen dürfen.

«Und das Inzest-Tabu?»

Martin fegte meinen Einwand ins Weltall. «Das stammt aus Zeiten, als man noch keine Verhütungsmittel kannte. Das Tabu sollte Inzucht verhindern, damit keine Kretins gezeugt wurden. Wenn man mit Knaben schläft, braucht man sich darüber aber keine Gedanken zu machen. Jeder sollte mit jedem Sex haben dürfen. Wie diese Schimpansenart, die Bonobos. Die treiben es den ganzen Tag, kreuz und quer, hetero und homo.»

«Das sind Tiere», sagte ich.

«Sind wir im Grunde auch. Außerdem, erinnere dich doch an den Geschichtsunterricht: Die alten Ägypter hatten null Hemmungen. Pharaonen haben mit ihren Töchtern Kinder gezeugt, und Geschwister haben es miteinander getrieben, damit die Thronfolge in der Familie blieb. Und die Pharaonen haben immerhin fünftausend Jahre lang geherrscht. Das waren keine Kretins.»

Klang alles irgendwie logisch. Trotzdem machte mir seine Rede, obwohl ich ganz cool bleiben wollte, doch ein bisschen Gänsehaut.

«Hat sich dein Vater als Affe oder als Pharao gefühlt, als er sich an dir vergriffen hat?», fragte ich sarkastisch.

«Mein Vater war ein Idiot», antwortete er. «Ein perverser Egoist. Der hat nicht an mich gedacht. Wenn ich Vater wäre, würde ich meinen Sohn so in die Sexualität einführen, dass es ihm wirklich Spaß macht.»

«Sohn» hat er gesagt. Nicht «Tochter» oder «Kind». Sohn. Er lag mit einem Mädchen im Bett und redete nur von Sex mit Jungen. Aber das fällt mir erst jetzt im Nachhinein auf. Warum damals nicht? Wie sollte es? Er hatte gerade mit mir geschlafen. *Er ist eben vielseitig interessiert,* dachte ich und kam mir dabei sehr erwachsen vor. Supercool. Wenn man jung ist, probiert man einiges aus, und es reizt einen immer, Verbote zu übertreten. Nur im hintersten Winkel meines Gehirns habe ich mich ganz flüchtig gewundert, dass er Sex zwischen Eltern und ihren Kindern trotz der qualvollen Erfahrungen mit seinem eigenen Vater so sehr verteidigte.

Widersprochen habe ich ihm nicht. Vielleicht, weil alles nur ein Gedankenspiel war, wir hatten ja keine Kinder. An meinen Bruder habe ich dabei auch nicht gedacht. Ich habe damals überhaupt wenig nachgedacht.

Jedenfalls, Martin hat mir seine geheime Gedankenwelt scheibchenweise serviert. Und ich wuchs Stück für Stück in seine Welt hinein. Mein Leben vor Martin war mir leer vorgekommen, die Welt uninteressant, die Liebe war eine unbekannte Größe gewesen. Jetzt, mit Martin, war mein Leben erfüllt, die Welt spannend und die Liebe ein Rausch. Die gemeinsame Zeit fühlte sich an wie ein Trip, so neuartig, bunt und spannend, aber außer ein bisschen Alkohol konsumierten wir nichts. Wir brauchten nichts. Wir machten einfach, was wir wollten. Wir erlaubten uns alles. Ich glaube, es war dieses Freiheitsgefühl, das Bewusstsein, nur nach unseren eigenen Regeln zu leben, über allem zu stehen. Ja, genau das war der Kick, erregender als Sex. Darauf wollte ich nicht mehr verzichten. Ich sollte bald merken, dass dieser Kitzel steigerungsfähig war.

Wir lagen gerade wieder einmal im Bett, als er sagte: «Ich habe demnächst Geburtstag.»

«Ich weiß», sagte ich. «Du wirst zwanzig. Ich grüble schon wochenlang, was ich dir schenken könnte.»

«Ich wüsste schon was», antwortete er. «Etwas, das mir niemand außer dir schenken kann.»

«Was denn? Sag schon.»

«Etwas sehr Ungewöhnliches.»

Er machte ein so geheimniskrämerisches Gesicht dabei, eine so ernste Miene, dass ich schon vermutete, er wollte mich auf den Arm nehmen.

«Socken vielleicht?», meinte ich grinsend. «Eine Krawatte?»

Eine ungeduldige Handbewegung, als wollte er mir das Grinsen aus dem Gesicht wischen. Dabei sah er mich wieder so merkwürdig an, mit diesem unverwandten Raubtierblick. Davon bekam ich immer eine Gänsehaut, so ein Kribbeln, und ich wusste nie genau, ob mir das angenehm oder unangenehm war. Eine Ahnung von seinem besonderen Geburtstagswunsch blitzte durch meinen Kopf: irgendein ungewöhnliches erotisches Spiel, wie schon einmal. Gut, ich war bereit.

«Ich möchte, dass du Benny mitbringst. Und dass er hier übernachtet.» Es dauerte eine Weile, bis die Botschaft in meinem Kopf angekommen war. Ich muss ihn ziemlich blöd angeguckt haben. Er lachte. «Komm, du willst doch nicht kleinlich sein, oder?»

ZWEI

Martin verstand nicht, warum Tina so ausflippte. Niemals, schrie sie, niemals würde sie das zulassen. Tina mit ihrer spießigen Moral. Sie sprang aus dem Bett und in ihre Klamotten und rannte weg. Er hatte es vermasselt.

Aber er gab nicht auf. Was er sich in den Kopf gesetzt hatte, bekam er normalerweise auch. Noch am selben Abend schrieb er ihr eine Mail.

Liebste Tina,

du hast mich falsch verstanden bzw. mich nicht ausreden lassen. Ich will niemandem etwas tun, glaube mir. Ich träume nur von etwas ganz Normalem, nämlich so etwas wie eine Familie zu haben. Du und Benny, ihr könntet die Erfüllung dieses Traums sein. Weiter will ich nichts von ihm.

Okay, ich habe vielleicht ein bisschen andere Bedürfnisse als die Jungs, die du vor mir hattest. Das habe ich dir nie verheimlicht. Ich kann ja nichts dafür, ist offenbar eine Veranlagung. Aber seit ich mit dir zusammen bin, denke ich kaum noch an Jungen. Ich glaube, du hast mich schon fast davon geheilt. Ich weiß, dass so was in unserer Gesellschaft nicht akzeptiert wird. Ich kämpfe ja auch dagegen an. Du hilfst mir dabei, wie du es versprochen hast. Wenn mich jemand ganz davon kurieren kann, dann du. Ich will mir und dir beweisen, dass ich verzichten kann. Das wäre dann mein Geschenk an dich. Deswegen mein Vorschlag, eine Nacht mit B. Unter deinem Schutz. Oder, wenn du mir misstraust, dann vielleicht ein paar Stunden mit einem anderen Jungen. Nur um zu sehen, wie ich mich dabei fühle. Und wenn es mit mir durchgeht, was ich nicht glaube, aber wenn doch, dann bist du ja da. Du bist mein Schutzengel, du wirst mich vor dem Absturz bewahren. Hilf mir, Tina. Bitte. Du kannst es. Nur du.

In Liebe, M.

Tina antwortete nicht. Martin schickte ihr eine SMS mit der Bitte, sich zu melden. Sie tat es nicht. Er rief sie auf dem Handy an: Sie hatte es ausgeschaltet. Er versuchte es bis tief in die Nacht abwechselnd mit E-Mails, SMS und Anrufen – vergeblich. Allmählich geriet er so in Zorn, dass er nicht mehr schlafen konnte. Am liebsten wäre er zu Tina gefahren, um sie zur Rede zu stellen. Aber er beherrschte sich. Morgens um sechs Uhr schlief er dann doch noch ein, wachte aber nach zwei Stunden wieder auf, voll zielloser Wut auf die ganze Welt. Er war, wie er war, er hatte es sich nicht ausgesucht. Warum sollte er dann nicht so sein dürfen? Für die verlogenen Gesetze der «normalen» Spießer hatte er nur Verachtung übrig. Ein Zitat fiel ihm ein, das er von einem Geschichtslehrer hatte und das ihm noch immer besonders gut gefiel: «Außerordentliche Menschen treten aus der Moralität heraus.» Goethe hatte das über Napoleon gesagt. Auch Napoleon hatte Menschen umgebracht, oder etwa nicht? Tausende. Hunderttausende. Dagegen war Martin ein kleines Licht.

Er duschte ausgiebig, um sich zu beruhigen. Aber es gelang ihm nicht. Eigentlich wollte er sich auch gar nicht entspannen. Er mochte diesen Zustand. Wut gab ihm das Gefühl, lebendig zu sein. Achtlos schaufelte er Joghurt mit Haferflocken in sich hinein, nur um beim Nachdenken nicht vom Magenknurren gestört zu werden. Mittags stand er vor Tinas Wohnungstür, mit einer riesigen Einkaufstüte unter dem Arm, einem Blumenstrauß in der Hand und einer winzigen Schachtel in der Hosentasche. Tinas Mutter öffnete. Martin strahlte sie an, extrabreit, für den Fall, dass sie inzwischen von seiner Vorgeschichte gehört hatte.

«Guten Tag, Frau Mahlbach. Ist Tina da? Ich bin ein Freund von ihr.»

«Oh, etwa *der* Freund?» Sie versuchte sich an seinen Namen zu erinnern.

«Martin!», krähte Benny im Hintergrund und schoss an die Tür.

«Martin, genau», sagte Britta Mahlbach und taxierte den Besucher mit einem schnellen Blick von oben bis unten, machte aber ein freundliches Gesicht dabei. Offensichtlich wusste sie nichts, was sie nicht wissen sollte. Ein gutes Zeichen, was Tinas Vertrauenswürdigkeit anbelangte. Martin überreichte Britta die Blumen.

«Für mich? Vielen Dank. Kommen Sie rein. Schön, dass ich Sie auch mal kennenlerne.»

Martin begrüßte Benny mit einem kumpelhaften Knuff an die Schulter; bloß nicht zu viel Berührung, das macht die Leute immer gleich misstrauisch, Mütter vor allem.

«Meine Schwester ist noch im Bad», sagte Benny. Er selbst trug auch noch einen Schlafanzug, seine Mutter einen Bademantel.

«Entschuldigen Sie meinen Aufzug», sagte sie etwas kokett, «wenn Ferien sind, schlafen wir immer bis in die Puppen. Aber ab Montag müssen wir alle wieder unmenschlich früh raus.»

«Dann darf ich auch in die Schule», verkündete Benny fröhlich.

«Ich weiß», sagte Martin und packte sein Mitbringsel aus, eine überdimensional große Schultüte, knallbunt dekoriert und prall gefüllt mit Süßigkeiten und Spielzeug. «Rate mal, für wen die ist.»

Bennys Mundwinkel wanderten fast bis zu den Ohren, als ihm Martin das Prachtstück überreichte. «Danke», sagte er überwältigt.

Es war so leicht, ihm eine Freude zu machen. Und er sah so hinreißend aus, wenn er strahlte. Bestimmt sah er auch umwerfend aus, wenn er hilflos ausgeliefert war.

Der Küchentisch war noch gedeckt, sie hatten gerade gefrühstückt. Aus dem Wohnzimmer hörte man als Geräuschkulisse den Fernseher, das Mittagsmagazin, das keinen interessierte, und aus dem Bad dröhnte laute Popmusik. Alles in allem eine anheimelnde häusliche Szenerie. Martin hätte tatsächlich gern dazugehört.

«Vielen Dank für die tolle Schultüte», sagte Britta. «Ich wollte heute eine kaufen. Kann ich mir jetzt sparen, prima. Dann muss ich nur noch einen Rucksack für Benny besorgen. Setzen Sie sich doch. Wollen Sie eine Tasse Tee? Ist noch warm.»

«Sehr gern», antwortete Martin artig. «Sie können übrigens ruhig du zu mir sagen.»

«Okay. Dann musst du mich aber auch duzen. Ich heiße Britta.»

Sie stießen mit den Teetassen an.

«Freut mich sehr, dich kennenzulernen, Britta.»

Indessen schleppte Benny sein Geschenk, das größer war als er selbst, zum Bad und wummerte, da er keine Hand frei hatte, mit dem Fuß gegen die Tür.

«Tina! Komm raus! Wir haben Besuch!»

«Darf ich mir trotzdem die Zähne zu Ende putzen?», kam es ungnädig von drinnen.

«Es ist Martin!», schrie Benny zurück.

Schweigen im Bad. Die Musik wurde ausgeschaltet. Dann wurde gespült und der Wasserhahn zugedreht. Tina kam heraus, im Bademantel, den sie krampfhaft mit einer Hand am Kragen geschlossen hielt. Martin ging ihr entgegen, lächelnd, als wäre nichts gewesen. Sie starrte ihn an, unsicher, ob sie sich freuen oder ihn zum Teufel jagen sollte.

«Schau, Tina, was Martin mir mitgebracht hat.» Benny stemmte die schwere Schultüte hoch.

«Toll», sagte Tina, Begeisterung heuchelnd.

«Darf ich sie aufmachen?»

«Nein. Erst in der Schule. Geh Zähne putzen.» Sie schob den Jungen mitsamt seiner Tüte hinter ihren Rücken. *Wie eine Glucke, die ihr Küken vor der Katze schützt,* dachte Martin mit einem Anflug von Verachtung. Vielleicht hatte er sie doch falsch eingeschätzt. Tina war wie alle anderen Frauen, konventionell, schwach, nichts Besonderes. Trotzdem umarmte er sie. Er spürte ihre Abwehr, zu vage, um sie ernst zu nehmen. Ein Küsschen auf die Nasenspitze, ein geflüstertes «Ich liebe dich», und der Widerstand ließ nach. Der richtige Moment für das Schächtelchen. Er zog es aus der Tasche und klappte es auf, darin lag ein schmaler goldener Ring mit einem kleinen Rubin. Überraschung auf Tinas Gesicht, aber auch Unsicherheit. Erst als er ihr ins Ohr flüsterte: «Nimm es als Versprechen, dass nichts gegen deinen Willen geschieht», wurde sie in seinen Armen weich wie warme Butter. Er steckte ihr den Ring an. Ein Kuss.

«Warte, ich zieh mich rasch an», sagte sie glücklich und erleichtert und verschwand in ihr Zimmer.

Britta hatte die beiden beobachtet. Sie hatte zwei frisch Verliebte gesehen, sonst nichts. Sie beneidete sie.

DREI

Meinen Bruder hat er danach nicht mehr erwähnt. Ein paar Tage nach unserer Versöhnung sagte er mir, dass er einen Jungen im Visier hatte, zwölf, viel älter und reifer als Benny also. Es war der Sohn eines Kriminellen, den Martin im Gefängnis kennengelernt hatte. Seine Adresse und seine Schule kannte er auch, den Jungen selbst aber nur von Fotos.

«Das ist genau der Richtige.»

Ein Test. Irgendwie war der Gedanke unwirklich. Verrückt, gefährlich – keine Ahnung. Andererseits hatte er versprochen, nichts gegen meinen Willen zu tun. Und wenn ich ihn so leicht davon abbringen konnte, einen Selbsttest mit Benny zu veranstalten, dann konnte ich bestimmt auch einen anderen Jungen beschützen.

Und wenn nicht? Martin war viel stärker als ich. Wenn er sich einfach nicht bremsen ließ?

«Dann greifst du mir ins Steuer. Mitten auf der Autobahn», sagte er. «Davon träumst du doch.»

«Davor habe ich Angst.»

Er schaute mir intensiv in die Augen. «Weil es ein Risiko ist, für uns beide. Aber du liebst das Risiko. Genau wie ich.»

Ich konnte nicht anders, ich musste zugeben, dass er recht hatte. Alles in meinem Kopf drehte sich.

«Es kann unser Leben versauen.»

«Wir haben alles im Griff.»

«Und wenn nicht? Dann verlieren wir unsere Freiheit.»

Er küsste mich. «Uns kann nichts passieren», sagte er. «Gar nichts. Weil du mein Schutzengel bist. Oder hast du schon mal gehört, dass Engel im Knast landen?»

In der Hölle können sie landen. Oder hast du noch nie von Luzifer gehört?, hätte ich sagen sollen. Habe ich aber nicht. Ich dachte noch nicht einmal daran. Genauso wenig, wie ich daran dachte, was es mich wirklich kosten würde, wenn ich mitmachte – meine Seele nämlich. Die Vorstellung, sein Schutzengel zu sein, Macht über ihn zu haben, war wohl einfach zu bestechend. Obwohl mir das damals nicht bewusst war. Zumindest nicht so deutlich.

Ich könnte jetzt leicht behaupten, dass er mich gezwungen hat, mitzumachen. Vielleicht hätten Sie dann ein wenig Verständnis für mich oder sogar Mitleid. Aber so war es nicht. Martin hat nicht behauptet, dass er mich verlassen würde, wenn ich nicht auf seine Wünsche eingehe. Er hat auch nicht gedroht, nicht einmal andeutungsweise, dass er mir was antun würde. Oder meinem Bruder. Im Gegenteil, er hat mich gefragt, ob ich einverstanden bin. Er war noch sanfter und liebevoller als zuvor. Als wir miteinander schliefen, war er sehr zärtlich. Danach hielt er mich stundenlang in den Armen. Ich war überzeugt, dass er niemandem etwas Schlimmes antun könnte. Auf gar keinen Fall hatte er die Absicht. So etwas auch nur eine Sekunde lang zu denken, wäre mir wie Verrat vorgekommen. Wir hatten nur etwas Ungewöhnliches vor. Etwas, das gegen die Regeln verstieß. Und das sein musste, damit Martin herausfinden konnte, wer er wirklich war.

An Martins Geburtstag tat ich in der Schule nach der großen Pause so, als ob mir schlecht wäre, und bekam die Erlaubnis, zum Arzt zu gehen. Ein bisschen übel war mir wirklich, wenn ich daran dachte, was wir vorhatten. Martin wartete um die Ecke in seinem Lieferwagen auf mich. Wir fuhren zu der Schule, die sein Auserwählter besuchte. Wir warteten im Auto in der Nähe, bis die Sechstklässler herausstürmten. Die einen fuhren mit den Fahrrädern weg, die anderen gingen zu Fuß, manche nur bis zur Bushaltestelle um die Ecke, und ein paar wurden mit dem Auto abgeholt. Unser Junge war Radfahrer, und sein Nachhauseweg führte an uns vorbei, das wusste Martin. (Er hatte den Jungen also doch schon selbst gesehen, nicht nur auf dem Foto, richtig ausspioniert hatte er ihn. Das erfuhr ich später, damals fiel es mir genauso wenig auf wie viele andere Dinge, die mich hätten alarmieren sollen.) Der Plan war, dass nicht Martin, sondern ich ihm entgegengehe und ihn anspreche, für den Fall, dass andere Schüler oder Erwachsene in der Nähe wären. Weil bei einem Mädchen niemand misstrauisch wird. Für diesen Zweck habe ich mich sogar anders gestylt, sodass ich anders aussah und nicht so leicht wiedererkannt werden konnte. Im Auto zog ich einen langen Rock von meiner Mutter an, mein Haar und vor allem die Narben in meinem Gesicht verdeckte ich mit einem Seidentuch – und schon sah ich aus wie eine Muslima. In Gedanken ging ich die Story noch einmal durch, mit der ich den Jungen locken wollte. Ich habe meine Rolle ernst genommen.

Der Junge kam mit einer Gruppe Gleichaltriger auf die Straße, ohne Rad, fröhlich, blond, hübsch, in hellen Hosen und Jeansjacke. Ich ging ihm langsam entgegen. Da hupte ein Auto, und er rannte hin. Ausgerechnet heute wurde er von seiner Mutter abgeholt.

Martin wurde wütend vor Enttäuschung. Ich hatte Mühe, ihn zu beruhigen. Wir mussten ein anderes Geburtstagsgeschenk finden, das war klar. Das Verrückte ist, Herr Schneider, es war auch mir klar. Versprochen ist versprochen. Ich war wild entschlossen, Martins Wunsch zu erfüllen. Ich tat es ja, um ihm zu helfen. Aus Liebe. Und Liebe rechtfertigt alles, oder?

Ich will ganz ehrlich sein. Da war noch etwas anderes: das Planen, das Vorbereiten, Warten, Beobachten, die Spannung, ob alles klappen würde, die Angst, ertappt zu werden, dann plötzlich der Frust, dass uns jemand in die Quere kommt ... Mich hatte das Jagdfieber genauso gepackt wie Martin. An Aufhören dachte ich keine Sekunde. Jetzt nicht mehr. Ich hatte die Herausforderung angenommen. Irgendeine Beute musste her.

Der Golf fuhr an uns vorbei, und auch wir fuhren los, Richtung Zehlendorf und dann aus dem Stadtgebiet hinaus nach Teltow. Um diese Zeit waren viele Schüler unterwegs, und wir hielten Ausschau nach einem, der Martin zusagte. «Er muss hübsch sein», sagte er. «Wer mag schon einen Hässlichen anfassen? Das wäre ja kein ernsthafter Test.»

Er hatte recht. Aber kein Glück. Die Jungs, die allein unterwegs waren, gefielen ihm nicht, und wenn sie seinem Geschmack entsprachen, dann waren sie nicht allein. Zuletzt kurvten wir außerhalb von Berlin herum, es wurde Nachmittag, und wir wollten schon aufgeben. Bis wir an eine Teltower Bushaltestelle kamen. Da stand einer, der Martins Vorstellungen entsprach: zehn oder elf Jahre alt, brünett, hübsch und schlank. Er wartete ganz allein dort. Martin lenkte den Wagen an den Straßenrand. Jetzt war ich dran.

Ich fühlte mich wie bei der Schulaufführung, bei der ich

einmal mitgewirkt habe: Als ich hinter der Bühne auf meinen Auftritt wartete, war ich wahnsinnig aufgeregt, mein Kopf war leer, der Text war weg, ich dachte, ich schaffe das nie. Aber in dem Moment, als ich auf die Bühne trat und das erste Wort fand, lief alles von allein. Der ganze Text fiel mir wieder ein, und ich spielte meine Rolle vollkommen natürlich. Keiner merkte, dass ich die ganze Zeit total angespannt war. Angst und zugleich größte Konzentration, absolute Wachheit und – keine Ahnung. Schwer zu beschreiben. Jedenfalls fühlte ich mich jetzt genauso, irgendwie fremd in mir selbst und gleichzeitig ganz bei mir.

Ich stieg aus und lächelte den Jungen freundlich an.

«Hallo, du. Ich glaube, wir haben uns verfahren. Wir müssen nach Kleinmachnow.»

«Kleinmachnow? Wo denn da?»

«Buschweg.»

«Weiß ich jetzt nicht. Kennen Sie irgendeine größere Straße da in der Nähe?» Er kam näher, ein wirklich hilfsbereites Kind.

Martin schaute aus der offenen Beifahrertür. «Ein großes Altenheim ist dort, glaube ich.»

«Ach, dann weiß ich's. Mein Bus fährt da in der Nähe vorbei. Also, da müssen Sie über die Ampel rüber und die dritte oder vierte ...»

Ich unterbrach ihn. «Wenn du da sowieso vorbeimusst, dann können wir dich doch das Stück mitnehmen, und du zeigst uns den Weg.»

«Mein Bus kommt gleich.»

Ich warf einen Blick auf den Fahrplan. «In zwölf Minuten erst. Ist doch egal, wo du wartest, hier oder dort.»

Der Junge wurde unsicher. Ich half nach, mit meinem nettesten Lächeln. «Wir kurven jetzt schon eine halbe Stunde in der Gegend herum, und jeder schickt uns woandershin.»

«Na gut», sagte der Junge und ging zum Auto.

«Das ist sehr nett von dir», sagte ich und schaute mich verstohlen nach Zeugen um. Keiner zu sehen. «Aber du musst hinten einsteigen, vorne ist nicht genug Platz.»

Ich öffnete ihm die Heckklappe. Im Laderaum gab es aber keine Sitze, nur ein paar alte Decken und Seile, die Martin bei seinen Transportfahrten benutzte, damit die Sachen keine Schrammen bekamen.

«Du musst dich an den Seitengriffen festhalten», sagte ich.

«Geht schon», antwortete er ohne jedes Misstrauen, «ist ja nicht weit.»

Ich schloss die Hecktür und stieg wieder ein. Da der Laderaum keine Fenster hatte, schaute der Junge zwischen unseren Sitzlehnen hindurch auf die Straße, gab Anweisungen, wie Martin fahren musste. Unterwegs plauderten wir. Er erzählte, auf welche Schule er ging und warum er heute länger hatte dortbleiben müssen, und wir erzählten ihm von der jungen Katze, die wir am Buschweg angeblich abholen wollten, eine aus einem Wurf von fünfen. Der Junge mochte Katzen auch. Martin fragte ihn, ob er sie sich anschauen wolle, er könne sich ebenfalls eine aussuchen. Da müsse er erst seine Eltern fragen, meinte der Junge, außerdem sei er schon spät dran.

Bei der richtigen Abzweigung – mit einer Bushaltestelle an der Ecke – wollte der Kleine aussteigen, aber Martin ignorierte die Bitte. «Dauert nur paar Minuten. Deinen Bus kriegst du dann immer noch.» Er gab sich total begeistert von der Idee, ihm die Kätzchen zu zeigen, und bog einfach ab, direkt in eine Siedlung mit kleinen Sommerhäusern, durchzogen von schmalen, ungepflasterten Straßen voller Schlaglöcher, eine dieser Datschen-Ansammlungen aus DDR-Zeiten, wie es viele in den Berliner Randbezirken gibt. Jetzt wurden längst nicht mehr alle

Klitschen bewohnt, man sah jede Menge Verfall in verschiedenen Stadien.

Martin fand den Buschweg schnell, fuhr aber nicht hinein, sondern parkte an einer Ecke unter Bäumen und Büschen, nicht weit von der Hauptstraße entfernt. «Weil der Weg so eng ist, dass sonst niemand mehr durchfahren kann», erklärte er. Zu Fuß machten wir uns auf die Suche nach der richtigen Hausnummer. Dem Jungen war unbehaglich, er war aber zu gut erzogen, zu höflich, um einfach abzuhauen. Also ließ er sich von uns in die Mitte nehmen und ging mit. Vielleicht war auch eine Portion Neugier auf die jungen Katzen dabei, damit kann man Kinder immer ködern.

In keinem der Gärten, an denen wir vorbeikamen, war jemand zu sehen, obwohl es ein warmer Sommertag war. Die Datsche, die Martin gesucht hatte, lag zurückversetzt zwischen Büschen. Von der Straße aus sah man sie kaum, so dicht war der ganze Garten von wildem Hopfen überwuchert. Alle Pflanzen, die einmal schön oder nützlich gewesen sein mochten, waren darunter erstickt. Der Maschendrahtzaun hatte Löcher, das eiserne Tor war rostig und stand offen, wohl schon seit Jahren, so eingewachsen, wie es war.

Der Junge schaute sich skeptisch um und stellte wohl genau wie ich fest: keine Menschenseele, nirgendwo. In der Ferne kreischte eine Motorsäge, aus einer anderen Richtung tönte das Brummen eines Rasenmähers, aber alles zu weit entfernt, um Gefahr – oder Schutz – zu bedeuten. In der unmittelbaren Nachbarschaft rührte sich nichts. Links ein unbebautes Grundstück mit dichtem Wildwuchs, rechts eine Ruine. Im Hintergrund sah man durch eine Lücke in einer Hecke ungeschnittener Thujen eine gepflegtere Datsche, aber mit herabgelassenen Außenjalousien, niemand zu Hause also. Und gegenüber, zum Kanal hin, lag ein Streifen freies Feld mit mannshohem Schilfgras. Das hier war der Arsch der Welt. Gut ausgesucht.

«Komm», sagte Martin gut gelaunt, «schauen wir hinein.»

«Hier soll es eine Katzenzucht geben?», fragte der Junge skeptisch.

«Ich weiß ja auch nicht mehr als ihr», meinte Martin. «Bekannte haben mir den Tipp gegeben. Vielleicht haben die sich in der Hausnummer geirrt. Klopfen wir, und wenn nichts ist, haben wir eben Pech gehabt.» Er schob den Jungen in die Wildnis.

Wir begannen, uns durch die Brennnesseln und die klebrigen Hopfenranken zu arbeiten. Beim Näherkommen wurde klar: Diese Hütte war schon lange nicht mehr bewohnt. Die Fensterläden waren geschlossen, hingen aber so schief in den Angeln, dass man dahinter zerbrochene Glasscheiben und zerrissene Gardinen erkennen konnte. Farbe und Putz blätterten von den Wänden.

«Ich glaube, ich muss jetzt echt nach Hause.» Der Junge schaute nervös auf seine Armbanduhr. «Wenn ich mich beeile, kriege ich den Bus noch.»

Er wollte umkehren, doch Martin grinste ihn an und knuffte ihn kumpelhaft.

«Na los, jetzt sind wir schon da.» Seine Stimme klang plötzlich wieder so rau und gepresst. Er schob den Kleinen am Nacken zur Eingangstür. Die war nur angelehnt, das Schloss war bestimmt schon vor langer Zeit aufgebrochen worden. Drinnen keine Spur von etwas Lebendigem, nur Schimmelgeruch, staubige Spinnweben und alte Matratzen, zurückgelassener kaputter Hausrat und solche Sachen.

Martin spielte das Spiel weiter. Er machte ein Geräusch, als wolle er eine Katze anlocken. Natürlich gab es keine. Dem

Jungen war die Sache jetzt gar nicht mehr geheuer, er wollte nur noch weg. Aber Martin hielt ihn am Rucksack fest. Dabei klappte er den Deckel auf. In der Innenseite standen Name und Adresse.

«Lassen Sie mich in Ruhe!» Der Junge versuchte sich loszureißen, aber Martin hielt ihn fest. Über den Kopf des Kleinen hinweg trafen sich unsere Blicke. Ich konnte in Martins Gesicht nicht lesen, was er vorhatte. Nur seine Augen glühten. Ich konnte nicht wegschauen. Es war, wie wenn man mit nassen Händen einen Eisblock anfasst: Man klebt fest.

Da lächelte Martin plötzlich und ließ seine Beute los. Ich stand noch in der Tür und ... Irgendetwas passierte mit mir. Etwas ist in mich gefahren, der Teufel – keine Ahnung. Jedenfalls fühlte ich mich wieder wie auf der Bühne, wenn man spürt, dass man gerade ganz toll in Fahrt ist und sich so richtig hineinsteigert in seine Rolle.

Ich fing den Flüchtenden ab. «Hat dir denn deine Mutter nicht gesagt, dass du nicht mit Fremden mitgehen sollst?»

Der Kleine war so in Panik, dass er nur stumm nicken konnte. Martin trat wieder hinter ihn und drehte ihn am Jackenkragen zu sich herum. «Ich weiß, wo du wohnst, Paul», sagte er, ohne ihn loszulassen. «Wenn ich deinen Eltern erzähle, dass du ihnen nicht gehorchst, was, meinst du, passiert dann?» Dabei starrte er ihn mit diesem bohrenden Blick an, einem Blick wie ein Messer.

«Ich könnte jetzt alles mit dir machen», sagte Martin in diesem angerauten und doch zärtlichen Ton. «Und niemand könnte dir helfen.»

Gefangen im Türrahmen zwischen zwei bedrohlichen Fremden, fing Paul an zu weinen. Ich glaube, das hat mich wieder zur Besinnung gebracht. Er tat mir leid. Schließlich hatte ich eine ganz bestimmte Rolle zu spielen, die des Schutzengels. Auch für dieses Kind. Ich gab den Weg frei.

«Geh nach Hause.»

Aber Martin packte Paul wieder am Rucksack. «Wir fahren ihn nach Hause und reden mit seinen Eltern.» Hinter dem Rücken des Jungen blinzelte er mir vergnügt zu.

«Nein», sagte ich, «lassen wir ihn ungestraft davonkommen.» Mir war eingefallen, dass er sich das Autokennzeichen merken und uns Schwierigkeiten machen könnte. Beim Einsteigen an der Bushaltestelle in Teltow hatte er es nicht sehen können, da war ich mir sicher. Doch da hatte er auch noch keinen Grund gehabt, es sich einzuprägen. Jetzt schon.

«Mein Mann und ich bringen dich zum Bus», sagte ich beruhigend zu dem Jungen, während ich Martins Hand von seinem Rucksack löste. «Alles in Ordnung.»

Martin widersetzte sich nicht. «Mein Mann» hatte ich gesagt für den Fall, dass der Kleine trotz der Einschüchterung zu Hause alles erzählen sollte und seine Eltern die Polizei auf uns hetzen würden. Dann würde man nach einem Ehepaar suchen.

«Komm», sagte ich zu Paul. Er begriff, dass er wirklich frei war, und hastete in Richtung Straße. Wir nahmen ihn wieder in die Mitte, schweigend, ohne ihn zu berühren. Als wir an unserem Auto vorbeikamen, achtete ich darauf, dass Paul das Nummernschild nicht sah. Es kam auch gleich ein Bus, und die letzten Meter musste er rennen. Wir ließen ihn. Es war der falsche Bus, aber ich schätze, das war dem Kleinen ziemlich egal.

Ich nahm das Kopftuch ab. Martin grinste mich an. «Hat dir deine Mutter nicht gesagt, du sollst nicht mit Fremden gehen? Das war klasse. Wir haben dem Bengel eine pädagogische Lehre fürs Leben erteilt.» Er umarmte und küsste mich. «Siehst du, ich habe nichts getan. Das habe ich dir zu verdanken.»

Wir feierten nicht nur seinen Geburtstag, wir feierten einen Sieg. Klauten für uns beide coole Schuhe, gingen groß essen, (bezahlten sogar, genug Aufregung für einen Tag), anschließend tanzten wir die halbe Nacht auf einer Clubparty und ruinierten die schönen neuen Schuhe. Ich war so aufgeputscht von meinem Erfolg, von Martins Applaus, dass ich keinen Gedanken daran verschwendete, welche Grenze ich an diesem Tag überschritten hatte. In welcher Welt ich gelandet war. Ich glaube, wenn mich Sie, Herr Schneider, oder sonst jemand nach meinem Gewissen gefragt hätte, dann hätte ich nur gelacht: «Gewissen? Natürlich habe ich ein gutes Gewissen. Ich habe einen Mann und ein Kind gerettet.»

Später, im Bett zwischen den nachtblauen Satinlaken, hörten wir im Radio irgendeinen alten Song, ich weiß nicht mehr von wem, kann mich nur noch an den Refrain erinnern, weil er so genau auf uns passte: «Ich bin die Frau, die dich liebt, und das macht mich sehr stark, auch wenn die Nacht dich besiegt, ich wart auf den Tag ...»

VIER

In dieser Nacht fand Martin keinen Schlaf. Mit offenen Augen wartete er auf den Tag und darauf, dass die friedlich neben ihm eingerollte Tina aufwachte. Das Erlebnis des vergangenen Tages hatte ihn längst nicht so befriedigt wie sie. Tina wusste ja nicht, dass Paulchen nie ernstlich in Gefahr gewesen war. Aus der Nähe betrachtet hatte er diese ekligen Pickel im Gesicht und am Nacken, kleine gelbe Eiterpünktchen mit roten Rändern, und schwarze Mitesser auf der Nase, Vorboten der Pubertät, der Unreinheit, in doppelter Hinsicht. Nicht mehr attraktiv. Halbes Vergnügen. So etwas diente bestenfalls als Notlösung. Daher war es ihm relativ leichtgefallen, ganz auf sein Vergnügen zu verzichten. Den Sohn seines Zellengenossen hatte er schon einmal heimlich genauer begutachten können, und der war perfekt.

Immerhin hatte die Berührung mit diesem Ersatzkandidaten gereicht, Martin zu inspirieren. Die Bilder im Kopf überschlugen sich, seine Unruhe wuchs. Lange genug, fand er, hatte er sich in Zurückhaltung geübt. Der ganze harmlose Zeitvertreib, das Surfen und Chatten im Internet, das Herumstromern und Ausschauhalten, kleine Nervenkitzel, ein Bungee-Sprung hier, ein Diebeszug da, der Sex mit einem Mädchen, all das begann ihn zu langweilen. Obwohl das Spiel von Strategie und Taktik auch seinen Reiz hatte. Ein bisschen fühlte er sich wie als kleiner Junge, wenn ihm seine Großmutter all die verlockenden Süßigkeiten am Ständer vor der Supermarktkasse verweigerte. Noch heute musste er grinsen, wenn er daran dachte, wie sie sich ausgerechnet beim Einkaufen immer in strenger Erziehung üben wollte und wie schnell er gelernt hatte, sie zu manipulieren. Er musste nur lang und laut genug brüllen, scheinbar ohne Grund, also ohne die Arme nach den Objekten seiner Begierde auszustrecken oder seine Wünsche gar auszusprechen. Die anderen Leute in der Warteschlange schauten sich natürlich nach ihm um, ihre genervten Blicke galten aber meist nicht ihm, sondern seiner Oma; sie war es, die ihn schlecht erzogen, die versagt hatte. Dem armen Omili – wann hatte er sie eigentlich das letzte Mal gesehen? Vielleicht war demnächst ein Besuch fällig. Vielleicht würde er ihr sogar Tina vorstellen, um ihr eine Freude zu machen – der armen Oma waren solche Szenen immer schrecklich unangenehm, und prompt stopfte sie ihrem Schreihals das Maul mit einem Schokoriegel. Gewonnen.

Damals hatte er auch die Blick-Methode entdeckt. Wenn ihm die Großmutter etwas verweigerte und wenn Schreien nicht half, dann starrte er sie an. Zuerst, daran erinnerte er sich noch, starrte er sie an, weil er ihre Weigerung als Strafe empfand und nicht wusste, wofür sie ihn strafte. Er versuchte den Grund an ihrem Gesicht abzulesen, konnte es aber nicht. Und schnell spürte er, dass sie unter diesem stummen Blick unsicher wurde, dass er sie damit an einen Punkt treiben konnte, wo sie bereit war, seinen Forderungen doch noch nachzugeben. Er probierte den Trick dann bei den Nachbarskindern aus und hatte auch bei ihnen Erfolg; so mancher überließ ihm ängstlich sein Spielzeug oder teilte seine Süßigkeiten mit ihm. Manchmal weinten sie auch und liefen weg. Manchmal liefen sie nur weg, mitsamt ihrem Spielzeug. Aber das machte nichts, auch das war ein Erfolg. Ganz wirkungslos blieb die Blick-Methode nie. Später hatte er bei Boxkämpfen im Fernsehen gesehen, wie sich die Boxer im Ring unmittelbar vor dem Kampf auf ganz ähnliche Weise fixierten. Wer zuerst blinzelte oder gar wegsah, zeigte Schwäche und hatte schon so gut wie verloren. Da erst, im Spiegel der anderen, verstand er die Wirkung des Blicks. Martin behielt das Spiel bei. Es machte Spaß, die Leute zu verunsichern. «Kobra» hatte ihn der Junkie genannt und Martin damit, ohne es zu wissen, eine Freude gemacht.

Bei Tina brauchte es nur selten den Kobrablick, nie Geschrei. Keine große Show, nur kleine Tricks. Einen sanften Schubs in die richtige Richtung, in die sie sowieso hatte gehen wollen, nur dass sie ohne ihn vielleicht die richtige Abzweigung verpasst hätte. Noch hielt sie es für einen Sieg, wenn er auf sein Vergnügen mit einem Jungen verzichtete, für *ihren* Sieg über *seine* gefährlichen Neigungen. Doch er hatte mehr verstanden als sie; er hatte ihre Spielfreude erkannt, ihre Lust an der Jagd. Er hatte sie ermutigt, und sie hatte Mut bewiesen. Sie war nicht, wie die meisten anderen Frauen, Sklavin eines Gewissens, das doch nur eine Erfindung zur Unterdrückung von persönlicher Freiheit ist, ein purer Spaßverderber. Martin hatte sich selbst in Tina wiedererkannt. Dafür mochte er sie. Und dafür würde er ihr den Weg zum ganz großen Kick zeigen, zur wahren Ekstase, zur ultimativen Lust – zur Lust am Töten. Wie ein dunkler Guru würde er das Feuer in ihr entfachen, das er selbst jedes Mal spürte, wenn er begann, Pläne zu schmieden und sie in die Tat umzusetzen. Ja, in Tina hatte er eine Gleichgesinnte gefunden, dessen war er sich jetzt sicher. Früher oder später würde sie sich das schon noch eingestehen. Nur wenn es um Benny ging, klebte sie noch an so etwas Konventionellem wie «Verantwortungsgefühl». Aber was machte das schon, nobody is perfect.

Die Zeit für die geplante große Veränderung war jedenfalls reif. Einige Wochen vor seinem Geburtstag hatte er sich mit Vlad, seiner Internetbekanntschaft, persönlich getroffen. Sie waren sich auf Anhieb sympathisch gewesen. Martin hatte seinen Blanknamen preisgegeben und, quasi als Visitenkarte, von seiner Tat in der Scheune erzählt. Natürlich nur die offizielle Version. Wenn Vlad doch ein getarnter Fahnder gewesen wäre, hätte er nun neugierige Fragen gestellt, versucht, die Wahrheit aus Martin herauszukitzeln. Tatsächlich hatte er sogar von der Geschichte gehört, obwohl er in Tschechien lebte. Er war in irgendeinem bayerischen Kaff aufgewachsen, erst nach dem Mauerfall hatte es ihn nach Prag verschlagen, und er schaute immer noch gern deutsche Fernsehnachrichten. Aber Vlad fragte nicht nach. Das tat man nicht unter Gleichgesinnten. Vlad war ehrlich, daran hatte Martin jetzt keinen Zweifel mehr. Online hatten sie schon begonnen, andeutungsweise Pläne zu schmieden. Jetzt wurden sie konkret. Martin freute sich auf die Zusammenarbeit.

Zufrieden streckte er sich und berührte dabei versehentlich

Tinas Rücken. Im Halbschlaf gab sie einen wohligen Laut von sich und drückte ihren Hintern an ihn, schlief aber weiter. Das erinnerte ihn daran, dass es trotz aller Gemeinsamkeiten auch einen deutlichen Unterschied zwischen ihnen gab: ihre physische Sensibilität. Bei jeder leichten Berührung wurde Tinas ganzer Körper schmiegsam, und die kleinen Härchen ihrer Haut stellten sich auf. Seine Haut dagegen reagierte nur mit einer Art Taubheitsgefühl auf Tinas Streicheln, auf jede Art von Berührung, die zarter war als ein Messerschnitt. Natürlich sagte er ihr nichts davon.

Früher, so mit elf, zwölf Jahren, war er tatsächlich darauf verfallen, mit einem Messer an sich selbst herumzuspielen. Damals, als der Instinkt seine Hand unter der Bettdecke zu seinen Genitalien lenkte, entdeckte er, dass sich das schöne Gefühl dabei noch steigern ließ, wenn er seine Phantasie zu Hilfe nahm. Von da an malte er sich aus, wie er anderen Jungen in seinem Alter Schmerz zufügte, Vorstellungen, die ihm zuflogen, er wusste nicht, woher. Das wenigste davon hatte er im Fernsehen gesehen oder in seinen Computerspielen. Manches probierte er schon damals an sich selbst aus, weil er wissen wollte, wie es sich anfühlte. Er stach Nadeln in seinen erigierten Penis und ritzte mit dem Messer seine Haut auf der Brust, oberflächlich, nur damit das Blut heraussickerte. Ein optischer Genuss, wenn er vor dem Spiegel beobachtete, wie sich die roten Tropfen von der Wunde lösten, sich beim Hinunterrinnen über den Bauch langsam in rote Striche verwandelten und ein schönes Muster auf seinem Körper hinterließen. Body-Art. Blood-Art.

Inzwischen reichten ihm solche Spiele schon lange nicht mehr. Immer, wenn er eine Inszenierung in der Phantasie, dann in der Wirklichkeit, dann im Nachschmecken bis zum Überdruss ausgekostet hatte, fiel er unweigerlich in einen Zustand ruheloser

Dumpfheit und Leere. Er hasste das. Er fühlte sich dann wie ein Junkie auf Entzug. Und dann dachte er sich härtere Sachen aus. Anfangs im Knast, unter dem Eindruck der demütigenden Gefangenschaft und der Verachtung durch die anderen Knackis, war es ihm sogar gelungen, seine Phantasien zu unterdrücken. Das Ergebnis war elende Langeweile gewesen. Vielleicht würde ihm der Entzug leichter fallen, wenn er reichlich Sport treiben oder bis zum Umfallen arbeiten würde. Diese Erfahrung hatte er jedenfalls gelegentlich während der Schulzeit gemacht. Aber wozu sich selbst ein Vergnügen versagen?

Das in der Scheune hatte nicht den Spaß gemacht, den Martin sich erhofft hatte. Weil sein dämlicher Bruder dazwischenfunkte, hatte er sein Opfer zu schnell töten müssen. Jonas hatte die ganze schöne Inszenierung versaut. Das würde Martin nicht noch einmal passieren. Beim nächsten Mal musste alles exakt sitzen, genau so, wie er es sich vorher ausgemalt hatte. Eine etwas andere Inszenierung diesmal als bei Joey. Als Höhepunkt nach einem langen Ritual wollte er diesmal den Hals durchtrennen, mit einem einzigen schnellen Messerhieb. Was er aus naheliegenden Gründen nicht an sich selbst ausprobieren konnte. Manchmal stellte er sich aber vor, sein eigenes Leben so zu beenden – natürlich erst im hohen Alter – und sich dabei selbst im Spiegel zu beobachten, zu sehen, wie das Blut in pulsierenden Eruptionen aus seiner klaffenden Halswunde schoss. Das wäre der ultimative Orgasmus. Nicht dass er einen Orgasmus im herkömmlichen Sinn dabei haben würde, wie er ja auch beim Töten eines anderen keinen hatte. Er brauchte keinen. Das Töten selbst war der Orgasmus, tausendmal besser als Sex. Der Sex war damit zwar verbunden, aber nur hinterher, als Echo des einzig wahren Genusses.

Tina wachte auf und schnuckelte sich an Martin. Er hatte jetzt keine Lust, mit ihr zu schlafen, also stand er auf und bereitete das Frühstück vor. Bald kamen spannendere Zeiten. Der Masterplan. Und diesmal hatte er alles im Griff. Es konnte nichts schiefgehen.

FÜNF

Es war Martins DNS. Sein Sperma. Dieser elende Wichser! Irene musste sich zusammenreißen, um nicht in den Telefonhörer zu schreien, als Schneider es ihr mitteilte. Betont sachlich, um ihre belegte, leicht bebende Stimme Lügen zu strafen, beriet sie sich mit dem Polizisten über das weitere Vorgehen.

«Haben Sie schon mit der Detektei gesprochen?»

«Ja. Die können es einrichten. Sie müssen nur noch hingehen und unterschreiben.»

«Danke, Herr Schneider.»

«Und Sie kriegen Rabatt. Fünfzehn Prozent.»

«Nochmals danke.»

«Gern. Kann aber trotzdem ein Vermögen kosten.»

«Ich weiß.»

Am nächsten Tag unterschrieb sie den Vertrag, leistete eine Vorauszahlung, und die Detektive nahmen die Arbeit auf.

SECHSTES KAPITEL

EINS

Seit Wochen hatte Irene keinen freien Tag für einen Besuch in Hamburg gefunden. Zu viel war zu tun gewesen, die Räumaktion im Haus und der Arbeitsstau im Büro – Sybille sollte nicht ständig für sie mitschuften müssen. Sie durchforstete die vergangenen Wochen in ihrem elektronischen Terminkalender nach möglichen Versäumnissen und stellte fest, dass sie Martins Geburtstag vergessen hatte. Nicht, dass sie ihm gratulieren oder ihm gar etwas hätte schenken wollen, aber früher wäre ihr so etwas nie passiert. So fern war er ihr also schon. Gut so.

Dennoch beschäftigte er sie weiter. Die Frage nach dem Ursprung des Bösen in ihm. Das leidige WARUM.

Gelegentlich rief sie Gudrun an, um ihr zu zeigen, dass sie nicht allein auf der Welt war. Die Gespräche wurden von Mal zu Mal mühsamer, der Verfall schritt erschreckend schnell voran. Das neuronale Netz in Gudruns Gehirn wurde immer löchriger, die Gegenwart hatte kaum noch Platz darin. Vom Heimleiter erfuhr Irene, dass Gudrun auch körperlich zusehends abbaute, obwohl sie ausreichend aß. Lange durfte der nächste Besuch nicht mehr aufgeschoben werden, es konnte unwiderruflich der letzte sein. Doch auch am kommenden Samstag war es unmöglich. Eine seit langem angesetzte Besprechung mit einem Auftraggeber aus Frankreich durfte Irene nicht platzenlassen, er war zu wichtig für die Firma. Und am Sonntag war sie mit Katrin Weiss verabredet, jener Freundin ihres Stiefsohns, die zu seinen Gunsten vor Gericht ausgesagt hatte.

Die Telefonnummer hatte sie von Schneider bekommen. Bei ihrem Anruf war Katrin nicht gerade begeistert gewesen. Kaum hatte Irene ihren Namen genannt, hatte Katrin aufgelegt, kommentarlos und so abrupt, dass Irene meinte, eine von ihnen hätte versehentlich auf den falschen Knopf gedrückt. Also versuchte sie es noch einmal.

«Hören Sie», sagte Katrin schroff. «Ich will mit der ganzen Sache nichts mehr zu tun haben. Mit Ihnen schon gar nicht. Rufen Sie mich bitte nicht mehr an.»

«Nicht auflegen!», sagte Irene schnell. «Bitte hören Sie mir einen Moment zu. Ich will Sie in nichts hineinziehen. Schon gar nicht in meine Probleme. Ich würde nur gern mit Ihnen reden.»

«Worüber?»

«Über Martin.»

«Wozu?»

«Um zu verstehen, warum er ist, wie er ist.»

«Wie ist er denn?»

«Das würde ich Sie gern fragen.»

«Warum fragen Sie sich nicht selbst?» Der Sarkasmus in Katrins Stimme war nicht zu überhören.

«Das tue ich. Immer wieder. Aber manchmal ist der Blick von außen hilfreich, wenn man wissen will, warum bestimmte Dinge passieren.»

«Und da kommen Sie ausgerechnet zu mir?»

«Sie sind mit Martin befreundet.»

«Nicht mehr. Sie leben doch mit ihm unter einem Dach.»

«Nicht mehr. Er ist ausgezogen. – Übrigens hat er eine neue Freundin.»

Irene war sich bewusst, dass sie jetzt ins Manipulative abglitt, etwas, das sie sonst verabscheute. Wenn diese Katrin nicht nur eine gekaufte Zeugin war – was immerhin möglich war –, wenn sie wirklich etwas für Martin übrighatte oder gehabt hatte, selbst wenn es nur ein kleines, enges Gefühl war, dann würde sie jetzt mehr wissen wollen.

Es funktionierte. «Ach ja? Wen denn?»

«Sie ist jünger als er. Hübsch. Ich kenne sie nur flüchtig. Kann ich Sie zum Essen einladen, Katrin?»

Schweigen.

«Bitte, lehnen Sie nicht ab», sagte Irene leise und so eindringlich, wie es ihr gerade noch möglich erschien, ohne aufdringlich zu wirken.

«Ich fliege am Montag in den Urlaub», antwortete Katrin unschlüssig. «Vorher hab ich noch so viel zu erledigen. – Vielleicht kann ich es ja am Sonntag noch einrichten.»

«Das passt», sagte Irene schnell.

«Also gut, dann am Sonntagnachmittag. Zum Tee. Sagen wir, um drei?»

«Einverstanden.»

«Aber bei mir. Damit ich in der Nähe von meinem Koffer bin, falls ich noch was einpacken muss. Ich vergesse immer etwas.»

Irene lächelte. «Ja, das kenne ich.»

Katrin nannte ihre Adresse und beendete das Gespräch. *Schon absurd,* dachte Irene beim Auflegen des Hörers. *Ich habe so viele Jahre, fast sein ganzes Leben lang mit Martin unter einem Dach gelebt, und was weiß ich von ihm? Jedenfalls nicht die entscheidenden Dinge.*

Katrin Weiss war drei Jahre älter als Martin, dreiundzwanzig, studierte Anglistik, war nicht hübsch, nicht hässlich, hatte blonde kurze Haare, ein stupsnasiges Puppengesicht mit kleinen farblosen Augen, eine etwas zu üppige Figur und trug ein zu enges T-Shirt. Doch ihre Haut war makellos, von der Farbe eines Sahnekaramellbonbons. Und das Lächeln, mit dem sie

Irene in ihrer frisch renovierten Zwei-Zimmer-Plattenbauwohnung empfing, war sympathisch und unverkrampft. Offenbar hatte sie beschlossen, ihre ablehnende Haltung aufzugeben, vermutlich aus Neugierde. Sie bot ihrem Gast Tee und eine Schale voll Süßigkeiten an. Irene nahm nur Tee.

«Fruchtschnitten und Bitterschokolade», sagte Katrin. «Die machen nicht dick.»

Im Lauf des Gesprächs aß Katrin alles selbst auf. *Ein Pfund mehr oder weniger um ihre Hüften herum wird nicht auffallen,* dachte Irene und hoffte, Katrins Erzählungen über Martin würden weniger von Selbstbetrug geprägt sein als ihre Essgewohnheiten.

«Mutig von Ihnen», sagte Katrin, während sie den Tee einschenkte. «Ich meine, dass Sie zu mir kommen, wo ich doch praktisch Ihre Feindin bin.»

«Ich empfinde Sie nicht als Feindin.»

«Aber ich habe für Martin ausgesagt und Sie im Regen stehenlassen.»

«Ich nehme an, Sie haben die Wahrheit gesagt.»

«Ja.»

Irene hatte das kurze Zögern bemerkt. «Bitte erzählen Sie mir alles über ihn, was Sie wissen.»

Katrin griff nach einem Schokoriegel. «Während der Verhandlung und in dem Zeitungsinterview damals waren Sie sich doch noch so sicher, dass Sie mehr über ihn wissen als jeder andere Mensch. Sie haben sich angehört, als hätten Sie die Wahrheit für sich gepachtet.» Sie kämpfte mit der Verpackung der Schokolade, wodurch sie Irene nicht in die Augen blicken musste. «Haben Sie Ihre Meinung denn geändert?»

Irene wartete, bis Katrin die Plastikhülle besiegt hatte und aufsah. Ihre Blicke trafen sich.

«Ich bin eine alte Zweifelscheißerin», antwortete Irene lächelnd. Von dem kürzlich gefundenen Hinweis, dem Katalog mit Martins unappetitlicher Visitenkarte darin, sagte sie nichts. Sie wollte nicht, dass dieses Mädchen sich erneut genötigt fühlte, Martin zu verteidigen. Ein Mädchen, das war sie in Irenes Augen, nicht so sehr eine erwachsene Frau. Vielleicht lag es an Katrins rundlichem Kindergesicht, vielleicht auch an dem rebellischen Unterton in ihren Worten.

«Haben Sie denn Ihre Meinung über ihn geändert? Seit Ihrer Zeugenaussage, meine ich?»

Katrin schwieg unschlüssig, zuckte schließlich nur mit den Schultern; offenbar wollte sie nicht darauf antworten, und Irene wollte nicht insistieren, um ihre Widerborstigkeit nicht weiter anzustacheln.

«Also gut», entschied sich Katrin endlich. «Wenn es Ihnen so wichtig ist ... Sie wissen wahrscheinlich nicht, wie wir uns kennengelernt haben.»

«Ich habe Ihre Aussage vor Gericht in Erinnerung: im Kino.»

Katrin nickte. «Aber nur zur Hälfte.»

Irene musste schmunzeln. «Aha. Und wo haben Sie die andere Hälfte kennengelernt?»

Die beiden hatten sich, was Irene überraschte, schon als Kinder gekannt. Martin war sechs und Katrin neun Jahre alt, als sie sich zum ersten Mal begegnet waren. Zehlendorf, Geschäftsstraße. Katrin kam aus der Schule und wollte sich Süßigkeiten kaufen, bevor sie nach Hause ging. Vor dem Laden stand ein kleiner Junge und weinte. Nicht, weil er sich keine Bonbons leisten konnte, er schaute nicht ins Schaufenster, sondern stand nur schniefend daneben. Als Katrin wieder aus dem Laden trat, stand er immer noch da und weinte noch kläglicher. Ein paar

Leute musterten ihn unschlüssig im Vorbeigehen. Katrin kam er vor wie ein ausgesetztes Hündchen. Sie erbarmte sich.

«Hast du deine Mama verloren?»

Der Kleine schüttelte den Kopf und rieb sich die nassen Augen.

«Warum weinst du dann?»

Schweigen.

«Hast du dir wehgetan?»

Kopfschütteln.

«Hast du dich verlaufen?»

Schweigen.

«Wo wohnst du denn? Soll ich dich nach Hause bringen?»

Heftiges Kopfschütteln.

«Bist du ausgerissen?»

Schweigen.

«Was ist denn los? Sag doch endlich was.»

Der Junge schluchzte auf. «Keiner spielt mit mir.»

«Warum denn nicht?»

«Weiß nicht.»

Katrin nahm das einsame Findelkind kurzerhand mit zu sich nach Hause, sie wohnte in der Nähe. Niemand war da, ihr Vater war vor kurzem ausgezogen, ihre Mutter arbeitete, aber das Essen war vorbereitet, musste nur in der Mikrowelle aufgewärmt werden. Katrin teilte es mit Martin, spielte Mama und fütterte ihn. Er spielte willig mit. Anschließend stellte sie ihm ihre beeindruckende Sammlung Puppen und Plüschtiere vor, jedes einzeln mit Namen und Alter und verwandtschaftlichem Verhältnis zu den anderen. Das dauerte. Als sie endlich anfingen, ein Spiel zu erfinden und die passenden Mitwirkenden aus der Menagerie auszuwählen, kam Katrins Mutter von der Arbeit. Sie fragte ihn nach der Telefonnummer seiner Eltern. Er wusste sie nicht. Sein Nachname? Vergessen. Frau Weiss glaubte ihm kein Wort, schwachsinnig wirkte dieses Kind nicht. Vorerst ließ sie die beiden weiterspielen und überlegte bei einer Tasse Kaffee, was zu tun sei. Schließlich eröffnete sie dem Jungen, dass er nach Hause gehen müsse, weil Katrin noch Hausaufgaben zu erledigen habe. Er sagte, das störe ihn nicht, er wolle warten, bis sie damit fertig sei, und dann mit ihr weiterspielen. Überhaupt wollte er gleich dableiben. Ob ihn denn seine Eltern nicht vermissten? Achselzucken.

Frau Weiss beschloss, ihn zur Polizei zu bringen, sicher hatten ihn seine Eltern längst vermisst gemeldet. Die Bedeutung des Wortes «Polizei» schien er zu kennen, jetzt fiel ihm sein Familienname doch wieder ein und sogar seine Adresse. Er wohnte nur ein paar Straßen entfernt. Katrins Mutter brachte den Ausreißer mit dem Auto nach Hause.

Daran erinnerte sich Irene. Nur war ihr damals nicht klar gewesen, dass es sich bei der Frau, die den Streuner bei ihr abgeliefert hatte und deren Name ihr längst entfallen war, um Katrins Mutter gehandelt hatte. Frau Weiss hatte damals misstrauisch nachgefragt, ob der Kleine eine Strafe zu erwarten habe.

Strafe? Wenn ich eine wüsste, die hilft, hatte Irene gedacht. Dass sie sich Sorgen machte, wenn sie nicht wusste, wo er war, vor allem, wenn es dunkel war, das verstand er nicht. Weder Ausschimpfen noch das Verbot von Süßigkeiten half, kein Hausarrest, Türen abschließen oder stundenlang freundlich ins Gewissen reden und ihm drastisch ausmalen, was alles passieren konnte, wenn er sich allein herumtrieb. Nichts half auch nur im Geringsten. Martin ließ Predigten und wütende Tiraden gleichmütig über sich ergehen, kletterte anschließend aus dem Fenster, schnorrte Bonbons bei der Nachbarin und kam und ging, wie es ihm gefiel. Wie oft hatte sie die Umgebung auf der Suche nach ihm abgeklappert. Man warf ihr schon befremdete Blicke zu. Meistens hatte ihn jemand gesehen, in irgendeinem Garten hatte er einen Hund beobachtet oder eine Katze gescheucht. Manchmal hatte er auch ein fremdes Kind getroffen, eine Weile mit ihm gespielt oder es eine Runde auf seinem Fahrrad drehen lassen. Mit der Zeit stieg sein Bekanntheitsgrad in einem immer größer werdenden Umkreis, und gelegentlich rief jemand an: «Falls Sie Ihren kleinen Landstreicher suchen, der ist gerade da und da.» Gewöhnlich aber trieb ihn der Hunger früher oder später von allein nach Hause, wenn ihn nicht gerade Nachbarn mitessen ließen. Nur einmal musste Irene die Polizei einschalten, als sie ihn nach Einbruch der Dunkelheit gesucht und nirgendwo gefunden hatte. Eine Streife griff ihn dann kurz darauf ein paar Ecken weiter in einem Straßencafé auf, wo er sich von einer freundlichen Bedienung Würstchen und Eis hatte spendieren lassen.

Auch an dem Tag, von dem Katrin erzählte, war er länger als sonst weggeblieben, und Irene hatte die Polizei bereits alarmiert. Irene war wütend gewesen, zugleich auch erleichtert, dass ihm nichts zugestoßen war. Ihm stieß nie etwas zu, er schien einen besonders tüchtigen Schutzengel zu haben oder einen sechsten Sinn für Gefahr. Joachim war der Meinung, dass sein Sohn eben früh selbständig geworden war und keinen Babysitter brauchte. Trotzdem, ein paar Regeln musste man auch Martin beibringen, fand Irene.

«Wie oft habe ich dir gesagt», fragte sie, «dass du auf keinen Fall mit Fremden mitgehen darfst? Auch nicht mit älteren Kindern. Nicht alle Menschen sind so nett wie diese Dame und ihre Tochter. Zumindest musst du mich immer erst fragen.» Sie beugte sich zu ihm hinab, um auf Augenhöhe und umso eindringlicher mit ihm sprechen zu können. «Erst heimkommen und fragen. Hast du verstanden?»

Martin blickte sie wie üblich ausdruckslos an.

«Er ist einfach abenteuerlustig», erklärte sie ein wenig hilflos und dankte der Frau fürs Bringen. «Sein Bruder ist erst ein Jahr alt. Und wir wohnen noch nicht sehr lange hier, er hat noch keine Freunde.»

Beim Abschied erlaubte die Frau Martin, ihre Tochter zu besuchen. Aber, schärfte auch sie ihm ein – aus Solidarität unter Müttern ebenso wie aus eigenem Interesse –, er solle seine Mutter wirklich immer um Erlaubnis fragen und vorher bei Katrin anrufen, ob sie auch Zeit für ihn habe. Er nickte.

Sein Fahrrad war verschollen. «Kaputt», sagte Martin. Wo er es gelassen hatte, wusste er nicht genau. Sie fuhr – auch daran konnte sich Irene noch erinnern – mit ihm und dem kleinen Jonas auf dem Rücksitz halb Zehlendorf ab, fand das Rad aber nirgendwo. Vermutlich hatte er es nicht abgeschlossen, und es war geklaut worden. Er verlangte sofort ein neues, doch Irene fand, dass er bis Weihnachten warten müsse, um zu lernen, besser auf seine Sachen achtzugeben. Er bekam einen Wutanfall, trampelte und schrie: «Ich will aber!»

Natürlich kaufte ihm sein Vater gleich am nächsten Tag ein noch schöneres und teureres Fahrrad. Ein größeres, weil das alte Kinderrad sowieso bald zu klein gewesen wäre. Damit radelte Martin los, wann immer er Lust hatte, und oft zu Katrin. Weder rief er sie vorher an, noch fragte er jemals seine Stiefmutter um Erlaubnis. Wenn seine Freundin nicht zu Hause war, wartete er so lange vor ihrer Haustür, bis sie kam. Er wurde ihr lästig. Neunjährige Mädchen haben andere Interessen als sechsjährige Jungen, die noch nicht einmal lesen und schreiben können. Eines Tages wollte sie ihn nicht ins Haus lassen.

«Ich will aber», sagte er. Nicht «bitte» oder «warum nicht?», nur: «Ich will.» Und dabei starrte er sie unverwandt an. Als sie trotzdem nicht nachgab, versuchte er, sie von der offenen Tür wegzustoßen. Sie versperrte ihm mit ausgebreiteten Armen den Weg. Da trat er ihr in den Bauch.

«Warum tust du das?», fragte sie erschrocken und schützte ihren Bauch mit den Armen. «Ich hab dir doch nichts getan.»

Er versuchte, sich an ihr vorbei ins Haus zu drängen, doch jetzt wollte Katrin erst recht nicht mehr. Er boxte sie und trat ihr gegen das Schienbein. Vor Schmerz aufheulend stieß sie ihn zurück, flüchtete in die Wohnung und schlug die Tür zu. Es war das Ende der Kinderfreundschaft.

«Er kam noch zwei- oder dreimal», schloss Katrin ihre Erzählung, «klingelte Sturm, aber niemand hat ihn reingelassen. Dann hat er aufgegeben.»

«Hat er Sie später auch geschlagen und getreten?», fragte Irene unvermittelt.

Das war zu direkt. «Nein, hat er nicht», antwortete Katrin, wieder mit diesem trotzigen Unterton. Dennoch nahm sie rasch eine Fruchtschnitte in die Hand und senkte den Blick.

Treffer. Vermutlich bereute Katrin ihre Offenheit bereits. Irene musste aufpassen, dass diese eher schüchterne junge Frau nicht wieder die Jalousien herunterließ. Trotzdem, sie musste nachhaken.

«Sie haben immer noch Angst vor ihm.»

Katrin zögerte einen Moment zu lang: «Nein.» *Sie weiß,* dachte Irene, *dass ein Ja ihrer Aussage vor Gericht widersprochen hätte, ihrer Beschreibung von Martins Persönlichkeit als sanfter, sensibler Freund.*

Vermutlich spürte Katrin Irenes unbarmherzigen Blick, denn während des Schweigens, das nun folgte, wurde sie sichtlich nervös. Sie drehte die Fruchtschnitte zwischen den Fingern. Irene ließ ihr Zeit und nippte an ihrem Tee. Als Katrin schließlich unsicher zu ihr hinüberblickte, lächelte sie ihr aufmunternd zu.

«Warum haben Sie verschwiegen, dass Sie ihn schon seit der Kindheit kennen?»

Achselzucken. «Mich hat niemand danach gefragt. Spielt doch auch keine Rolle, oder? Der Polizist, wie hieß er noch? Der Oberbulle, der mich verhört hat?»

«Schneider.»

«Ja, genau. Der hat gefragt, wann und wo unsere Beziehung angefangen hat, und ich hab ihm wahrheitsgemäß gesagt: ‹Drei Monate vor seiner Verhaftung im Foyer vom Kinocenter am Potsdamer Platz.› Da haben wir uns nämlich tatsächlich wiedergetroffen, zufällig. Ich hatte eine Karte bestellt und die Nummer vergessen, deswegen habe ich an der Kasse meinen Namen gesagt, und er stand hinter mir und hat mich erkannt.»

«Und da haben Sie sich Hals über Kopf in ihn verliebt.» Unbedacht hatte Irene ihre Skepsis anklingen lassen und bereute es sofort; Katrin igelte sich ein.

«Das geht Sie nichts an.»

«Sie haben die Kindheitsgeschichte nicht erzählt, weil Sie dann weniger glaubwürdig gewesen wären.»

«Quatsch. Wieso denn?»

«Weil er gewalttätig ist. Man hätte vermutet, dass Sie aus Angst vor ihm zu seinen Gunsten aussagen.»

«Sie denken also, ich lüge.»

«Nein, Katrin. Ich glaube Ihnen. Ich weiß nur, dass Männern, auch Polizisten und Juristen, manchmal nicht klar ist, wie wir Frauen ticken.» Irene konnte solche Phrasen und die falsche Solidarität darin nicht leiden, aber sie musste Katrins Vertrauen um jeden Preis gewinnen, wenn sie mehr über Martin erfahren wollte. Darüber, wie er sich bei Menschen außerhalb seiner Familie verhielt.

«Haben Sie ihn geschlagen und getreten, als Kind?», fragte Katrin unvermittelt.

«Nein!»

«Oder sein Vater, bevor er ihn missbraucht hat? Oder auch gleichzeitig?»

Martins Lügen. Irene zwang sich zur Ruhe. «Weder auf Missbrauch noch auf Misshandlung gibt es die geringsten Hinweise, Katrin. Es gab sie nie.»

«Und die Brandmale auf seinem Körper? Die hat er sich dann selbst beigebracht, ja?»

Irene blickte sie offen an. «Ich weiß nicht, wer ihm das angetan hat. Wirklich nicht. Ich weiß nur, dass ihm mein Mann drei- oder viermal eine Ohrfeige verpasst hat. In all den Jahren. Und das auch nur, wenn er sich gar nicht mehr anders zu helfen wusste. Martin konnte als Kind unglaublich jähzornig werden und sich in rasende Wut hineinsteigern.»

«Er hatte dauernd blaue Flecken», sagte Katrin hart und ließ Irene nicht aus den Augen.

«Ja, klar. Er war ein Wilder. Balgte sich, fiel ständig hin oder stieß sich irgendwo. Übrigens habe ich ihn kein einziges Mal deswegen weinen sehen.»

Katrin schien den Wahrheitsgehalt von Irenes Worten abzuwägen. «Stimmt», sagte sie schließlich. «Zimperlich war er nie. Weder beim Einstecken noch beim Austeilen», fügte sie mit einem kurzen Auflachen hinzu. «Tränen habe ich nur dieses eine Mal bei ihm gesehen, da auf der Straße. Meine Mutter meinte, dass der Junge zu Hause nicht gut behandelt wird. Deswegen seine Streunerei. Sie hat sogar überlegt, ob sie das

Jugendamt einschalten soll. Nur weil Sie ihr sympathisch waren, hat sie gezögert. Bis er sowieso nicht mehr zu uns gekommen ist.» Sie warf Irene ein Lächeln zu, flüchtig, aber es ließ auf ein wenig Vertrauen hoffen. «Das mit den Fußtritten habe ich ihr gar nicht erzählt.»

«Warum nicht?»

«Meine Mutter hatte damals genug Probleme. Scheidung und so.»

Irene blickte sie zweifelnd an; in solchem Maß waren Kinder eher selten rücksichtsvoll.

«Na ja», gab Katrin zu, «wenn sie es gewusst hätte, dann hätte sie bestimmt etwas unternommen. Ich wollte aber nicht, dass er bestraft wird. Trotz allem hat er mir irgendwie leidgetan.»

Seltsam, dachte Irene. *Immer hat alle Welt Mitleid mit ihm, nur ich nicht. Ich sehe einfach keinen Grund dafür.* Zwar konnte sie sich an das Mitgefühl erinnern, das sie empfand, als sie von seinen ersten Lebensjahren gehört hatte. Aber später, während des Zusammenlebens mit ihm, trug das alles nicht sehr weit. Zwei, drei Jahre hatte ihre Nachsicht angehalten. Dann hatte sie angefangen, sich zu ärgern, wenn ihr Mann jede Ungezogenheit des Jungen auf seine schwere Kindheit zurückführte und ihm alles durchgehen ließ. Oder ihm zumindest schnell und ohne Konsequenzen verzieh. Andererseits hatte sie Joachim immer für seine bedingungslose Liebe zu seinem Kind bewundert. Sie selbst hatte so etwas bei Jonas auch empfunden. Und gleichzeitig hatte sie Jonas mehr Strenge angedeihen lassen, als Martin von seinem Vater und seiner Großmutter zusammen je erfahren hatte. Als Mutter hatte sie versucht, das Wesen beider Kinder mit einer Struktur zu umgeben, mit einem Gefäß aus Regeln und dosierten Freiheiten. Nichts sollte ausufern, aber auch nichts eingeengt werden oder verkümmern. Bei Jonas schien ihr das gelungen zu sein, zumindest glaubte sie das. Jonas hatte sich nicht nur in ihren Augen von einem kränklichen, schüchternen Kleinkind zu einem ausgeglichenen, fröhlichen und begabten Jungen entwickelt. Ja, zugegeben, Jonas war ihr näher als sein Halbbruder, viel vertrauter. Martin dagegen war ihr fremd geblieben. Sie wusste noch immer nicht, ob das an Martins Wesen lag oder ob es ihr schlicht an Einfühlung mangelte. *Vielleicht,* überlegte sie, und das nicht zum ersten Mal, *habe ich selbst das, was ich sonst Martin unterstelle: einen kalten Kern. Einen blinden Fleck auf der Seele.* Aber sie konnte jetzt nicht weiter darüber nachgrübeln, sie saß im Wohnzimmer von Katrin Weiss, nicht auf der Analytikercouch.

«Vielleicht hätten Ihre Erfahrungen mit Martin meinen Mann überzeugt, dass der Junge professionelle Hilfe brauchte. Einen Psychologen. Beratung. Therapie. Was auch immer. Vielleicht wäre dann alles anders gekommen.»

Falscher Ton. «Wollen Sie jetzt mir die Schuld geben?», brauste Katrin auf.

«Nein, natürlich nicht.» Es war wirklich nicht Irenes Absicht gewesen. Diese junge Frau hatte extrem feine Sensoren für ungerechte Schuldzuweisungen.

«Sie glauben immer noch, dass er beide Kinder umgebracht hat.»

«Sie nicht?» Irene spürte ihre Kehle eng werden. Schnell weg mit dem Bild in der Scheune. Jetzt bloß nicht heulen. Sie kämpfte die Tränen nieder.

Katrin schwieg. Weil sie die Frage nicht beantworten wollte oder weil sie Irenes inneren Aufruhr erahnte – Irene wusste es nicht. Jedenfalls hielt sie es für besser, die Frage nicht zu wiederholen. Eine Pause entstand, die Katrin überbrückte, indem sie ihrer Besucherin den letzten Schokoriegel anbot, um ihn dann, als Irene dankend ablehnte, selbst zu vertilgen.

Irene wagte die heikle Frage: «Hatten Sie beide eine echte Liebesbeziehung?» Sie sah die Abwehr in Katrins Gesicht und sprach schnell und eindringlich weiter: «Ich will begreifen, Katrin. Können Sie sich vorstellen, wie es ist, wenn man sein Leben ziemlich friedlich und geradlinig lebt – und plötzlich geschieht so eine Katastrophe? Es hat mir den Boden unter den Füßen weggezogen. Alle Klarheiten verschwimmen plötzlich, es gibt keine Gewissheit mehr. Es ist, als wären Ihre Augen über Nacht schwach geworden und das Leben bestünde nur noch aus Kleingedrucktem. Sie erkennen nichts mehr, Sie verstehen nichts mehr. Alles scheint Ihnen plötzlich Täuschung zu sein. Wahrheit und Lüge, nichts stimmt mehr, nichts passt mehr zusammen. Ich muss da wieder raus, Katrin. Ich muss diesen Scherbenhaufen ordnen, ich weiß sonst einfach nicht, wie ich weiterleben soll.»

Katrin sah sie lange an, fragte sich, ob sie dieser Frau wirklich trauen konnte. Sie entschloss sich, es zu tun. Was sollte schon passieren? Sie hatte ja keinen Meineid geschworen.

«Liebe ist für jeden etwas anderes, stimmt's?» Katrin erzählte, wie sie Martin im Kino getroffen hatte, wie sie sich den gleichen Film anschauten, hinterher in eine Bar gingen, in sentimental verklärten gemeinsamen Kindheitserinnerungen schwelgten und ihre Zukunftspläne ausbreiteten. Als Kind hatte sie ihn nie groß nach seiner Familie gefragt, sie erinnerte sich nur, dass er einen Vater und eine Stiefmutter hatte. Wenn er mehr erzählt hatte, dann hatte sie es vergessen. Jetzt stellte sie Fragen. Er erzählte ihr vom Selbstmord seiner leiblichen Mutter, von seiner gutherzigen Großmutter, erwähnte beiläufig seine Stiefmutter und den Sekundentod seines Vaters. Die Eckdaten seines familiären Lebens kannte sie damit, den Rest fand Martin nicht wichtig und Katrin auch nicht.

«Sie haben sein Brandmal nicht wichtig gefunden?», unterbrach Irene erstaunt.

«Ehrlich gesagt, ich hab's gar nicht gesehen.»

Es klang aufrichtig. Wenngleich sich Irene schwer vorstellen konnte, so blind bei jemandem zu sein, mit dem sie ins Bett ging. Aber denkbar war es.

In Katrins Augen war aus Martin ein interessanter und attraktiver junger Mann geworden. Er war charmant, humorvoll und großzügig. Und er hatte keine Freundin. Katrin hatte eine schmerzvolle Trennung hinter sich und war dankbar, dass er ihr geduldig zuhörte, wenn sie über ihren Ex klagte. Im Gegenzug erzählte er – sehr cool – ebenfalls von einer Verflossenen, und sie spürte unter dem Firnis übertriebener Selbstsicherheit die Einsamkeit des kleinen Jungen von früher. Sie fingen an, sich E-Mails zu schicken, verabredeten sich fürs Kino, schlugen sich ein paar Nächte in den Clubs um die Ohren, und dann kam es, wie es kommen musste, oder jedenfalls so, wie Katrin es wollte.

E-Mails, dachte Irene. *Natürlich.* Heutzutage kommunizierte die Jugend auf elektronischem Weg, per SMS oder, falls einer – wie Martin – tatsächlich kein Handy hatte, per Internet. Deshalb hatten Irene und die Polizei Katrins Telefonnummer nicht auf den monatlichen Abrechnungen gefunden. Und die Polizei hatte ihre E-Mail-Adresse nicht in seinem Computer entdeckt, weil er wegen des Virus alles gelöscht hatte.

«Trotzdem», fuhr Katrin fort, «wenn ich zurückblicke, muss ich gestehen: Ich war nicht verliebt. Nicht richtig, nicht so mit Haut und Haaren. Wir haben uns getroffen, als wir beide gerade niemanden hatten.»

«Und er? War er verliebt?»

«Er meinte ja, aber ...» Sie hob zweifelnd die Schultern. «Wir haben miteinander geschlafen, das stimmt. Ganze zwei Mal. Wir passten da nicht so richtig zusammen.»

«Weil er gewalttätig war?»

«Blödsinn», fuhr Katrin auf, und Irene ärgerte sich über sich selbst. Aber Katrin beruhigte sich gleich wieder. «So ist er nicht mehr, glauben Sie das doch endlich. Ich war selbst überrascht, wie zärtlich er sein konnte. Er war nur unerfahren. Zu jung für mich. Wenn ich mehr Geduld gehabt hätte ... Ich war eben nicht richtig verliebt. Ich hab mich in einen anderen verknallt. Martin war total enttäuscht und stinksauer. Aber er ist nicht ausgerastet wie als Kind, falls Sie das jetzt denken.»

Das hatte Irene in der Tat gedacht. Oder gehofft. «Man hängt eben an seinen Vorurteilen», sagte sie mit einem selbstironischen Lächeln. «Tut mir leid.»

Katrin nickte flüchtig. «Er hat nur einen türknallenden Abgang hingelegt, kommentarlos. Kurz darauf ist es dann passiert. Das mit seinem ... Ihrem ...»

«Mit Jonas und Joey», half ihr Irene.

Katrin nickte. «Und ich hab mich schuldig gefühlt deswegen.»

«Sie?»

«Ja. Wegen der Zusammenhänge. Das mit dem Brandmal und dem Missbrauch habe ich ja nicht gewusst. Meine Mutter hat damals wohl doch den richtigen Riecher gehabt.» Unwillkürlich zuckte Irene zusammen. Katrin bemerkte es nicht.

«Dann kam der Reinfall mit mir, weil ich ihn abserviert habe. Und dann muss er auch noch sehen, dass sein Bruder genau wie sein Vater ...»

Sie verstummte, als sie endlich sah, wie Irene litt. «Entschuldigung. Ich weiß ja auch nicht mehr, was wahr ist und was nicht.

Jedenfalls stand das damals in der Zeitung, und ich habe es geglaubt wie andere auch. Ich war sofort einverstanden, als sein Anwalt mich anrief und mich um meine Zeugenaussage bat. Ich hatte das Gefühl, Martin etwas schuldig zu sein. Dass er schwul sein könnte und dazu noch auf kleine Jungen steht, davon habe ich nämlich wirklich nichts geahnt. Ich glaube das auch immer noch nicht.»

Das war definitiv nicht das, was Irene hatte hören wollen. Sie wollte hören, dass Martin nie mit einer Frau geschlafen hatte, weil er dazu gar nicht imstande war. Weil er bei einer normalen Frau keinen hochkriegte. Weil er pervers war. Weil er ein gewalttätiger Psychopath war. Weil er überhaupt kein Mensch war. Es war dumm von ihr gewesen, herzukommen und doch nur eine Bestätigung ihrer eigenen düsteren Ansichten über Martins Charakter zu erwarten. Sie stand auf, um sich zu verabschieden.

«Danke, dass Sie so offen mit mir gesprochen haben, Katrin. Ich will ich Sie nicht länger aufhalten.»

Katrin stand ebenfalls auf, nahm die angebotene Hand, schien jedoch noch mit einem Gedanken zu ringen.

«Woran denken Sie?», ermutigte Irene sie.

Katrin setzte sich wieder und trank erst ihre Tasse leer, bevor sie antwortete: «Es gab noch einen anderen Grund, warum ich Martin nicht mehr sehen wollte. Als Kind, meine ich.»

Auch Irene nahm wieder Platz.

«Durch unseren Garten streunte manchmal eine Katze aus der Nachbarschaft, eine zutrauliche, dicke. Eines Tages komme ich von der Schule nach Hause und sehe Martin hinten im Garten, wie er am Zaun hockt und etwas beobachtet. Da war eine ziemlich dichte Hecke auf der Nachbarsseite. Ich bin also raus, um Martin zu begrüßen und zu sehen, was es Interessantes gibt. Es war die Katze. Festgebunden am Maschendrahtzaun, Klebeband kreuz und quer übers Fell, alle vier Pfoten gespreizt. Sie hat fürchterlich geschrien und gefaucht. Martin hat fasziniert zugeschaut. Jedenfalls kam's mir so vor. Ich bin ziemlich erschrocken. Hab ihn gefragt, wie er so etwas Gemeines tun kann. ‹Das war ich nicht›, sagte er, aber er hatte total zerkratzte Hände. ‹Ich wollte sie bloß losmachen. Aber sie kratzt und beißt.› Ich hab dann natürlich sofort eine Schere geholt und sie befreit. Sie können sich denken, dass sich das arme Tier nie mehr hat blicken lassen. Ich habe damals niemandem davon erzählt.»

«Weil Sie Martin schützen wollten?»

«Irgendwie ... irgendwie habe ich mich geschämt.»

«Warum?», fragte Irene überrascht. «*Sie* haben die Katze doch nicht gequält.»

Katrin zuckte die Achseln. «Ich weiß ja bis heute nicht genau, ob er das wirklich getan hat. Als wir uns wiedertrafen nach all den Jahren, habe ich ihn danach gefragt, aber er konnte sich überhaupt nicht daran erinnern.»

«Wer hätte es denn sonst tun sollen, wenn er allein im Garten war?»

«Die Zäune in unserer Gegend hatten Löcher und waren auch nicht sehr hoch. Ich und die anderen Kinder in der Nachbarschaft haben oft diese Abkürzung genommen.»

«Hätten Sie es denn einem der anderen Kinder zugetraut?»

«Nein. Aber wahrscheinlich wollte ich auch nicht glauben, dass mein Freund Martin so etwas tut. Eigentlich wollte ich nicht mit einem Tierquäler befreundet sein, das hätte niemand verstanden.»

Irene begriff.

Wieder zuckte Katrin die Schultern. «Ich war erst neun. – Das war kurz bevor er mich getreten hat.»

Irene schwieg. Das Bild von dem Vogel mit dem gebrochenen Genick und dem aufgerissenen – oder aufgeschnittenen? – Bauch schoss ihr durch den Kopf. Und all die totgefahrenen Tiere fielen ihr wieder ein, die Hunde, Katzen, Füchse und Igel, die Martin bei seinen Radtouren am Straßenrand aufgesammelt hatte und die er genauestens untersuchte, bevor er sie begrub. Manchmal waren sie noch warm und schienen kaum verletzt, wenn sie Martin damit hinter dem Schuppen ertappte. Sie musste an Lucy denken, ihre Katze, die drei Jahre nach der Hochzeit spurlos verschwunden war. Lange hatten Joachim und sie nach dem Tier gesucht, Hunderte von Steckbriefen mit Lucys Foto und Irenes Telefonnummer in Zehlendorfer Briefkästen geworfen und an Bäume und Ampeln geheftet. Sogar Martin war mit ihnen zusammen durch die Straßen gelaufen und hatte mit der Trockenfutterschachtel gerappelt, um Lucy anzulocken. Nichts. Lucy war verschwunden geblieben.

Gegen ihren Willen sprangen die Bilder in Irenes Kopf um zu der Katze in Katrins Garten. Sie sah das gewaltsam gespreizte und gefesselte Körperchen, sah das flaumweiche Fell an ihrem Bauch, der sich unter panischen Atemstößen rasend schnell hob und senkte, hörte die durchdringenden Schreie der Qual, sah, ohne es verhindern zu können, Joey in der Scheune, die gefesselten, überdehnten Arme und Beine, den aufgeschnittenen Leib, sah Jonas' zertrümmerten Schädel, die zersplitterten Knochen, das Blut, sah alles – obwohl sie es nie gesehen hatte – ganz realistisch, dem Film in ihrem Kopf wehrlos ausgeliefert. Diesmal konnte sie die Bilder auch nicht in abstrakte Strichzeichnungen verwandeln, um sie ertragen zu können. Eine Welle von Übelkeit stieg in ihr auf. Und Scham. Und sie begriff, dass ihre Scham aus einer anderen Quelle kam als die von Katrin als Kind. Sie hatte sich nicht so sehr davor gefürchtet, in den Augen anderer schlecht dazustehen. Vielmehr hatte Irene nicht hingesehen. Oder sie hatte hingesehen, aber keine Zusammenhänge hergestellt, keine Konsequenzen gezogen. Nicht, als noch Zeit gewesen wäre, die Richtung für Martin zu ändern. Das war ihr Fehler. Warum? Angst vor der Wahrheit? Sie hatte damals nicht voraussehen können, dass aus Martin einmal ein Mörder werden würde. Aber dass etwas mit ihm nicht stimmte, das hatte sie sehr wohl gesehen. War es Konfliktscheu gewesen? Bequemlichkeit? Letztlich war sie den verharmlosenden Erklärungen Joachims und Gudruns dann doch willig gefolgt. Und dafür schämte sie sich.

Sie fragte sich, ob auch Joachim das Unbehagen gespürt hatte, das sie selbst oft in Martins Gegenwart überkommen hatte. Ob er es genauso beiseitegedrückt hatte wie Irene selbst. Das würde jedenfalls – im Nachhinein – seine Niedergeschlagenheit erklären, die sie manchmal festgestellt hatte, wenn er länger mit seinem Sohn zusammen gewesen war, an Wochenenden und vor allem in den Ferien. Er hatte es immer als Erschöpfung abgetan, wegen seiner häufigen Kopfschmerzattacken. Aber vielleicht hatte auch er sich insgeheim geschämt, dass er manches gesehen und nichts unternommen hatte.

Eine Woge von Zärtlichkeit für Joachim brandete durch ihren Körper, völlig unangebracht in diesem Moment, in dieser Situation.

«Danach wollte ich eigentlich nicht mehr mit ihm spielen», unterbrach Katrin das Schweigen und riss Irene aus ihren Gedanken. «Ich habe es an diesem Tag noch getan, danach aber nicht mehr.»

«Weil Sie ihn dann doch für einen Tierquäler gehalten haben.»

«Ja. Und wohl auch, weil er so fasziniert geguckt hat. Auf die gefesselte Katze, meine ich. Das war mir irgendwie unheimlich.

Wissen Sie, Frau Werneck, wenn ich so zurückdenke, sehe ich die Szene noch immer genau vor mir. Und ich sehe, was mir damals nicht bewusst war, nämlich dass Martin überhaupt nicht verstanden hat, warum ich mich über das malträtierte Tier so aufgeregt habe. Er hat nicht einmal verstanden, warum die arme Katze so in Panik war. Er hat mich allen Ernstes gefragt: ‹Was ist Angst?› »

Papas furchtloser kleiner Hunne. Mutig, das hatte Joachim damit gemeint. Was für ein Irrtum!

Katrin blickte Irene an, als erwartete sie von ihr die Lösung eines Rätsels. Aber sie wartete nicht lange. Zu sehr drängte es sie, noch mehr zu erzählen.

«Er war mir zu dem Zeitpunkt überhaupt schon zu ... besitzergreifend. Es klingt komisch, wenn man das von einem Kind sagt. Aber mir fällt kein anderes Wort ein. Er kam viel zu oft zu mir, und er spielte nicht meine Spiele. Er war grob zu meinen Puppen, und einmal hat er meinen Lieblingsbären aufgerissen, mit bloßen Händen, nur um zu sehen, was drin ist, wieso er brummt. Hat er jedenfalls behauptet. Ich glaube, in Wirklichkeit war er eifersüchtig.»

«Auf einen Teddy?»

«Auf einen Plüschbär, ja. Und wenn andere Kinder da waren, wurde er schnell aggressiv. Gegen die anderen. Nicht gegen mich.»

«Bis zu dem Moment, in dem er Sie getreten hat.»

Katrin nickte. «Eigentlich war ich ja selbst schuld. Ich wollte damals nicht mehr mit ihm spielen und habe ihn damit enttäuscht. Genauso, wie ich ihn später enttäuscht habe. Aber selbst wenn er das mit der Katze wahrscheinlich war – ein Mörder ist er deswegen noch lange nicht.»

Katrin war noch immer bereit, das arme, einsame Findelkind

zu beschützen. Irene wusste darauf nichts mehr zu sagen. Sie bedankte und verabschiedete sich. Und sie unterdrückte den Impuls, diese unschuldige junge Frau zu umarmen. Es wäre ihr unangemessen erschienen.

«Hat er wieder etwas angestellt?», fragte Katrin, als sie sich an der Tür die Hand gaben.

Angestellt. Als ginge es um harmlose Bubenstreiche.

«Ich hoffe nicht», antwortete Irene. «Aber ich weiß es nicht, ich habe keinen Kontakt mehr zu ihm. Sie?»

«Nein. Ich habe ihm einen Glückwunsch gemailt, als er freigelassen wurde, aber er hat nicht reagiert. Ich hab's eigentlich auch nicht erwartet.»

ZWEI

Am dritten Tag der Überwachung kreuzte das Mädchen auf. Zweifel, dass es sich um die richtige Person handelte, hatten die Detektive nicht. Zwar trug sie das Haar jetzt kurz, aber an der Brandverletzung im Gesicht war sie eindeutig zu identifizieren. Sie wurde dabei beobachtet, wie sie das Haus in Friedrichshain, wo Martin Werneck im dritten Stock wohnte, betrat. Sie kam Sonntagmittag. Um vier Uhr nachmittags verließen sie gemeinsam das Haus, holten mit dem Lieferwagen in Kreuzberg einen circa sechsjährigen Jungen ab, gingen mit ihm ins Kino *(Ice Age)*, anschließend in eine Pizzeria, dann brachten sie den Jungen wieder nach Hause und fuhren zurück in die Wohnung von Martin Werneck.

«Bei dem gesuchten Mädchen», stand in dem Bericht der Detektei, «handelt es sich um Christina (Tina) Mahlbach, der Junge ist ihr Bruder Benjamin. Laut Auskunft des Hausmeisters leben die beiden bei ihrer alleinerziehenden Mutter Britta

Mahlbach.» Darüber hinaus hatte die Detektei – mit Schneiders amtlicher Hilfe – herausgefunden, dass Britta Mahlbach seit zwanzig Jahren von staatlichen Zuwendungen lebte und von den Alimenten des Vaters von Tina.

Montag früh brachte Martin W. Tina M. mit dem Auto zur Schule in Kreuzberg. Danach fuhr er, wie auch schon am Samstag, in der Gegend herum. Das Ziel war unklar. Er betrat keinen Laden, machte keinerlei Besorgungen. Zweimal parkte er, blieb jedoch jeweils etwa eine Viertelstunde im Wagen sitzen und fuhr dann weiter. Meistens passte er seine Geschwindigkeit dem Verkehrsfluss an, nur manchmal fuhr er langsamer, so als suche er etwas. Die Routen erstreckten sich über den südwestlichen Teil des Stadtgebiets bis in die Randbezirke und über die Stadtgrenze hinaus. Durch manche Straßen fuhr Martin mehrmals. Alles in allem war es eine aufwendige Recherche, da das Zielobjekt während der stundenlangen Fahrten mit verschiedenen Autos verfolgt werden musste. Einkaufen ging er in den Läden, die unmittelbar in der Nähe seiner Wohnung lagen, das war also nicht der Grund für die scheinbar ziellosen Spazierfahrten. Der Grund dafür erschloss sich erst am Dienstagabend, als Detektiv Michael Groll seiner Auftraggeberin und dem befreundeten Hauptkommissar Hanno Schneider in dessen Büro Bericht erstattete. Die erfahrenen Ermittler übertrugen die Routen auf einen detaillierten Polizei-Stadtplan an der Wand. Die mehrfach befahrenen Straßen nahmen sie sich am genauesten vor, die Plätze, an denen er angehalten hatte, markierten sie mit Fähnchen. Jetzt wurde deutlich, dass an diesen Straßen und Haltepunkten immer Schulen oder Sportplätze lagen. Schneider markierte auch sie. Einer der Haltepunkte lag direkt an einem Bolzplatz für Jugendliche, zwei andere in der Nähe von Schulen und Bushaltestellen.

Hanno, Irene und der Detektiv standen vor der Wandkarte und blickten einander an. «Jagdreviere», konstatierte Schneider. Irene konnte nur nicken. Ihr Mund wurde trocken und ihre Knie weich, sodass sie sich an den Schreibtisch lehnen musste. Besorgt bot ihr der Kommissar seinen Lesesessel am Fenster an. Sie ließ sich dankbar hineinsinken und öffnete einen Fensterflügel. Straßenlärm brandete herauf. Während Schneider den dritten Espresso mit seiner vorsintflutlichen italienischen Maschine zubereitete – nur für sie beide, der Detektiv hatte noch einen Termin –, atmete Irene tief die warme, halbwegs frische Sommerluft ein.

«Geht's besser?», fragte Schneider, als er die dampfenden Kaffeetassen auf den Tisch stellte. «Sonst hätte ich nur noch einen Magenbitter anzubieten. Davon aber jede Menge», fügte er grinsend hinzu. Magenprobleme, zu unregelmäßige Mahlzeiten, zu viele Zigaretten und Espressi und entschieden zu viel Stress waren bei Polizisten an der Tagesordnung.

Irene lehnte dankend ab. Sie fühlte sich schon wieder besser. «Was sollen wir tun?»

Rasch überschlug sie im Kopf ihre Finanzen. In den Monaten nach dem Drama hatte Irenes Firma Geschäftseinbußen hinnehmen müssen; zwei Aufträge waren geplatzt, einer, weil der Kunde insolvent geworden war, der andere, weil sie selbst zu unkonzentriert und langsam gearbeitet hatte. Das durfte und würde nicht mehr passieren. Da aber der Potsdamer Auftrag noch nicht rechnungsreif und der des Franzosen noch nicht unter Dach und Fach war, konnte Irene es sich nicht leisten, die Detektei so lange weiterzubeschäftigen, bis jemand Martin in flagranti erwischte, irgendwann, vielleicht erst in Monaten oder Jahren. Dafür hätte sie Kapital, das als Rücklage zur Überbrückung von Engpässen gedacht war, aus der Firma ziehen müssen – kein Thema also, Freunde und Mitarbeiter gingen vor. Es musste andere Methoden geben.

Mit der Dauer der Observierung wuchs ohnehin auch die Gefahr, dass sie aufflog. Dasselbe galt für eine Beschattung durch die Polizei. Abgesehen davon wäre eine derart personalintensive Polizeiaktion auch jetzt nicht genehmigt worden. Ein Wichser macht Spazierfahrten? Der zuständige Staatsanwalt hätte nur spöttisch abgewinkt. Das ewige Dilemma: Vor dem Verbrechen hatte die Polizei nichts in der Hand, nachher war nichts mehr zu retten. Irene war zum Warten verurteilt. Ebenso wie die Polizisten. Warten, bis die nächste Katastrophe geschah. Wie üblich.

Warten zählte nicht zu Irenes Stärken. Sie war zum Handeln entschlossen, zumal sie sich vorwarf, viel zu lange nichts getan und dem Unglück seinen Lauf gelassen zu haben. Nicht noch einmal, bitte. Nicht noch einmal.

«Es gibt keine Prävention», sagte Hanno, «es sei denn, Sie brächten ihn dazu, in eine Therapie zu gehen.»

«Den Teufel wird er tun.»

Hanno nickte.

«Ich könnte ihn anrufen und ihm sagen, dass er Tag und Nacht beobachtet wird. Egal, ob wir das wirklich tun oder nicht, ob er es glaubt oder nicht, vielleicht würde es ihn genug verunsichern, um ihn von der Jagd auf Kinder abzuhalten.» Sie sah Hanno fragend an.

Er schüttelte den Kopf. «Er hat jetzt Geld, er würde einfach abhauen. Und wir würden es nicht einmal erfahren, wenn er irgendwo im Ausland ein Kind ermordet.»

Er hatte recht. «Nachts schlafen Kinder», sagte Irene nachdenklich. «In der Regel jedenfalls. Also wird man ihn hauptsächlich am Tag überwachen müssen.»

Zwar gab es in Berlin auch nachts potenzielle Opfer für einen wie Martin, Straßenkinder, Junkies, minderjährige Stricher. Er könnte auch in eine Wohnung eindringen und sich über ein schlafendes Kind hermachen. Andererseits hatten ihn die Detektive nur an Orten gesehen, wo Kinder sich tagsüber aufhielten. Auch Joey hatte er sich am Tag und an einem Ort gekrallt, an dem üblicherweise viele Kinder unterwegs waren.

«So wie ich Martin einschätze», fuhr Schneider fort, «ist er keiner, der seine Opfer im Schutz der Dunkelheit überfällt. Er ist der Verführer. Ja, das ist eher sein Muster.»

«Gut», sagte Irene entschlossen. «Dann werde ich die Detektei anrufen und sie bitten, dranzubleiben. Wenn sie ihn nur am Tag überwachen, wird es ja vielleicht nicht so teuer.»

«Können Sie sich das wirklich leisten?»

«Ich muss es mir leisten. Offensichtlich ist er schon wieder drauf und dran, zuzuschlagen. Was ich mir auf keinen Fall leisten kann, ist, mir hinterher zu sagen: Wenn du nicht so geizig gewesen wärst, hättest du es verhindern können.»

Er schenkte Irene ein Lächeln, das ihr wie eine körperliche Berührung vorkam und sie mit Wärme umhüllte. Sie genoss diese Empfindung, und zugleich war sie ihr peinlich. Scheinbar unabsichtlich wandten beide den Blick ab. In dem folgenden Schweigen ließ für ein paar Sekunden der Autolärm draußen nach, und Irene hörte ein energisches, anhaltendes Magenknurren. Sie sahen beide auf und mussten lachen.

«Darf ich Sie zum Essen einladen?», fragte Irene.

«Wenn ich jetzt behaupte, ich habe keinen Hunger, glauben Sie mir wohl nicht.»

«Sie könnten sagen, dass Ihre Frau zu Hause mit dem Essen auf Sie wartet.»

«Tut sie nicht. Sie ist in Tübingen, auf einer Fortbildung.»

«Wie oft sehen Sie sich eigentlich?»

Schneider lachte. «Von Zeit zu Zeit legen wir uns Fotos hin, damit wir noch wissen, wie wir aussehen. – Nein, im Ernst, das ist ein echtes Problem. Einer von uns beiden macht immer Überstunden oder Nachtschicht oder eine Dienstreise. Aber wenn sich eine Ärztin und ein Polizist zusammentun, müssen sie eben damit leben, dass sie eine Beziehung führen wie Sonne und Mond.» Er stand auf. «Kommen Sie. Um die Ecke gibt es die beste Currywurst der Stadt, mit den knusprigsten Pommes. Und alles absolut bio.»

«Einverstanden.»

«Meine Frau darf nichts davon erfahren», sagte Hanno auf dem Weg zur Tür und bereute es sofort, als er sah, dass Irene ihm einen überraschten Seitenblick zuwarf. Sie hatte die Bemerkung falsch verstanden.

«Sie verabscheut Currywurst, bio hin oder her», erklärte er schnell und ging voraus, um ihr die Tür zu öffnen und sich selbst Zeit zu verschaffen, sich wieder zu sammeln. «Hat sie schon vor all den Gammelfleisch-Skandalen getan. Und Biowurst, sagt sie, ist oft noch mehr mit Keimen belastet als das Supermarktzeug. Weil die keine Konservierungsstoffe verwenden. Aber diese Currywurst ist immer frisch, das garantiere ich Ihnen.» Er verstummte abrupt; hoffentlich war Irene seine plötzliche kindische Unsicherheit nicht aufgefallen.

Als sie bei – tatsächlich guter – Currywurst und Cola an einem der Stehtische vor dem Kiosk standen, bewegte sich das Gespräch wieder auf sichererem Boden. Irene erzählte die Geschichten von der Spatenattacke auf Gudruns Fuß, von der Katze am Gartenzaun, von der Kinderfreundschaft mit Katrin Weiss und Einzelheiten über die Beziehung der beiden als Erwachsene.

«Was glauben Sie?», fragte Schneider. «War er tatsächlich in Katrin verliebt?»

«Bestenfalls Mimikry.» Sie überlegte, wie es um Martins Freundschaften während seiner Schulzeit gestanden hatte. Er war, soweit Irene wusste, in der Schule kein Außenseiter gewesen. Aber richtig dazugehört hatte er eben auch nirgends. Klassenkameraden waren selten bei ihm zu Hause aufgekreuzt. Es gab keinen «besten Freund». Er schien auch niemanden zu vermissen, zumal er jede freie Minute mit dem Fahrrad unterwegs war, selbst bei schlechtem Wetter. Erst als sein Vater ihm zum dreizehnten Geburtstag zusätzlich zum Laptop, den er längst besaß, eine Spielkonsole mit allen Spielen schenkte, die er sich gewünscht hatte, verbrachte Martin mehr Zeit in seiner Mansarde. Bald war er kaum mehr vom Computer wegzukriegen, und er beschimpfte jeden, der es versuchte, sogar seinen Vater. Joachim war ebenso wie Irene der Meinung, Martin solle mehr für die Schule arbeiten, anstatt Zeit totzuschlagen. Was dazu führte, dass Martin von da an die Wochenendtouren mit seinem Vater verweigerte, weil ihm «das ewige Gemecker auf die Nerven ging». Irene war das insgeheim ganz recht, weil Joachim dadurch mehr Zeit mit Jonas verbringen konnte. Und mit Irene.

Andererseits, fand Irene, hätte Martin gerade in diesem schwierigen Alter eine starke väterliche Hand gebraucht, also weniger Nachsicht und mehr Konsequenz. Genau da starb Joachim.

«Werfen Sie Ihrem Mann vor, dass er Sie mit dem Problemkind alleingelassen hat?»

«Unsinn. Er hat sich ja nicht einfach aus dem Staub gemacht. Er ist gestorben.»

«Ich meine, vor seinem Tod.»

«Ach so. Ja. Nein. Ach, ich weiß nicht. Nein, ich mache ihm keinen Vorwurf. Es waren die Umstände. Martin ist zerrissen aufgewachsen, zwischen emotionaler Entbehrung und Verhätschelung. Und ich wollte mir die Wochenenden mit Joachim nicht mit fruchtlosen Streitereien versauen. Okay, mea culpa.»

«Schlimme Rabenmutter», versuchte Schneider zu scherzen, aber Irene hörte kaum hin, sie war in Fahrt.

«Als Jonas in die Schule kam und gesundheitlich stabiler war, habe ich mich wieder in meinen Beruf gestürzt. Irgendwie habe ich immer gehofft, dass sich Martins Macken mit der Zeit auswachsen würden. Dass er lernen würde durch das, was wir ihm vorgelebt haben. Dass Jonas' ausgeglichenes fröhliches Wesen auf ihn abfärben würde. Oder die Art, wie Joachim, Jonas und ich miteinander umgegangen sind. Wir haben viel Spaß gehabt und viel gelacht. Unsere Meinungsverschiedenheiten haben mein Mann und ich zivilisiert ausgefochten. Bis auf einen gewissen wunden Punkt.»

«Martin?»

Irene nickte. Sie schob ein Stück Currywurst in den Mund und kaute schweigend, während sie dem widersprüchlichen Gezerre in ihrem Inneren nachspürte. Schneider sah, dass sie noch nicht am Ende ihrer Gedankengänge war, dass sie erst noch das unausweichliche Fragezeichen setzen musste, und er hütete sich, sie mit einem Kommentar zu unterbrechen.

«Übrigens hat Martin bei der Beerdigung seines Vaters nicht geweint. Sein Tod schien ihn nicht sonderlich mitzunehmen. So kam es mir zumindest vor. Andererseits war ich damals so mit mir selbst beschäftigt und natürlich auch mit Jonas' Schmerz, dass mir Martins Trauer vielleicht entgangen ist. Wie so manches. Möglicherweise.»

Sie schwieg. Die steile Falte zwischen ihren zusammengezogenen Brauen glättete sich plötzlich. «Mein Gott, wenn ich denke, wie sich Joachim darauf gefreut hat, dass wir endlich eine Familie werden.» Sie lächelte. «Wir waren bei meinem Lieblings-Chinesen essen. Bei der Suppe haben wir festgestellt, dass wir beide Lust hatten, zusammenzuziehen. Beim Warten auf den Hauptgang fragte Joachim dann vorsichtig, fast schüchtern, ob ich mir vorstellen könnte, ein Kind zu haben. Ich dachte natürlich, ein eigenes. Damals ging mir das dann doch ein bisschen arg schnell, der Nachtisch vor dem Hauptgericht quasi. Natürlich hatte ich auch früher schon daran gedacht, aber irgendwie hatte ich nie das dringende Bedürfnis, ein Kind zu bekommen. Das kannte ich nur von anderen Frauen. Allerdings war ich auch noch nie dem richtigen Mann dafür begegnet. Früher, als ich jung war, habe ich ein ziemlich wildes Leben geführt. Eine Zeitlang habe ich das Nachtleben genossen und mir so manchen Kerl vom Tresen gepflückt, wenn er mir gefiel. Dann habe ich mich mehr auf das Studium konzentriert, da war auch kein Platz für Kinder. Danach musste ich ziemlich strampeln, um als Architektin Fuß zu fassen. Als ich endlich einigermaßen gut verdiente, habe ich mich auf diesen Chaoten eingelassen, einen begnadeten Jazzmusiker. Weltmeister im Kiffen und ein Derwisch auf der Bühne. Totales Klischee, der ganze Mann. Trotzdem authentisch. Sechs Jahre lang schräge Töne und Nebel im Hirn, und im Bett hunderttausend Volt. Wenn wir Gelegenheit dazu hatten. Die meiste Zeit war er mit seiner Band unterwegs oder auf nächtlichen Sauftouren. Manchmal ist er buchstäblich im Rinnstein aufgewacht. Kinder mit so einem Mann? Unmöglich. Als mich Joachim dann fragte, habe ich erst einmal nach Luft geschnappt und um Bedenkzeit gebeten. Beim Nachtisch hat sich das Missverständnis dann aufgeklärt: Er meinte Martin. Ob ich einverstanden wäre, ihn zu uns zu holen, wenn wir zusammenziehen würden. Ich habe spontan ja gesagt, na klar. Es schien mir das Natürlichste der Welt. Und Joachim hat sich so gefreut! Ich hab dann noch eins draufgesetzt und gesagt: ‹Lass uns doch gleich Nägel mit Köpfen machen, schön spießig heiraten, ein Haus bauen und meinetwegen auch einen Apfelbaum pflanzen.› Wissen Sie, was er gemacht hat? Mein ruhiger, ausgeglichener Joachim? Er ist aufgesprungen, auf den Stuhl gestiegen und hat dem ganzen Restaurant verkündet, dass in dieser Sekunde ein großes, außergewöhnliches Zukunftsprojekt gegründet worden sei, eine Familie. Und alle Zeugen dieses Weltwunders müssten jetzt auf unser Glück trinken. Er hat eine Runde für alle ausgegeben, das Beste, was in so einem Restaurant zu kriegen ist, chinesischer Rosenschnaps. Wunderbar. Kriegen Sie so 'n dicken Kopf davon. Joachim hat ein Wasserglas voll davon hinuntergekippt, und dann hat er richtig aufgedreht. So hatte ich ihn bis dahin noch nie erlebt und auch nicht oft danach. Reißt mich vom Stuhl und tanzt mit mir durch das Lokal. Zu einer Musik – oh, Mann! Der Hochzeitsmarsch auf Chinesisch. Das quäkt und pfeift und plingt, und wir drehen uns durch das Lokal und holen uns blaue Flecken an den Tischkanten, die Leute lachen und applaudieren, und das Personal kommt aus der Küche ...»

Ihre Gesten waren noch lebhafter geworden als sonst, bis sie schließlich mit dem ganzen Körper erzählte und lachend mit erhobenen Armen um den halben Tisch tanzte, als umschlinge sie einen imaginären Partner. Zum ersten Mal sah Hanno sie so ausgelassen. *Doch, sie hat ihn geliebt. Und er sie auch,* dachte er und wurde sich bewusst, dass er bisher ein Zweckbündnis für möglich gehalten hatte: zwei Einsame, die sich zusammentun und – ohne es zu merken – bei aller freundschaftlichen Zuneigung eine Atmosphäre nicht von Lieblosigkeit, aber doch von Mangel an Liebe erzeugen, die auf einen kleinen, einsamen Jungen abfärben kann. Aber so war es nicht. Hanno sah diese Frau leuchten, konnte sich vorstellen, wie sie damals gestrahlt hatte, wie einverstanden sie gewesen war mit Joachim, mit Martin, mit einem weiteren Kind, mit dem Haus, mit ihrer aller Leben darin. Ihre Begeisterung war noch heute umwerfend. Er freute sich mit ihr. Und an ihr.

«Können Sie sich vorstellen, wie es meinen Mann gequält haben muss, dass sein Sohn so abweisend war?» Irene stand jetzt wieder an ihrem Platz, ruhig und beherrscht wie zuvor. Die Kerbe zwischen den Augenbrauen kehrte zurück. «Er hat versucht, es sich nicht anmerken zu lassen. Aber natürlich spürt man es, wenn man jemandem so nah ist. Zumindest habe ich das geglaubt, aber ...» Sie verstummte einen Moment und presste die Lippen aufeinander.

«Jedenfalls, ohne seinen Vater hat Martin den letzten Rest Respekt vor seiner Familie verloren. Falls er je welchen gehabt hat. Von da an kam und ging er nur noch, wann er wollte. Auch in der Schule. Seine Noten sind prompt schlechter geworden, wenn auch nicht ganz schlecht. Und geredet hat er kaum noch mit mir. Oft hat er nicht mal hallo gesagt, wenn er nach Hause kam. Meistens verschwand er gleich in seiner Mansarde. An den Wochenenden habe ich oft für Jonas und mich gekocht, gelegentlich auch für Gäste. Ich habe Martin vorher immer gefragt, ob er mitessen will. Meistens sagte er nur: ‹Vielleicht, weiß noch nicht.› Meistens blieb sein Platz leer. Oft habe ich ihm seine Portion aufgehoben, damit er sie sich in der Mikrowelle aufwärmen konnte. Ich kam mir vor wie ein Hotel: immer alles bereithalten, aber nie sicher sein, ob der Gast auch kommt. Nervtötend. Und sehr, sehr beziehungslos. Von Zeit zu Zeit habe ich das zwar moniert, aber er hat mich überhaupt nicht verstanden. Oder so getan. Keine Ahnung.»

«So ganz resigniert waren Sie also doch nicht.»

Irene zuckte die Achseln und schob den Pappteller mit den restlichen kalten Pommes beiseite.

«Irgendwann schon. Irgendwann hab ich's wirklich nur noch laufenlassen, wie es eben lief, und versucht, mich nicht mehr zu ärgern.» Sie lächelte schief. «Das habe ich dann als Großzügigkeit gedeutet.»

Sie hob den Blick. «Ist so ein Aufwachsen Grund genug, dass sich jemand zum sadistischen Sexualmörder entwickelt? Dass er sogar seinen eigenen Bruder ...?» Sie verstummte, ihre Lippen begannen zu zittern. Ein paar Sekunden lang drehte sie die Coladose zwischen den Händen, dann hatte sie sich wieder unter Kontrolle. «Sie haben Erfahrung mit Tätern. Was geht in so einem Hirn vor? Was zum Teufel bringt ein sonst normal funktionierendes Gehirn dazu, Signale an den Körper zu senden, den Händen zu befehlen: ‹Dieses Tier da, oder dieses Kind, greif es dir, es gehört dir, mach damit, was du willst, und wenn es kaputtgeht, ist es auch egal.› Was ist das? Versagen der Eltern? Oder genetische Veranlagung?»

«Das berühmte Verbrecher-Gen? Das war ein wissenschaftlicher Irrtum.»

«Dann ist es doch Erziehung? Haben die Psychologen recht mit ihrem Ursache-Wirkung-Prinzip? Schlimme Kindheit gleich verkorkster Erwachsener? Mir kommt das allzu simpel vor.»

«Ist es auch», antwortete Schneider. «Ich habe mir die Geschichten, Ausflüchte und Geständnisse von Hunderten Gewalttätern jeder Couleur angehört, und, glauben Sie mir, jeder hatte die Wahl zwischen Gut und Böse. Jeder Einzelne von ihnen. Es gibt den freien Willen. Das ist meine Meinung.

Sogar die mit einem IQ von unter hundert wissen, was sie tun. Und Martin ist beileibe nicht debil oder schizophren oder sonst was. Er weiß ganz genau, was er tut. Im Präsidium, bei der Vernehmung, hat er versucht, jeden von uns um den Finger zu wickeln. Ich meine, viele in seiner Situation versuchen, sich herauszuwinden und plausible Ausreden zu finden. Wir kennen so ziemlich alle Tricks. Bei meinen Kollegen hat Martin geheult ...»

«Er hat geweint?», unterbrach Irene ihn erstaunt.

«Rotz und Wasser.»

«Das ist ungewöhnlich.»

«Nicht bei Vernehmungen. Da weint sogar mancher Hartgesottene. Meistens ist es Selbstmitleid. Oder Show. – Martin jedenfalls hat sehr plastisch geschildert, wie sein eigener Vater ihn gequält hat und wie er dann beim Anblick von Joeys Qualen so entsetzt war, dass er ausgerastet ist und blind auf seinen Bruder eingeschlagen hat. Und dann noch die ...» – er zögerte kurz und warf Irene einen Blick zu –, «... die Geschichte mit dem glühend heißen Grill. Ich meine, er hat ja dieses Brandmal wirklich, wer auch immer ihm das verpasst haben mag. Mein Kollege, ein wirklich erfahrener Mann, hat prompt Mitleid mit ihm gekriegt.»

«Da war er nicht der Einzige.»

«Ja. Martin hat nur das Pech gehabt, dass wir uns bei der Vernehmung abgewechselt haben. Mich hat er auch zu manipulieren versucht mit seiner Mitleidstour. Nur habe ich ihm das Ganze nicht recht abgekauft und ihm das auch gesagt. Um ihn zu provozieren. Da hat er prompt einen Fehler gemacht. Er hat mir gedroht.»

«Er hat was?!»

«Gedroht. Versucht, mich einzuschüchtern. Nicht mit Worten. Er hat mich fixiert, lange angestarrt, mit Pokerface und ohne Blinzeln. Das kann er wirklich gut. Hat er vermutlich aus Gangsterfilmen.»

«Das konnte er schon im Vorschulalter.»

«Ach ja? Dann ist er ein Naturtalent. Es ist nicht leicht, so zu gucken. Man muss es trainieren. Normalerweise gehört Blinzeln zu den unwillkürlichen Reflexen.» Schneider grinste, als mache ihm das Duell noch heute Spaß. «Genau das war der Moment, wo ich absolut sicher wusste: Der lügt. Der hat beide Jungen umgebracht. Weil es für dieses Machtspielchen eine gehörige Portion Kaltschnäuzigkeit braucht. Eine bewusste Entscheidung. Kalkül. Genau das war der Grund, warum er in U-Haft bleiben musste. Ohne diesen Fehler wäre er wahrscheinlich bis zum Prozess auf freiem Fuß geblieben. Und womöglich untergetaucht. Ich habe den Haftrichter überzeugt, dass noch Zweifel bestehen und weitere Ermittlungen nötig sind.»

«Warum haben Sie das nicht vor Gericht erwähnt?»

Schneider zog einen Mundwinkel schief. «Das hätte sich gut gemacht im Plädoyer des Verteidigers: ‹Mein Mandant hat während der Befragung Blickkontakt mit dem Beamten gehalten. Gibt es einen deutlicheren Hinweis auf die Offenheit und Ehrlichkeit meines Mandanten? Ein Lügner würde dem Blick eines Polizisten, der bohrende Fragen stellt, ohne Zweifel ausweichen. Sie stellen die Regeln der Menschenkenntnis auf den Kopf, wenn Sie das Gegenteil behaupten, Herr Hauptkommissar.›»

Irene nickte. «Das wäre juristisch so viel wert gewesen wie das Sperma im Katalog.»

«Weniger.»

«Da hatte er selbst ein besseres Argument: das Brandzeichen.»

Schneider nickte. «Haben Sie wirklich nichts davon gewusst?»

Bei dieser Frage beugte sich Schneider unwillkürlich ein wenig vor und beobachtete aufmerksam Irenes Mimik.

«Nein!», antwortete sie vehement und wich seinem Blick aus. Gleichzeitig wurde sie sich bewusst, dass sie dadurch wie eine Lügnerin wirkte. Dabei log sie nicht, es war ihr nur peinlich, dass sie keinerlei Anzeichen von Torturen, die Martin vielleicht hatte aushalten müssen, wahrgenommen hatte. Und sie spürte einen Funken Empörung über Schneiders Frage, seinen offenkundigen Verdacht, Irene könne eine Lügnerin sein. Sie blickte rasch wieder auf.

«Ob Sie's glauben oder nicht», sagte sie mit fester Stimme, «ich habe nichts davon gewusst.»

Hanno lächelte sie freundlich an.

«Ich glaube Ihnen ja. Nicht mal Martin hat behauptet, Sie hätten es gewusst.»

Irene entspannte sich. «Ich weiß nicht genau, wann ich ihn zuletzt nackt gesehen habe. Vermutlich, als er ungefähr fünf war, in der Badewanne. Er konnte es nicht ausstehen, wenn ich ihn waschen wollte, da habe ich ihn in Ruhe gelassen. Und später, wenn wir zum Schwimmen an einen See gefahren sind, hatte er die Badehose immer schon an und zog sie auch nachher nicht aus.»

«Sie haben also keine Idee, wer ihn auf den Grill gesetzt haben könnte, wenn nicht sein Vater?»

Irene schüttelte den Kopf. «Für mich bleibt die Geschichte rätselhaft», erwiderte sie. «Und meine Frage von vorhin ist auch noch nicht beantwortet.»

«Ob eine schwere Kindheit ausreicht, jemanden zum Mörder zu machen?»

Irene nickte. «Ich weiß sehr wohl, dass nicht alle kriminell werden, die als Kind gelitten haben. Aber warum tötet ein junger Mann oder auch ein älterer Mann ein wehrloses Kind? Warum tötet ein Mensch überhaupt?»

Was soll man darauf antworten?, dachte Schneider. Die Frage, die sich regelmäßig so viele Menschen bei jedem spektakulären Mord stellten, war für ihn schon lange keine mehr. Obwohl er einsah, dass es eine fundamentale Frage war und bleiben würde, hielt er sie zugleich für vollkommen unsinnig. Hanno interessierte sich nur noch insoweit dafür, als sie ihm das Motiv für eine Tat und den Hinweis auf einen Täter liefern konnte. Ansonsten galt für ihn nur eins: Menschen töten nun mal. In der Antike wurde derjenige zum Helden, der am besten töten konnte. Je höher die Leichenberge, desto größer der Ruhm. Und zwischen Gewalt, Tod und Sex gab es auch schon immer eine Verbindung, mal mythisch, mal sadomasochistisch, oder ein Partner wurde ganz sachlich aus Überdruss beseitigt. Und Folter ist von sexuellen Aspekten kaum zu trennen. Öffentliche Hinrichtungen waren oft Volksfeste. Kriege sind nie über die Menschen hereingebrochen wie ein Gewittersturm. Sie waren gewollt, von Herrschern, Soldaten und Volk. Nur wer durch den Krieg zu Schaden kam, hat den Krieg beklagt. Erst die Westeuropäer haben nach dem Zweiten Weltkrieg die Übereinkunft getroffen, dass Töten schlecht ist. Weniger aus moralischen Gründen, sondern unter dem Eindruck der modernen Massenvernichtungswaffen. Die trafen nicht mehr nur den Kämpfer selbst, die konnten auch seine Familie, seine Freunde, sein Haus, seine Stadt, einen Landstrich, die ganze Welt zerstören. Die schiere Quantität der Zerstörungskapazität hat uns die Hoffnung auf das eigene Überleben geraubt. So machte Gewalt keinen Spaß mehr. Der Glaube, andere umbringen zu können und selbst ungeschoren davonzukommen, gehörte nun einmal zwingend zum Spiel. Das galt für politische Gewalt ebenso wie für gewöhnliche Kriminelle. Es war eine sehr junge kulturelle Errungenschaft, die das menschliche Leben für so wertvoll erklärte, dass es um jeden Preis geschützt werden musste. Sie ist noch nicht in den Genen verankert, und deshalb bricht die archaische Lust am Töten immer wieder durch, bei Einzelnen, bei Gruppen, bei Stämmen und Völkern in der ganzen Welt, auch in den zivilisiertesten Teilen davon. Die Frage, die Irene stellen sollte, lautete also nicht: Warum tötet ein Mensch? Die Frage musste vielmehr lauten: Warum geschieht es nicht viel öfter? Wie kommt es, dass moderne, friedfertige Zivilisationen so relativ gut funktionieren? Darüber aber konnte Schneider mit Irene nicht sprechen. Nicht jetzt, da die Frage nach dem Warum für sie von so existenzieller Bedeutung war. Schließlich entschied er sich, stattdessen eine sehr persönliche Geschichte zu erzählen.

«Vor vierunddreißig Jahren wurde irgendwo in Polen ein kleines Mädchen geboren, viel zu früh, stark untergewichtig, gerade mal achthundertzweiundvierzig Gramm, Herz und Lungen funktionierten nicht richtig, und es bekam prompt Lungenentzündung mit Wasseransammlung. Lange Zeit lag es auf der Intensivstation, dann wurde es am Herzen operiert, lag wieder auf der Intensivstation, wegen der Infektionsgefahr auch noch in Quarantäne. Monatelang hing es zwischen Leben und Tod, ohne die Zärtlichkeit der Eltern, die durften nämlich nicht zu ihr. Damals war die Gerätemedizin noch nicht so weit fortgeschritten, es gab noch keine Brutkästen mit diesen langen Plastikhandschuhen, mit deren Hilfe man unterentwickelte Babys von außen streicheln kann. Jedenfalls nicht in der polnischen

Provinz. Das Mädchen kam durch, aber es gab immer wieder Komplikationen, und am Ende war die Kleine fast durchgehend vier Jahre lang in diesem Kinderkrankenhaus, isoliert von allen, außer vom Personal. Kontakt mit den anderen kranken Kindern kannte sie nur mittels Klopfen und Rufen durch die Wände. Das allerdings wurde ihr Lieblingsspiel. Da auch dauernd neue Kinder im Krankenhaus waren, gab es immer neue Geschichten. Am vierten Geburtstag hat ihr das ganze Krankenhaus vor der Tür der Quarantänestation ein Ständchen gebracht. Das zählt bis heute zu den glücklichsten Momenten ihres Lebens. Familie waren für sie Ärzte und Schwestern. Ihre Eltern kannte das Mädchen nur als Stimmen hinter dem Vorhang. Sie mochte diese Leute nicht, die redeten immer über sie, nicht mit ihr, und das auch noch leise. So sind sie sich gegenseitig fremd geblieben. Und durch die notgedrungen lange physische Isolation war ihr körperliche Zärtlichkeit am Beginn ihres Lebens fremd und mit der Zeit sogar unangenehm. Irgendwann war der weiße Plastikvorhang um sie herum in ihre Seele eingewachsen.

Mit fast vier Jahren war ihre Gesundheit endlich stabil genug, dass sie entlassen werden konnte. Ihre Lieblingspflegerin brachte ihr die Freudenbotschaft und wunderte sich, dass die Kleine nur weinte. Ihr Zuhause war das Krankenhaus. Die Eltern waren ja Fremde für sie. Und am nächsten Tag sollten die sie abholen. Sie hat Malkreide gegessen, eine ganze Schachtel voll, ist prompt wieder krank geworden und durfte bleiben. Aber bald ließ sich der Abschied nicht mehr vermeiden.

Richtig vertraut ist sie mit ihren Eltern nicht geworden. Sie haben ihr Möglichstes getan, aber das Mädchen spielte nicht mit. Vielleicht haben sie auch nicht den richtigen Ton getroffen. Jedenfalls hat sich das Mädchen in die Schularbeit gestürzt und in den Sport. Sie war dünn und schwach, als sie aus dem Krankenhaus kam, im Sportverein wurde sie immer kräftiger. Mit sechzehn war sie eine hübsche junge Frau, sie nahm neben der Schule einen Job an und zog in eine eigene winzige Wohnung. Von dieser Position aus hat sie sich ihren Eltern allmählich annähern können, und inzwischen hat sie ein herzliches Verhältnis zu ihnen. Zumindest, solange sie ihr nicht zu dicht auf den Pelz rücken. Mit einundzwanzig wurde sie polnische Leichtathletikmeisterin und hatte ein Kreuz wie ein Preisboxer. Nach einem Unfall musste sie ihren geliebten Sport an den Nagel hängen. Sie ging nach Berlin und studierte – na? Was wohl?»

«Medizin?»

«Genau. Heute ist sie nicht etwa eine Psychopathin oder eine Kriminelle oder Asoziale. Sie ist eine tolle Ärztin und so normal wie ein Sonnentag im August.»

«Mit gelegentlichen Gewittern?»

Er lachte, aber es war ein weiches, liebevolles Lachen. «Und ob!»

«Ihre Frau?»

Schneider nickte lächelnd. Irene erwiderte das Lächeln, wobei sie sich den Bruchteil einer Sekunde lang über den Stich wunderte, den sie dabei spürte. Sie trank ihre Cola aus.

«Sie hat keinen Knacks davongetragen?»

«Sie hat Eigenarten. Ich habe tatsächlich pflegeleichtere Frauen gekannt. Zum Beispiel hat sie ...» Er überlegte, ob er wirklich so intime Details erzählen durfte. Doch seltsamerweise fühlte er sich Irene verbunden und hatte Lust, mit ihr so frei zu reden wie sonst nur mit seiner Frau.

«Sie mag sich zum Beispiel immer noch nicht gern umarmen und küssen lassen. Ist ihr einfach unangenehm.»

«Und wie ...?», setzte Irene an, verschluckte aber den Rest der Frage lieber. «Entschuldigung. Geht mich nichts an.»

«Wie sich unser Liebesleben gestaltet, wollen Sie wissen?»

Irene nickte vorsichtig.

«Ich darf sie umarmen und alles andere auch. Aber ich musste sie erst richtig erobern, ganz klassisch. Vor mir hat sie nur einen einzigen Freund gehabt. Mit dem ist es gründlich schiefgegangen. Da war sie zwanzig. Ich habe sie kennengelernt, als sie sechsundzwanzig war. Sie hat mich ziemlich lange im Wald stehenlassen. Aber ich bin so ausdauernd um sie herumgetrampelt, bis es einen Weg zu ihr gab. Und jetzt ist sie ein ausgesprochenes Kuscheltier. Mir gegenüber. Sonst ist sie kontaktfreudig, verbindlich und herzlich, aber ich amüsiere mich oft, wenn ich sehe, mit welcher Raffinesse sie den offenen Armen anderer Leute ausweicht und es dabei fertigbringt, niemanden zu brüskieren.»

Aus ihm sprach so viel Wärme und Großzügigkeit. Irene ertappte sich dabei, dass sie seine Frau beneidete. Gleichzeitig verbot sie sich solche Gefühle.

«So viel also zum Thema ‹schlimme Kindheit – böse Erwachsene›. Oder, im Umkehrschluss, ‹aus glücklichen Kindern werden zwangsläufig gute Menschen›. Alles Blödsinn. Küchenpsychologie. Also hören Sie auf, sich Vorwürfe zu machen. Ich bin noch nie einem Sexualstraftäter begegnet, der nicht gewusst hat, was er tut, und der nicht fähig gewesen wäre, seinen Impuls notfalls zu beherrschen. Wenn er tötet, heißt das, dass er töten will. Das lehrt mich meine Erfahrung.»

«Aber seit Freud heißt es unwidersprochen: *Wir sind nicht Herr in unserem eigenen Haus.*»

«Ja, das gute, alte freudianische Unbewusste.» Schneider lächelte mit leisem Spott. «Übrigens wird das zurzeit von den Neurologen wiederentdeckt. Sie glauben herausgefunden zu haben, dass wir viele Entscheidungen treffen, bevor wir uns willentlich oder gar bewusst entscheiden. Ich sehe eine tolle Frau, das Bild erreicht mein Hirn, und das motorische Zentrum gibt den Befehl an meinen Körper, meine Beine in Bewegung zu setzen und den Mund aufzumachen, damit ich die Chance nutze. Das Hirn gibt den Befehl ein paar Millisekunden bevor mir mein eigener Entschluss dazu bewusst wird.»

«Das hieße, Ihr Entschluss war nicht frei, sondern von unbewussten Emotionen gesteuert?»

«Genau.»

«Dann hätte Freud doch recht gehabt.»

«Oder die Neurologen irren sich. Weil sie vielleicht die bunten Bilder, die sie von den Hirnaktivitäten machen, falsch interpretieren. Weil Hirnforscher auch nicht allwissend sind. Hätten sie recht, wären wir letztlich nur der völlig unberechenbaren Willkür von elektrischen Impulsen im Oberstübchen ausgeliefert.»

«Vielleicht sind wir das wirklich. Zumindest sobald Liebe und Sex im Spiel sind», lächelte Irene.

Schneider erwiderte das Lächeln. «Fallen Sie augenblicklich über jeden her, der Ihnen gefällt?»

«Ich versuch's nicht täglich zu tun», erwiderte sie lachend.

«Im Ernst», sagte Schneider, «ich weiß von keinem einzigen Sexualgewalttäter, der nicht sofort den Schwanz eingezogen hätte, wenn er Gefahr lief, erwischt zu werden. Das hat schon so mancher Frau und manchem Kind das Leben gerettet. Wie alle Kriminellen glauben diese Typen zwar auch, dass sie viel zu schlau sind, um erwischt zu werden. Die abstrakte Gefahr der Strafandrohung hält sie nicht im Geringsten auf. Wenn die Gefahr allerdings manifest wird, wenn beispielsweise ein Zeuge aufkreuzt, den sie nicht auch noch beseitigen können, dann rennen sie. Vielleicht ist das emotionale Hirn von denen so unterentwickelt, dass es ihnen schwerer fällt als normalen Menschen, einen Impuls zu unterdrücken. Aber möglich ist es, verdammt nochmal.»

Hanno Schneider hatte sich in Rage geredet. Irene blickte ihn neugierig an. Sofort hatte er sich wieder unter Kontrolle. Sie lächelte, er lächelte zurück. Sie war sicher, dass mancher Täter gelegentlich in ihm Mordgelüste weckte. Und dass er wusste, dass ihr das gerade klar geworden war.

«Gehört Neurologie heutzutage zur Ausbildung von Kriminalisten?»

Er lachte. «Viel zu kompliziert für einfache Polizistenhirne. Nein, meine Frau stopft mich immer voll damit. Sie ist überzeugt, dass wir im Jahrhundert der Neurologie leben und dass auch Polizisten nicht davon verschont bleiben dürfen.»

Irene war überrascht; sie hatte automatisch angenommen, Hannos Frau sei Kinderärztin.

«Internistin», sagte Schneider. «Beschäftigt sich aber auch mit Neurologie. Sie ist noch unschlüssig, aber ich hoffe, sie sattelt ganz um und geht in die Forschung. Wenigstens einer von uns hätte dann geregelte Arbeitszeiten.»

Sie kehrten zum Präsidium zurück, wo Irene ihr Auto stehengelassen hatte. Schneider musste noch einige Arbeit im Büro erledigen. Als sie sich zum Abschied die Hand gaben, sagte sie: «Ich möchte mehr darüber wissen. Über Sexualgewalt. Haben Sie ein paar einschlägige Bücher für mich?»

Hanno Schneider war klar, dass die Aussicht auf noch mehr Albträume sie nicht abschrecken würde, tiefer in diese infernalische Welt einzutauchen. Sie wollte unbedingt verstehen. Also versprach er ihr, einiges aus seinem Fundus für sie zusammenzustellen und auch seine Frau darum zu bitten, wenn sie von ihrer Fortbildung zurückkehrte.

Am nächsten Tag, Mittwoch, setzten die Detektive die Observierung fort. Allem Anschein nach hatten die beiden Zielobjekte, Martin und Tina, ihre wie auch immer geartete Beziehung tatsächlich wieder aufgenommen. Das Mädchen fuhr nach der Schule mit dem Fahrrad zu ihm, verbrachte dort den Nachmittag und die Nacht, bis sie am Morgen wieder zur Schule fuhr, mit Verspätung. Martin ließ sich nicht blicken. Keine Spritztour wie an den Tagen davor. Nur am Nachmittag sah man ihn eine halbe Stunde lang bei lauter Musik am offenen Fenster in der Sonne sitzen und dem Treiben auf der Straße zusehen. Krank schien er also nicht zu sein.

Nach Dienstschluss stieß Hanno Schneider zu den Detektiven. Er wollte sich selbst ein Bild von Martins Verhalten machen, wenn er unterwegs war. Doch ausgerechnet heute verließ er das Haus überhaupt nicht. Stattdessen kam Tina gegen Abend wieder zu ihm. Hanno stellte fest, dass sie keinen eigenen Schlüssel besaß, sie musste klingeln. Sie blieben beide in der Wohnung, hinter geschlossenen Jalousien, sodass man auch von ihrem Treiben drinnen nichts mitbekam. Am Donnerstag schwänzte Tina die Schule. Das Haus verließen sie nur, um im nahe gelegenen Supermarkt einzukaufen. Auf dem Hinweg hielten sie Händchen. Sie wirkten wie ein ganz normales Liebespaar.

Was bedeutete das alles? Hatte Martin gemerkt, dass er beschattet wurde? Oder hatte er schon zugeschlagen, bevor Irene die Detektei eingeschaltet hatte? Schneider verbrachte den Donnerstagnachmittag damit, in der Zentraldatei alle ungeklärten Vermisstenmeldungen zu durchforsten – nichts. Kein Fall, der irgendwie gepasst hätte. Und wenn der Kerl sich ein Opfer gesucht hatte, das niemand vermisste? Ein Straßenkind? Ein illegales Einwandererkind? Oder ein Kind irgendwo im Ausland, sodass die Berliner Polizei keinen Wind davon bekommen hatte? Lag er jetzt in seiner Höhle, friedlich zusammengerollt wie eine satte Würgeschlange? Bei dem bloßen Gedanken wurde Hanno wütend. Andererseits deuteten seine Autotouren in den vergangenen Tagen darauf hin, dass er hungrig war. Von Beginn der Beschattung bis zu diesem Augenblick konnte Martin nicht zugeschlagen haben, die Detektive hatten ihn keinen Moment aus den Augen gelassen. Verdammt, was für eine fruchtlose Aktion. Schneider beschloss, ins Wespennest zu stechen.

Am Freitag wartete er mit einem uniformierten Kollegen vor Tinas Schule. Er hatte bewusst einen auffälligen Streifenwagen gewählt, kein Zivilauto, um der Sache einen offiziellen Anstrich zu geben. Gegen halb eins strömten die Schüler mehrerer Klassen heraus. Hanno entdeckte Tina unter denen, die zu den Fahrradständern gingen. Zusammen mit einem gleichaltrigen Mädchen schob sie plaudernd und lachend ihr Rad vom Schulhof. Dass sie nicht allein war, passte Schneider gut, die anderen sollten ihr später ruhig Fragen stellen. Je mehr Menschen wussten, dass sich die Polizei für Tina interessierte, desto schwerer würde es ihr fallen, dunkle Geheimnisse zu bewahren. Er wartete also nicht, bis sich die beiden Mädchen verabschiedet hatten, sondern trat ihnen in den Weg.

«Hallo, Tina Mahlbach.»

Sie blickte überrascht zu ihm auf, unsicher, ob sie ihn kennen musste oder nicht. Er zeigte ihr seinen Ausweis.

«Hanno Schneider, Kripo. Ich würde mich gern mit Ihnen unterhalten.»

Zwischen Abwehr und Neugier schwankend, musterte sie ihn.

«Worüber?»

«Darf ich Sie zu einem Milchshake oder so was einladen?»

Die Abwehr siegte. «Keine Zeit, sorry», erwiderte sie kühl und setzte einen Fuß auf das Fahrradpedal.

«Sind Sie mit Martin verabredet?»

Unwillkürlich warf sie einen schnellen Seitenblick auf ihre neugierig abwartende Mitschülerin. Nervös begann Tina am Fahrradgriff zu fummeln. Sie hätte jetzt einfach wegfahren können, tat es aber nicht.

«Karla, ich glaube, dein Bus kommt gleich.»

«Kommst du nun mit ins Kino oder nicht?»

«Weiß noch nicht. Ich ruf dich an, okay?» Tina versuchte Karla abzuwimmeln, also wusste die Schulfreundin vermutlich nichts von Martin und sollte auch nichts von ihm erfahren.

«Ruf wirklich an, ja?» Offenbar hielt Tina ihre Verabredungen nicht immer ein. «Ich treffe mich mit den anderen um acht vor dem Kino. Wir besorgen keine Karte für dich, du musst schon rechtzeitig kommen. Okay?»

Tina nickte flüchtig und hatte die Freundin schon vergessen, bevor die ihr den Rücken gekehrt hatte. Dieser Bulle beunruhigte sie. Sie versuchte, es sich nicht anmerken zu lassen.

«Woher kennen Sie mich?»

«Wie hat Ihnen *Ice Age* gefallen?» Er beobachtete sie unverhohlen, sah die Irritation, dann das Verstehen in ihren Augen. Aus dieser Nähe konnte man sehen, dass die flächige Brandnarbe schon halb verblasst war. Ein guter plastischer Chirurg hätte sie vermutlich ganz beseitigen können. Andererseits gab sie dem noch etwas Kindlichen, Ungeformten dieses Gesichts eine tragische Komponente. Vielleicht kam daher die leise Traurigkeit in den großen Augen, eine Grundfarbe, die das fanatische Glühen darin milderte. Sie hatte ein hübsches, ausdrucksvolles

Gesicht, wenn sie nicht, wie jetzt gerade, ein Pokerface mit Schlangenblick probierte. *Wirkt etwas albern,* dachte Schneider belustigt. *Musst du noch üben, bevor dich die großen bösen Jungs ernst nehmen.*

«Genau», sagte er. «Ich habe Sie im Kino gesehen. Meine Frau und ich haben uns den Film ebenfalls angeschaut.» Seine Frau baute er in die Legende ein, damit das Mädchen und Martin, wenn sie es ihm nachher erzählte, nicht zwangsläufig denken mussten, dass sie beide beschattet wurden. «Ich bin der Scheißbulle, der letztes Jahr Ihren Freund verhaftet hat.»

Tina warf einen erschrockenen Blick in die Runde, auf die Lehrer und Schüler, die vorbeigingen und vielleicht große Ohren machten.

«Der kleine Junge», setzte Hanno nach, «der im Kino dabei war, wer war das?»

«Ich glaube zwar nicht, dass Sie das was angeht, aber es war mein Bruder. Und jetzt lassen Sie mich in Ruhe.»

Die Auster klappte zu. Sie radelte davon, grußlos. Schneider ließ sie ziehen. Er würde vor ihr am Ziel sein.

Der Streifenpolizist fuhr Hanno zu dessen Dienstwagen an der Ecke und folgte dann dem Mädchen noch zwei, drei Straßen weit, um festzustellen, welche Richtung sie einschlug. Per Funk übermittelte er die Route an Schneider. Der nahm nun die Verfolgung mit seinem Zivilwagen auf, zwei Straßenzüge weit. Dann war er sicher, dass Tina nach Hause fuhr, nach Kreuzberg, nicht nach Friedrichshain zu Martin.

Vor ihrem Haus kettete Tina das Rad an einen Baum, drehte sich um und prallte auf Schneiders breites Grinsen.

«Hallo, Tina.»

«Haben Sie mich etwa verfolgt?»

«Berufskrankheit», sagte Schneider aufgeräumt.

«Verdammt, was wollen Sie von mir?», fauchte sie.

«Ich bin eben ein neugieriger Mensch. Und als ich Sie neulich im Kino gesehen habe, eine hübsche junge Frau und offensichtlich verliebt in einen Kindermörder ...»

In ihrem Inneren fand eine Explosion statt. Aber die Fassade hielt. Nur ihre Mimik entgleiste für einen Moment, und ihre blaugrünen Augen brannten giftgrün vor Zorn. Das waren aber auch die einzigen Zeichen, die ihre wahren Emotionen verrieten. Im nächsten Moment kehrte das Blau in ihre Augen zurück, und sie zwang sich zu einem stolzen Lachen. Ihre Stimme blieb dabei kühl und zitterte kaum merklich.

«Sie sind genauso bescheuert wie seine Stiefmutter. Martin ist freigesprochen worden. Und ich weiß, dass er unschuldig ist. Okay? Ich weiß es.»

«Weil du mit ihm zusammen bist?»

«Ganz genau. Und ich weiß, dass er mich liebt. Mich.»

«Weil Sie einen besonders süßen kleinen Bruder haben», antwortete Schneider gelassen.

Sie lachte ihm wieder ins Gesicht, wenn auch nicht mehr ganz so überlegen. «Sie haben nicht die geringste Ahnung, was für ein Mensch Martin wirklich ist.»

Du auch nicht, dachte Hanno und wusste, dass es für dieses verblendete Mädchen irgendwann ein traumatisches Erwachen aus ihrem Traum geben würde. Vielleicht konnte er diesen Erkenntnisprozess ein wenig beschleunigen.

«Was für ein Mensch ist er denn?»

Tina zog nur die Oberlippe verächtlich hoch und wandte sich ab.

«Warte», sagte er, als Tina Anstalten machte, die Haustür aufzuschließen. «Ich will dir etwas zeigen.»

Er holte einen Briefumschlag aus seiner Jackentasche.

«Hast du schon einmal eine Kinderleiche gesehen?»

Tina wollte etwas entgegnen, aber er ließ sie nicht zu Wort kommen.

«Kannst du dir vorstellen, wie es sich anfühlen muss für so ein Kind, wenn es von oben bis unten mit dem Messer aufgeschlitzt wird? Bei lebendigem Leib?»

«So was stelle ich mir nicht vor.» Ihr Ton sollte eisig klingen, was jedoch vom Beben ihrer Stimme zunichtegemacht wurde. «Ich bin nämlich kein Sadist. Sie offenbar schon.»

Sie versuchte fahrig, den Schlüssel ins Schloss zu stecken. Schneider packte sie hart an der Schulter und drehte sie zu sich herum.

«Dann helfen wir deiner Phantasie mal auf die Sprünge.» Er zog ein halbes Dutzend Tatortfotos aus dem Umschlag und hielt sie ihr vor das Gesicht, eines nach dem anderen. «Sieh dir das an. Das ist Joey. Schau hin!», herrschte er sie an, als sie entsetzt nach Luft schnappte und das Gesicht abwandte. «Und das ist der Bruder von deinem Freund. Erschlagen. Von Martin.»

«Es war Notwehr!»

«Und das?» Schneider hielt ihr das grausigste der Bilder dicht vor die Augen, eine Großaufnahme von Joeys Körper mit den herausgewühlten Eingeweiden.

«War das auch Notwehr?»

Aus Tinas Gesicht war jede Farbe gewichen. Um nichts in der Welt wollte sie das sehen. Doch sie hatte es gesehen, einen winzigen Moment lang. Jetzt schlug sie nach den Fotos und nach Schneider, blind, mit zugekniffenen Augen. Schneider wich nur einen halben Schritt zurück, ließ ihr Zeit und beobachtete, ob die Schocktherapie mehr bewirkte als bloße Abwehr. Tina fing sich halbwegs, erstaunlich schnell.

«Warum tun Sie das?», fragte sie und blickte zur Seite, um die Horrorbilder zu ihren Füßen nicht sehen zu müssen.

«Weil ich nicht möchte, dass dir etwas passiert. Oder deinem Bruder», sagte er sanft.

Sie kniff die Lippen zusammen und kaute darauf herum, als überlege sie sich eine Antwort, doch sie entschied sich für ein kommentarloses Beenden des Gesprächs und drehte entschlossen den Schlüssel im Schloss herum.

Schneider angelte rasch eine Visitenkarte aus der Innentasche seiner Jacke und reichte sie ihr.

«Wenn Sie irgendwann mal Rat oder Hilfe brauchen – Sie können mich jederzeit anrufen. Tag und Nacht.»

Sie nahm die Karte. Ihre Hand zitterte noch, aber ihre Stimme klang nur noch leicht belegt.

«Hauptkommissar, Abteilungsleiter Mordkommission», las sie und schnippte ihm das Kärtchen vor die Füße, mit so viel Verachtung, wie sie in ihrer momentanen Verunsicherung aufbringen konnte. «Können Sie sich sonst wohin stecken.» Sie sperrte die Haustür auf und verschwand, ohne sich noch einmal umzudrehen.

Schneider wusste, ihr trotziger Stolz war angekratzt, war zur Hälfte nur noch Attitüde. Eine Zeitlang mochte sie sich noch ihren Illusionen über Martins Liebe zu ihr hingeben, doch er hatte einen Stachel mit Widerhaken in ihr Fleisch getrieben, der würde sie zur Wachsamkeit zwingen. Er hatte den richtigen Knopf gedrückt, als er ihren Bruder erwähnt hatte, sie wollte die Alarmglocke nur noch nicht hören.

Das heruntergefallene Foto und die Visitenkarte hob er auf; das Bild steckte er in die Tasche, die Karte in den Briefkasten der Familie Mahlbach.

Ich weiß nicht, wie ich es geschafft habe, die Bilder so schnell abzuschütteln. Kurz erschrocken, schon vergessen. Selbst heute kann ich mich kaum an Details erinnern. Wahrscheinlich wollte ich einfach durch nichts und niemand in meinem Glauben an Martin erschüttert werden. Oder an meine Macht über ihn, keine Ahnung. Jedenfalls, kaum waren Sie weg, sagte ich mir, dass Sie ein komplettes Arschloch sind, Herr Schneider. (Sorry, so war's eben.) Ich war überzeugt, dass Sie nur einen Keil zwischen mich und Martin treiben wollten, aus Frust, dass er frei herumlief, wo Sie sich doch solche Mühe gegeben hatten, ihn lebenslang hinter Gitter zu bringen. Ich war mir meiner Sache so verdammt sicher! Ich habe mich Ihnen total überlegen gefühlt.

Nachdem ich Sie vor der Schule hatte stehenlassen, wollte ich natürlich sofort Martin anrufen, mich mit ihm treffen und ihm von der Begegnung mit Ihnen erzählen. Noch lieber wäre ich sofort zu ihm gefahren, obwohl ich dann vielleicht vor verschlossener Tür gestanden hätte, ich hatte ja keinen Schlüssel. Er mochte es nicht, wenn ich einfach so unangemeldet hereinschneite. Fand ich in Ordnung, ich mag das genauso wenig, man ist schließlich auch mal ungewaschen oder einfach schlecht drauf, oder man will ungestört für die Schule lernen. Dass man gelegentlich sogar den liebsten Menschen nicht sehen will, muss nicht bedeuten, dass man Geheimnisse vor ihm hat. Ich habe seine Wünsche respektiert. Außerdem ist mir nicht entgangen, dass mich die Streife von der Schule weg noch eine Zeitlang verfolgt hat. Also dachte ich, es wäre vielleicht besser, Martin erst von zu Hause aus anzurufen. Wie gesagt, ich hatte überhaupt keinen Grund, ihm zu misstrauen. Martin war immer offen zu mir. Was die Sache in der Scheune betrifft, glaubte ich ihm mehr als Ihnen, schon weil das Gericht seine Darstellung akzeptiert hatte. Das Einzige, was er vor Gericht verschwiegen, mir aber ganz offen und freiwillig eingestanden hatte, war, dass er wie sein Vater und sein Bruder eine gewisse Neigung zu Jungen hatte. Aber ich war absolut sicher, dass dieses Kapitel Vergangenheit war, dass ich ihn geheilt hatte. Und ich war so glücklich darüber, so stolz auf mein Werk, obwohl ich weiter nichts getan hatte, als einfach nur für ihn da zu sein und ihn zu lieben, mit meiner ganzen Seele.

Damals, Herr Schneider, fand ich Sie einfach nur bösartig. Vor allem, weil Sie meinen kleinen Bruder ins Spiel gebracht haben. Weil Sie angedeutet haben, dass Martin mich nur benutzen wollte, um an Benny ranzukommen. Ich wäre Ihnen am liebsten an die Kehle gesprungen. Gleichzeitig hatte ich so etwas wie verächtliches Mitleid mit Ihnen. Der arme alte Bulle, dachte ich, der hat ja keine Ahnung von der Macht der Liebe, ist ihm einfach zu hoch, aber er kann wahrscheinlich gar nichts dafür, er hat ja sein Leben lang immer nur mit fiesen Gangstern zu tun.

Aus einem Grund, der mir selbst unklar war, habe ich Martin aber dann doch nicht angerufen. Benny war an diesem Nachmittag bei einem Jungen aus seiner Klasse, zu dem er oft nach der Schule zum Essen und Spielen und Hausaufgabenmachen ging, wenn meine Mutter sich mit Freundinnen traf. An diesem Tag holte ich Benny früher als verabredet ab und leistete ihm zu Hause Gesellschaft, bis Mama zurückkam. Und bis Martin mich per Mail fragte, ob ich Lust hätte, ein bisschen bei ihm rumzuhängen und ein neues Computerspiel auszuprobieren. Da war Benny schon im Bett.

Martin hatte zu dieser Zeit eine Spielphase. Ständig floss

möglichst viel Blut auf dem Computerbildschirm. Nicht wirklich mein Ding, ich spielte nur ihm zuliebe mit. Aber an diesem Abend wurde nichts daraus. Ich erzählte ihm von Ihnen. Die Fotos habe ich übrigens nicht erwähnt, keine Ahnung, warum. Vielleicht wollte ich sie einfach nur verdrängen. Oder keine unangenehmen Fragen stellen müssen.

Martin bekam einen Wutanfall. So hatte ich ihn noch nie erlebt. Tobte in der ganzen Wohnung herum, trat so wild gegen eine Tür, dass er sich den halben Nagel vom großen Zeh abriss, was ihn noch wütender machte. «Dieses Miststück!», schrie er. «Diese blöde Kuh! Kann die mich nie in Ruhe lassen? Will die ewig hinter mir herschnüffeln? Ich mach die Schlampe fertig!»

Seine Stiefmutter. Er war überzeugt, dass Frau Werneck Sie gegen uns aufgehetzt hatte. Mit irgendwelchen Lügen. Aus reiner Bosheit. Er wählte tatsächlich ihre Nummer, legte aber gleich wieder auf und war von einer Sekunde zur anderen ganz ruhig. Zumindest ruhig genug, um laut nachzudenken.

«Ich bin sicher, ich hab ihr gegenüber nur deinen Vornamen erwähnt. Woher wissen die also, wer du bist und wo du wohnst?»

«Der Bulle hat uns nach dem Kino hinterherspioniert.»

«Glaube ich nicht. Wäre mir aufgefallen, ich kenne ihn ja.»

«Im Kino hast du ihn ja auch nicht gesehen.»

Er brummte unschlüssig. «Damals, als du in Zehlendorf mit meiner Stiefmutter gesprochen hast, bist du da anschließend nach Hause gefahren?»

Ich nickte.

«Mit dem Rad?»

«Ja. Wieso?»

«Weil ich ihr zutraue, dass sie dich verfolgt hat. Und dann hat sie dich bespitzeln lassen, damit sie meine Adresse herausfindet. Ich hab sie ihr nämlich nicht gegeben.»

«Aber du hast doch Telefon. Da gibt einem die Auskunft doch auch die Adresse.»

«Damals hatte ich noch keinen Festnetzanschluss. Allerdings kurz darauf ...», grübelte er nervös. «Verdammte Scheiße, die hat die Bullen auf mich gehetzt!», brüllte er mich an, als sei ich daran schuld. «Die haben mich beobachtet!»

«Aber warum? Und warum gerade jetzt?» *Vielleicht hat der Bulle die Geschichte mit Paul in der Laubensiedlung rausgekriegt*, schoss es mir durch den Kopf. Aber wären Sie dann so offen auf mich zugegangen?

«Du hast doch seit deinem Geburtstag nichts mehr getan, oder?»

Martin antwortete nicht, und ich bekam wieder einmal ein flaues Gefühl im Magen. «Oder?»

«Blödsinn.» Er war auf hundertachtzig. «Red nicht so 'n Scheiß, ja? Wenn du dich wie meine Stiefmutter aufführst, dann kannst du gleich abhauen.» Er packte meine Hand und zerrte mich zur Wohnungstür. «Los! Verschwinde!»

Ich war total erschrocken und fast am Heulen. «Entschuldige bitte. Ich hab's nicht böse gemeint.»

Er beruhigte sich augenblicklich. (Das konnte er, von einer Sekunde auf die andere den Ton ändern, die Stimmung, und mich damit auf Trab halten. Was zur Folge hatte, dass alle meine Antennen ständig auf ihn gerichtet waren.) Er schloss also die Tür wieder, hob mit einer Fingerspitze mein Kinn an, sah mir direkt in die Augen und sagte streng, aber ruhig: «Wenn ich was gemacht hätte, Tina, und wenn mich die Polizei dabei beschattet hätte, glaubst du, dann wäre ich noch frei?»

Der Druck in meinem Magen ließ nach. Martin hatte recht,

mein Misstrauen gegen ihn war ungerecht und verletzend. Es tat mir wirklich leid. Das sagte ich ihm auch, aber er blickte mich nur tieftraurig an.

«Dieser Bulle», erklärte er, «der konnte mich von Anfang an nicht leiden. Der ärgert sich höllisch, weil man mich hat laufenlassen. Die haben nichts in der Hand gegen mich. Gar nichts. Deshalb versucht er dir Angst einzujagen. Er will uns auseinandertreiben. Und du glaubst ihm auch noch. Mehr als mir. Ich dachte, du bist der einzige Mensch, der mich wirklich liebt und dem ich vertrauen kann. Aber wie es scheint, habe ich mich wieder mal geirrt. Du bist genauso gegen mich, wie immer alle gegen mich waren, meine Mutter, mein Vater, mein Stiefbruder und meine Stiefmutter sowieso. Die und dieser Bulle. Da haben sich zwei gefunden. Wahrscheinlich fickt er sie auch noch.»

Er wandte sich von mir ab. Das tat weh. Und wieder stieg in mir die Wut auf. Auf Sie, Herr Schneider. Weil Martin recht hatte. Weil Sie mich gegen Martin aufhetzen wollten. Weil Sie mein Glück zerstören wollten. Davon war ich in diesem Moment überzeugt. Das sagte ich auch zu Martin. Er reagierte nicht. Und als ich beteuerte, dass er mir absolut vertrauen könne, dass ich ihm vertraue und dass ich ihn liebe, da ließ er mich einfach stehen und ging in die Küche. Gleich darauf hörte ich so einen Klagelaut. Natürlich war ich sofort bei ihm und nahm ihn in die Arme.

«Manchmal frage ich mich, warum die mich unbedingt in die Welt setzen mussten, wenn sie mich gar nicht haben wollten», flüsterte er, und es klang so verzweifelt.

«Damit wir uns begegnen», sagte ich sanft.

Er lächelte mich an, und wir küssten uns. Ein wahnsinnig intensiver Moment. Kein Zweifel, wir gehörten zusammen.

Am Ende stand für uns fest, dass Sie, Herr Schneider, uns wirklich nur zufällig im Kino gesehen und uns hinterherspioniert hatten. Sie wollten Unruhe stiften. Aus Rachsucht. Martin glaubte nicht, dass wir ein echtes Problem mit der Polizei hatten. Irgendwelche verdächtigen Gestalten in seiner Nähe hätte er bestimmt bemerkt, schon weil er seit seiner Entlassung darauf gefasst gewesen war. Er war sich seiner Sache so sicher, dass er nicht einmal mit den Diebereien in den Läden aufhören wollte. Jetzt erst recht nicht. Weil wir so am sichersten merken würden, ob uns jemand beschattet, meinte er. Kein Polizist kann einfach zuschauen, wie einer klaut. Also hat er gleich am nächsten Tag unverschämt offen einen ganzen Eimer voll Rosen mitgehen lassen. Von einem Straßenstand, mitten unter Leuten. Mein Herz hat ausgesetzt, aber nichts ist passiert.

Trotzdem sind wir nicht total leichtsinnig geworden, man kann ja nie wissen. Wenn wir weggegangen sind, haben wir aufgepasst, ob uns jemand folgt. Wir haben ein Spiel daraus gemacht, sind Irrwege gefahren oder plötzlich in Hinterhöfe oder durch Gärten gerannt. Ein paar Tage lang hat Martin mit seiner digitalen Kamera die parkenden Autos vor seinem Haus fotografiert. Ich habe während der Fahrt die Autos hinter uns beobachtet, um zu sehen, ob sich bestimmte Nummernschilder wiederholen. Nichts Verdächtiges. Nur wussten wir bald auswendig, welches Fahrzeug wem in unserer Nachbarschaft gehörte.

Eine kurze Zeit lang fanden wir die Vorstellung, dass wir von der Polizei verfolgt werden, wahnsinnig spannend. Besser als sämtliche Raubzüge, Reisepläne und Computerspiele zusammen. Irgendwie hatte ich aber auch ein Gefühl von Unwirklichkeit. Ein Leben wie in einem Zwischenreich, ich weiß nicht, wie ich es beschreiben soll.

Doch, so: Als Kind, so mit acht oder neun Jahren, haben wir die Sommerferien bei den Eltern meiner Mutter verbracht. Die hatten einen wunderschönen Rosenstrauch im Garten mit großen gelben Blüten, die intensiv nach Aprikosenkuchen dufteten. Ich habe meine Nase oft in die Blüten gesteckt, ganz tief eingeatmet und mir so eine Art Rausch geholt. Und einmal passierte dabei etwas Merkwürdiges. Ich verließ meinen Körper, schwebte in ein paar Metern Höhe schräg über mir. Ich habe von oben zugeschaut, wie ich unten an der Rose schnupperte. Es gab mich zweimal in diesem Moment, aber mein Bewusstsein war nur in meinem schwebenden Ich, in meinem Geist, meiner Seele oder was es war, keine Ahnung. Ich erinnere mich genau an den Zustand, dieses tolle Gefühl von Ruhe, Glück und absoluter Überlegenheit. Das Gefühl, alles zu wissen, alles zu verstehen. Dann hat mich meine Großmutter gerufen. Ich weiß noch, dass mich da so etwas wie Angst überfiel, Angst vor etwas, für das ich damals keinen Namen hatte. Der Angstanfall dauerte nur einen Augenblick lang, und wenn ich heute daran zurückdenke, war es wohl die Angst, den materiellen Körper und dieses andere, schwebende Ich nicht mehr zusammenzukriegen. Oder beides wieder zusammenkriegen zu müssen, keine Ahnung. Eine vage Angst jedenfalls. Ich habe das ganze Erlebnis so genossen, dass ich es immer wieder gesucht habe. Trotz der Angst am Ende. Diese Angst machte mir keine Angst. Im Gegenteil, sie hat das Erlebnis noch viel intensiver gemacht. Jeden Tag habe ich an einer dieser Rosenblüten gerochen, sofern gerade eine aufgeblüht war, aber das Abheben ist mir nicht mehr geglückt. Ich hab's bis zum Ende der Ferien immer wieder versucht, aber es funktionierte nicht mehr. Auch in den Jahren danach nicht. Nie mehr.

Das ungefähr war mein Lebensgefühl in der Zeit mit Martin:

diese unbändige Leichtigkeit, die Gewissheit, über allem zu schweben, über allen Gesetzen, beinahe sogar über den Naturgesetzen. Und trotzdem war da eine nicht greifbare Angst ganz dicht unter der Haut – das Salz in der Suppe. Natürlich dachte ich nicht darüber nach, ich wollte mir den Spaß nicht verderben. Schon gar nicht wollte ich mir das alles von einem sturen und gehässigen Bullen verderben lassen, der meinem Freund auf Teufel komm raus etwas anhängen wollte.

Heute fühlt sich das alles an wie eine Million Lichtjahre entfernt. Dabei ist es noch keine acht Monate her, seit ich Sie kennengelernt habe. Es ist so viel passiert seitdem, und heute verstehe ich, wovor Sie mich warnen wollten. Damals aber fürchtete ich nur, dass wegen Ihnen dieses neue, prallgefüllte Leben explodieren und in sich zusammenfallen könnte wie ein Zeppelin, in den der Blitz einschlägt.

Der Blitz ist eingeschlagen. Ich bin abgestürzt, mein Leben ist wertlos, und es ist mir egal. Alles ist mir egal. Alles außer Benny.

SIEBTES KAPITEL

EINS

Schneider war gleich nach seiner Begegnung mit Tina zu einem Leichenfund gerufen worden – eine junge Frau, die mehrere Tage in der Spree gelegen haben musste und dann durch die Faulgase an die Oberfläche getrieben worden war –, wodurch er keine Gelegenheit gefunden hatte, Irene anzurufen, jedenfalls nicht zu einer menschenfreundlichen Tageszeit. Ein schriftlicher Bericht per E-Mail schien ihm zu unpersönlich, also rief er erst am nächsten Abend von seiner Wohnung aus an, während seine Frau – aus der Fortbildungswoche zurückgekehrt – noch im Krankenhaus Dienst tat. Er erreichte Irene zu Hause.

Einer der Detektive hatte Irene schon über Martins provozierend frechen Blumendiebstahl informiert. Sie erzählte Schneider davon, bevor er den Grund seines Anrufs erwähnen konnte.

«Er hat das so ungeniert gemacht, dass wohl niemand seinen Augen trauen wollte. Jedenfalls hat niemand reagiert.»

«Das kann nur bedeuten, dass er sich sicher fühlt», sagte Schneider und berichtete von seinem Gespräch mit Tina, das vor dieser Klau-Episode stattgefunden hatte.

«Sie hält ihren Freund für einen tollen Typ und die verfolgte Unschuld in Person», schloss er.

Irene ertappte sich bei dem gehässigen Gedanken, die dumme Nuss werde schon merken, was für ein toller Typ Martin wirklich war, wenn er ihrem kleinen Bruder den Bauch aufschlitzte.

«Glauben Sie, dass er nur mit Tina zusammen ist, um an ihren Bruder ranzukommen?», fragte sie.

«Denkbar. Andererseits hätte er schon längst Gelegenheit

gehabt, zuzuschlagen. Vielleicht ist ihm der Junge noch zu klein. Oder er ist aus anderen Gründen nicht nach seinem Geschmack. Törnt ihn eben nicht an.»

«Vielleicht missbraucht er ihn längst, und nicht einmal Tina kriegt etwas davon mit.»

«Auch nicht auszuschließen», meinte Hanno. «Für wahrscheinlicher halte ich aber, dass er zu schlau dafür ist. Weil er der erste Verdächtige wäre, wenn dem Jungen etwas zustößt.»

«Vielleicht kämpft er ernsthaft gegen seine Neigung an?»

«Hm ...», meinte Schneider skeptisch.

«Wenn es ihm vor allem aufs Töten ankommt, vergreift er sich vielleicht auch an Mädchen und Frauen, wenn er gerade keinen passenden Jungen erwischt.»

«Möglich. Diese feigen Drecksschweine nehmen oft, was sie kriegen können. Hauptsache, das Opfer ist schwächer als sie selbst.»

Dass Schneider seine Verachtung so offen zeigte, war unprofessionell. Unwillkürlich presste er den Telefonhörer fester ans Ohr, wie um die Untertöne besser hören zu können; Irene war zwar nicht blutsverwandt mit Martin, aber der trug die Gene des Mannes in sich, den sie geliebt hatte. Ob sie es nun wahrhaben wollte oder nicht, sie fühlte sich noch immer verantwortlich, als wäre sie seine leibliche Mutter. Eltern können extrem empfindlich reagieren, wenn Außenstehende Kritik an ihren Sprösslingen üben, selbst wenn sie so viel von ihnen hielten wie ein Gärtner von Wühlmäusen.

Irene antwortete ohne einen Hauch von Gekränktheit. «Dann könnte Tina also selbst in Gefahr sein?»

«Auch in diesem Fall würde der Verdacht sofort auf Martin fallen. Nein, ich denke, er benutzt sie vor allem als Tarnung. Damit alle Welt glaubt, er sei ganz normal.»

«Ich hoffe für das Mädchen und ihren Bruder, dass Sie recht haben. Übrigens frage ich mich, ob Tinas Mutter über Martin Bescheid weiß. Sollten wir sie nicht aufklären?»

«Was wollen Sie ihr erzählen? Dass wir Martins Sperma in einem Modekatalog gefunden haben und deshalb überzeugt sind, dass sich der Richter mit dem Freispruch geirrt hat?»

«Klingt ziemlich blöd, stimmt.»

«Außerdem decken wir dann unsere Karten auf. Im Moment denken sie noch – hoffe ich zumindest –, dass ich sie nur zufällig im Kino gesehen habe und dem Mädchen nachgegangen bin, weil ich als notorischer Schnüffler nicht anders konnte. Jetzt gibt es zwei Möglichkeiten: Entweder hat Tina ihm von mir erzählt – oder nicht. Wenn nicht, dann heißt das, ich habe ihr Misstrauen Martin gegenüber geweckt.»

«Das wäre gut.»

«Ja. Wenn sie's ihm brühwarm erzählt hat, könnte sie ihm gegenüber zwar trotzdem vorsichtiger sein, aber Martins Chancen, sie wieder einzulullen, sind dann größer.»

«Die zweite Version», meinte Irene, «ist wohl wahrscheinlicher. Nach dem gelungenen Blumenklau waren die beiden jedenfalls quietschvergnügt, meinte die Detektivin.»

«Und von dem Schock durch die Fotos scheint sie sich ziemlich schnell erholt zu haben.»

«Fast beneide ich sie», sagte Irene. «Und Martin – so dreist kann nur einer sein, der sich für absolut unverwundbar hält.»

«Der soll nur so weitermachen», sagte Schneider. «Früher oder später kriegen wir ihn dann.»

«Früher oder später – das ist das Problem.» Irene zögerte. Von Geld zu sprechen, war ihr unangenehm, schließlich ging es um Menschenleben. Dennoch: «So eine Rund-um-die-Uhr-Beschattung ist tatsächlich ganz schön teuer, trotz Rabatt. Ich kann mir das noch ein paar Wochen leisten, dann sind meine Reserven leider erschöpft.»

«Vielleicht haben wir ja Glück. Vielleicht versucht er schon bald was, und wir erwischen ihn in flagranti.»

Wenn man dabei von Glück sprechen kann, dachte Irene. «Die McGregans ...», sagte sie. «Ich muss dauernd an sie denken. Sie haben noch einen Sohn, neun oder zehn Jahre alt, und wie so viele andere glauben sie ja seit dem Prozess auch, dass Martin nicht der Mörder ihres Sohnes ist. Sollte man nicht wenigstens sie warnen?»

«Ich glaube nicht, dass er sich an Joeys Bruder vergreift. Aus demselben Grund, weshalb er Tina und ihren Bruder in Ruhe lässt. Zu nah an ihm dran.»

Und wenn der Trieb doch irgendwann stärker wird als das Kalkül?, dachte Irene. *Wenn Schneider nicht recht hat und Martin die Kontrolle verliert?* «Dann soll ich lieber nicht mit den McGregans reden?»

«Doch, Frau Werneck. Das ist auf jeden Fall eine gute Idee. Es schadet nicht, wenn sie ihr Kind noch besser beschützen, als sie es wahrscheinlich sowieso schon tun. Und sie könnten wiederum andere Eltern warnen.»

Vor allem aber würde es Irene guttun und den Eltern des ermordeten Joey auch, dachte er, doch das behielt er für sich. Er wollte ihr nicht zeigen, wie hilfsbedürftig sie ihm vorkam, indem er ihr sagte, welchen therapeutischen Nutzen Gespräche zwischen den Betroffenen einer Straftat, zwischen Angehörigen von Tätern und Opfern haben konnten. Irene schien ihm eher der Typ, der sich am liebsten selbst am Schopf aus dem Sumpf zieht. Ihr Hilfe anzuraten, die sie nicht von sich aus suchte, wäre zwecklos. Doch ohne darüber nachzudenken, ob es ratsam wäre, bot er ihr an, sie zu den McGregans zu begleiten.

Irene freute sich über sein Angebot. Er überlegte rasch, wann er Zeit dafür haben würde. Am besten gleich heute Abend, die Wasserleiche war sowieso schon erledigt, ein Selbstmord. Und zu Hause säße er auch nur allein herum.

Irene versprach, die McGregans sofort anzurufen, vielleicht passte es auch bei ihnen. Während sie die Telefonnummer heraussuchte, dachte sie an ihren Besuch bei den McGregans, ein paar Tage nachdem Jonas und Joey beerdigt worden waren, fast zur selben Stunde, doch auf verschiedenen Friedhöfen. Irene hatte das Bedürfnis gehabt, Joeys Eltern um Vergebung zu bitten für das, was ihrem Sohn angetan worden war, für den Verlust, den die ganze Familie erlitten hatte. (Ob das nun Martins oder Jonas' Schuld war, stand zu jenem Zeitpunkt offiziell noch nicht fest.) Mit allem hatte Irene gerechnet, mit Reserviertheit oder Feindseligkeit, nur nicht mit dem aufrichtigen Mitgefühl, das ihr dieses deutsch-amerikanische Ehepaar dann am Teetisch entgegenbrachte.

«Ihre Erinnerungen sind vergiftet», hatte Mr. McGregan erklärt. «Unsere nicht. Das macht unsere Trauer ein wenig leichter.»

«Sie stecken in einem furchtbaren Dilemma», hatte seine Frau ergänzt. «Wenn wahr ist, was Ihr Stiefsohn sagt, wenn sich Ihr verstorbener Mann tatsächlich an ihm vergangen hat und wenn sich Ihr jüngerer Sohn ebenfalls an Kindern versündigt hat, dann werden Sie nie mehr frei und unbefangen auf die gemeinsamen Jahre zurückblicken können. Aber wenn sich herausstellen sollte, dass alle Schuld einzig und allein Ihren Stiefsohn trifft, auch dann wird immer ein Gefühl der Mitschuld Ihr Leben vergiften. Zumal Sie vielleicht nie wissen werden, ob Sie tatsächlich etwas Entscheidendes falsch gemacht haben, etwas, das die Weichen falsch gestellt hat, und was genau es war. Das stelle ich mir als das Schlimmste vor, diese Ungewissheit.»

Irene hatte dagesessen, unfähig, ein einziges Wort zu erwidern, und außerstande, die Tränen zurückzuhalten.

«Kein Anschluss unter dieser Nummer.» Die Telefonnummer in Irenes Verzeichnis galt nicht mehr. Sie rief die Auskunft an und erfuhr, dass die McGregans nicht mehr in Deutschland gemeldet waren. (Später erfuhr Hanno Schneider von den Nachmietern in ihrer Wohnung, dass die Familie kurz nach Martins Freispruch nach Amerika zurückgekehrt war.)

«Auch gut», sagte Schneider, als Irene ihm mitteilte, dass die McGregans nicht mehr erreichbar waren. «Aber was mache ich jetzt mit meinem freien Abend?»

«Warum fragen Sie nicht Ihre Frau?»

«Sie musste für einen Kollegen einspringen. Übrigens habe ich Bücher für Sie zusammengesucht. Noch interessiert?» Irgendwie hatte Irene auf so eine Antwort gehofft.

«Eigentlich schon», antwortete sie, «auch wenn mir vor dem Zeug graust.» Und wie er gehofft hatte, fügte sie hinzu: «Ich habe auch nichts weiter vor. Wollen Sie mit den Büchern vorbeikommen? Wir könnten ein Glas Wein zusammen trinken.»

«Haben Sie schon gegessen?»

«Noch nicht.»

«Dann warten Sie damit auf mich. Ich bringe etwas mit. Einverstanden?»

«Sehr. Rot- oder Weißwein? Oder lieber Bier?»

«Rotwein.»

«Dann bis gleich.» Sie legte auf, gerührt von seiner unbegreiflichen Fürsorglichkeit, und ging in den Keller, um eine Flasche ihres besten Weins zu holen, den noch Joachim für besondere Gelegenheiten eingelagert hatte.

Hanno brachte mit, was seine Frau vorbereitet hatte, bevor sie ins Krankenhaus gerufen wurde: gebratenes Perlhuhn, scharf und exotisch gewürzt, Salat aus Chicorée mit Birnenscheiben, Walnüssen, Rosinen und einem Dressing aus Limonensaft, hocharomatischem Pflaumenkernöl und grünem Pfeffer, dazu frisches italienisches Brot. Irene legte eine irische CD ein, *Celebration,* weil sie feststellten, dass sie beide in Irland gewesen waren, an der Westküste, und die Gute-Laune-Musik der Chieftains liebten. Die Büchertüte blieb unbeachtet im Flur. Für eine Weile waren die Schatten gebannt.

«Ist Ihre Frau nicht sauer, wenn Sie ihr Essen an eine Fremde verfüttern?», fragte sie mit vollem Mund. Es schmeckte großartig.

«Sie hat sich ihre Portion mit ins Krankenhaus genommen.»

«Aber es ist immer noch so viel.»

«Kleines, krankes, untereernährtes Kind, das sie war – irgendwie hat sie immer noch Angst zu verhungern. Oder dass ich verhungere.» Er strich über seinen Bauchansatz. «Oder dass die Welt verhungert. Sogar im Krankenhaus hat sie besseres Essen in größeren Portionen durchgesetzt. Und das war ein zäher Kampf gegen die Bürokratie.» Er liebte seine Frau. Aus jedem Wort über sie klang Liebe.

«Warum tun Sie das alles für mich?», fragte Irene, ohne zu überlegen, und bereute es sofort. Es klang so ... so bedürftig, und so wollte sie nicht erscheinen, am wenigsten vor diesem Mann.

Die Frage, obgleich naheliegend, überraschte ihn nicht weniger als sie selbst; er hatte über alles Mögliche nachgedacht, was Irene betraf, nur nicht darüber.

«Keine Ahnung», sagte er leichthin, doch ohne sie dabei anzuschauen. «Vielleicht, um mich als Mensch zu fühlen.»

«Als Mensch? Sie?», fragte sie verblüfft. «Was sollten Sie denn sonst sein?»

Er grinste sie an. «Ein Bulle.»

«Sie sind einer der allermenschlichsten Menschen, die ich kenne», antwortete sie ernsthaft. «Wenn Menschsein bedeutet, dass man fähig ist, sich in andere Wesen einzufühlen, dann sind Sie ein ...» Sie suchte nach der passenden Steigerungsform. Übermensch, Supermann konnte sie ja wohl schlecht sagen. «Mensch eben», entschied sie schlicht. Sie mussten beide lachen.

«Wer weiß, vielleicht habe ich Abgründe in mir. Vielleicht bin ich den Verbrechern, die ich jage, ähnlicher, als die Polizei erlaubt.»

Sie ging auf seinen selbstironischen Tonfall ein. «Na klar. Man muss regelmäßig morden, um zu wissen, wie sich ein Mörder fühlt.»

«Im Ernst», sagte Hanno ernst, «wenn man mit diesem Job sein Leben zubringt, wenn man sich Tag für Tag in Gewalttäter hineinversetzten muss, um sie dranzukriegen, dann fragt man sich abends in der Badewanne schon manchmal so etwas.»

«Und welche Antwort geben Sie sich dann?»

«Gar keine. Ich bade nicht mehr», grinste er. «Aber ich habe mir eine Superdusche einbauen lassen.»

Er brachte Irene immer wieder zum Lachen. Sie war froh, ihn kennengelernt zu haben. Gab es einen besseren Grund, um mit jemandem zu essen, Wein zu trinken und Musik zu hören? *Und mit ihm zu schlafen?* Ein Gedanke, für den sie sich sofort eine Rüge erteilte: *Er ist glücklich verheiratet, also bilde dir ja nichts ein.* Und als fürchte sie, er könne ihre Gedanken lesen, fühlte sie langsam und unaufhaltsam Hitze in ihre Wangen steigen. Die Musik rettete sie, indem sie endete. Rasch stand sie auf, um eine neue Scheibe einzulegen, versuchte dabei erfolglos den Wunsch zu verscheuchen, er möge sich augenblicklich von hinten an sie heranschleichen, sie umarmen und küssen. Und hoffte zugleich, dass er doch nicht so gut im Gedankenlesen war.

Als die nächste irische CD lief und Irene sich umdrehte, stand er hinter ihr. Für einen langen Moment, der in Wirklichkeit nur eine Sekunde dauern mochte, sah sie den Ernst in seinen Augen, etwas wie Schmerz in seinem Gesicht. Oder etwas, das sie schmerzhaft traf, sie hätte es nicht sagen können. Und er sah das Aufleuchten in ihren Augen, sah das Einverständnis in ihrem Gesicht. Dann sahen sie beide nichts mehr, weil sie die Augen schlossen und einander nur noch spürten, mit der Intensität und Fühlsicherheit Blindgeborener, die Umarmung, die Spannung und das Nachgeben ihrer Körper, den Druck der Hände, der Lippen, den Geschmack ihrer Münder. «They're going to build a motorway through my backgarden», sang Mary Black völlig unpassend. Ihren Weg durch das Wohnzimmer über den Flur und die Treppe hinauf ins Schlafzimmer bahnten sie sich halb blind, weil sie den Kuss nicht unterbrachen, während er sie trug, ohne sich an den Weg zu erinnern. Sie flüsterte die Richtung, voller Erwartung und verwirrt wie ein Teenager. «No one can explain why I came to be chosen ...» Zum Teufel mit den Fragen, zum Teufel mit den Skrupeln. *Ich darf auch mal egoistisch sein.*

Und er, der sein Leben damit zubrachte, Ziele zu verfolgen und die Konsequenzen seines Handelns vorauszuplanen, ob er nun seine Frau eroberte oder Verbrecher jagte, er überließ sich vollständig dem Augenblick, ohne an Konsequenzen zu denken. Später, nicht jetzt.

Es muss doch so etwas wie eine höhere Macht, einen lenkenden Gott geben, nur ist nicht immer klar, ob sein Eingreifen wohlwollend oder boshaft ist. Jedenfalls schien er Irene und Hanno alles, was auf einen Kuss folgen könnte, zu missgönnen. Das Telefon läutete. Irene ignorierte es, aber das gelang ihr nur bis zum vierten Klingelzeichen, als sich der Anrufbeantworter im Arbeitszimmer neben dem Schlafzimmer einschaltete und eine weibliche Stimme mit dramatischem Unterton die Hiobsbotschaft verkündete:

«Guten Abend. Hier ist Oberschwester Claudia Ebertsen, neurologische Station im Klinikum ...»

Schon beim Wort «Oberschwester» wusste Irene, dass es um Gudrun ging, dass es zu Ende ging mit ihr, und so war es auch. Gudrun habe heute einen schweren Schlaganfall erlitten, sagte die Schwester, und liege jetzt auf der Intensivstation.

Drei Stunden später traf Irene bei Gudrun in Hamburg ein. Man hatte sie ins künstliche Koma versetzt, und die Nachtschwester wollte Irene sofort wieder wegschicken.

«Gehen Sie lieber schlafen, Sie können ihr sowieso nicht helfen, die wacht nicht mehr auf.»

Bloß keine Energie auf so etwas Überflüssiges wie Mitgefühl verschwenden, dachte Irene sarkastisch und blieb. Man hatte die plötzlich greisenhaft wirkende Frau in ein Einzelzimmer gelegt, wo ihr Sterben keinen der anderen todkranken Patienten deprimieren konnte. Irene hielt Gudruns Hand, die zittrige, die jetzt überhaupt nicht mehr zitterte, nicht einmal mehr zuckte, als Irene sie drückte und dann streichelte. Leblos schon vor dem Tod. Eine Beatmungsmaschine presste Luft in Gudruns Lungen und sog sie heraus, ein stampfend-zischender Rhythmus, erbarmungslos gleichmäßig. Durch eine Kanüle im Rücken der gelähmten Hand wurde der Organismus mit Medikamenten versorgt, die Gudrun in der gnädigen Bewusstlosigkeit festhielten. Auf der Haut unter dem Krankenhaushemd klebten Elektroden, die ihren Herzschlag als nicht ganz gleichmäßigen Zickzackkurs auf den Überwachungsmonitor übertrugen.

Immerhin gelang es Irene, vom wachhabenden Assistenzarzt die Erlaubnis zum Bleiben zu erhalten und Genaueres über Gudruns Zustand zu erfahren: Herzinsuffizienz mit Wasseransammlungen in der Lunge plus Schlaganfall als Folge von Mangeldurchblutung im Gehirn. Für das Herz hätte man blutdrucksenkende Mittel geben müssen, für das Hirn drucksteigernde. Keine Therapie mehr möglich. Sie noch einmal aus dem Koma aufzuwecken, damit sich Irene von ihr verabschieden konnte, hätte für beide Frauen reine Tortur bedeutet, denn Gudrun wäre qualvoll an dem Wasser in ihren Lungen erstickt, wie eine Ertrinkende. Es war barmherziger, sie in dem fühllosen Zustand zu halten. Bis zum Kammerflimmern. Bis zum Ende.

Warum bin ich nicht rechtzeitig gekommen? Ich habe die Anzeichen doch erkannt. Genau wie sie damals erkannt hatte, dass mit ihrem Stiefsohn etwas nicht stimmte, von Anfang an. Damals wie heute war sie zu sehr mit ihrem eigenen Kram beschäftigt gewesen. *Verdammt nochmal, macht man denn sein Leben lang die gleichen Fehler?* Natürlich hätte sie Gudrun nicht jeden Tag Gesellschaft leisten können, aber ein bisschen mehr Freude hätte sie ihr schon noch machen können, gerade am Ende. Noch ein paar Besuche. Ihr die Lieblingsgerichte bringen, die Gudrun sich nicht mehr hatte selbst zubereiten können. Oder einfach Blumen schicken. Wie schrecklich muss der Moment gewesen sein, als Gudrun merkte, dass es zu Ende geht – sie war bei vollem Bewusstsein eingeliefert worden, hatte die Stationsschwester gesagt – und niemand war da, um sie in die Arme zu nehmen und ihre Angst zu lindern.

«Es tut mir so leid.» Irene streichelte die fahlen, runzeligen Wangen, nahm dann Gudruns Hand fest in ihre beiden Hände und tat etwas, wofür sie sich sonst für zu nüchtern und rational gehalten hätte: Sie konzentrierte sich darauf, ihr zusammen mit der physischen Berührung geistig Liebe und Wärme zu senden, in der vagen Hoffnung, die positive Energie könnte den Medikamentennebel durchdringen und der alten Frau doch noch ein Gefühl von Trost und Geborgenheit geben.

Es kam schnell, das Ende. Um kurz nach fünf Uhr in der Frühe. Irene war auf dem Stuhl neben dem Bett eingenickt. Sie schreckte hoch, als sie ein Zucken zu spüren meinte, von Gudruns Hand, die sie noch immer festhielt. Aber sie war sich nicht sicher, ob sie das vielleicht nur in dem Zwischenreich von Schlafen und Wachen geträumt hatte. Im nächsten Moment setzte der Alarm des EKG-Überwachungsgeräts ein. Eine übermüdete und ans Sterben gewöhnte Nachtschwester stapfte ohne allzu große Eile herein, erkannte – das wenigstens schnell –, was los war, rief den Arzt und schickte Irene hinaus, in einem Ton, der keinen Widerspruch duldete. Die Zacken und Wellen auf dem Monitor wurden flach bis zur Nulllinie. Irene verließ leise den Raum, blickte sich in der Tür noch einmal zu Gudruns leblosem Körper um – und hatte das Gefühl, als wehe ein Windhauch zu ihr herüber. Vielleicht war es aber auch nur der Luftwirbel, den der junge Arzt erzeugte, als er an Irene vorbei in das Zimmer eilte.

Sie beschloss, ein paar Tage in Hamburg zu bleiben, um zu tun, was getan werden musste: Benachrichtigungen, Begräbnis, Versicherungen, Banken, Hinterlassenschaft ... Alles, was sie auch schon nach dem Tod ihres Sohnes und davor ihres Mannes und davor ihrer eigenen Mutter getan hatte, fast schon Routine. Das zumindest war sie Gudrun schuldig, obwohl ihr der Heimleiter versicherte, dass dieses rasend schnelle Ende nicht vorhersehbar gewesen sei.

Irene räumte gerade Gudruns persönliche Habseligkeiten im Pflegeheim zusammen, als ihr der Heimleiter ein zugeklebtes Kuvert brachte. Das Testament. Die alte Frau hatte ihn gebeten, es im Falle ihres Todes Irene auszuhändigen. Die Handschrift war schon etwas krakelig, aber noch lesbar, die Worte dürr wie ein Geschäftsbrief. Martin und Irene sollten sich Gudruns immer noch stattliches Vermögen je zur Hälfte teilen. Sie wünschte eine Feuerbestattung, damit niemand ihr Grab pflegen musste. Gute, alte, unsentimentale Gudrun. Nur über Martin hatte sie sich Illusionen gemacht ...

Jonas war in dem Testament mit keinem Wort erwähnt. Die Erkenntnis traf Irene wie ein Schlag: *Sie hat's gewusst. Also doch.* Sie las das Datum des Testaments: Es war wenige Wochen nach Jonas' Tod geschrieben, kurz vor Gudruns zweitem Schlaganfall, also zu einer Zeit, als ihr Gedächtnis noch halbwegs funktionierte. Gudrun und Jonas hatten sich sehr gemocht, immer, und wenn sie ihn im Testament nicht erwähnte, konnte das nur bedeuten, dass sie gewusst hatte, dass er nicht mehr am Leben war. Und das bedeutete, dass sie auch den Grund dafür gekannt hatte. Irgendein Idiot im Heim hatte sich also verplappert. Aber warum hatte sie sich nichts, absolut gar nichts anmerken lassen? Irene durchforstete ihr Gedächtnis nach Anzeichen, denen sie nur nicht die richtige Bedeutung beigemessen hatte. Tatsächlich war ihr aufgefallen, dass Gudrun nicht mehr die gewohnten Fragen nach Jonas' Schulerfolgen, seiner Gesundheit oder dem nächsten Besuch gestellt hatte.

Aber das hatte Irene den Folgen des zweiten Schlaganfalls zugerechnet und Gudruns zunehmender Vergesslichkeit, worüber sie heilfroh gewesen war, weil sie keine Lügen hatte erfinden müssen.

Am Ende des Testaments wandte sich Gudrun in einem Postskriptum direkt an Irene: «Bitte, meine liebe Irene, sprich mit meinem Hausarzt, Dr. Elias Katsansakis, Du kennst ihn ja. Was er Dir an meiner statt sagen soll, ist mir zu bitter, um es Dir selbst zu sagen. Ich hoffe, Du gedenkst meiner deswegen nicht schlecht. Alles erdenklich Liebe und Gute für Dich und Dein weiteres Leben. Deine Gudrun.»

Diesen kleinen Absatz zu schreiben, musste ihr schwergefallen sein, die gewundene Sprache war sonst nicht Gudruns Stil gewesen. Und dass sie jemand anderen für sich sprechen lassen wollte, nach ihrem Tod, konnte nichts Gutes bedeuten. Dr. Katsansakis hatte das Testament beglaubigt, unterschrieben und mit seinem Stempel versehen. Irene rief ihn sofort in der Praxis an. Noch bevor sie danach fragen konnte, sagte er ihr, dass er ihren Besuch erwarte, er wisse Bescheid. Sie verabredeten sich für den Abend in seinem Haus.

Bis dahin sortierte sie Gudruns Habseligkeiten. Viel war es nicht. Mit ihrem Sinn fürs Praktische hatte Gudrun beim Umzug in die Seniorenresidenz alles verkauft und verschenkt, was ihr nicht unbedingt notwendig erschien, sogar ihren Fernseher und ihre umfangreiche Schallplattensammlung mitsamt der Musikanlage. Irenes einfacher, selbst mit zittriger Hand zu bedienender CD-Player hatte ihr genügt. Fort mit all dem Ballast, den man ein Leben lang anhäuft.

Die Fotografien hatte sie behalten, alle. Irene nahm sie mit in ihr Hotelzimmer, stapelte die verschiedenfarbigen Schachteln vor sich zu einem Turm auf und wusste nicht weiter. Was sollte sie damit anfangen? Sie Martin schenken? Was konnten ihm solche Erinnerungsstücke bedeuten? Vermutlich nichts.

Den obersten Karton, den weißen, von dem Irene wusste, dass er die jüngeren Familienfotos enthielt, stellte sie auf den Boden und setzte sich daneben, zögerte jedoch, den Deckel zu öffnen. Sie wusste ungefähr, was sie darin erwartete, da sie Gudrun die meisten der Bilder selbst geschenkt hatte. Sie spürte die Scheu vor den Erinnerungen, vor der Berührung mit den Toten. Trotzdem öffnete sie wie unter Zwang den Deckel.

Zuoberst lag ein Schnappschuss, den Jonas kurz vor seinem Tod gemacht hatte, mit seiner neuen digitalen Kamera, einem Geschenk von Gudrun: Martin auf seinem Fahrrad vor der Garage, den Schulrucksack auf dem Rücken, offenbar gerade im Losfahren begriffen. Irene starrte ihn an wie einen Fremden. Und langsam stieg der Hass in ihr auf, ein Hass, überwältigender als je zuvor. *Elender, dreckiger Wichser. Mörder. Wenn ich es ungestraft tun könnte, würde ich dich umbringen. Erschlagen. Vierteilen. Mit Benzin übergießen und anzünden und deine Asche in alle Winde zerstreuen. Oder nein, dann könntest du ja immer noch jemandem wehtun, als Staubkorn in seinem Auge. Ich würde dich in den nächsten Gully streuen, damit du als Toter zu dem wirst, was du als Lebender bist: stinkender Dreck.*

Nie zuvor hatte sie dem Hassgefühl auf Martin so ungebremst nachgegeben, das tat man nicht als Mutter. Scheiß drauf, sie war nicht seine Mutter. Außerdem tat es gut, ohne Skrupel zu hassen. Sehr befreiend. Allerdings nur für ein paar Augenblicke, dann traf sie der Schmerz mit derselben Verzögerung und Wucht wie damals, als sie von Jonas' Tod erfuhr. Sie sah nicht mehr Martin, sondern Jonas beim Fotografieren, obwohl sie nicht dabei gewesen war. Sein konzentriertes Gesicht, das er immer hatte, wenn er mit der Kamera auf Bilderjagd ging. Seine

Freude, wenn er etwas Ungewöhnliches eingefangen hatte. Seine Coolness, wenn er ihr selbstkritisch wie ein Profi die besten Ausdrucke präsentierte, mit vor Stolz glitzernden Augen. Sie erinnerte sich an die Rührung, die sie in solchen Momenten empfunden hatte, an das Glück, dass dieses wunderbare Wesen Teil ihres Lebens war. Eine Freude, so körperlich wie jetzt der Schmerz. Hilflos weinte sie und schrie innerlich: *Es tut so weh!* Und wunderte sich zugleich, mit welcher Wucht die Druckwelle sie jetzt traf, fast ein Jahr nach der Katastrophe. Sengend. Reißend. *Hört das denn nie auf!*

Aus den Tiefen ihrer Handtasche drang eine Melodie: Irenes Organizer erinnerte sie an einen Termin. Richtig, Dr. Katsansakis. Deckel auf die Fotos und die schlechten Gefühle, Schminke ins verquollene, graue Gesicht und tun, was getan werden musste, auch wenn es ihr schwerfiel. Ach ja, sie sollte wohl auch Martin benachrichtigen. Irene rief ihn sofort an, um es hinter sich zu bringen, doch es lief nur der Anrufbeantworter. Mit wenigen sachlichen Worten informierte sie ihn über den Tod seiner Großmutter. Den Termin der Beerdigung würde sie ihm noch mitteilen. Dass Gudrun ihn in ihrem Testament bedacht hatte, verschwieg sie vorerst. Er würde es noch früh genug erfahren. Mal sehen, ob er zur Beerdigung kommen würde, ob er wenigstens so viel Anstand besaß, wenn er schon sonst keinen Gedanken mehr an seine Großmutter verschwendet hatte. Die Fotosammlung würde sie vorläufig behalten.

Während sie sich vor dem Spiegel für den Besuch bei Dr. Katsansakis zurechtmachte, musste sie an den Besuch bei den McGregans denken, an deren überraschendes Mitgefühl. Und dann verblüffte sie sich selbst mit Gedanken an Martin, die voller Milde waren. Als ob der Anfall von Wut und Trauer ihre schlechten Energien aufgezehrt hätte. Sein traumatischer

Lebensbeginn. Die Operation. Die Ablehnung durch seine Mutter. Die instabilen Beziehungen der ersten Jahre mit kranker Großmutter, fremden Familien und Gelegenheitsvater. Ihr eigenes Versagen als Ersatzmutter. *Vielleicht war ich zu streng mit ihm? Weil ich dachte, ich müsste dort ausgleichen, wo Gudrun und Joachim zu nachsichtig waren? Weil ich überhaupt zu viel gedacht habe, anstatt ihn einfach öfter in die Arme zu nehmen, trotz seines Widerstandes, so oft und so lange, bis unsere gegenseitige Abneigung keinen Platz mehr zwischen uns gehabt hätte.* Verwundert gestand sie sich so etwas wie Mitleid mit Martin ein, nicht mit dem Kind, wie früher, sondern mit dem jungen Mann von heute. Seltsam. Eben noch dieser übermächtige Hass und jetzt Mitgefühl? War das ein echtes Gefühl? Hatte sie je echte Gefühle für Martin gehabt? Die negativen bestimmt, aber die positiven? Waren die vielleicht immer nur etwas Ausgedachtes gewesen, etwas, von dem sie glaubte, es empfinden zu müssen? Gab es zweierlei Gefühl, ein unwillkürliches, unkontrollierbares und eines aus einer moralischen, sozialen oder kognitiven Überlegung heraus? Ein Bauchgefühl und ein Kopfgefühl? Aber folgten nicht auch Bauchgefühle dem Willen? Gäbe es irgendeine Emotion ohne den Willen dazu? Man konnte Emotionen unterdrücken oder sich in sie hineinsteigern. *Verdammt, woher soll man immer so genau wissen, was echt ist und was nicht?* Sicher wusste Irene nur, dass ein richtiges Gefühl im richtigen Moment einem ganzen Leben unerwartet eine neue Richtung geben konnte.

Vielleicht sollte sie Martin, wenn er zu Gudruns Beerdigung kam, kurzerhand umarmen, selbst wenn es sie Überwindung kosten würde. Vielleicht würde ihn diese unerwartete Geste so überrumpeln, dass die Verhärtung aufbrechen würde, bei ihnen beiden.

Und dann?

Keine Zeit mehr zum Grübeln. Sie musste zu Dr. Katsansakis. Immerhin, der bloße Gedanke an eine noble Geste hob ihre Laune.

DREI

So was Eiskaltes! Ich war total empört, als mir Martin die Nachricht seiner Stiefmutter auf dem AB vorspielte: «Deine Großmutter ist gestorben. Falls es dich interessiert. Den Beerdigungstermin sag ich dir rechtzeitig. Wäre nett, wenn du kommen würdest.» Ende. Wie könnte ihr Tod ihn nicht interessieren? Wo seine Oma doch die Einzige war, die ihn jemals geliebt hat. Natürlich hat sich Martin über den Ton des Anrufs aufgeregt. Genauso allerdings hat er sich darüber aufgeregt, dass sich seine Oma überhaupt nicht mehr um ihn gekümmert hat seit der Geschichte in der Scheune. Keine einzige Reaktion von ihr damals, jedenfalls nicht ihm gegenüber. Kein Brief, nichts. Ich versuchte ihn zu beruhigen.

«Sie war doch steinalt, Martin. Und schwerkrank. Vielleicht hatte sie einfach nicht mehr die Kraft dazu.»

«Ach was, die alte Kuh hat immer nur an sich gedacht. Die war früher nur so lieb zu mir, weil sie wollte, dass ich lieb zu ihr bin. Ich sollte ihr Hausmittel gegen die Einsamkeit sein.»

Die Wut in seinen Worten verstand ich nicht. Sie erschreckte mich. Ich weiß noch, dass mir der Gedanke durch den Kopf schoss: *Wenn du so von ihr denkst, kann es mit deiner Liebe zu ihr aber auch nicht weit her gewesen sein. Und vielleicht siehst du auch mich bloß als Mittel gegen deine Einsamkeit.* Aber ich sprach es nicht aus. Nicht einmal andeutungsweise. Der bloße Gedanke, dass unsere Liebe eine Lüge sein könnte, hat mir solche Angst gemacht, dass ich das sofort weit weggeschoben habe. Bitte nur kein hässlicher Klecks auf meinem vollkommenen, harmonischen Bild unserer romantischen Liebe. Meine Fähigkeit, Unangenehmes in der Versenkung verschwinden zu lassen, bevor es sich in meinem Kopf breitmachen konnte, gab mir auch gleich die passende Deutung ein. Ich dachte mir, dass er nur unter dem Schock der Todesnachricht so redete. Um sein schlechtes Gewissen zu verdrängen, weil er sie nicht mehr besucht hatte. Im Grunde regte es ihn nur auf, dass es jetzt zu spät dafür war.

Eigentlich komisch, dass ich alles Unangenehme so leicht wegschieben konnte, noch während es passierte. Und noch komischer, dass ich es mir trotzdem gemerkt habe.

Also, Martin wollte zur Beerdigung nach Hamburg fahren, war sich aber nicht sicher, ob er sich wirklich den Feindseligkeiten aussetzen sollte, die ihn dort wahrscheinlich erwarteten. Seine Stiefmutter hatte ja bestimmt alle Welt gegen ihn aufgehetzt. Als ich sagte, dass ich mitkommen und ihr dann schon meine Meinung sagen würde, hat er sich noch mehr aufgeregt. Ich solle mich ja nicht einmischen. Richtig angeschrien hat er mich. Ich erwähne das nur, damit Sie sehen, wie total durch den Wind er damals war. Nicht nur, weil seine Großmutter gestorben war. Eigentlich seit Sie wieder aufgekreuzt waren, Herr Schneider. Oder schon vorher. Auch wenn er sich einen Spaß machte aus dem Katz-und-Maus-Spiel wegen der möglichen Beschattung, auch wenn er noch so cool tat, ich spürte genau, dass er innerlich immer unruhiger wurde. Allmählich verfiel er auch in einen ganz anderen Zustand. Irgendwie gedämpft. Depressiv vielleicht. Oder leer. So, als interessiere ihn nichts und niemand mehr, auch ich nicht. Zugegeben hat er es nicht, wenn ich ihn danach fragte. Und darauf zu beharren, habe ich mich nicht getraut, das konnte er nie leiden. Inquisitorisch fand er das und hat sofort an meiner Liebe gezweifelt. Also habe ich den Mund gehalten und gehofft, dass er sich schon wieder berappeln würde. War eben so 'ne Phase. Eine Laune. Hat ja jeder mal. Ich habe auch stillschweigend akzeptiert, dass er sich immer weniger mit mir beschäftigt hat, obwohl ich andererseits mehr Zeit als vorher mit ihm verbracht habe. Zu anderen Freunden verlor ich allmählich den Kontakt. Sogar Benny habe ich kaum noch gesehen, zumal er jetzt von meiner Mutter mit dem Auto zur Schule gebracht wurde oder mit dem Bus fuhr. Aus dem Fahrradsitz war er inzwischen herausgewachsen. Meistens haben Martin und ich in seiner Wohnung rumgehangen oder sind ziellos durch die Gegend gefahren. Seinen Lieferjob hat er nicht mehr machen können, aus Vorsicht, falls man ihn doch beschattete. Weil es Schwarzarbeit war und er weder sich noch seinen Chef in Schwierigkeiten bringen wollte. Außerdem hat er sich nicht wirklich auf das Abi vorbereitet, das wurde mir allmählich klar. Die Kisten mit den Schulbüchern standen nämlich noch immer unausgepackt in der Küche. Deshalb nahm ich an, dass er einfach gelangweilt war, unzufrieden mit seiner ganzen Situation. Kein Abi, kein Job, die Vorstrafe an der Backe, von allen unfair behandelt – und da soll einer keine schlechte Laune kriegen. Einmal kam ich auf unsere gemeinsamen Reisepläne zu sprechen. Er hatte ja selbst gesagt, dass er den Lieferwagen auch als Camper benutzen wollte. Wir hätten ihn endlich umbauen und in den Herbstferien losziehen können. Ich hatte ein bisschen Geld gespart, und er hatte noch genug von seinem Erbe übrig. Aber er ging überhaupt nicht darauf ein, starrte nur abwesend vor sich hin. Er kam mir unglücklich vor. Auch wenn wir bei schönem Wetter an irgendeinen Badesee fuhren, war er nicht mehr so fröhlich wie früher. Und nachts wachte ich manchmal auf, und er lag nicht mehr neben mir. Meistens fand ich ihn dann im Wohnzimmer am Computer. «Kann nicht schlafen», meinte er dann meistens und dass er nur ein bisschen im Internet herumsurft. Warum er nicht schlafen konnte, sagte er nicht. Allmählich fühlte ich mich irgendwie abgelehnt. Aber ich nahm mir vor, mich nicht zu ärgern und nicht zuzulassen, dass ich selber deprimiert wurde. Ich wollte ihm helfen und ihm meine Liebe noch deutlicher zeigen. Er sollte sich nie wieder ungeliebt fühlen und deshalb Angst haben müssen, keine Seele zu haben. Ich war so was von blind und taub, nicht zu fassen!

Martin konnte sich schließlich doch nicht überwinden, zur Beerdigung zu fahren. Und einen Tag nach dem Termin kreuzte tatsächlich seine Stiefmutter auf, höchstpersönlich. Schneite einfach rein, ohne sich anzumelden, am frühen Abend. Wir hatten uns gerade eine Pizza kommen lassen und aßen vor dem Fernseher. Martin war nicht gerade charmant zu ihr. Er öffnete nur die Tür, sagte «Hallo, Stiefmama», übersah die Hand, die sie ihm entgegenstreckte, drehte sich um und ging zurück ins Wohnzimmer. Frau Werneck musste selbst entscheiden, ob sie ihm nachlaufen oder gleich wieder verschwinden wollte. Zum Bleiben aufgefordert wurde sie nicht. Sie entschied sich fürs Bleiben, und weil Martin ihr nicht einmal einen Platz anbot, blieb sie im Türrahmen stehen und schaute sich neugierig um. Wir mampften weiter seelenruhig unsere Pizza. Der riesige Rosenstrauß, den wir geklaut hatten, stand noch in einem Plastikeimer auf dem Boden.

«Hübsche Blumen», sagte Frau Werneck. Sie lächelte dabei irgendwie komisch. Vielleicht war es Verlegenheit. Jedenfalls reagierte Martin nicht darauf. Er tat so, als wäre sie gar nicht da. Er schaltete nicht einmal den Fernseher aus. Als das Schweigen peinlich zu werden begann, trotz der Stimmen aus dem Fernseher, sagte sie ziemlich freundlich: «Vielleicht fragst du dich ja, was ich hier will.»

Martin zuckte nur die Achseln und biss in das nächste Stück Pizza. Angeblich wollte sie nur mal sehen, ob er vielleicht krank sei, weil er auf die Nachricht vom Tod seiner Großmutter überhaupt nicht reagiert hatte.

«Wie du siehst, geht es mir gut», sagte er gelassen.

«Und wie ich sehe», antwortete sie im gleichen Ton wie er, «hast du noch immer keinen Anstand. Nicht einmal zu ihrem Begräbnis bist du gekommen, obwohl ich dich darum gebeten habe.»

«Du hast mir gar nichts zu sagen, du bist nicht meine Mutter.»

«Ich habe das nicht als Mutter gesagt, sondern als Mensch zu einem menschlichen Wesen», meinte sie ganz ruhig, aber die Verachtung stand ihr so deutlich ins Gesicht geschrieben, dass sie gar nicht aussprechen musste, was sie dachte: *Du bist eben kein Mensch.* Wenn ich nicht schon vorher gegen sie gewesen wäre, dann spätestens jetzt. Ich fand es richtig und verständlich, dass Martin sie hat kühl abtropfen lassen.

«Spar dir deine Heuchelei. Du bist bloß zum Spionieren hier. Reichen dir die Schnüffler nicht, die du mir auf den Hals gehetzt hast?»

Es war interessant zu beobachten, wie die Gesichtsfarbe dieser sonst so selbstsicheren Frau ein paarmal wechselte und sie den Mund hilflos auf- und zuklappte. Total von der Rolle. Martin hatte bloß auf den Busch geklopft. Sie hat nicht geleugnet. Also hatte sich Martins Verdacht bestätigt.

Frau Werneck hatte sich schnell wieder gefasst. Mit eisiger Ruhe sagte sie: «Deine Großmutter hat dich in ihrem Testament bedacht, obwohl sie dir nicht einmal einen Besuch im

Pflegeheim wert war. Du erbst die Hälfte von allem, was noch übrig ist.»

Martin war nicht überrascht. «Und wer erbt die andere Hälfte?»

«Ich.»

Damit wollte sie gehen. Martin stand empört auf. «Du? Du bist ja nicht mal mit ihr verwandt. Ich bin ihr einziger Blutsverwandter. Eigentlich steht mir alles zu.»

Ihre Augen sprühten Funken vor Zorn. Aber ihr Ton blieb ruhig.

«Du solltest froh sein, dass du überhaupt etwas bekommst. Sie wusste, was du getan hast.»

Ich konnte sehen, wie die Wut jetzt in Martin hochschwappte. Genauso eisig wie sie antwortete er: «Du hast es ihr bestimmt eingetrichtert. Deine Sicht der Dinge. Deine Lügen.»

Ein verächtliches Lächeln war ihre einzige Antwort, dann drehte sie sich auf dem Absatz um und verließ das Zimmer.

«Ich könnte das Testament anfechten», rief Martin ihr hinterher, während wir ihr auf den Flur hinausfolgten.

Frau Werneck bedachte ihn nur mit einem kalten Blick. «Bitte sehr.» Und dann zu mir: «Pass auf dich auf, Mädchen.» Kerzengerader Abgang, keineswegs überstürzt. Nicht einmal die Tür knallte sie zu, ließ sie einfach offen stehen. Ich schloss sie, empört über ihre dreiste Vertraulichkeit mir gegenüber. Aber auch mit leiser Bewunderung, ganz gegen meinen Willen.

«Die verliert ja echt nicht leicht die Nerven», sagte ich. «Was du ihr da an den Kopf geknallt hast ... Meine Mutter wäre da total ausgerastet. Die hätte man im ganzen Viertel hören können.»

«Das war immer das Problem mit ihr», sagte er, nun auch wieder vollkommen ruhig. «Die hat sich nie provozieren lassen.

Ich konnte so frech sein, wie ich wollte, die hat mir nie eine geknallt. Ich meine, das zeigt doch ihre Gleichgültigkeit mir gegenüber, oder? Wenn mein Bruder allerdings auch nur ein Kratzerchen abbekommen hat, ist sie sofort hysterisch zum Arzt gerannt. Jonas war ihr Ein und Alles. Jonas war der Größte. Wenn der ein Strichmännchen gemalt hat, hat sie ihn gleich zum neuen Picasso erklärt. Ich dagegen konnte ihr nie etwas recht machen.»

Ich wollte wissen, ob er tatsächlich vor Gericht gehen wollte, wegen des Erbes.

«Ach was», sagte er, «kann ja nicht mehr viel sein. Solche Pflegeheime sind stinkteuer. Kann sich meine Stiefmutter von mir aus alles in den Arsch schieben. Ich hab auch so genug Geld.» Ich fand das bewundernswert. Ich wäre gieriger gewesen.

«Komm», meinte er vergnügt. «Sehen wir uns ihren Abgang an, sie müsste jetzt unten sein.»

Wir guckten aus dem Fenster auf die Straße hinunter. (Übrigens war meine Höhenangst seit dem Bungee-Sprung verschwunden.) Sie kam tatsächlich gerade aus dem Haus und ging mit dem Handy am Ohr zu ihrem Auto, nur ein paar Meter entfernt auf der anderen Straßenseite. Dabei schaute sie kurz zu einem Fenster des Hauses gegenüber hinauf. Am Auto steckte sie das Telefon ein und kramte den Schlüssel aus der Handtasche; er fiel ihr runter, sie hob ihn auf, und dann trat sie ganz unkontrolliert mit solcher Wucht gegen den Autoreifen, dass es bis zu uns heraufkrachte. Wahrscheinlich hatte sie die harte Felge getroffen, nicht das weiche Gummi. Wir lachten voller Schadenfreude. Ich weiß nicht, ob sie uns gehört hat. Jedenfalls stieg sie ein, fuhr aber nicht los. Kurz darauf kam ein Pärchen aus dem Haus gegenüber, Frau Werneck gab mit den Scheinwerfern ein Blinkzeichen, die beiden nickten ihr zu und gingen zu ihrem eigenen Wagen ein Stück weiter weg. Da erst fuhr Frau Werneck los und das Pärchen hinterher. Das also waren sie, die Detektive. Wir hatten sie schon vorher gesehen, aber für Anwohner gehalten. Martins Stiefmutter hatte sie auf uns angesetzt. Und jetzt war uns auch klar, warum uns beim Rosenklauen niemand verhaftet hatte: Detektive beobachten nur, sie greifen nicht ein. Sie, Herr Schneider, haben uns wohl wirklich nur zufällig im Kino gesehen und sind uns gefolgt. Aus Neugier. Und aus Sorge um mich. Und jetzt bin ich sogar froh darüber, weil ich Ihre Hilfe brauche. Für Benny.

Martin war sehr zufrieden mit sich und der Welt. Er sah mich triumphierend an.

«Siehst du, ich hatte recht mit meinem Misstrauen. Aber jetzt sind wir sie los. Alle miteinander. Definitiv. Wir sind frei, Tina, absolut frei. Wir können tun, was wir wollen. Und keiner hält mich auf.»

Er nahm mich in die Arme und wirbelte mich durch die Luft, wie ich es oft mit Benny mache. Gemacht habe. In diesem Moment war er endlich wieder so vergnügt und ausgeglichen wie früher. Ein Freudentanz und dann ein Liebesrausch. Wir liebten uns und tagträumten bis tief in die Nacht. Den unverhofften Geldsegen von seiner Großmutter wollten wir jetzt doch annehmen, und wir malten uns aus, wie wir die Kohle auf den Kopf hauen würden. Reisen natürlich. Tauchen lernen auf den Malediven. Auf der Chinesischen Mauer balancieren und Delphine in der Karibik reiten. Wir liebten uns durch die Wohnung, und Martin war so zärtlich und leidenschaftlich wie lange nicht mehr. Genau genommen wie noch nie. Zum ersten Mal blickte er mich auch dabei an, ich sah in seine Augen, und es störte ihn nicht wie sonst. Und zum ersten Mal in meinem Leben habe ich begriffen, ich meine, wirklich begriffen, was es bedeutet, wenn in Filmen oder Büchern von Ekstase die Rede ist. Da war es endlich wieder, das Rosenrausch-Erlebnis meiner Kindheit. Das Gefühl zu schweben. Nach diesem Gefühl hatte ich mich immer gesehnt, das wurde mir jetzt schlagartig bewusst. Alle Träume waren erfüllt. Wirklicher als die Wirklichkeit. Ich weiß nicht genau, wie ich es beschreiben soll. Ich sah mich nicht selbst von außen, wie damals im Garten. Vielleicht, weil ich diesmal nicht allein war. Martin war jetzt mein anderes Ich. Wir schwebten gemeinsam. Oder so etwas Ähnliches. Ich hatte das Gefühl, mich aufzulösen. Und mit Martin zu verschmelzen wie Käse auf Pizza. Am liebsten hätte ich wie mit einem Reißverschluss seine Brust geöffnet, um in ihn hineinzuschlüpfen und eins mit ihm zu sein. Das sagte ich ihm auch. Er küsste mich so innig wie nie zuvor.

«Ich weiß genau, was du meinst.» Und dann sagte er etwas, das mich restlos euphorisiert hat: «Du bist wie ich», sagte er. «Zum ersten Mal im Leben habe ich jemanden, der auf der gleichen Wellenlänge funkt. Das fühlt sich unglaublich gut an.»

Wenn ich in letzter Zeit manchmal leise daran gezweifelt hatte, dass er mich wirklich liebte – jetzt war ich mir wieder absolut sicher.

Es war das letzte Mal, dass ich mit ihm schlief.

ACHTES KAPITEL

EINS

Noch während sie von Martins Wohnung nach Hause fuhr, versuchte Irene, Schneider anzurufen, um ihm mitzuteilen, dass die Detektive aufgeflogen waren. Seit der vorzeitig abgebrochenen Liebesnacht hatten sie sich nicht mehr gesehen, nicht mal telefoniert. Keiner von ihnen hatte es auch nur versucht. Und jetzt erreichte sie ihn nicht. Dafür rief Sybille an.

Sybille besaß eine ausgeprägte Neigung zum Bemuttern. Die tobte sie gewöhnlich an ihren meist dankbaren Freunden aus, und heute war wieder einmal Irene dran. Nach der Beerdigung, fand Sybille, die Irene dahin begleitet hatte, sollten sie sich ruhig etwas gönnen. Sie hatte gerade in Berlins bestem Feinkostladen eingekauft. Dass Irene behauptete, schlechte Laune und keinen Appetit zu haben, ließ sie nicht gelten.

Eine halbe Stunde bevor Irene ihre Freundin erwartete, rief Hanno Schneider zurück. Sie hatte ihm auf die Mailbox seines privaten Handys gesprochen. Prompt schlug ihr Herz schneller.

«Hallo, Frau Werneck», sagte er. «Sie haben wichtige Neuigkeiten?»

Er siezte sie, und sein Ton war beunruhigend professionell.

«Ja», antwortete sie nervös. «Ich war heute bei Martin. Haben Sie Zeit zum Reden?»

«Einen Moment, bitte.» Offenbar deckte er das Telefon mit der Hand ab. Nach ein paar sehr langen Sekunden meldete er sich wieder. «Meine Frau sagt ...» – Seine Frau. Verdammt, er wird doch nicht gebeichtet haben? – «... sie hat inzwischen die Fachliteratur zusammengestellt, die Sie haben wollten. Sind Sie noch interessiert?»

«Ja, natürlich», antwortete sie so unbefangen, wie es ihr plötzlich kratziger Hals nur zuließ.

«Das Auto von meiner Frau ist in der Werkstatt, und ich fahre sie nachher in die Klinik. Sie hat Bereitschaftsdienst, aber erst in zwei Stunden. Sie schlägt vor, die Sachen jetzt bei Ihnen vorbeizubringen, dann könnten wir auch noch über Martin reden. Wäre Ihnen das recht?»

Scheiße. Sie weiß alles, und jetzt will sie sehen, mit wem sie es zu tun hat. Scheiße. «Ja, das wäre prima», sagte sie übertrieben begeistert, für den Fall, dass seine Frau mithörte.

«Gut. Dann sind wir in einer halben Stunde bei Ihnen.»

Fünf Minuten nachdem sie aufgelegt hatte, bekam Irene eine SMS von Hanno: «Keine Sorge, sie weiß nichts.» Erleichtert atmete sie durch. Und löschte reflexartig die konspirative Nachricht.

Sybille kam ein paar Minuten vor den beiden. Kaum hatten sie den Küchentisch für vier gedeckt und die Weinflasche geöffnet, läutete es. Irene eilte zur Haustür.

«Hallo, Herr Schneider», sagte Irene betont förmlich und reichte ihm eine peinlich feuchte Hand.

«Guten Abend, Frau Werneck.» Als hätten sie nie auch nur ein persönliches Wort miteinander gewechselt. Und doch, sein warmes Lächeln ... Mit einer einladenden Geste trat Irene beiseite.

«Das ist meine Frau, Zosia.» Sie hatte sich im Hintergrund gehalten, jetzt ließ Hanno ihr den Vortritt. Irene war der neugierige Blick nicht entgangen. Aber vermutlich schaute sie selbst genauso. Zosia war zierlich, brünett und auffallend hübsch mit ihren hohen Wangenknochen, den leicht schrägen braunen Augen und geradezu jugendlich frischer Haut. Die leichten Schatten unter den Augen, die von anstrengender Arbeit und zu wenig Schlaf herrühren mochten, ließen sie umso interessanter erscheinen. Ihre schöngeformten Lippen hatten einen Schwung, der auf ständige Bereitschaft zum Lachen hindeutete. *Eine anziehende Erscheinung,* registrierte Irene mit einem Funken Neid.

«Guten Abend», sagten beide Frauen gleichzeitig, Zosia mit einem leichten polnischen Akzent.

Irene streckte ihr die Hand entgegen, doch wie unabsichtlich übersah Zosia sie. Stattdessen zog sie ihren leichten Sommermantel aus. Ein Hinweis auf heimliche Ablehnung? Wusste oder ahnte sie doch etwas? Doch dann fiel ihr Hannos Erzählung über Zosias Berührungsscheu ein, und sie entspannte sich; es war nicht persönlich gemeint.

«Hier ist eine Menge Lesestoff», sagte Hanno und hob eine prallgefüllte Plastiktüte hoch.

«Danke, dass Sie sich die Mühe machen», sagte Irene zu Zosia, während sie ihr den Mantel abnahm und ihn an die Garderobe hängte.

«Gern geschehen.»

Irene führte die beiden in die Küche zu Sybille und stellte sie einander vor.

«Oh, tut mir leid, dass wir beim Essen stören», sagte Zosia angesichts des mit Delikatessen überhäuften und für vier Personen gedeckten Tisches.

«Nein, wir haben auf Sie gewartet.»

«Danke», sagte Hanno, «aber wir haben schon gegessen. So viel, dass ich keinen Krümel mehr runterkriegen würde.»

«Schade», sagte Sybille. «Aber ein Glas Wein vielleicht?»

«Wasser wäre besser», sagte Hanno, und seine Frau nickte. «Ich habe nämlich auch Bereitschaft.»

Zosia breitete auf der Anrichte aus, was sie mitgebracht hatte: Fachbücher aus den Bereichen Neurobiologie und Neuropsychologie zum Thema Sexualgewalt. Kopien von Fachartikeln über Aggression, die Zosia im Zusammenhang mit Martin interessant fand. Sie kannte den Fall, Hanno hatte von Anfang an mit ihr darüber gesprochen.

«Das darf ich eigentlich nicht», sagte Hanno. «Aber keine Sorge, für meine Frau fällt das alles unter ärztliche Schweigepflicht.»

«Das hier ist vermutlich das Interessanteste für Sie», meinte Zosia und legte einen Schnellhefter zuoberst auf den Stapel. «Die tausend Kinder von Dunedin. Eine großangelegte Langzeitstudie zum Thema Gewalt. Und es geht um eine neuentdeckte genetische Disposition.»

Interessiert begann Irene zu lesen.

«Ich möchte ja nicht drängen», meinte Sybille, «aber mir ist schon schlecht vor Hunger.»

«Entschuldige», sagte Irene lächelnd und setzte sich zusammen mit Zosia zu den anderen an den Tisch.

«Und ich», sagte Hanno, «bin neugierig, was es Neues von Martin gibt.»

Irene erzählte von dem Zusammenstoß mit ihrem Stiefsohn. Auch den wahren Grund für ihren Besuch bei ihm verschwieg sie nicht, diese Mutter-Teresa-Anwandlung, die sie in Hamburg gehabt hatte, das mehr oder weniger unerklärliche Mitgefühl und der daraus entstandene Entschluss zu einer versöhnlichen Geste. Obwohl ihr das jetzt ein wenig peinlich war.

«Sentimentaler Quark», sagte Sybille prompt. «Halte nie die andere Wange hin, wenn du zurückschlagen kannst.»

Sie lachten.

«Er hat mir auf den Kopf zugesagt, dass er von der Beschattung weiß.»

«Wahrscheinlich hat er nur geblufft», meinte Schneider.

Irene nickte zerknirscht. «Und ich bin darauf hereingefallen wie eine Anfängerin.»

«Sind Sie ja auch, was Polizeiarbeit betrifft», tröstete er.

«Jedenfalls sind wir aufgeflogen. Ich musste die Detektive nach Hause schicken. Was sollen wir jetzt tun?»

Hanno Schneider nippte nachdenklich an seinem Wasser. «Jetzt weiß er definitiv, dass er beobachtet wird. Er wird erst checken wollen, ob ihm wirklich niemand mehr im Nacken sitzt.»

«In letzter Zeit», sagte Irene, «ist er sowieso nicht mehr sehr oft auf der Piste gewesen. Und wenn, war meistens seine Freundin dabei. Die Detektive meinten, das bedeute eher Alarmstufe Gelb.»

«Bloß weil seine Freundin mitfährt, ist alles harmloser?», fragte Sybille ungläubig.

«Weil die Touren anders waren als vorher», erklärte Irene. «Sie haben keine Schulen oder Sportplätze angesteuert. Jedenfalls nicht gezielt. Sind nur so herumgegondelt: Schwimmen am See, Kino, Café und so.»

«Vielleicht hat er bloß den Harmlosen gespielt», meinte Sybille. «Vielleicht hat er tatsächlich gemerkt, dass er beobachtet wird.»

Hanno zuckte die Achseln. «Zumindest ein paar Tage lang wird er wohl nichts unternehmen. Und dann können wir wieder loslegen mit der Überwachung, mit frischem Personal und anderen Methoden.»

«In Ordnung», sagte Irene, und an Zosia gewandt: «Übrigens bin ich froh, dass Sie heute hier sind.»

«Ach ja?»

War das so spitz gemeint, wie es klang? Oder hörte Irene vor lauter schlechtem Gewissen nur das Gras wachsen?

«Ja. Ich habe nämlich noch etwas über Martin erfahren. Etwas Medizinisches.» Sie berichtete, was sie von Dr. Katsansakis gehört hatte.

Der Internist war seit etwa dreißig Jahren Gudruns Hausarzt gewesen. Er selbst war es, der Gudrun über Jonas' Tod und Martins Verhaftung informiert hatte, fast beiläufig, als sie wegen einer Bronchitis bei ihm gewesen war. Wenige Wochen waren seit der Tat vergangen, und noch waren die Ermittlungen nicht abgeschlossen. Natürlich hatte der Arzt angenommen, dass Gudrun Bescheid wusste. Er staunte, dass sie völlig ahnungslos war. Noch mehr überraschte ihn ihre Reaktion: Nach dem ersten Entsetzen über die Tatsache als solche begann sie heftig zu zittern und zu hyperventilieren, dabei stammelte sie etwas von «Valium», «Angst» und «Hätte ich bloß», zusammenhanglos und mit allen Anzeichen eines Schocks, sodass ihr Dr. Katsansakis eine Beruhigungsspritze setzen musste. Erst dann rückte sie mit dem heraus, was sie quälte.

Ihre Tochter Charlotte war gegen Ende der Schwangerschaft wieder in eine ihrer depressiven Phasen geschlittert. Sie hatte Angst vor der Geburt, panische Angst, die sie jedoch ihrem Mann verheimlichte. Deshalb nahm Charlotte das hochdosierte Valium, das sie noch aus der Zeit der letzten Depression vor der Schwangerschaft besaß. Als es aufgebraucht war, wollte der Gynäkologe ihr kein weiteres Rezept ausstellen; er fürchtete, sonst den Fötus zu schädigen. Da bekniete Charlotte ihre Mutter. Ihr Gynäkologe, versicherte sie, sei nur hysterisch vorsichtig. In Wirklichkeit – sie habe sich erkundigt – sei kein einziger Fall von Schädigung des Ungeborenen durch dieses Psychopharmakon bekannt. Schließlich ließ sich Gudrun erweichen, ignorierte ihre Skepsis, weil ihre Angst, Charlotte könne sich sonst selbst etwas antun, größer war. Gudrun gaukelte Dr. Katsansakis eine depressive Verstimmung vor, so glaubwürdig, dass sie schließlich ihr Rezept bekam und Charlotte ihr Beruhigungsmittel. Ist ja nur für kurze Zeit, beruhigte sich Gudrun. Die Geburt stand wenige Tage bevor.

Gudrun unterdrückte auch ihre Gewissensbisse, als das Baby am zweiten Tag nach der Geburt wegen Darmverschluss operiert werden musste; dergleichen passierte auch Kindern, deren Mütter während der Schwangerschaft vollkommen gesund gelebt hatten. Selbst für Martins spätere «Eigenheiten» fand sie immer harmlose, logische Erklärungen. Als Martin endlich eine richtige Familie besaß, entwickelte er sich in Gudruns Augen ja auch zu einem ganz normalen Jungen, nicht perfekt, aber wer war das schon. *Alles nochmal gutgegangen,* sagte sie sich und vergaß auch die letzten schwachen Nadelstiche ihres schlechten Gewissens. Bis sie es wie ein Stilett im Fleisch wieder spürte – als sie erfuhr, dass Martin seinen Bruder getötet hatte.

Dr. Katsansakis hatte nicht den Eindruck, dass Gudrun an die Version glaubte, wonach Jonas den anderen Jungen umgebracht hatte und dafür von Martin im Affekt erschlagen worden war. Aber sie war felsenfest davon überzeugt, dass das Valium der Auslöser allen Unglücks war. «Ich hätte ihr das Zeug nicht geben dürfen!» Gudrun weinte voller Verzweiflung. Selbst Dr. Katsansakis' Hinweis, dass das Valium wohl kaum schuld sein könne, wenn sich neunzehn Jahre später eine Tragödie ereigne, konnte sie nicht trösten.

Zwei Tage später hatte sie sich wieder gefasst. (Es war immer eine ihrer Stärken gewesen, Dinge, die sich nicht ändern ließen, so zu nehmen, wie sie nun einmal waren, und das Beste daraus zu machen.) Sie bat ihren Hausarzt noch einmal zu sich, damit er ihr bei der Abänderung des Testaments helfe und es als Zeuge unterschreibe. In einer älteren Version hatte sie ihr Vermögen Martin und Jonas zu gleichen Teilen vermacht, Irene waren nur der Schmuck und das einzige wertvolle Gemälde, das sie in die Seniorenresidenz mitgenommen hatte, zugedacht gewesen. Jetzt schlug sie Irene auch die Hälfte ihres Barvermögens und der Wertpapiere zu. Die andere Hälfte sollte Martin bekommen; er würde es dringender brauchen denn je, meinte sie. Kurz darauf bekam sie den zweiten Schlaganfall.

«Nach Meinung von Dr. Katsansakis», schloss Irene ihren Bericht, «hat dieser Infarkt gnädigerweise auch jene Teile ihres Gedächtnisses ausgelöscht, in denen die Tat und die Schuldgefühle verstaut waren. Sie hat jedenfalls nie wieder davon gesprochen.»

Sie wandte sich an Zosia: «Halten Sie es für möglich, dass Gudrun mit ihrer Vermutung richtiglag? Ich meine dieses Beruhigungsmittel in der Schwangerschaft. Kann es tatsächlich Martins Hirn geschädigt haben?»

Zosia mochte die Möglichkeitsform nicht. Eine klare Analyse wäre ihr allemal lieber gewesen. Sie seufzte. «Belegt ist nur eine erhöhte Fehlgeburtsrate bei Antidepressiva. Aber das bezieht sich auf die ersten paar Schwangerschaftswochen. Der Zusammenhang mit Hirnschädigungen beziehungsweise Funktionsstörungen, also Fehler im Hirnstoffwechsel, wird immer wieder diskutiert, aber man kann das nur sehr schwer nachweisen oder widerlegen, aus naheliegenden Gründen: Schwangere Frauen und Föten werden nicht als Versuchskaninchen benutzt. Außerdem schlucken Frauen das Zeug zu oft heimlich, und neurologische Schädigungen machen sich nicht immer gleich nach der Geburt bemerkbar. Deshalb sind Studien zu diesem Thema zwangsläufig ungenau. Versuche mit Ratten sind da auch unbefriedigend, weil sie psychisch, sozial und kulturell doch nicht ganz mit Menschen vergleichbar sind.»

Zosia trank ihr Glas aus, warf dann einen Blick auf ihre Armbanduhr und stand auf. «Ich fürchte, ich muss los.» Alle anderen erhoben sich ebenfalls. Und sahen ahnungslos zu, wie Zosia zur Anrichte ging, auf die sie die mitgebrachten Fachartikel gelegt hatte. Und auf der zwei Edelstahlgefäße mit Schraubdeckel standen. Weder Irene noch Hanno erkannten die Gefahr, bevor Zosia die Dosen an sich nahm und sich mit zuckersüßem Lächeln zu Irene umdrehte.

«Die hier kann ich wohl gleich mitnehmen.» Sie gehörten ihr. Hanno hatte darin das Essen mitgebracht. Erschrocken riss er die Augen auf. Als Zosia ihn nun anblickte, sagte ihre Miene deutlich: *Du bist ein Idiot.* «Ich nehme an, hier ist die Person mit dem großen Hunger.» Sie ließ ihm keine Zeit zu antworten und wandte sich gleich wieder Irene zu. «Hat's geschmeckt?»

«Ja», sagte Irene prompt und hätte sich ohrfeigen können für ihre Unbedachtheit; sie hatte die beiden Behälter, nachdem sie aus Hamburg zurückgekehrt war, abgewaschen, zum Zurückgeben bereitgestellt – und vergessen. Hilflos fühlte sie das Blut ins Gesicht schießen.

«Überkommt Sie nachts öfter so ein gewisser Hunger?» Zosia wollte schneidend oder zumindest ironisch klingen, doch ihre Verletztheit war deutlich herauszuhören. Trotzdem weidete sie sich an Irenes Verlegenheit.

Sybille wusste nicht, was los war, konnte sich aber beim Anblick der knalligen Tönung auf Irenes Wangen und dem Schrecken in Hannos Gesicht leicht einiges zusammenreimen.

Zosia wandte sich abrupt ab und verließ die Küche, in jeder Hand eines der Gefäße schwenkend. In der Haltung einer Siegerin. So schien es Irene, die ihr hinterherblickte, noch immer verdattert. Dann begegnete sie Hannos Blick. Er lächelte. In seinem Blick lag kein Vorwurf, aber eine Spur Besorgnis.

«Das krieg ich schon wieder hin», sagte er leise, bevor er seiner Frau nachging.

Mit der Miene grimmiger Zufriedenheit, dem schmerzhaften Triumph desjenigen, der sich schon seit langem betrogen fühlt und den Beweis für den Betrug nun endlich gefunden hat, drückte Zosia die Beweisstücke in Hannos Hände und zog ihren Mantel an. Die hochgradig nervöse Irene und eine vor Neugier fast platzende Sybille folgten den beiden in den Flur, um sich zu verabschieden.

«Es ist nichts passiert», sagte Irene zu Zosia.

Zosia – sie hatte bereits die Tür geöffnet – bedachte sie mit einem zurückweisenden Blick, rang sich dann aber doch eine Antwort ab. «Jedenfalls – viel Spaß beim Lesen. Und gute Nacht.» Damit trat sie hinaus in die Dunkelheit.

Ich blöde Kuh. Hilflos blickte Irene Hanno an. Der nickte ihr beruhigend zu, reichte dann ihr und Sybille die Hand und lief seiner Frau nach.

Eilig drückte Sybille die Tür hinter ihm ins Schloss, damit man draußen nicht mithören konnte, dann platzte sie heraus: «Du hast eine Affäre mit diesem schnuckeligen Polizisten und erzählst mir nichts?»

«Es ist wirklich nicht viel passiert», sagte Irene und erzählte, was dazwischengekommen war.

«Schade. Ich hätte es dir so gegönnt.»

Kurz vor Mitternacht, als Sybille bereits nach Hause gefahren war und Irene vor dem Fernseher versuchte, sich so weit zu entspannen, dass sie auf Schlaf hoffen konnte, rief Hanno an.

«Ich bin so kreuzdämlich», sagte sie, kaum dass er sich gemeldet hatte. «Tut mir wahnsinnig leid, dass ich dich in Schwierigkeiten gebracht habe.»

«Ich bin selbst schuld», sagte er. «Ich hab sie angelogen, ohne Not.» Zosia war am Morgen nach Hannos Besuch bei Irene nach Hause gekommen, erschöpft von einer Nacht voller Notfälle und hungrig. Damit ihr knurrender Magen sie nicht wach hielt, wollte sie vor dem Schlafengehen schnell noch einen Happen von dem hinunterschlingen, was vom Abendessen übrig geblieben sein musste. Aber da war nichts. Das war ungewöhnlich; wie üblich, hatte sie zu viel gekocht. Als sie Hanno später beiläufig fragte, ob er die Reste an Nachbars Hund verfüttert habe und ob der neuerdings auch Salat zum Fleisch fresse, hatte er lachend geantwortet, der verfressene Hund sei schon er selber. Er habe sich zweimal bedient, nachts noch einmal, weil er sich einsam gefühlt hätte, wie ein armer Hund eben. Das war ebenfalls ungewöhnlich. Doch Zosia ließ es dabei bewenden. Bis zu diesem Abend, an dem sie ihre eigenen Schraubdosen bei Irene entdeckt hatte. Vorhin im Auto hatte sie gestanden, dass sie das Geschirr bereits vermisst hatte. Und dass ihr Verdacht ohnehin schon auf Irene gefallen war, weshalb sie sie heute auch unbedingt hatte kennenlernen wollen.

«Dabei», schloss Hanno, «hätte ich gar nicht lügen müssen. Zosia hätte ruhig wissen dürfen, dass ich bei dir war, um dir Bücher zu bringen. Und Essen. Dafür hätte sie alles Verständnis der Welt gehabt. Ich hatte ihr gegenüber erwähnt, dass es dir nicht gutgeht. Wegen Martin und alldem.»

«Den kurzen Abstecher in mein Schlafzimmer hättest du aber auf jeden Fall verschweigen müssen.»

«Das schon. Aber ich hätte nicht das oberste Gebot eines

jeden Lügners missachten dürfen: so nah wie möglich an der Wahrheit zu bleiben. Ich hab mich benommen wie ein dummer Schuljunge.»

«Und jetzt? Ehekrise?»

Er zögerte. «Ich ... ich hab die Wogen schon wieder geglättet, glaube ich.»

«Wie?»

«Ich habe ihr auch den Kuss gebeichtet. Allerdings nicht, dass uns der Anruf unterbrochen hat. Sondern dass ich im letzten Moment gemerkt habe, wen ich wirklich liebe.»

Irene schwieg. Es tat weh, auch wenn sie das nicht zulassen wollte.

«Irene?»

«Du hast recht. Es ist ja auch die Wahrheit, du liebst sie, und sie liebt dich.»

«Es tut mir leid, Irene.»

«Das muss es nicht.» Es war zu Ende, bevor es richtig angefangen hatte. «Jedenfalls sind die Dinge jetzt klar, und mit Klarheit kann ich leben.»

ZWEI

Ich habe nicht mehr so viel Zeit, wie ich dachte, Herr Schneider. Martin hat seine Pläne geändert, ich muss mit ihm und seinem Freund ein paar Tage früher als geplant nach Berlin fahren. Ich muss mit, weil ich ja Benny sehen soll. Hinauszögern, Krankheit vortäuschen oder so, das würde nichts bringen, Vlad ist gelernter Krankenpfleger, der würde sich nicht hinters Licht führen lassen. Vlad ist sein Internet-Name, den richtigen kenne ich nicht. Er ist Martins Geschäftspartner. Sie haben sich im Netz kennengelernt. Der Kerl traut mir sowieso nicht, von Anfang an nicht. Und die Reise ganz verweigern, das geht überhaupt nicht, dann würde auch Martin misstrauisch werden. Das heißt also, ich muss jetzt endlich das schreiben, was ich schon die ganze Zeit vor mir herschiebe. Wovor mir graut.

Ich muss tief Luft holen.

Es war so weit. Gleich am Tag nachdem Frau Werneck bei uns aufgekreuzt war. Ich hatte nachmittags Unterricht, und Martin holte mich von der Schule ab. Genauer gesagt, er schickte mir eine SMS und bestellte mich in so ein biederes Café, wo sich hauptsächlich ältere Damen mit Torten vollstopfen. Dort trafen wir uns gelegentlich, weil wir da garantiert von niemandem aus meiner Schule überrascht wurden. Wir blieben aber nicht, sondern gingen sofort zu seinem Auto. Wir stiegen hinten ein, in den Laderaum. Es gab da keine Fenster, die Hitze staute sich, seit Tagen herrschte furchtbar schwüles Wetter mit Gewitter und Regen, eine Luft wie im türkischen Dampfbad. Er war wahnsinnig nett, umarmte und küsste mich und sagte, dass er mich liebt und dass er mich braucht, ganz allgemein in seinem Leben und an diesem Tag noch mehr. Es sollte ein besonderer Tag werden. Warum, das hat er mir nicht verraten. Nicht sofort.

«Wirst du schon sehen.»

Ich dachte, es sollte wieder so eine Überraschung werden wie an meinem Geburtstag.

«Zieh das an», sagte er und reichte mir eine prallgefüllte Plastiktüte. Dann setzte er sich ans Steuer und fuhr los.

Während der Fahrt packte ich die Tüte aus: ein wadenlanger grauer Mantel und ein Kopftuch. Eine muslimische Verkleidung. Das kam mir bekannt vor. Ich kriegte einen trockenen Mund, als ich kapierte, was er von mir erwartete.

Ich schwöre, mit so etwas hatte ich nicht mehr gerechnet. In meinem Kopf drehte sich alles. Er beobachtete mich im Rückspiegel, und ich versuchte, in seinen Augen zu lesen – keine Ahnung, was. Ich muss ihn angestarrt haben, als hätte mir der Blitz das Hirn versengt. Er lachte. Wirklich, er hat richtig amüsiert gelacht. Überhaupt war er seltsam aufgedreht, unter Spannung, als wäre er auf dem Weg zu einem tollen Fest. Seine Stimme war auch wieder so rau, wie immer, wenn er aufgeregt war.

«Hast du Angst?»

«Weiß nicht.» Jedes Wort kostete mich Mühe.

«Musst du nicht. Ist nur ein kleines Abenteuer.»

«Was für eines?»

«Es geht um den Typ, mit dem ich im Knast war.»

Ich wusste nicht, was ich denken oder sagen sollte.

«Geht es um seinen Sohn?», fragte ich dann doch und hoffte, er würde nein sagen.

«Ich wusste ja, du verstehst mich. Es wird dir gefallen.»

Gefallen? Ein Funke Hoffnung. Wenn er meinte, es könnte mir gefallen, dann konnte es nicht das sein, was ich befürchtete. An diesen Gedanken klammerte ich mich.

«Zieh die Klamotten an, beeil dich.»

Vor einem Kampfsportzentrum in Friedrichshain hielt Martin kurz an und fuhr dann langsam vorbei. Aus den geöffneten Fenstern im oberen Stock hörte man die typischen Kampfschreie. Fünfzig Meter weiter war ein Parkplatz. Ich hatte noch immer Tuch und Mantel in der Hand.

«Los, mach endlich», sagte er in dem herrischen Ton, den er manchmal hat, wenn ihm irgendetwas gegen den Strich geht. «Und knöpf den Mantel zu. Du musst strenggläubig aussehen, nicht wie eine Nutte.» Ich trug Hüfthosen und ein enges Top, genau das, was Mädchen zurzeit eben so tragen. Das Wort

Nutte verstörte mich total. Aber ich zog diesen Moslemfummel an, während er das Sportzentrum im Auge behielt.

«Bereit?»

Ich bekam kein Wort heraus. Er drehte sich zu mir um. «Komm her, Süße.» Seine Stimme klang wieder ganz weich. Ich hockte mich hinter den Fahrersitz, sodass er mich über die Sitzlehne hinweg erreichen konnte. Er streichelte mir zärtlich über Haar und Nacken. «Bitte», flüsterte er, und es klang flehend, wirklich. «Bitte, hilf mir. Es muss sein.»

«Ich dachte, du brauchst das nicht mehr, mit Jungs. Weil du jetzt mich hast.»

«Was denkst du denn, was ich machen will, mit dem Jungen?»

Ich konnte nur die Schultern zucken, ich hatte ja wirklich keine konkrete Vorstellung davon. Ich wollte mir auch nichts ausmalen. Und an die Fotos, die Sie mir gezeigt haben, Herr Schneider, wollte ich schon gar nicht denken.

«Tina, Liebste», sagte er schrecklich sanft, «ich will dich ja behalten. Deshalb musst du mir jetzt helfen.»

Ich schwieg, während ich darüber nachzudenken versuchte. Wenn man das chaotische Wirbeln in meinem Kopf denken nennen kann. Da packte er mich an den Haaren und sah mir in die Augen, mit einem so harten Blick, dass ich wegsehen musste.

«Sieh mich an.»

Ich sah ihn an.

«Du liebst mich doch, oder?»

Ich nickte.

«Dann tu das für mich. Sonst kannst du gleich nach Hause gehen.»

Es klang so entschlossen. Ich geriet endgültig in Panik. *Wenn ich ihn jetzt im Stich lasse,* dachte ich, *dann ist alles aus. Dann verliere ich ihn. Dann habe ich nichts mehr, wofür es sich zu leben lohnt. Dann bin ich, was ich vorher war: nichts.* Es war mehr ein Gefühl als ein Gedanke, aber immerhin ein klares. Und ein sehr schmerzhaftes. Ich wollte kein Nichts sein, Herr Schneider. Ich wollte seine Retterin sein. Sein Schutzengel. Ich wollte mein Versprechen halten.

Auf einmal fror ich. Der Schweiß auf meiner Haut fühlte sich trotz der Hitze an wie Eiskristalle.

«Beeil dich, er kommt gleich», drängte er und wickelte mir das Tuch um den Kopf.

Tatsächlich hörte ich wie durch eine Schneewand einen Gong aus den offenen Fenstern des Sportcenters. Ich musste jetzt mitspielen. Jetzt, in diesem Moment, war Martin nicht mehr aufzuhalten, das spürte ich. Er würde es auch ohne mich durchziehen – was immer *es* war. Aber später würde ich tun, was nötig war, später würde ich Kraft genug dazu haben, das konnte ich, das hatte ich ja schon einmal bewiesen. Ich wollte einfach nicht zulassen, dass mich die Angst beherrscht.

«Pass auf, du sagst ihm Folgendes: Dein Vater ist aus dem Knast geflohen, und er will dich unbedingt sehen. Du sagst ihm, dass wir ihn zu Papas Versteck bringen. Und dass natürlich niemand etwas davon erfahren darf. Hast du verstanden?»

Ich nickte und verstand kein Wort. Jetzt war ich erst recht durcheinander.

Er grinste. «Na? Ist das so schlimm, Vater und Sohn zusammenzubringen?»

Ich konnte nur den Kopf schütteln und irgendetwas stammeln: «Ich hab gedacht ...»

«Vergiss es», sagte er zufrieden.

Ich gab mir wirklich die größte Mühe zu vergessen, was ich

einen Augenblick vorher gedacht hatte. Ich war so was von erleichtert. Ich klammerte mich mit aller Kraft an die Vater-Sohn-Zusammenführungsstory.

Er zupfte das Tuch um meinen Kopf zurecht und lächelte mich an, dieses dankbare Lächeln, dem ich nie widerstehen konnte. Die Eissplitter schmolzen und meine Hirnzellen gleich mit. Einmal entschlossen, spulte sich alles wie von selbst ab. Ich versteckte meine Haare und die Narben unter dem Kopftuch und knöpfte den Mantel zu. Martin küsste mich. Dann schaute er aus dem Fenster nach hinten.

«Er kommt. Geh jetzt. Ich fahre langsam um die Ecke und warte da auf euch. Ach ja, und pass auf, dass er mit niemandem telefoniert, er hat ein Handy.»

Ich steige also aus und gehe dem Jungen entgegen. Der schiebt sein Rad aus dem Hinterhof des Sportcenters, zusammen mit zwei anderen Jungen. Ich gehe auf ihn zu, und der Straßenlärm um mich herum klingt fremd und fern, wie unter Wasser. Ich denke nicht, ich fühle nichts, irgendwie willenlos, wie ferngelenkt ... Nein, ich habe versprochen, ehrlich zu sein. In Wirklichkeit war da plötzlich wieder dieser Zustand wie beim Betreten der Bühne, aufgeregt, leer im Kopf, so leer, dass man seinen Text nicht mehr weiß, aber auch keine Sekunde daran denkt, einfach nicht mehr mitzuspielen. Dazu kommt diese fiebrige Spannung, die dich fertigmacht und zugleich toll ist. Wahnsinnig intensiv. Im Grunde fühlt man das Gleiche wie beim Klauen. Oder nein, viel stärker – wie wenn man rasend verliebt ist: der gleiche Mix aus zielgerichteter Energie, verwirrenden Empfindungen, Intensität, Unsicherheit, Willensstärke und – keine Ahnung. Hoffnung vielleicht? Hoffnung, dass einen keiner erwischt. Und damit, Herr Schneider, gebe ich zu, was ich damals nicht einmal mir selbst eingestehen konnte:

In meinem tiefsten Inneren wusste ich, dass ich etwas Böses tat.

Ich gehe also langsam auf den Jungen zu. Der steigt auf sein Rad, verabschiedet sich von den Freunden, die laufen in eine andere Richtung davon, er selbst radelt mir entgegen ... Hätte ihn doch bloß wieder seine Mutter abgeholt! Aber wenn man Mütter wirklich mal braucht, sind sie garantiert nicht da.

Ich rufe ihn bei seinem Namen. «Warte mal.»

Er bremst tatsächlich, schaut mich stirnrunzelnd an, er kennt mich ja nicht.

«Hast du schon gehört?», flüstere ich. «Dein Vater ist aus dem Knast abgehauen.»

Die Wirkung war durchschlagend. «Was? Nein! Woher wissen Sie das? Wer sind Sie?» Seine Stimme war noch ganz kindlich und jetzt vor Aufregung ein wenig schrill.

«Nicht so laut. – Ich weiß es von ihm selbst. Er will dich unbedingt sehen, bevor er abtaucht.»

Sofort zog er ein Handy aus der Tasche, um seine Mutter anzurufen. Ich nahm es ihm weg.

«Willst du deinen Vater verraten?», fragte ich in erschrockenem Ton. «Die Polizei hört sicher längst euer Telefon ab. Und dich können sie auch orten, wenn das Handy an ist.» Ich schaltete es aus und steckte es ein. «Du willst ihn doch sehen?» Er nickte lebhaft. Ich schaute mich vorsichtig um, aber niemand beobachtete uns, auch nicht aus den Fenstern der Sportschule heraus.

«Dann komm.» Er folgte mir zum Auto. Der Motor lief. Martin lächelte den Jungen an.

«Steig ein», sagte ich.

Der Junge lehnte sein Fahrrad an einen Baum am Straßenrand, wollte es abschließen – und zögerte. Plötzlich schienen ihm Bedenken zu kommen. Er sah Martin genau an, dann mich.

«Am besten nehmen wir dein Rad mit», sagte ich schnell. «Dann kannst du nach dem Treffen mit deinem Vater nach Hause radeln. Okay?»

Wenn mir das nicht spontan eingefallen wäre, hätte alles anders kommen können, ich säße nicht in diesem Kellerloch und müsste nicht diese Horrorbeichte ablegen. Aber es ist mir nun mal gelungen, sein Misstrauen zu zerstreuen. Damit waren die Weichen gestellt. Er fasste also Vertrauen, wir hoben sein Rad in den Laderaum, und er setzte sich daneben auf den Boden, die Rücksitze waren ja ausgebaut, und Martin erklärte ihm, dass es verboten war, zu zweit auf dem Beifahrersitz zu sitzen. Von außen war der Junge jetzt nicht mehr zu sehen.

Als ich neben ihm saß, verlangte Martin mein Telefon und das des Jungen.

«Wozu?»

«Vorsichtshalber», erwiderte er ungeduldig und hielt die Hand auf. Ich gab ihm beide Handys. Er schaltete meines aus, ebenso sein eigenes, und steckte alle drei ein.

Martin gab uns als Freunde seines Vaters aus. Natürlich wollte der Junge mehr über dessen Flucht erfahren. Martin erzählte nichts darüber, mit der Begründung, dass es für den Jungen besser sei, möglichst wenig zu wissen, falls ihn die Polizei später in die Mangel nehmen sollte. Dafür fing er ein Gespräch über Kampfsportarten an, interessierte sich dafür, was der Junge lernte (Judo) und wie lange schon (ein paar Monate). Der Kleine antwortete nur einsilbig, für uns interessierte er sich sowieso kaum. Er war aufgeregt, weil er seinen Vater treffen sollte, noch dazu unter solch abenteuerlichen Umständen. Martin schien äußerlich ganz ruhig. Natürlich merkte ich ihm die

Anspannung an, ich hörte sie vor allem an seiner leicht gepressten Stimme. Aber wenn ich ihn nicht so gut gekannt hätte, wäre er mir absolut locker vorgekommen.

Ich selbst war alles, bloß nicht ruhig. An Einzelheiten der Plauderei unterwegs kann ich mich kaum erinnern, nur an den Streifenwagen, an den erinnere ich mich genau. Ich sah ihn im Seitenspiegel, zwei Wagen hinter uns.

«Bullen hinter uns», sagte ich zu Martin. Der hatte sie auch schon entdeckt, blieb aber gelassen. Plötzlich schalteten sie Blaulicht und Sirene ein und kamen auf der Überholspur näher. Der Junge duckte sich spontan. Ich fürchtete natürlich, dass Martin und ich doch beschattet wurden und man uns jetzt wegen Entführung festnehmen würde. Mir wurde speiübel, meine Eingeweide fühlten sich an wie verknotet und in einen Schraubstock geklemmt. Martin dagegen blieb cool wie eine Eisbombe, fuhr in vorschriftsmäßigem Tempo weiter, bis die Streife an uns vorbeizog, ohne uns anzuhalten. Und ohne auch nur einen Blick in unsere Richtung zu werfen. Als das Martinshorn in der Ferne verklang, tauchte der Junge vorsichtig hinter meinem Sitz auf.

«Keine Sorge», beruhigte ihn Martin. «Die haben nicht uns gemeint.»

DREI

Unterwegs fürchtete Martin, es könnte ihm auch diesmal nicht gelingen, seine bis ins letzte Detail durchdachte und lustvoll ausgefeilte Inszenierung endlich Wirklichkeit werden zu lassen. Wochenlange Vorfreude, beharrliches Auskundschaften der Gewohnheiten seiner Beute, das Vorbereiten der Datsche auf das große Ereignis – und dann kreuzte dieser Bulle bei Tina auf.

Doch dem waren die Hände gebunden, er konnte nichts gegen Martin unternehmen, nicht ohne konkreten Grund. Und den hatte Martin nicht geliefert. Selbst wenn sein Computer illegal gecheckt worden wäre, hätte die Polizei nichts Verdächtiges finden können, er war nicht noch einmal so blöd, dort Spuren zu hinterlassen. Aber der Bulle hatte Martins Misstrauen gegen seine Stiefmutter wieder angefacht. Der traute er jede Schnüffelei zu. Mit Recht, wie sich herausgestellt hatte. Zum Glück funktionierten seine Instinkte, er hatte die Gefahr gespürt. Jetzt fühlte er sich sicher.

Wenn er an Irenes herrlich peinlichen Abgang dachte, musste Martin immer noch grinsen, sogar jetzt im Auto, trotz der enormen Anspannung. Sein Bewusstsein des Sieges, der Überlegenheit, hatte Martin ein selten erlebtes Hochgefühl verschafft. Wohl aus diesem Gefühl heraus hatte er nach längerer Zeit wieder Lust gehabt, mit Tina zu schlafen. Normalerweise entsprach sie rein körperlich nun einmal nicht seinen Vorstellungen, da konnte sie sich noch so große Mühe geben, wie ein Junge auszusehen, Arme, Beine, Möse und sogar den Arsch enthaaren – sie war eben doch eine Frau. Punkt. Sex mit ihr war und blieb im Grunde langweilig. Wegen der langen Durststrecke, in der er sich leider befand, hatte er gelegentlich ihr Dauerangebot genutzt. Dank seiner Phantasien hatte er auch fast jedes Mal den Höhepunkt erreicht. In letzter Zeit war es ihm allerdings immer schwerer gefallen, geile Phantasien zu entwickeln. Wie auch? Die Erinnerungen, aus denen er schöpfte, verblassten halt mit der Zeit. Was sollte ihn antörnen, wenn er nichts erlebte? Und gestern Nacht, ganz unerwartet, hatte er den Sex mit Tina als etwas ziemlich Befriedigendes erlebt. Zum ersten Mal war er danach nicht in diese Leere gefallen, in diese Unzufriedenheit. Zum ersten Mal hatte er auch seine Bilder im Kopf nicht anknipsen müssen, um zum Höhepunkt zu kommen. Als sie dann noch das vom Reißverschluss und vom Hineinschlüpfen sagte, stand einen Moment lang ein wunderschönes Bild vor seinem inneren Auge: wie er Tina vom Hals bis zur Möse aufschlitzte und sich mit ihrer Haut umhüllte. Verschmelzen. Eins sein ... Plötzlich hatte er gewusst, was sie damit gemeint hatte. «Du bist wie ich», hatte er gesagt und gehofft, dass es wahr wäre. Sie hatte gelächelt und gesagt, sie sei glücklich.

In dieser euphorischen Stimmung war er so weit gegangen zu überlegen, ob er seine Pläne wirklich in die Tat umsetzen sollte. Warum unnötige Risiken eingehen? Vielleicht konnte er so weitermachen mit dem Leben und dem Sex. Vielleicht hatte ihn Tina wirklich bekehrt. Vielleicht war er ein ganz normaler Mann geworden, der Befriedigung in ganz normalem Sex fand, im ganz normalen Leben. Vielleicht sollte er sie heiraten und Kinder kriegen ...

Kinder. Er spürte den Flash, das verräterische Kribbeln beim bloßen Gedanken an Kinder. Diese Empfindung war stärker als alles, was er mit Tina je erleben konnte. Und damit war klar geworden, dass er nicht für das geschaffen war, was andere für normal hielten. Dass er eben ein ausgefallener Typ war. Etwas Besonderes. Außergewöhnlich. Scheiß auf die Normalität. Die Vorfreude auf ein Erlebnis der Extraklasse kribbelte wieder unter seiner Haut.

Während Tina in dieser Nacht selig neben ihm schlief, wusste er instinktiv: *Du kannst loslegen, die Luft ist rein, gerade jetzt rechnet garantiert keiner damit.* Er schickte Vlad eine Nachricht mit dem verabredeten Startzeichen. Vlad mailte sofort zurück: alles klar.

Und jetzt war das Ding am Laufen. Auch Tina spielte bislang prima mit, wenn vielleicht auch unter falschen Voraussetzungen. Sie glaubte wahrscheinlich immer noch, dass sie ihn von seiner gefährlichen Lust abbringen könnte, so wie damals bei Paul. Andererseits sagte ihm sein Instinkt, dass sie im Ernstfall sogar auf seine Linie umschwenken und selber auf den Geschmack kommen würde. Dass sie wirklich war wie er. Und wenn er sich doch irrte, wenn sie ihm den Spaß verderben wollte, wenn sie versuchen würde, wegzulaufen, um ihn zu verraten, dann ließ sie ihm keine Wahl. Dann musste er sie eben auch töten.

Er hoffte sehr, dass sie ihn nicht dazu zwingen würde. Er hatte sich inzwischen an Tina gewöhnt. Ihre Zuneigung gab ihm die meiste Zeit über ein vorher unbekanntes Gefühl von Wärme. Außer ihr hatte er doch niemanden. Die Vorstellung, bei dem bevorstehenden Spektakel solidarische Gesellschaft zu haben, eine Mitwirkende oder wenigstens eine ehrfürchtige Zuschauerin, steigerte seine Vorfreude noch.

VIER

Martin brachte den Jungen und mich zu der Siedlung am Stadtrand, wo wir schon einmal gewesen waren. Wir parkten an derselben Stelle.

Es ist schon komisch, Herr Schneider: Erst hatte ich Angst, dann spielte ich meine Rolle trotzdem. Und zwar ohne einen Funken Zweifel. Keine Alarmglocke hat gedröhnt, als wir schließlich am Buschweg zwischen den Schlammpfützen den Weg entlanggingen. Martin schleppte einen großen Kanister Wasser mit.

«Für deinen Vater», erklärte er dem Jungen. «Die Wasserleitung funktioniert nicht mehr.»

Inzwischen war wieder ein Gewitter aufgezogen, es hatte angefangen zu regnen, und auf den hundert Metern vom Auto zu dem heruntergekommenen Haus platschte ein kalter Guss auf uns herab, sogar mit Hagel, wie um uns mit Schlägen auf den Kopf zur Besinnung zu bringen. Hat aber auch nicht funktioniert. Vielleicht, wenn uns jemand begegnet wäre, der sich später an uns hätte erinnern können – vielleicht hätte das Martin ernüchtert und aufgehalten. Oder mich in die Wirklichkeit zurückgeholt. Aber bei diesem Wetter hatten die Leute Besseres zu tun, als in den engen Wochenend-Butzen zu hocken. Kein Mensch war zu sehen in den Gärten und auf den Wegen, nicht einmal Autos.

Das kurze Stück Weg zu dem verwilderten Grundstück gehe ich noch immer in meinen Albträumen. Immer wieder. Ich folge Martin und dem Jungen. Aber im Traum führt der Weg nicht durch die Gartensiedlung, sondern durch eine Wüste. Unter jedem Schritt gibt der heiße Sand nach, der Boden schwankt, als läge gleich unter der Oberfläche ein tückischer Sumpf. Keine Menschenseele außer uns dreien. Plötzlich stehen wir auf einer Klippe, so riesenhoch, dass ich kaum den Boden tief unter uns sehen kann. Angst vor dem Abgrund schnürt mir die Kehle zu und treibt mir kalten Schweiß aus allen Poren, wie damals beim Bungee-Springen. Zugleich spüre ich wahnsinnige Lust, mich diesen Abgrund hinunterzustürzen. Genau das tue ich im Traum dann auch und reiße die anderen mit, ich falle, plötzlich bin ich allein, ich schreie, aber kein Ton kommt heraus, ich falle und falle, komme aber nie unten an. Immer wache ich vorher auf, schweißnass.

Im wirklichen Leben – wenn man das «wirkliches Leben» nennen kann –, also, unterwegs zu dem alten Haus hatte ich keine Angst. Nicht mehr. Was mir durch den Kopf ging, auf dem Weg durch das Hopfengestrüpp, immer hinter Martin und dem Jungen her? Ich weiß es nicht genau. Ich glaube, da war immer noch kein klarer Gedanke. Ich erinnere mich nur an ein einziges Gefühl: die Lust, eine Grenze zu überschreiten. Die Schallmauer zu durchbrechen. Ich habe nur diesen Kick gespürt. Diese irre Kraft. Totales Selbstvertrauen.

Macht. Ja, das war es: Macht. Das Schicksal von Martin und dem Jungen lag in meiner Hand. Mein Leben hatte plötzlich Bedeutung.

Äußerlich hatte sich an dem Häuschen nichts geändert. Dieselben windschiefen Läden und zerbrochenen Fensterscheiben. Das Regenwasser schwappte aus der verstopften Dachrinne.

Martin klopfte an die Tür. «Ich bin's, Gunter», rief er gedämpft, als hätte er trotz des Lärms, den der Hagel machte, Angst, irgendein heimlicher Zeuge könnte aufmerksam werden.

Keine Antwort.

«Vielleicht schläft er», sagte Martin. Wir gingen hinein. Drinnen wurde mir sofort klar, dass Martin Vorbereitungen getroffen hatte: Dicke Pappe war vor die Fensternischen geheftet, sodass man nicht mehr hereinsehen konnte. Die Räume waren notdürftig aufgeräumt und gekehrt. Über die Matratze am Boden war ein Laken gebreitet. Daneben lehnte eine große, mit irgendwas vollgestopfte Plastiktüte an der Wand. Dicke Kerzen standen an verschiedenen Stellen im Raum. Martin zündete gleich eine an. Vom Deckenbalken hing eine alte Laterne mit noch einer Kerze. Sie hing an einem riesigen, massiven Haken. Alles wirkte so, als ob sich tatsächlich jemand hier versteckte. In diesem Moment glaubte ich wirklich daran. Oder hoffte es, keine Ahnung. Jedenfalls schaute ich mich nach dem Vater des

Jungen um. Martin schloss die Tür hinter uns. An der Innenseite war ein neuer Riegel angebracht, den schob er zu.

Im Schein der Kerze guckte sich der Junge erwartungsvoll um. «Papa?»

Martin schaute in den stockdunklen Nebenraum und rief dann die steile Leiter zum Speicher hinauf: «Gunter! Wir sind da!» Als noch immer keine Antwort kam, erklärte er dem Jungen, dass sich sein Vater bestimmt nur mal kurz die Beine habe vertreten wollen und sich wegen des Regens irgendwo untergestellt habe. Sicher würde er gleich zurückkommen.

«O nein», sagte der Junge erschrocken. «Wenn ihn jemand sieht ...»

«Ja, das wäre dumm», antwortete Martin gelassen. «Er sollte Ausflüge in Zukunft lieber bleibenlassen. – Wir können ja schon mal unsere nassen Sachen ausziehen, damit sie trocknen.»

Martin zog sich tatsächlich die Jacke und das T-Shirt aus. Weil der Junge nur unschlüssig dastand und nichts tat, zog ihm Martin sanft das Shirt über den Kopf, ganz langsam. Zärtlich. Und als der Kopf und die Arme noch drinsteckten, hatte Martin – ich weiß nicht, woher – plötzlich eine Rolle Klebeband in der Hand und fesselte damit blitzschnell die hochgereckten Handgelenke des Jungen. Der war vermutlich so überrumpelt, dass er erst gar nicht reagierte. Ich auch nicht. Ich lehnte an der Wand neben dem Eingang und schaute zu, verständnislos und neugierig, wie bei einer Versuchsanordnung im Physikunterricht, wenn der Lehrer noch nicht erklärt hat, worauf das Experiment hinauslaufen soll. Oder nein, das stimmt nicht ganz. Natürlich dämmerte mir jetzt, was ich im Grunde längst gewusst hatte: dass die Fluchtstory nur ein Vorwand war. Eigentlich erwartete ich keine Erklärung, sondern die Bestätigung meiner Macht. Ich wartete auf den Moment, wo ich beweisen konnte, dass ich die

Klügere, Bessere, Stärkere war, dass ich das Experiment nach meinem Willen lenken konnte. Ich wartete auf meinen Auftritt.

Ich sah Martin dem Jungen das T-Shirt vom Kopf ziehen. Diese verwirrt aufgerissenen Augen ... Martin lächelte ihn an, ganz liebevoll, so wie er mich manchmal anlächelte.

«Du bist sehr hübsch», sagte er. «Makellose Haut.»

Ich weiß noch genau, wie still es in diesem Moment war. Das Gewitter hatte sich verzogen, Regen und Hagel hatten aufgehört.

«Mein Vater war nie hier, stimmt's?», sagte der Junge in diese Stille hinein und trotzdem kaum hörbar.

«Stimmt», antwortete Martin, angelte dabei ein Messer aus der Hosentasche und zerschnitt das Shirt des Jungen, damit er es ihm von den Armen ziehen konnte, ohne die Fesseln zu lösen. Dann starrte er ihn an, studierte das kindliche Gesicht, ungefähr so, wie Benny einen schillernden Käfer beobachtet, den er noch nie zuvor gesehen hat.

Der Junge blickte zu ihm auf, und ich konnte die Angst in seinem Gesicht sehen. Und die Erkenntnis.

«Sie sind der Mann, der mit meinem Vater in der Zelle gesessen hat.»

Martin nickte. Und dann kam der Satz von dem Jungen, den ich immer und immer wieder höre, Tag und Nacht, so ruhig, so entsetzlich ruhig: «Müssen Sie mich jetzt auch umbringen?»

Martin sagte nichts. Klebte ihm den Mund mit Paketband zu. Der Junge wehrte sich nicht. Als hätte er sich in sein Schicksal ergeben.

«Hast du dein Messer dabei?», fragte mich Martin. Meine Kehle war zugeschnürt, ich schüttelte nur den Kopf. Das Messer war in meiner Schultasche, und die war im Auto geblieben. In diesem Moment wusste ich noch nicht genau – oder wollte es nicht wissen –, warum ich mich deswegen erleichtert fühlte. Doch dieses Gefühl hielt nicht lange vor.

«Komm her», befahl er. «Du assistierst mir.»

Ich schüttelte den Kopf. Martin wandte sich wieder dem Jungen zu. Und dann schlug er ihn.

Das war der Moment, wo ich dazwischenging, ich schwöre es, Herr Schneider! Ich fiel Martin in den Arm und rief: «Das darfst du nicht!» Er schüttelte meine Hand ab wie eine lästige Fliege, sah mich dabei nicht einmal an und schlug wieder zu.

«Hör auf!», schrie ich mit aller Kraft und hörte meine eigene Stimme doch nur als komisches leises Krächzen. Ich erinnere mich, dass ich als Antwort einen Stoß bekam, der mich rückwärts zu Boden schleuderte, Martins Gesicht dabei, verzerrt, wie ich es vorher nie gesehen hatte, diese irre Wut darin. Ich sehe seine Faust mit dem Messer, die Spitze auf mich gerichtet. Seltsamerweise hatte ich noch immer keine Angst. Nicht um mein Leben. Ich sah die Messerspitze, direkt vor meinen Augen.

«Was soll ich denn tun?» Ich erinnere mich nicht, ob ich es gesagt oder nur gedacht habe. Vielleicht habe ich es auch herausgeschrien und konnte bloß meine eigene Stimme nicht hören, wegen dem Lärm in meinen Ohren, einem Rauschen und Zischen wie von tausend Schlangen oder von Stimmen aus der Hölle, keine Ahnung. Sicher weiß ich nur, dass sein Gesicht nicht mehr von Wut verzerrt war, als ich zu ihm aufschaute. Stattdessen – ich habe mir das wirklich nicht eingebildet – stand Traurigkeit in seinen Augen. So starrte er auf mich herab: traurig, das Messer noch immer auf mein Gesicht gerichtet. Plötzlich verzog er spöttisch den Mundwinkel, reinste Verachtung, und damit schmetterte er mich noch einmal nieder. Dann kehrte er zu dem Jungen zurück.

Der Junge – die vergangenen Monate habe ich mich immer

gescheut, ihn auch nur in Gedanken bei seinem Namen zu nennen. Vielleicht, weil er mir als Namenloser weniger echt vorkommt. Nicht als Mensch, der mich noch als Toter anklagen kann. Was für eine Selbsttäuschung. So wie Benny als ganz kleiner Knirps dachte, ich sei wirklich verschwunden, wenn er die Händchen vor seine Augen hielt und mich nicht sah. Nein, kindischer. Ein Zweijähriger hat noch kaum Erfahrung mit der Wirklichkeit. Ich dagegen hätte von Anfang an voraussehen können, was geschehen würde.

Sebastian Sand lag also noch immer da, wo Martin ihn hingeklatscht hatte, den Mund zugeklebt und die Hände vorne gefesselt. Die Finger waren frei, er hätte sich den Klebestreifen abreißen und schreien können, aber er tat es nicht. Er lag einfach zitternd auf der Matratze und wartete. Starrte mit aufgerissenen Augen zu Martin hoch. Drehte dann ein klein wenig den Kopf und blickte an Martin vorbei zu mir. Diesen Blick werde ich nie vergessen. Ich sah sie, seine Gefühle und Gedanken, ich sah ein lebendiges Wesen mit einer eigenen Geschichte, mit einem Namen, mit Eltern, von denen ich auch einiges wusste – und ich schloss einfach die Augen. Im doppelten Sinn.

In der Zwischenzeit habe ich viel Zeit gehabt, darüber nachzudenken, warum auch ich nur abgewartet habe, warum ich keinen zweiten Versuch unternommen habe, dem Jungen zu helfen. Ich weiß noch, dass sich mein Hirn wie Watte anfühlte, ich konnte nicht klar denken und schon gar nicht handeln, eine Art Lähmung, Millionen Mal schlimmer als Lampenfieber. Das soll jetzt keine Entschuldigung sein – es gibt keine –, nur eine Zustandsbeschreibung. Es war so wie einmal, als ich beim Überqueren einer breiten Straße nicht aufgepasst habe und plötzlich ein Auto hupend auf mich zuraste. Ich wusste nicht, ob ich noch schnell auf die andere Straßenseite rennen oder zurückspringen sollte, also blieb ich wie gelähmt stehen. Das Auto konnte gerade noch ausweichen.

In der Hütte wollte ich auch zwei Sachen gleichzeitig: vorwärts – Sebastian beschützen, und rückwärts – Martin nicht verlieren. Das passte nicht zusammen. Den Jungen zu retten wäre wahrscheinlich möglich gewesen, ich hätte weglaufen und um Hilfe schreien können. Aber dann hätte ich Martin verloren, unsere Beziehung, alles, was mein Leben damals ausmachte. Vielleicht wären mir Flucht und Hilferuf auch misslungen, weil mich Martin erwischt und umgebracht hätte. Und wennschon?, denke ich heute, es wäre nicht schade gewesen um mich, und vielleicht wäre ja doch Hilfe gekommen, und einiges, was nie hätte geschehen dürfen, wäre verhindert worden.

Hätte ich getan, was Martin von mir erwartete, nämlich ihm dabei «assistieren», als «Liebesbeweis», dann hätte ich genauso alles verloren, mein tolles Bild von mir selber nämlich. Also tat ich das, was ein Feigling tut: nichts. Und diesmal hat mich das Auto überrollt. Jetzt verstehe ich, was Martin meinte, als er von seiner Angst redete, keine Seele zu haben. Jetzt kenne ich das Gefühl.

Vielleicht irre ich mich aber auch. Vielleicht ist mein Gefühl ein ganz anderes als seines. Der Unterschied ist vielleicht, dass ich mich gnadenlos schäme für das, was ich getan habe – oder eben nicht getan habe. Martin hat sich noch nie für irgendetwas geschämt.

Diese Augen. Sebastians Blick dort in der Hütte verfolgt mich. Ich meine diesen letzten Blick, der mir galt. Ganz habe ich ihn nie begriffen. Angst, klar, aber da war noch etwas anderes. Nicht das Flehen um Hilfe, sondern das Bedürfnis, getröstet zu werden, glaube ich. Vielleicht hätte er mich wachgerüttelt, wenn er sich gewehrt hätte, keine Ahnung.

Scheiße, das klingt jetzt, als würde ich dem Jungen Schuld daran geben, dass ich ihm nicht geholfen habe. So meine ich es aber nicht, Herr Schneider, wirklich nicht. Ich versuche nur zu beschreiben, wie ich die Dinge erlebt habe. Verstehen müssen Sie selber, ich kann es nicht. Jedenfalls wusste ich nicht, wie ich ihn hätte trösten sollen. Natürlich habe ich nicht darüber nachgedacht, es war nur so ein Gefühl von Hilflosigkeit. Also schloss ich einfach nur die Augen.

Was im Einzelnen in der Hütte geschah, weiß ich nicht mehr. Ich erinnere mich wirklich nicht. Bitte zwingen Sie mich nicht dazu! Ich weiß noch, dass ich keine Angst hatte. Und mich gleichzeitig darüber wunderte. Dass ich in einen Zustand verfiel wie damals im Garten meiner Großmutter. Nur war es diesmal kein Rosenduft, der mich über mich selbst hinaushob. Diesmal war es – keine Ahnung. Der metallische Geruch von Blut vielleicht. Er schleuderte mich aus mir selbst hinaus, weil ich es in meiner Haut wahrscheinlich nicht mehr ausgehalten habe. Jedenfalls sehe ich mich noch heute da unten auf dem schimmeligen Linoleum kauern, den Kopf mit den Armen geschützt und die Stirn auf die Knie gelegt, um nichts zu sehen und nichts zu hören, mir selber fremd, als ginge ich mich nichts mehr an. Mein wirkliches Ich schwebte oben unter dem Deckenbalken. Bloß war es kein tolles Erlebnis wie im Rosengarten, kein gutes Gefühl. Es war gar kein Gefühl, nirgendwo, nicht in meinem materiellen Körper und nicht in meinem ausgewanderten Ich. Es war nur Taubheit. Rauschendes, zischendes Nicht-Hören, Nicht-Sehen, Nicht-Fühlen.

Nur am Ende, tausend elende Jahre später, in denen ich zum Zombie geworden war, der Schrei. Der Schrei zwang mich, hinzusehen. Ein zusammengeschnürtes, blutiges Bündel, am Deckenhaken. Irgendwie hat er es geschafft, das Klebeband mit den Zähnen zu zerreißen – dieser Schrei dröhnt mir immer noch in den Ohren – mit letzter Kraft, nicht laut – dann Stille.

Weiße, absolute Stille.

NEUNTES KAPITEL

EINS

Vermisstensachen gehörten eigentlich nicht zu Hanno Schneiders Aufgaben, aber er hatte es sich seit Martin Wernecks Entlassung aus dem Gefängnis zur Gewohnheit gemacht, täglich in der Zentraldatei nachzuschauen, ob ein Kind gemeldet war, dessen Verschwinden man eventuell mit Irenes Stiefsohn in Verbindung bringen konnte. Eine Gewohnheit, die sich allmählich zur Sucht entwickelte. Wenn er den Arbeitstag nicht mit dieser Recherche begann, hatte er das Gefühl, etwas versäumt zu haben, nichts getan zu haben, um eine voraussehbare Katastrophe abzuwenden. Von Zeit zu Zeit forderte Schneider die Kollegen aller Berliner Bezirke in E-Mails auf, so oft wie möglich an allen Plätzen, an denen sich Kinder und Jugendliche aufhielten, Patrouille zu fahren, um durch Polizeipräsenz präventiv zu wirken.

«Streber», frotzelten seine Kollegen gutmütig. «Wahrscheinlich hältst du deiner Frau auch noch Vorträge über Prävention, wenn sie dich gerade reitet.»

Es verging kaum eine Woche ohne verschwundene Kinder. Meistens handelte es sich um Ausreißer, die schnell gefunden wurden oder freiwillig zurückkehrten. Manche aber auch nicht.

Es gab erschreckend viele Fälle von sexuellem Missbrauch. Überall. Allein in Deutschland wurden jährlich rund sechzehntausend Fälle angezeigt, bei durchschnittlich zweitausendfünfhundert Verurteilungen und einer um ein Vielfaches höheren Dunkelziffer. Einer Studie zufolge war mindestens jeder elfte Berliner Junge schon einmal sexuell missbraucht worden. Bei den Mädchen waren es noch deutlich mehr. Und bei einer anonymen Befragung von sechstausend Berliner Männern zwischen vierzig und neunundsiebzig Jahren hatte ein Prozent pädophile Neigungen eingestanden. Auch wenn – derselben Befragung zufolge – nur ein Drittel ihren Impulsen nachgab, zwanzig von sechstausend älteren Männern (und wie viele von den Männern unter vierzig Jahren, die man nicht befragt hatte?) waren ein gewaltiges Risiko. Und ihre Zahl wuchs. Oder ihre Hemmschwelle wurde niedriger. Laut Statistiken des Bundeskriminalamtes war die Zahl der Kindestötungen seit vielen Jahren vergleichsweise niedrig und konstant: jährlich achtzig bis hundert Fälle. Der weitaus größte Teil davon ging auf das Konto von Verwahrlosung und Vernachlässigung, unmittelbare Gewalteinwirkung durch Eltern und andere Personen, Tötung Neugeborener nach verheimlichter Schwangerschaft. Alles in allem im Schnitt jede Woche zwei gewaltsam zu Tode gekommene Kinder. «Nur» ein bis sieben Fälle von Kindstötungen pro Jahr waren eindeutig sexuell motiviert. Es waren diejenigen Fälle, die die Bevölkerung am fassungslosesten machten. Und die am schwersten aufzuklären waren. Die Frage nach dem Warum, nach dem Motiv des Täters, nach seiner Entwicklungsgeschichte, überließ Schneider den Psychiatern, den Gutachtern, Richtern, Journalisten, Seelsorgern. Und den Angehörigen der Opfer. Bei denen hatte die Auseinandersetzung mit Tätern und Tathintergründen tatsächlich Sinn, sie konnte ihnen helfen, nicht in Depression, Hass und Dauerschmerz zu versinken.

Er holte sich den ersten Büro-Espresso des Tages, bevor er nachschaute, ob es neue Vermisstenfälle gab. Zwar glaubte Schneider tatsächlich nicht, dass Martin die Chuzpe besaß, ausgerechnet jetzt zuzuschlagen. Täter seines Typs mieden allzu übertriebene Risiken, wenn sie intelligent waren. Und Martin war intelligent.

«Vermisstensache Sebastian Sand». Das war sie, die Verbindung. Obwohl Hanno Schneider seit langem darauf gefasst war, dass sich seine schlimmsten Befürchtungen realisierten, traf es ihn jetzt trotzdem wie ein Schlag in die Magengrube. Sebastian war der Sohn von Gunter Sand, und den hatte Schneider selbst als möglichen Zeugen befragt, unmittelbar vor Beginn des Prozesses gegen Martin. In der Einsamkeit der Zelle entwickelten Gefangene oft ein Mitteilungsbedürfnis, das sich nutzen ließ, wenn der Vertrauensmann sich Vorteile von einer Kooperation mit der Justiz versprach. In diesem Fall jedoch hatte sich der Kontaktmann entweder keinen echten Vorteil versprochen, oder Martin hatte tatsächlich nichts preisgegeben. Jedenfalls hatte Hanno nichts Interessantes aus Gunter Sand herausbekommen können.

Gunter Sand, das ließ sich sehr schnell feststellen, war inzwischen wegen schweren Raubes verurteilt worden und saß noch immer in Haft. Sein Sohn war von der Mutter vermisst gemeldet worden. Gestern Abend. Die Familie wohnte in Friedrichshain, nur ein paar Blocks von Martin entfernt. Der Junge war so alt wie Joey damals. Auch das passte. Er war nach dem Sportunterricht nicht nach Hause gekommen. Schneider schickte sofort den nächsten Streifenwagen zu Martins Wohnung, um ihn zu einer ersten Vernehmung holen zu lassen. In der Zwischenzeit zog er den Fall an sich, er hatte für ihn absolute Priorität, alle anderen laufenden Ermittlungen delegierte er an Kollegen.

Die Streife teilte ihm mit, dass bei Martin Werneck niemand öffnete. Schneider rannte ins Büro des diensthabenden Staatsanwalts, um eine Durchsuchungsanordnung zu erwirken. Er musste darum kämpfen, da er keine konkreten Anhaltspunkte vorzuweisen hatte, nur einen vagen Verdacht. Aber er bekam schließlich sein Papier, der Staatsanwalt kannte und schätzte Schneider. Den Impuls, sofort Irene zu benachrichtigen, unterdrückte er, zuerst musste er sich Gewissheit verschaffen. Bei der Durchsuchung und dank der Aussage eines Nachbarn erhärtete sich sein Verdacht.

Zeit, Irene anzurufen. Zu Hause war sie nicht, im Büro sagte man ihm, sie sei mit Geschäftspartnern beim Mittagessen, und auf dem Handy erreichte er nur die Mailbox. Er bat dringend um Rückruf.

Nach wenigen Minuten rief sie ihn an.

«Entschuldigung», sagte Irene, weil sie nicht wusste, ob sie ihn duzen oder siezen sollte. «Bei Geschäftsessen schalte ich das Handy immer aus, aber jetzt ... Egal. Ihre Stimme hat so dramatisch geklungen.» *Lieber siezen, ist besser so.*

«Können wir uns treffen? Es geht um Martin.»

Sie sog erschrocken die Luft ein. Er beantwortete ihre Frage, bevor sie sie stellen konnte: «Alles deutet darauf hin, dass er untergetaucht ist.»

«Dann hat er Grund dazu. – Wohin soll ich kommen?»

Eine knappe Stunde später saß sie in seinem Lesesessel am Fenster. Er hantierte an der Espressomaschine, während er den Sachverhalt knapp zusammenfasste: «Martin scheint mitten in der Nacht abgehauen zu sein. Ein alter Mann in der Wohnung unter ihm hat mitgekriegt, wie er gegen zwei Uhr nachts Umzugskartons und Reisetaschen in den Kombi geladen hat. In großer Eile. Das Mädchen, das der Zeuge öfter mit Martin zusammen gesehen hat, hat ihm geholfen.»

«Tina?»

Hanno nickte. «Die Beschreibung passt. Er ist jedenfalls auf eine lange Reise gegangen, sein Kleiderschrank ist leer. – Kaffee?»

«Nein. Ich brauche eher einen Schnaps.»

Hanno holte die Flasche Magenbitter aus seinem Schreibtisch und gab ihr ein Wasserglas. Er goss es halb voll, und sie stürzte das süß-herbe Zeug hinunter.

«Noch einen?»

«Nein danke.» Sie wollte ihren Verstand beisammenhalten, so gut es ging.

«Hinweise auf den Jungen haben wir zwar nicht gefunden, aber die Spuren sind längst noch nicht alle ausgewertet. Dafür, dass er untergetaucht ist, spricht auch, dass er sein Konto aufgelöst hat. Schon vor über einer Woche.»

«Dann hat er alles schon geplant, bevor die Detektive aufgeflogen sind?»

«Möglich», sagte Hanno. Irene drückte die Faust an ihre Stirn. «Gott, wie dämlich! Wir hätten ihn erwischen können, wenn ich nicht so blöd gewesen wäre.»

Gut möglich, dachte Hanno. Laut sagte er jedoch, was er ebenfalls für möglich hielt: dass Martin einen ausgeprägten Instinkt für Gefahr besaß und deshalb gezögert hatte. «Vielleicht hätte er auf jeden Fall den längeren Atem gehabt. Wie auch immer, sein finanzielles Polster wird ihm eine Weile reichen. Er hatte noch über hunderttausend Euro auf dem Konto.»

«Wundert mich, dass er nicht längst alles auf den Kopf gehauen hat.»

«Vielleicht, weil er wusste, dass er das Geld noch brauchen würde.»

«Dabei hätte er noch viel mehr haben können, wenn er ein bisschen länger gewartet hätte. Dann wäre ihm nämlich das Erbe seiner Großmutter ausbezahlt worden.»

«Hat er das gewusst?»

«Ja. Ich hab's ihm gesagt, als ich bei ihm war.»

«Dann ist ihm Geld entweder nicht so wichtig, oder die Gelegenheit zum Zuschlagen war so günstig, dass er sie nicht verpassen wollte.»

Irene hörte kaum hin. «Nur Alarmstufe Gelb», zitierte sie mit vor Verzweiflung heiserer Stimme. Hanno schwieg. Irene ebenso. Beide dachten das Gleiche: *Wie konnten wir nur so blöd sein?*

Schließlich setzte Hanno seinen Bericht fort: «Die Plätze, wo er während der Observierung geparkt hat, eine Schule, ein Sportplatz, der Kampfsportclub, alles Orte, wo sich der vermisste Junge aufgehalten hat. Das wissen wir jetzt von seiner Mutter. Martin hat sich zwar auch anderswo umgesehen, aber am ausgiebigsten dort.»

«Alles geplant», sagte Irene düster.

Schneider nickte. «Wahrscheinlich schon seit seiner Entlassung aus dem Knast.»

«Warum?» Irenes Stimme entgleiste ein wenig, wurde schrill vor fassungsloser Wut. «Warum ausgerechnet dieser Junge? Warum überhaupt? Ich versteh's immer noch nicht.»

Hanno erlaubte sich eine winzige zärtliche Geste: Mit den Fingerspitzen strich er ihr beruhigend über den Nacken. Dann setzte er sich auf den harten Bürostuhl ihr gegenüber.

«Was ist mit seiner Freundin?»

«Sie war heute weder zu Hause noch in der Schule.»

Ihre Blicke kreuzten sich. «Heißt das, sie ist mit ihm untergetaucht? Als seine Komplizin?»

Hanno zuckte die Schultern. «Der Zeuge von heute Nacht sagt, sie hat geweint.»

«Wunderbar», sagte Irene sarkastisch. «Dann hat ja wenigstens einer von denen noch so was wie Gefühle.» Sie schwieg einen Moment, stand dann entschlossen auf. «Ich will mit ihrer Mutter reden.»

«Tinas Mutter?»

«Was dagegen?»

«Ja. Das wäre ein Eingriff in die Ermittlungen.» Er stand ebenfalls auf. «Das fände ich nicht gut.»

«Ist mir egal. Du hast deine Fragen, ich die meinen.»

«Du wirst schon warten müssen, bis ich meine Zeugin für dein Kreuzverhör freigebe.»

Sie lächelte schwach. «Du bist manchmal sehr strikt.»

«Du auch.»

Übergangslos sagte sie: «Hanno, ich denke, wir sollten zum Sie zurückkehren.»

«Weil ich streng bin?»

«Nein. Weil ich deine Frau mag.»

Einen Moment lang blickten sie sich prüfend in die Augen. Dann nickte Schneider, mit einer Mischung aus Dankbarkeit und Bedauern, obwohl es nicht der geeignete Zeitpunkt war, verpassten Liebesfreuden nachzutrauern. Sie wandte sich zum Gehen, drehte sich dann noch einmal um. «Halten Sie mich auf dem Laufenden, Herr Kommissar?» Sie lächelte ironisch. «Oder steht mir das auch nicht zu?»

Er lachte. «Sprich mit ihr, wenn es dir nützt», sagte er. «Aber erst, wenn ich grünes Licht gebe. Das musst du verstehen.»

Irene nickte.

«Ich ruf dich an.»

«Okay. Danke. Ich verspreche, dass ich nicht in deine Kompetenzen eingreife.» Sie lächelte selbstironisch. «Obwohl wir wissen, wie raffiniert ich als Hilfspolizistin bin.»

Er grinste. «Dann, Frau Werneck, halte ich Sie gern auf dem

Laufenden.» Er begleitete sie zur Tür, reichte ihr dort die Hand zum Abschied. Sie nahm sie, legte die andere Hand auf die Türklinke, wie um sie zu öffnen, in Wirklichkeit jedoch, um nicht überrumpelt zu werden, falls jemand in dieser Sekunde die Absicht haben sollte, in das Büro hereinzuplatzen. Denn diese Sekunde brauchte Irene, um Hanno einen Kuss, einen letzten, definitiv allerletzten Kuss auf die Lippen zu drücken. *Nur damit ich nicht vergesse, was ich verpasse.* Sie folgte damit einem Impuls, der für sie nicht weniger überraschend war als für Hanno. Und der Situation vollkommen unangemessen. Im Sekundenbruchteil jedoch, bevor sich ihre Lippen berührten, war ihnen beiden klar, dass sie denselben Impuls gehabt hatten. Sie lächelten über ihre Inkonsequenz, zwei souveräne Erwachsene – und küssten sich doch wie zwei schüchterne Teenager, unsicher, ob das nicht doch wieder ein neuer Anfang war statt ein Ende. Nach dem flüchtigen Kuss ein wehmütiger Blick in die Augen. Und damit war es gut.

Drei Stunden später rief er Irene an. Eine Zeugin hatte sich gefunden. Sie wohnte gegenüber der Sportschule und hatte eine junge Frau gesehen, die den Vermissten auf der Straße angesprochen hatte.

«Sie hat traditionelle muslimische Kleidung getragen, Kopftuch und eine Art Tschador.»

«Muslima?»

«Vielleicht.» Hanno klang skeptisch. «Nicht mal im tiefsten Kreuzberg sieht man den Tschador häufig. Wenn, dann tragen ihn nur ältere Türkinnen oder Araberinnen. Jedenfalls ist Sebastian mit ihr weggegangen.»

«Was macht die Zeugin so sicher, dass es Sebastian war?»

«Sie kennt ihn vom Sehen. Die Kinder machen oft Lärm auf der Straße, wenn sie aus dem Sportcenter kommen.»

«Könnte der Tschador eine Verkleidung gewesen sein? Martin?»

«Wohl kaum», antwortete Hanno. «Der Beschreibung nach war die Person klein und zierlich.»

Irene schwieg nachdenklich.

«Bist du ... Sind Sie noch da, Frau Werneck?» Schneider kam sich blöd vor, wenn er sie siezte, sah jedoch ein, dass es richtig war. Er musste sich nur erst wieder daran gewöhnen, das Du kam ihm viel natürlicher vor.

«Weiß Tinas Mutter von der Zeugin?»

«Ja. Sie glaubt nicht, dass es ihre Tochter war, die da gesehen wurde.»

«Klar. – Ich kann sie jetzt also besuchen?»

«Ja. Aber was versprechen Sie sich eigentlich davon?»

«Keine Ahnung. Ein Gespräch von Frau zu Frau. Darüber, was ich meinem Stiefsohn zutraue und sie ihrer Tochter. – Vielleicht ...» Sie zögerte. «Vielleicht will ich auch einfach nur hören, was für eine Scheiße andere Mütter mit ihren Sprösslingen anstellen, damit ich mich besser fühle.»

Hanno musste lächeln. «Übrigens, mehr, als dass Martin vorbestraft ist und dass er und Tina mit einer Kindesentführung in Zusammenhang gebracht werden, weiß sie nicht. Okay?»

«Okay. Keine Einmischung in die Ermittlungen, Herr Hauptkommissar.»

Sie legte auf und rief dann Britta Mahlbach an. Tatsächlich war sie sofort bereit, geradezu begierig, sich mit Irene zu treffen. Sie verabredeten sich noch für denselben Abend in Brittas Wohnung.

Als Irene vor dem Wohnblock stand und die Klingelschilder nach dem Namen Mahlbach absuchte, wusste sie plötzlich nicht mehr recht, was sie sich von dem Treffen wirklich versprach. Moralischen Freispruch? *Nicht grübeln. Klingeln.*

Britta Mahlbach wartete bereits in der offenen Wohnungstür und musterte Irene, als diese den letzten Treppenabsatz nahm, mit Neugier und Misstrauen. Irene versuchte, möglichst unbefangen zu lächeln. Trotzdem berührte Britta, als sie sich gegenüberstanden, ihre ausgestreckte Hand ohne Druck und zog sie so schnell zurück, als habe sie ein glühendes Eisen angefasst. Irene rechnete schon damit, dass Frau Mahlbach ihre spontane Einladung bereute und ihr die Tür vor der Nase zuschlug.

«Kommen Sie rein, bitte», sagte Britta höflich und ohne viel Wärme in der Stimme.

Am Telefon klang sie netter, dachte Irene. *Vielleicht soll die böse Stiefmutter mal wieder den Sündenbock abgeben.* Sie nahm sich vor, unter allen Umständen Ruhe zu bewahren.

Die enge, fensterlose Diele ließ auf ebenso knapp bemessene Dimensionen der restlichen Wohnung schließen, eine dieser Nachkriegs-Architektursünden, Taubenschläge, die Irene verabscheute. An der Garderobe hing neben Kinderjacken und Damenmänteln auch Tinas weiße Kapuzen-Fleecejacke, die sie beim Warten vor Irenes Haus getragen hatte.

«Ist Tina wieder zu Hause?», fragte Irene. Aufkeimende Hoffnung. Und im nächsten Moment der erstickende Ascheregen, Brittas Kopfschütteln.

Das Wohnzimmer, in das Britta sie führte, war überraschend großzügig geschnitten, etwa vierzig Quadratmeter, schätzte

Irene, hell durch zwei große Fenster und eine Balkontür mit Blick auf einen begrünten Hinterhof.

«Setzen Sie sich schon, ich komme gleich.» Britta deutete auf eine geräumige, bequeme Couch, dimensioniert für eine ganze Familie zum gemütlichen Lümmeln. Im Fernsehen – einem teuren Flachbildschirm mit DVD-Player – lief ohne Ton irgendeine amerikanische Serie. Britta schaltete ganz aus und ging in die Küche. Irene blieb mitten im Raum stehen und blickte sich um. Eine zweite – ausziehbare – Couch in der hinteren Ecke diente als Bett; es war ungemacht. Überall verstreut lagen Kinderspielsachen; sämtliche Flächen, die sich als Ablagen eigneten, waren bedeckt: Erstklässler-Schulutensilien, Zeitungen, Zeitschriften, Kataloge, Nippes, Kleidungsstücke, Keksschachteln, leere Plastikbeutel und Saftflaschen, ein Hammer und lose Nägel ... was auch immer man im Lauf von Wochen in die Hand nimmt und nicht gleich wieder wegräumen will. Eine Unordnung, die Irene, würde sie hier wohnen, in den Wahnsinn treiben würde. Aber die Möbel, wenn man sich den Ramsch wegdachte, gefielen ihr: Esstisch, Stühle, Schränke, Regale (mit wenigen Büchern und vielen DVDs) und eine Kommode, alles aus massivem Birnenholz in einem warmen hellbraunen Ton, moderne, klare Formen und sehr teuer. Hatte Hanno Schneider nicht gesagt, die Mahlbachs lebten von staatlicher Hilfe? Die in Berlin unvermeidlichen Raufasertapeten und das Buchenparkett hatten etliche Schrammen und Flecken abbekommen, auch die weißen Bezüge des Sofas waren reif für eine gründliche Reinigung. In einem Haushalt mit Kindern allerdings nicht verwunderlich.

Britta kehrte mit einem Weinglas für ihren Besuch zurück, setzte sich auf ihren Platz in der kissenkuscheligen Ecke der Fernsehcouch, vor sich das fahrbare Tischchen mit einer angebrochenen Weißweinflasche und ihrem Glas. Sie schenkte beide

Gläser so gut ein, dass dem Sommelier eines edlen Restaurants übel geworden wäre vom bloßen Anblick, schob Irenes Glas ans andere Ende des Tisches und forderte sie mit einer Geste auf, in der entferntesten Ecke der Couch Platz zu nehmen: bloß nicht zu nah, bitte.

Nicht einfach, dachte Irene sarkastisch, *Distanz zu halten und trotzdem die freundliche Gastgeberin zu spielen.* Sie ließ sich in der angewiesenen Ecke nieder, dankte für den Wein, trank aber nicht. Britta schon. Das halbe Glas in einem Zug. Irene überlegte, ob sie Alkoholikerin war, fand aber keine Anzeichen dafür, weder fahle Gesichtsfarbe noch aufgedunsene Haut oder glanzlose Augen. Im Gegenteil, diese Frau achtete auf sich. Die langen Wimpern ihrer großen blauen Augen waren getuscht, die Haare blondiert und gut geschnitten. Sie trug modische, nicht übertrieben jugendliche Kleidung in den Trendfarben der Saison und verstand es, die beginnende Fülle um ihre Körpermitte herum geschickt zu kaschieren. Vielleicht trank sie nur zu viel, wenn sie angespannt war. Irene fragte sich jetzt nicht nur, warum sie selbst hergekommen war, sondern auch, weshalb Frau Mahlbach das unbedingt gewollt hatte. Jetzt schien sie jedenfalls nicht mehr wild darauf zu sein.

«Schöne Möbel haben Sie», sagte Irene, um das befangene Schweigen zu brechen.

«Hat uns Bennys Vater geschenkt. Benny ist Tinas kleiner Bruder.»

Irene deutete auf die Schulsachen. «Er geht in die erste Klasse?»

«Ja, und ist total stolz, dass er schon bis tausend zählen kann.»

«Wenn er erst mal das kleine Einmaleins beherrscht, wird sein Stolz noch viel größer sein. Und Ihrer auch.»

Die beiden Mütter mussten unwillkürlich lächeln. Das Eis bekam einen ersten Riss.

«Schläft er schon?»

«Sicher. Um diese Zeit.» Es war neun Uhr vorbei. Aber nicht ihr Sohn beschäftigte sie jetzt. «Was wissen Sie über meine Tochter?»

«Nicht viel», antwortete Irene vorsichtig. «Ich habe sie nur zwei- oder dreimal kurz gesehen. – Was wissen Sie über meinen Stiefsohn?»

«Zu viel. Leider erst seit heute.»

«Von der Polizei?», entfuhr es Irene.

«Die haben nicht viel rausgelassen. Nein, ich hab vorhin mit einer Freundin telefoniert. Und die konnte sich genau erinnern, was damals über ihn durch die Medien gegangen ist.»

Und über mich, ergänzte Irene im Stillen. *Alles klar.*

«Und jetzt soll er wieder einen Jungen entführt haben. Und Tina ...»

Britta verstummte. Der Gedanke, dass ihre Tochter beteiligt sein könnte, machte ihr gewaltig zu schaffen. Irene nahm jetzt doch einen Schluck von dem einfachen Tafelwein, eher aus Höflichkeit.

«Wann haben Sie Ihre Tochter zuletzt gesehen?»

«Vor drei Tagen.»

«War sie irgendwie verändert in letzter Zeit?»

«Ich hab sie seit Monaten kaum noch zu Gesicht bekommen. Sie hat ja praktisch bei ihrem Freund gewohnt. Hab ich der Polizei auch gesagt. Hören Sie: Es ist ausgeschlossen, dass meine Tochter an so einem Verbrechen beteiligt ist.»

«Was macht Sie da so sicher?»

«Hier geht's doch nicht nur um Entführung und Erpressung oder so was.»

«Fänden Sie das harmlos?» Es war Irene herausgerutscht, und sie bereute es augenblicklich.

«Hier geht's ja wohl um sehr viel Schlimmeres», kam es prompt wütend zurück. «Die Polizei sagt zwar nichts Genaues, aber bei der Vorgeschichte Ihres Sohnes ...»

«Stiefsohn.»

«... kann man ja auf einiges schließen. Ich kenne Tina. Sie ist faul, egoistisch, frech, widerspenstig, verlogen, und sie klaut wie ein Rabe. Aber sie würde niemals einem Kind etwas antun. Sie hat schließlich selbst einen kleinen Bruder. Den liebt sie abgöttisch. Sie würde doch nicht ... Unmöglich. Eher ist sie ... hat Ihr verdammter ... Also, ich hab Angst, dass dieser Kerl meine Tochter umgebracht hat.»

Irene schwieg einen Moment. Komisch, dass sie an diese Möglichkeit noch gar nicht gedacht hatte. Auch Hanno hatte nichts dergleichen erwähnt. Traute sie es Martin zu? Auch das noch? Hatte er eine Mitwisserin beseitigt?

«Der vermisste Junge ist zuletzt mit einer jungen Frau gesehen worden, auf die die Beschreibung ...»

Britta fiel ihr aufgebracht ins Wort. «Und ihre Narben im Gesicht? Die sind unübersehbar. Ich habe den Polizisten gefragt. Der sagt, die Zeugin hat nichts davon erwähnt.»

«Sie soll ein Tuch getragen ha–»

Sie brach erschrocken ab, weil Britta das Glas so hart absetzte, dass der kleine Rest Wein darin auf den Tisch schwappte.

«Meine Tochter ist zu so etwas nicht fähig. Ich habe sie zu einer verantwortungsvollen Person erzogen.»

Das klang vor einer halben Minute aber noch ganz anders.

«Sie musste schon früh für Benny mitsorgen, damit sie lernt, auch an andere Menschen zu denken statt immer nur an sich selbst. Sie hat sich wirklich rührend um ihn gekümmert. Sie hängt wahnsinnig an ihm, glauben Sie mir. Und jetzt hat sie sich nicht einmal von ihm verabschiedet. Dass sie auf mich keine Rücksicht nimmt – in Ordnung, wir waren nicht so eng in letzter Zeit. Aber dass sie aus Bennys Leben einfach so verschwindet, das hätte sie nicht fertiggebracht. Nie im Leben.»

«Vielleicht hat sie nur nicht gewusst, was sie ihm sagen soll. Warum sie verschwindet. Und wohin.»

«Da wäre ihr schon was eingefallen.» Sie trank ihren Wein aus und schüttelte entschieden den Kopf.

«Das alles sieht ihr einfach nicht ähnlich. Sie hat Fehler, aber heimtückisch, bösartig, das ist sie nicht.»

Irene verstand. Britta fiel es leichter zu glauben, ihre Tochter sei selbst ein Opfer als eine Täterin. Insgeheim überlegte sie, was schlimmer wäre: wenn Tina getötet worden wäre, weil sie Martin im Weg gestanden hatte – oder wenn sie mit ihm gemeinsame Sache gemacht hätte.

«Liebe macht ja oft genug blind», fuhr Britta fort. «Das weiß niemand besser als ich mit meinen drei Kindern von drei verschiedenen Vätern. Aber dass sie so etwas wie ein Bonnie-und-Clyde-Pärchen werden, dass Tina da mitmacht – nein. Unmöglich. Ab-so-lut un-denk-bar.»

Was konnte Irene darauf antworten? Natürlich halten Eltern niemals ihre Kinder für fähig, schwerste Verbrechen zu begehen. Früher hätte Irene nicht einmal Martin Derartiges zugetraut, obwohl sie ihn für ein Problemkind gehalten hatte.

«Sie haben noch ein drittes Kind?», fragte sie etwas hilflos.

«Hatte. Ist bei einem Unfall gestorben.»

«Das tut mir leid.» Sie meinte es auch so.

Britta ging nicht darauf ein. Etwas anderes beschäftigte sie. «Sie hätten mich warnen müssen!»

Aha, jetzt kommt's. «Wovor?»

«Vor Ihrem Sohn natürlich. Wenn ich gewusst hätte, dass er ein Kindermörder ist ...»

«Davon hat ihn das Gericht freigesprochen. Er ist nur wegen Totschlags im Affekt verurteilt worden.» Mutterreflex. Verteidigung der Brut.

«Jetzt sieht's so aus, als hätten die sich gründlich geirrt, stimmt's? Sonst ergibt das doch alles keinen Sinn.»

Irene schwieg.

«Wenn ich es gewusst hätte, dann ...» Britta wusste nicht recht weiter.

Ja, was dann?, dachte Irene sarkastisch. «Hätten Sie Ihrer Tochter dann den Umgang mit ihm verboten?»

«Auf jeden Fall.»

«Und Tina hätte sich daran gehalten?» Irene musste achtgeben, nicht spöttisch zu lachen. Trotzdem warf ihr Britta einen strafenden Blick zu. Doch sie besann sich wieder.

«Wahrscheinlich nicht», gab sie zu. «Sie hätte es nicht geglaubt. Sie hat den gleichen Dickkopf wie ihr Vater. Aber Benny, ich hätte so einen doch nie in die Nähe von meinem Jungen kommen lassen, wenn ich Bescheid gewusst hätte. Die haben Ausflüge zusammen gemacht. Stellen Sie sich das mal vor!»

«Haben Sie denn je das Gefühl gehabt, oder jetzt im Rückblick, dass Ihr Sohn irgendwie komisch war nach solchen Ausflügen?»

«Das hat mich die Polizei auch gefragt. Nein. Benny war nicht verstört oder traumatisiert, wenn Sie das meinen. Der mochte Martin. Ich übrigens auch.» Sie schüttelte den Kopf, als könne sie es selbst nicht glauben. «Er war sehr höflich und charmant. Hat uns allen Geschenke mitgebracht.»

«Sie sind nicht die Einzige, die auf ihn hereingefallen ist.

Sogar die Eltern des ermordeten Joey haben ihm seine Lügen vor Gericht abgenommen.»

Britta nickte. «Der muss meine Tochter nach Strich und Faden eingewickelt haben.» Sie bedeckte das Gesicht mit den Händen und murmelte: «Wenn ich mir vorstelle, dass er sie vielleicht auch umgebracht hat ...»

Irene spürte das Bedürfnis, sie zu trösten, doch für eine Berührung saßen sie zu weit voneinander entfernt, und extra näher zu rücken, schien ihr zu aufdringlich. Also beschränkte sie sich auf Worte: «Vielleicht hat sie ja gerade noch rechtzeitig gemerkt, was da läuft, und versteckt sich. Und jetzt meldet sie sich bloß nicht, weil sie Angst hat. Vor ihm. Sobald sie mitkriegt, dass Martin abgehauen ist, taucht sie vielleicht wieder auf.»

Britta warf ihr einen dankbaren Blick zu. «Ja. Vielleicht.» Allzu zuversichtlich klang sie trotzdem nicht.

«Hat sie ein Handy?»

«Ja. Klar habe ich versucht, sie anzurufen, noch während die Polizei hier war. Immer nur die Ansage: ‹Der Teilnehmer ist im Moment nicht erreichbar ...›»

Sie griff nach der Weinflasche, um ihrem Gast nachzuschenken, sah aber das noch volle Glas und füllte das eigene. Die nun leere Flasche stellte sie auf den Tisch, ließ sie aber nicht los, sondern drehte und drehte sie, ohne sich dessen bewusst zu sein, nervös, grüblerisch. Endlich zog sie die Hand zurück.

«Wissen Sie», sagte sie, ohne aufzublicken, «ich habe meiner Tochter beigebracht, nicht den gleichen Fehler zu machen wie ich, nämlich auf die falschen Männer hereinzufallen. Ich hab den Fehler gleich dreimal gemacht. Ich dachte, das wäre ihr Warnung genug. Falsch gedacht. Der Unterschied ist nur, dass aus meinen Missgriffen wenigstens Leben entstanden ist.»

Sie verstummte. Irene wusste nicht, was sie darauf sagen sollte. Die Stille schien plötzlich so absolut, so bedrückend, als schwebte ein Todesengel durch den Raum.

In diese Stille hinein hörten die Frauen ein vertrautes Geräusch – ein Schlüssel wurde im Schloss gedreht. Voller Hoffnung sprangen sie gleichzeitig auf.

«Tina?» Britta schrie es fast und rannte auf den Flur.

«Hallo, Mama», hörte Irene eine Kinderstimme. Benny. Sie folgte Britta überrascht in den Flur. Sie hatte angenommen, der Junge schlafe in seinem Zimmer. Tatsächlich war Benny gerade erst nach Hause gekommen. Er legte seinen Schulrucksack ab, zog Jacke und Turnschuhe aus. Irene war an der Wohnzimmertür stehen geblieben.

«Ist Tina da?», fragte Benny.

Britta schüttelte den Kopf. Benny zog eine traurige Schnute. «Wenn sie mir den *Herrn der Ringe* nicht bald zu Ende vorliest, kann ich selber lesen.» Er schien keine Ahnung von Tinas Verschwinden zu haben.

«Aber warum bist du da?», wollte Britta wissen. «Du solltest doch bei Daniel schlafen.»

«Haben uns gestritten. Da bin ich abgehauen.» Er entdeckte Irene, blickte fragend zu seiner Mutter.

«Eine Bekannte», erklärte Britta ausweichend. Offenbar wollte sie keinen Namen nennen, Benny hätte Irene mit Martin in Verbindung bringen und Fragen stellen können, die seine Mutter nicht – oder noch nicht – beantworten wollte. Irene hatte Verständnis dafür und verzichtete darauf, sich vorzustellen. Dafür konnte sie sich eine Frage nicht verkneifen.

«Bist du ganz allein nach Hause gegangen?»

Benny nickte.

«Sind ja nur drei Ecken», wiegelte Britta sofort ab.

«Aber nachts im Dunkeln», wandte Irene ein. «Hast du denn keine Angst?»

«Wieso? Mach ich doch oft», sagte Benny unbefangen, nahm seinen Rucksack und ging auf eine Tür zu, die komplett mit Kinderzeichnungen beklebt war. Britta folgte ihm. Im Vorbeigehen warf er Irene ein freundliches «Gute Nacht» zu, das sie zurückgab. Von Britta fing sie einen vernichtenden Blick auf.

Oh, oh. Empfindliche Stelle. Während Britta ihren Sohn zu Bett brachte, kehrte Irene ins Wohnzimmer zurück. Unschlüssig, ob sie sich auch gleich verabschieden sollte, sobald Britta wiederkam, nahm sie ihre Handtasche von der Couch, legte sie dann doch wieder ab und setzte sich auf ihren Platz.

Britta kam herein, baute sich vor dem Couchtisch auf und sagte in gerade noch moderatem Ton, doch unüberhörbar verärgert: «Ich habe den Jungen zur Selbständigkeit erzogen. Bitte verunsichern Sie ihn nicht.»

Erziehung zur Selbständigkeit. Das klang wie ein Echo aus ferner Zeit, als Martin noch ein Kind gewesen war und Irene mit ihrem Mann über Erziehungsfragen stritt: ein Euphemismus für Faulheit oder Unfähigkeit, Regeln aufzustellen und für deren Einhaltung zu sorgen.

«Haben Sie denn keine Angst? Da draußen läuft ein Kinderschänder herum.»

«Martin ist weg», wandte Britta ein.

«Glauben Sie, Martin ist der Einzige von dieser Sorte? Ich hätte mein Kind auf jeden Fall abgeholt.»

Sie hörte selber, wie selbstgerecht sie klang, bremsen konnte sie sich trotzdem nicht. Dass ihre Fürsorglichkeit innerhalb der eigenen Familie in erster Linie Jonas gegolten hatte und weniger Martin, diesen Gedanken schob sie jetzt schneller beiseite, als er aufgetaucht war.

«Dafür hätte mich Benny anrufen müssen», gab Britta trotzig zurück. «Hat er aber nicht.»

Brittas Versuch, ihre Gedankenlosigkeit zu rechtfertigen, machte Irene zornig.

«Tut er offenbar nie. Weil er gar nicht auf die Idee kommt, Sie könnten ihn abholen.»

«Wollen Sie damit andeuten, ich wäre eine schlechte Mutter?»

Ja. «Nein, aber ...»

Britta duldete kein Aber. Sie legte los. «Ich habe meine Kinder ordentlich erzogen. Ich glaube nicht, dass Sie das von sich auch behaupten können, nach allem, was ich so höre. Und was Benny betrifft: Ich habe die Mutter seines besten Freundes angerufen und sie gebeten, Benny nach der Schule mit zu sich nach Hause zu nehmen, während die Polizei hier in der Wohnung alles auf den Kopf gestellt hat. Ich wollte nicht, dass er mitkriegt, in was seine Schwester verwickelt ist. Ich wollte nicht, dass er Albträume kriegt. Und ich will nicht, dass Sie ihm Angst einjagen.»

«Es geht doch nicht um Angst, sondern um Schutz. Ein Kind muss man doch beschützen!»

Britta hatte, vermutlich unter der verstärkenden Wirkung des Alkohols, ohnehin schon die Stimme erhoben, jetzt schrie sie: «Sie haben ja nicht einmal Ihren jüngeren Sohn vor seinem Bruder beschützen können! Und wahrscheinlich alle beide nicht vor ihrem eigenen Vater. Sie haben sich blind und taub gestellt. Also erzählen Sie mir nicht, dass ich mein Kind beschützen soll!»

Der Kleine kann sie doch hören, dachte Irene erschrocken; noch so ein Reflex: kein Streit vor den Kindern. Sie fürchtete, Benny könne aus seinem Zimmer kommen, zu viel mitkriegen und Fragen stellen, die kaum zu beantworten waren.

Offenbar dachte Britta nicht an diese Gefahr. Ihr Blick schoss in kalter Wut auf ihren Gast hinab.

«So, Frau Werneck», sagte sie ruhig, aber mit unüberhörbarem Hass in der Stimme, «ich muss mich jetzt um andere Dinge kümmern.»

Ein glatter Rausschmiss. Irene stand auf. Sie war jetzt ebenso wütend über die unfairen Vorwürfe dieser Besoffenen, über die alten Ungewissheiten und neuen Schuldgefühle, die diese selbstgerechte Berufsmutter prompt geweckt hatte. Sie war wütend über ihre eigene Ungeschicktheit und über die Sinnlosigkeit dieser Veranstaltung. Nichts als ein eitler Wettbewerb. *Spieglein, Spieglein an der Wand, wer ist die beste Mutter im Land?* Hier würde Irene keine Verbündete finden, mit der zusammen es leichter fallen könnte, die Bürde ihrer beider Fehler und der daraus resultierenden Dramen zu tragen. Denn das war es, was sich Irene von diesem Treffen erhofft hatte.

Britta begleitete sie immerhin zur Tür. Irene versuchte es noch einmal.

«Soll ich Sie anrufen, wenn ich irgendetwas erfahre?»

«Danke», sagte Britta kühl und öffnete die Wohnungstür. «Ich bin sicher, die Polizei hält mich auch auf dem Laufenden.»

Blieb nur noch der Abschied, bei dem Irene wenigstens um ein Minimum an Höflichkeit bemüht war, Britta dagegen ihre ausgestreckte Hand geflissentlich übersah und die Tür schneller ins Schloss drückte, als Irene sich umdrehen konnte.

Auf der Heimfahrt musste sie immerzu an Benny denken. Ein Tsunami rollte auf den armen kleinen Kerl zu, wenn sich der Verdacht gegen seine Schwester und Martin bestätigte. Und seine Mutter schien nicht gerade die Fähigkeit zu besitzen, ihn irgendwie vor der zerstörerischen Gewalt der Wahrheit zu schützen.

Sie war ja nicht einmal imstande, ihre Stimme unter Kontrolle zu halten, damit der Kleine nichts Falsches hörte. Immerhin war er nicht aus seinem Zimmer gekommen, vielleicht hatte er doch schon geschlafen.

In dieser Nacht träumte sie von Benny, Jonas, Martin, Tina und von sich selbst. Alle verschmolzen zu einem einzigen gespenstischen Monsterreigen und endeten in einem Blutbad.

Gegen fünf Uhr früh wachte sie mit dem irritierenden Gefühl auf, versagt zu haben. Irritierend, weil es nicht, wie sonst, mit Martin zu tun hatte, sondern mit Benny und seiner Mutter. Trotzdem hatte sie keine Lust, diese Frau noch einmal anzurufen. Worüber hätten sie auch reden sollen? Sie stand auf, hüllte sich in ihren Bademantel, ging ins Arbeitszimmer und packte den Stapel Bücher und Artikel, die ihr Hanno und Zosia gebracht hatten, auf den Schreibtisch. Womit sollte sie anfangen?

DREI

Was geschah, nachdem Sebastian tot war? Ab hier lichtet sich der Nebel in meinem Kopf allmählich. Martins Stimme drang zu mir durch: «Hilf mir.»

Ich half ihm, die entsetzlich zugerichtete Leiche und das Kleiderbündel in einen großen Plastiksack zu stecken. Dann hat sich Martin mit dem Wasser aus dem Kanister das Blut von Gesicht und Körper gewaschen. Nur dafür hatte er es mitgebracht, er hatte wirklich an alles gedacht. Den Sack haben wir in der alten Sickergrube hinter dem Häuschen verschwinden lassen, zusammen mit dem Handtuch und dem Laken, mit dem wir das Blut aufgewischt haben, und der dünnen, blutgetränkten Schaumstoffmatratze. Ich half ihm, in der Dunkelheit den schweren Betondeckel hochzuheben und wieder draufzulegen. Ich tat alles, was er verlangte, ich tat es wie ein Roboter. Ich glaube, wenn er gesagt hätte «Bleib hier stehen», dann wäre ich für den Rest meines Lebens in der Hütte stehen geblieben. Aber er sagte «Hilf mir beim Entsorgen». Also half ich dabei. Das Fahrrad des Jungen, seine Sporttasche und sein Handy warfen wir zusammen mit unseren Handys in den Teltowkanal. Danach fuhren wir zu Martins Wohnung, schweigend, glaube ich. Zu Hause hat sich Martin quer über das Bett fallen lassen. Er schlief sofort ein. Schlief wie ein Stein. Ich saß daneben auf dem Boden und wartete. Auf die Polizeisirenen und darauf, dass Sie und Ihre Kollegen die Wohnung stürmen und uns verhaften. Es wäre mir egal gewesen. Ich hatte keine Angst. Ich fühlte noch immer nichts. Das Zimmer, die vertrauten Gegenstände, der schlafende Körper auf dem Bett – alles wie hinter einer dicken Glaswand. Fremd. Fremd war ich mir auch selbst.

Keine Sirene, kein Hämmern an der Tür, nur der Lärm in meinem Kopf, der war immer noch da und ist es bis heute. Als Martin wieder zu sich kam, nach ein, zwei Stunden vielleicht, setzte er sich auf und sah mich an, wie von ganz weit her, aber nicht, weil er schlaftrunken war. Ein irgendwie silbriger Glanz lag in seinen Augen und ein Lächeln, wie ich es noch nie bei ihm gesehen hatte. Ein ganz sanftes Lächeln. Es machte seine Züge weich. Glück. Er sah glücklich aus.

«Das war das Schönste, was ich je erlebt habe», sagte er. Aus seiner Jackentasche holte er seine Digitalkamera. Ich weiß noch, dass ich abwesend und gebannt zugleich auf den blutigen Fingerabdruck auf dem Auslöser starrte. Martin schaute sich die Fotos an. (Bis heute kann ich mich nicht daran erinnern, dass er in der Datsche überhaupt welche gemacht hatte, aber es gibt sie.) Ich konnte nicht hinsehen. Es ging nicht. Ich hätte schreien müssen. Ihm war es sowieso egal. Er redete wie zu sich selbst.

«Das habe ich getan. Irre. Total cool. Ich hab das vollbracht. Ich.»

«Warum?», würgte ich heraus.

Er blickte mich verblüfft an, als sei ich ein Wesen von einem anderen Stern, unerwartet in seine Welt gebeamt.

«Weil ich es kann.» Er lachte. «Weil ich Lust dazu hatte. Es war großartig, Tina. Absolut perfekt. Danke. Ich wusste, dass ich mich auf dich verlassen kann. Danke.» Er küsste mich auf die Stirn, und ich zuckte nicht einmal zurück.

Martin sprang auf. «Komm, wir müssen weg.» Er hatte schon alles vorbereitet. Jetzt erst nahm ich die Umzugskartons und Reisetaschen im Flur wahr. Alles Wichtige hatte er zusammengepackt, genau so viel Gepäck, wie der Kombi fassen konnte, unsere Klamotten, seinen Computer und meinen, den ich bei ihm deponiert hatte, seit ich so viel Zeit bei ihm verbrachte, Drucker, Musikanlage und CDs, Bettzeug und unsere wenigen Wertsachen. Mitten in der Nacht schleppten wir alles zum Auto und fuhren los. Auch das Ziel stand schon fest: ein alter Bauernhof in Tschechien, in der Nähe von Teplice. Da sind wir immer noch. Er gehört Martins Freund und Geschäftspartner, diesem Vlad.

Wir redeten nicht darüber, mussten wir nicht, denn es stand sowieso fest, dass es kein Zurück mehr gab. Während dieser Flucht hatte ich zum ersten Mal seit meiner Kindheit Sehnsucht nach meiner Familie. Ich hätte Benny so gern in die Arme genommen. Nicht einmal Abschied hatte ich nehmen können. Und ich hätte mich am liebsten in die Arme meiner Mutter geworfen. Sie sollte mich trösten und warm rubbeln, wie sie es früher gemacht hat, wenn ich Kummer hatte, sie war ja nicht immer so gleichgültig. Beschützt werden wollte ich von ihr, vor mir selbst und vor den Konsequenzen dessen, was ich getan habe, und zugleich wusste ich, dass es unmöglich war. Mein Zuhause war kein sicheres Nest mehr. Auf der Fahrt nach Tschechien wurde mir mit aller Schärfe klar, dass mein Leben vorbei war, meine Träume, meine Liebe, meine Zukunft, alles. Ich fiel zurück in die gleiche Dumpfheit wie nach dem – ja, ich muss es endlich aussprechen, und ich sage das Wort laut vor mich hin, während ich es niederschreibe: MORD.

Ich versank in derselben Fühllosigkeit wie nach dem Mord, als ich neben dem schlafenden Mörder auf dem Boden saß und nichts denken und nichts spüren konnte. Oder wollte.

In der Nähe gibt es einen See, wir sind auf der Fahrt hierher an ihm vorbeigekommen, und in den ersten Tagen wünschte ich mir, ich könnte mich irgendwie wegschleichen, in die Mitte des Sees schwimmen und mich dort einfach auf den Grund sinken lassen. Wie ein Stein. Aber ich versuchte es nicht einmal. Selbst dazu fehlte mir die Kraft, oder ich war zu feige. Allmählich, nach ein paar Tagen oder Wochen, keine Ahnung, ging dieser Zustand in einen anderen über: Ich ließ das Denken ausgeschaltet und fand mich ab. Wie ein Kind, das es nicht anders kennt, nahm ich die ungeheuerlichsten Dinge hin. Die Dinge sind eben, wie sie sind. Ein Kind liebt seine Eltern, auch wenn es geschlagen wird, es hat ja sonst niemanden. Ich bin nicht geschlagen worden, aber ich hatte jetzt auch niemanden außer Martin. Und mir grauste von Anfang an vor Vlad. Er war nicht einverstanden damit, dass Martin mich mitgebracht hatte, er duldete mich nur, weil Martin ihm von meiner Mithilfe beim Beutemachen erzählte und ihm ausmalte, dass die Anwesenheit einer Frau im Auto vertrauenerweckender wirken würde als zwei Männer allein. Das überzeugte ihn. Allerdings haben sie mich vorsichtshalber in dem ausgebauten Kellergewölbe eingesperrt.

Einmal haben sie mich auf die «Jagd» mitgenommen, damit ich mich nützlich machen konnte, auf die gleiche Art wie früher: Kinder ansprechen und ihr Vertrauen erschleichen. Aber da ich die Sprache nicht konnte und stumm blieb, klappte das nicht. Danach bin ich nur noch einmal mitgefahren, mit Vlad allein. Die Idee war: Wir wollten so tun, als wären wir ein reisendes Ehepaar, das nach einer bestimmten Straße sucht. Vlad spricht ja fließend Tschechisch, er übernahm also das Reden, und ich sollte nur freundlich lächeln. Anscheinend klappte das nicht so richtig mit dem Lächeln. Sie sind jedenfalls davongelaufen. Seitdem sind die beiden doch lieber allein losgezogen, um Ware für ihre Kunden in ganz Europa zu organisieren. Und für den Eigenbedarf.

Ich kümmere mich im Keller so gut ich kann um diese Kinder, versuche ihnen die Angst zu nehmen und sie zu trösten. Total verrückt eigentlich: Ich bin gleichzeitig Gefängniswärterin, Beschützerin und Gefangene. Bis vor kurzem habe ich über diesen ganzen Wahnsinn nicht nachgedacht, ich habe einfach funktioniert. Vlad weiß zu schätzen, dass die Kinder wenig Ärger machen, nicht den ganzen Tag schreien, sodass man sie nicht fesseln und knebeln muss. Das hat sein Vertrauen in mich immerhin so weit gestärkt, dass ich mich inzwischen relativ frei im Haus und im Innenhof bewegen kann. Jetzt könnte ich mich wahrscheinlich befreien, ich könnte zum Beispiel versuchen, mich vom Dachfenster aus abzuseilen oder so was. Aber jetzt habe ich andere Pläne.

Für Martin zählt Vlad inzwischen viel mehr als ich. Die haben ja auch viel mehr gemeinsame Interessen. Vlad hat eindeutig das Sagen, klar, ihm gehört schließlich der Hof. Außerdem kann sich Martin auch nicht viel freier bewegen als ich. Natürlich wissen wir, dass wir gesucht werden. Deshalb lässt sich Martin auch selten in der nahen Umgebung blicken, irgendjemand könnte ihn von den Fahndungsfotos her erkennen und rauskriegen, wo er sich versteckt hält. Sogar sein Auto hat er abgestoßen, damit er nicht bei einer zufälligen Verkehrskontrolle auffliegt. Für die Entführungen fahren sie mit Vlads Wagen immer möglichst weit weg und tauschen sogar die Nummernschilder aus. Zum Einkaufen und zum Tanken fährt Vlad allein. Wegen seiner Machtposition und vielleicht auch, weil er altersmäßig sein Vater sein könnte, fühlt er sich Martin überlegen. Ich habe einmal erlebt, dass Martin einen Jungen, der ihm sehr gut gefiel, nicht haben durfte, weil ein Kunde viel Geld für ihn geboten hatte und Vlad keine beschädigte Ware liefern wollte. Martin hat ohne großes Murren nachgegeben.

Ich führe den Haushalt. Wenn sie wegfahren oder Besucher kommen – Kunden –, muss ich im Keller verschwinden. Da sitze ich dann mit einem Fernseher, meinem iPod, ein paar Büchern und einem Fitnesstrainingsrad (und heimlich mit meinem Schreibzeug) und weiß nie, wann man mich wieder herauslässt. Die kleinen vergitterten Fenster unter dem Deckengewölbe gehen auf den Innenhof hinaus, darum herum stehen die Gebäude, und das große Zufahrtstor ist immer geschlossen und abgesperrt. Wie eine Festung. Da kommt niemand rein, nicht einmal der Postbote oder ein Einbrecher. Niemand, den ich um Hilfe bitten könnte. Manchmal kommen die beiden nach ein paar Stunden zurück, andere Male dauert es zwei Tage oder länger. Einmal war ich eine ganze Woche allein hier unten. Wie immer hatte ich keine Ahnung, wo sie waren und wann sie zurückkommen würden und ob überhaupt. Die letzten zwei Tage hatte ich nichts mehr zu essen und nur Leitungswasser zu trinken. Es war mir egal. Ich glaube, ich wäre verhungert, ohne auch nur einen Piep von mir zu geben. Hätte mich ja sowieso niemand gehört. Aber dann kamen sie doch und brachten zwei neue Kinder mit, fünf und sieben Jahre alt, zwei Mädchen. Die hatten sie in Rumänien ihren Eltern abgekauft. Denen musste ich die Angst nicht nehmen, sie hatten keine. Höchstens ein bisschen Heimweh. Sprechen konnte ich ja nicht mit ihnen, aber Vlad kann ein bisschen Rumänisch. Er hatte den Eltern weisgemacht, dass ihre Kinder von reichen Leuten im Westen adoptiert werden würden, illegal natürlich, weshalb er sie auch bis zur Übergabe verstecken müsse. Bei den neuen Eltern würde es ihnen tausendmal besser gehen als in ihrem rumänischen Slum.

Ich kann mir schwer vorstellen, dass die Eltern das geglaubt haben. Martin meinte, das sei sowieso egal, weil die Eltern so arm gewesen seien, dass sie für Geld alles geglaubt hätten. Außerdem könnten die jederzeit wieder neue Kinder machen und würden es garantiert auch tun, wo die doch so ein gutes Geschäft sind.

Einmal kam Martin zu mir in den Keller und hat sich bedankt. Für alles, was ich für ihn getan habe. Dafür, dass er keine Geheimnisse mehr vor mir haben muss. Dass er sich nicht mehr verstellen muss.

«Du glaubst ja nicht», sagte er, «wie anstrengend diese Heimlichtuerei war.» (O doch, seit ein paar Wochen kenne ich das genau.) Mir, versicherte er, habe er zwar nicht viel vormachen, nur ein bisschen was verschweigen müssen. «Weil ich ja nicht von Anfang an wissen konnte, dass ich dir voll vertrauen kann. Verstehst du?»

Ich nickte. Ich verstand ihn wirklich! Nicht dass ich gut gefunden hätte, was er tat. Aber ich konnte nachfühlen, wie es ist, wenn man nach außen nicht der Mensch sein darf, der man wirklich ist. Wobei ich nicht mehr weiß, wer ich wirklich bin. Was Martin für ein Mensch ist, darüber habe ich jetzt monatelang nicht mehr nachdenken wollen. Ich habe nur gesehen, wie glücklich es ihn macht, sich endlich all seine Träume erfüllen zu können, ohne ständig Angst haben zu müssen, erwischt und an seinen «Spielen» gehindert zu werden. Er sagte, es täte ihm leid, dass ich mich nicht ganz frei bewegen könne. Aber das Risiko, dass mich jemand erkennt, sei einfach zu groß. Oder dass ich weglaufe. «Ich will nicht riskieren, dass du mich im Stich lässt, verstehst du?», sagte er.

Ich wollte tatsächlich niemanden im Stich lassen, aber anders, als Martin es gemeint hat. Ich weiß nicht, ob Sie das glauben oder nachvollziehen können, Herr Schneider: Wenn ich versucht hätte zu fliehen, hätte ich auch die Kinder im Stich gelassen. Ich weiß, es ist erbärmlich wenig, was ich für sie tun konnte. Denjenigen Kindern, die sie gewaltsam entführt hatten, erzählte Vlad immer, dass sie wieder freikämen, sobald das Lösegeld für sie bezahlt worden wäre. Ich habe sie alle versorgt, so gut ich konnte, habe sie gebadet, ihre Kleider gewaschen, Essen gekocht, mit ihnen gespielt, ferngesehen und ihnen, wenn sie nicht schlafen konnten, die Kopfhörer von meinem iPod gegeben, damit die Musik sie beruhigte. Wenn ich gekonnt hätte, dann hätte ich ihnen Geschichten vorgelesen wie meinem Bruder in meinem früheren Leben.

Zurzeit sind zwei Kinder da, ein achtjähriger Junge und ein neunjähriges Mädchen aus der Slowakei. Sie sind die ersten, die ganz gut Deutsch sprechen. Das macht die Verständigung leichter. Schwerer aber auch, weil sie mich Dinge fragen, die ich unmöglich wahrheitsgemäß beantworten kann, wenn ich nicht will, dass sie vor Panik schreien und sich im hintersten Winkel verkriechen. Anlügen kann ich sie auch nicht, das bringe ich nicht mehr fertig. Also sage ich ihnen, dass die Befreiung ganz nah ist. Und ich tue alles, um sie nicht zu enttäuschen. Und mich nicht und Sie nicht und Benny schon gar nicht. Nicht noch einmal jemanden enttäuschen.

Die Geschäftskontakte sind, soviel ich mitbekommen habe, hauptsächlich über das Internet entstanden. (Meinen Laptop haben sie mir übrigens weggenommen, vorsichtshalber, obwohl es im Keller sowieso keinen Empfang für gar nichts gibt.) Manche von den Kindern behalten Martin und Vlad anscheinend für sich, zumindest kurze Zeit, wahrscheinlich bis zum Verkauf. Mehr kann ich darüber nicht sagen, weil ich hier in meinem Keller nicht so genau mitbekomme, was sich oben im Wohnhaus abspielt. Ich will es auch nicht wissen. Mir reicht, dass zwei der Mädchen total verstört und voll blauer Flecken zurückgekommen sind, nachdem Vlad sie für ein paar Stunden hochgeholt hatte. Er steht offenbar auf Mädchen, Martin auf Jungen, so kommen sie sich nicht in die Quere. Sie verstehen sich prächtig. Ich sehe sie manchmal im Innenhof Fußball spielen und herumalbern wie Kinder. Einmal haben sie einen verängstigten Jungen aus Polen, einen sehr hübschen Elf- oder Zwölfjährigen, dazu gebracht, dass er mitspielte und seine Situation dabei völlig vergaß. Alle drei hatten solchen Spaß, wie ein Vater mit seinen beiden Söhnen an einem gewöhnlichen Sonntagnachmittag. Was weiter mit dem Kleinen geschehen ist, weiß ich nicht, er kam nicht in den Keller zurück.

Weil ich für Martin und Vlad koche und öfter mit ihnen esse, kriege ich auch Gespräche mit. Sie unterhalten sich in meiner Gegenwart ganz ungeniert, so als sei ich ein Möbelstück, über alles, was ihnen wichtig ist: Geschäfte und Sex, aber auch ihre Phantasien. So habe ich Dinge über Martin erfahren, die ich vorher nicht wusste, zum Beispiel die Geschichte mit dem

Brandmal: Nicht sein Vater hat ihm das angetan, sondern er sich selbst, mit dreizehn Jahren! Er hatte sich ausgemalt, es jemand anderem anzutun, und weil er wissen wollte, wie sich das anfühlt, hat er es vorher an sich selbst ausprobiert. Es war seltsam zu hören, mit welcher Begeisterung er davon erzählt hat, als ginge es nicht um seinen eigenen Körper, sondern um irgendeinen Film oder so. Wie sich das glühend heiße Grillgitter zischend und rauchend in seine Haut gefressen hat, wie das Brandeisen bei Rindern in Westernfilmen. Wie ihn der angenehm süßliche Geruch von versengtem Fleisch überrascht hat. Den hatte er sich vorher nicht ausmalen können, die Wirklichkeit fand er einfach interessanter als seine Phantasien. Ein paar Jahre später hat er das seinem ersten Opfer tatsächlich angetan.

Einmal hat er so vergnügt, als sei es ein Witz, erzählt, wann das alles angefangen hat bei ihm: mit elf Jahren bei einer Klassenfahrt nach Polen. Auf einem Bauernhof hat er sich aus irgendeinem Grund von einem Mitschüler schlecht behandelt gefühlt und hat sich wütend von der Gruppe abgeseilt. Hinter einem Schuppen hat er zufällig einen Mann beim Schlachten eines Huhns gesehen. Es faszinierte ihn, wie der Bauer dem Tier auf dem Hackstock den Kopf mit dem Beil abgeschlagen hat, wie der Schnabel danach noch auf- und zuklappte und die Augen weit geöffnet blieben, als bekäme der Kopf noch mit, was mit seinem abgetrennten Körper geschieht, wie das Blut pulsierend aus dem Hals schießt. Am meisten amüsierte Martin, wie der Bauer, als er sich plötzlich beobachtet sah, den zappelnden Vogel aus Versehen losließ und dieser ohne Kopf noch ungefähr hundert Meter weit flog, bis er zuckend mitten in die verschreckt auseinanderspringende Schülergruppe stürzte. Damals, bei dieser Schlachtszene, hat er zum ersten Mal sexuelle Erregung gespürt. So hat er es erzählt.

Ich habe ihm eine Frage gestellt: «Was, glaubst du, hat der Vogel empfunden, als er sich selber beim Sterben zusah?»

Erst hat er mich verdutzt angeguckt, dann hat er laut gelacht. «Geil fand er das. Was denn sonst?»

Allmählich habe ich begriffen, wie Martin tickt. Und ich. Was für eine unglaublich dumme, bestenfalls naive Kuh ich war. Wie ich meinen Verstand ausgeschaltet habe, offenbar schon bei unserem ersten Kuss. Er war mein Held. Er hat mir die fiesen Jungs vom Leib gehalten, als ich dreizehn war, und dafür habe ich mich ihm mit siebzehn an den Hals geworfen. Ich habe ihn so gesehen, wie ich ihn sehen wollte. Durch ihn habe ich mich stärker gefühlt, schon in den Jahren, als ich glaubte, ihm nie wieder zu begegnen. Als wir dann zusammen waren, war ich die Heldin an der Seite meines Helden, das war mir das Allerwichtigste. Er war der Sinn in meinem Leben, nach dem ich so lange gesucht hatte. Er hat mir das Gefühl gegeben, bedeutend zu sein. Ein unglaublich tolles Gefühl.

Um bei der Wahrheit zu bleiben: Es war nicht nur das. Auch das Leben nach eigenen Regeln hat mir gefallen. Ein spannendes Leben, ein unberechenbares Leben, ein freies, unabhängiges Leben, die Aussicht auf Reisen und Abenteuer ... Ja, verdammt, ich habe es genossen. Wir waren die Größten, alle anderen waren blöd und langweilig. Inzwischen ist mir klar, dass ich auf meinen eigenen Größenwahn hereingefallen bin. So wie Martin auf seine perversen Bedürfnisse fixiert ist, war ich auf meine Rolle als seine Retterin fixiert. Von wegen frei und unabhängig. Wir haben uns gegenseitig gebraucht. Eigentlich benutzt. Deshalb haben wir einander wirklich verdient. Er hat schon recht: Ich bin wie er.

Und wissen Sie, was komisch ist, Herr Schneider? Obwohl Martin jetzt alles hat, wovon er geträumt hat, fühlt er sich genauso gefangen wie ich. In letzter Zeit war er wieder so launisch wie vor dem Mord an Sebastian Sand, mal unruhig und reizbar, dann wieder schweigsam und apathisch, vielleicht sogar depressiv. Vor ein paar Wochen kam er zu mir in den Keller und klagte darüber, dass er sich nicht mehr frei bewegen könne wie in Berlin. Dass er sich hier verstecken müsse und auf Vlad angewiesen sei. Er erinnerte sich an unsere Reisepläne von früher und an das Gefühl, dass es keine Grenzen für ihn gab. Es machte ihn ganz traurig, dass das vorbei war. Ich habe ihn getröstet, wie er es von mir erwartet hat. Nach außen hin war ich wie immer. Aber ganz tief in mir drin habe ich gespürt, dass ihm nur der Tod, der eigene Tod, Erlösung bringen würde.

ZEHNTES KAPITEL

EINS

Warten. Tage, Wochen, Monate. Warten. Warten auf eine Spur von dem vermissten Jungen, Sebastian Sand, von Martin und Tina – nichts. Sybille gelang es immerhin, Irene gelegentlich aus den trüben Gedanken zu reißen, indem sie sich an einigen Wochenenden kurzerhand selbst zum Essen bei ihr einlud, mit ihr kochte und dabei Musik auflegte, zu der sie beide lauthals mitsingen und den Hintern schwenken konnten. So wurden es manchmal ausgesprochen unbeschwerte Stunden mit Völlerei und Lachen. Danach, wenn das Haus wieder leer und still und viel zu groß war, verflüchtigte sich die Entspanntheit schnell, und die immer gleiche Endlosschleife im Gehirn hinderte Irene am Schlafen: *Wäre ich nicht so blöd gewesen, damals in der Wohnung von Martin, hätte ich mich nicht verplappert, wäre ich schon Jahre früher aufmerksamer gewesen, hätte ich den Konflikt mit Joachim nicht gescheut, würde, wäre, könnte ...*

Irene versuchte, sich den grauenhaften Vorstellungen über das, was möglicherweise geschehen war, zu entziehen, indem sie in die Beschreibungen jener dunklen Welten und die Theorien darüber eintauchte. Sie las die Bücher und Fachartikel, die ihr Hanno und seine Frau gebracht hatten. Der Versuch, das WARUM zu ergründen, war allemal leichter zu ertragen, als sich zwanghaft das WAS auszumalen. Die Literatur eröffnete ihr die Lebensgeschichten von berühmt-berüchtigten Serienkillern und Kindermördern. Sie studierte Benjamin Libets neurologische Versuche über den freien Willen, den es seiner Meinung nach nicht gab, und die kontroverse Fachdiskussion darüber. Sie lernte eine Menge über die Funktionsweise von

Neurotransmittern und über die Folgen für das Verhalten von Menschen, wenn die Chemie nicht funktionierte. Manchmal konnte sie Analogien zu Martin erkennen – und dann auch wieder nicht. Irene bekam einfach kein klares Bild. Wie auch, da ihr Wissen über Martin ja viele Lücken aufwies.

Am aufschlussreichsten fand sie tatsächlich eine englische Studie, auf die Zosia sie hingewiesen hatte: Terrie Moffitt und Avshalom Caspi hatten tausend Männer untersucht und beobachtet, von deren Geburt in den siebziger Jahren bis heute, um der Entwicklung von Gewalttätigkeit auf die Spur zu kommen. Vierzig Prozent dieser Männer waren als Kinder missbraucht beziehungsweise misshandelt worden. Bei diesen Männern aus stark problematischen Verhältnissen war die Rate von antisozialem, allgemein gewalttätigem und kriminellem Verhalten um fünfzig Prozent höher als bei denen, die normal aufwuchsen.

Olle Kamellen, dachte Irene an diesem Punkt ohne Begeisterung. Erziehungsratgeber-Weisheiten. Dann las sie, dass man zu Beginn des neuen Jahrtausends ein Gen entdeckt hatte, das für die Bildung eines Enzyms zuständig ist: Monoaminoxidase A, kurz MAOA. Dieses Enzym steuert den Neurotransmitter-Haushalt im Gehirn. Es sorgt dafür, dass bestimmte Botenstoffe, Serotonin und Dopamin, nach der Ausschüttung wieder beseitigt werden, damit die neuronalen Schaltkreise nicht auf Dauer davon blockiert werden, also reibungslos funktionieren können. Serotonin ist für eine Menge physiologischer Vorgänge zuständig, für Libido, Herz und Kreislauf, Muskulatur, Atmungsorgane, Verdauung, Temperatur, Schlafrhythmus, für Lern- und Erinnerungsfähigkeit. Und für gute Laune. Einen zu niedrigen Serotoninspiegel bringt man mit diversen Störungen in Verbindung, Migräne, Angst, Depression, Schlafstörungen,

Heißhungerattacken, gesteigerte Schmerzempfindlichkeit und allgemeine sensorische und emotionale Übersensibilität.

Einen zu hohen Serotoninspiegel macht man für ungefähr das Gegenteil davon verantwortlich, vor allem für gesenkte physische und psychische Sensibilität und erhöhte Aggression. Irene wurde hellhörig.

Labormäuse, bei denen man dieses MAOA-Gen ausgeschaltet hatte, verwandelten sich in Aggressionsbomben. Sie konnten das Serotonin kaum mehr abbauen. Daraufhin untersuchten Moffitt und Caspi ihre tausend Männer auf dieses MAOA. Und siehe da, ein Drittel von ihnen hatte eine abweichende Variante, ein *Low-Activity-Allel* dieses Gens. Es stellte sich heraus, dass dreißig Prozent aller Männer, nämlich diejenigen, die das schlecht funktionierende MAOA-Gen hatten und als Kind schlecht behandelt worden waren, von klein an antisoziales Verhalten zeigten. Fast alle wurden schon früh gewalttätig beziehungsweise kriminell. Und ungefähr ein Drittel dieser doppelt Geschädigten hatte sich im Erwachsenenalter zu Schwerverbrechern entwickelt.

In derselben Studie gab es auch eine Reihe von Männern, die unter schlechten Bedingungen aufgewachsen waren, aber das normale hochaktive MAOA-Gen trugen. Rund ein Drittel dieser Probanden war auch verhaltensauffällig, aber nur zwanzig Prozent von ihnen begingen Gewalttaten. Die meisten von ihnen hatten sich jedoch normal und sozialverträglich entwickelt. Das hochaktive MAOA wirkte also quasi als Gewalt-Verhinderungs-Gen. Wer das schwachaktive hatte, der hatte von Anfang an schlechte Karten. Vor allem, wenn noch ein schlechtes soziales Umfeld hinzukam. In der Kontrollgruppe, bei den Männern, die in der Kindheit nicht schlecht behandelt worden waren, gab es auch viele mit dem schwachaktiven

MAOA. Und von diesen war kein einziger verhaltensauffällig oder kriminell geworden.

Also läuft doch wieder alles auf die Erziehung hinaus, stellte Irene deprimiert fest. Doch so einfach war es nicht. Es lief auf eine Wechselwirkung hinaus. Schlechte Kindheit, schlechte Gene, schlechte Karten. Andererseits richtete schlechte Erziehung bei guten Genen auch Schaden an, aber viel weniger. Bei den meisten Probanden mit dieser Konstellation war das antisoziale und kriminelle Verhalten nach der Pubertät wieder verschwunden. Nur sehr wenige von ihnen waren als Erwachsene zu echten Verbrechern geworden.

So weit die Wirkung der Gene auf das Verhalten unter bestimmten sozialen Voraussetzungen. Dazu kam noch der Einfluss von Geschlechtshormonen. Und des Dopamins, des anderen Neurotransmitters, der vom MAOA gesteuert wurde. Dopamin, erfuhr Irene, war ebenfalls zuständig für die gute Laune, eine Art Belohnungs- und Luststoff. Zu viel davon im Blut konnte Gier, auf was auch immer, bis hin zur Sucht erzeugen. Dopaminmangel brachte Unlust bis zur Lethargie oder Depression.

Dopamin ist auch eine Vorstufe von Adrenalin und Noradrenalin, Stresshormonen, die Alarmbereitschaft von Körper und Gehirn auslösen und zu Flucht- oder Kampfreaktionen führen, je nach Temperament. Noradrenalin hemmt dabei das Schmerzempfinden. Wenn nun in diesem Stoffwechsel eine chronische Fehlfunktion vorliegt, wenn er zu hoch eingestellt ist, können das Schmerzempfinden und die Aggressionsbereitschaft ebenfalls aus dem Gleichgewicht geraten. In diesem Fall kann das Stresshormon Cortisol zum Gesamtschaden beitragen. Cortisol baut Adrenalin und Noradrenalin im Blut ab. Wenn Cortisol zu oft und zu lang im Blut zirkuliert, schädigt es Hirnbereiche, vor allem die für Lernen und Gedächtnis. Konnte das erklären, warum Martin in seiner intellektuellen Leistungsfähigkeit ein Spätentwickler gewesen war? Und warum er eine so hohe Schmerzschwelle hatte?

Menschen mit einer solchen Fehlfunktion suchten das Risiko, das Prickeln gefährlicher Situationen. Man fand das bei Extremsportlern ebenso wie bei Kriminellen. Auch dabei musste Irene an Martin denken. Warum die einen aber nur sich selbst gefährdeten, während die andern andere Menschen umbrachten, das erfuhr Irene nicht. Auch Zosia konnte ihr diese Frage nicht beantworten.

Zwischen Irene und Zosia gab es eine langsame, vorsichtige Annäherung. Irene brauchte jemanden, der sie an der Hand nahm und sie durch den Wald wissenschaftlicher Fakten, gespickt mit Fachausdrücken, führte und für sie das Wesentliche verständlich zusammenfasste. Und Zosia dozierte gern. Einen kleinen Hintergedanken hatte Irene allerdings dabei: Zosias Misstrauen zu zerstreuen. Nicht, dass Zosia es nicht durchschaut hätte. Aber es gelang. Hanno gefiel ihre Souveränität, und sie wusste das. Und das war Zosias Hintergedanke.

In Zosias Augen irrte Benjamin Libet, wenn er den freien Willen für nicht existent erklärte.

«Und die Männer aus der MAOA-Studie?», wandte Irene ein, als sie sich wieder einmal mit Zosia und Hanno zum Essen traf. «Die haben sich doch völlig vorhersehbar entwickelt: schlechte Veranlagung, schlechte Kindheit, schlechte Erwachsene.»

«Nicht alle», erwiderte Zosia. «Ungefähr zehn Prozent von denen, die das genetische Handicap und die schlechten Kindheitserfahrungen hatten, sind trotzdem als Erwachsene keine schlechten Menschen geworden.»

«Und was hatten die Guten den Bösen voraus?»

«Wir wissen es nicht. Vielleicht haben sie einfach nur beschlossen, nicht so zu werden wie ihre Eltern. Vielleicht haben sie eine freie Entscheidung getroffen.»

«Warum haben dann nicht alle diese Entscheidung getroffen?», fragte Irene.

«Weil Bösesein viel leichter ist und mehr Spaß macht», meinte Hanno grinsend.

Zosia wusste so viel über Neurologie und redete so begeistert darüber, dass Irene schließlich wissen wollte, warum sie nicht ganz in dieses Fachgebiet wechselte.

«Weil Hanno mich dann in die forensische Forschung drängen würde. Und ich weiß nicht, ob ich es so wie er aushalten würde, jeden Tag in solche Abgründe zu schauen.»

ZWEI

Ich glaube, ich hätte dieses Schattenleben hier in diesem Gefängnis ewig so weiterführen können – wenn mir nicht Martin eines Tages eröffnet hätte, dass er einem Kunden das Foto von Benny am Müggelsee gezeigt hat und dass der ihn kaufen will. Für eine Menge Geld. Ich müsse nur helfen, die Sache zu organisieren. Also Benny zu holen. Das hat mich in die Wirklichkeit zurückgeschleudert, mit einer Wucht, wie ich mir die Druckwelle einer Bombe vorstelle, die direkt vor einem explodiert. Ich wundere mich über meine Geistesgegenwart, mit der ich meinen Schock vor ihm verborgen habe. «In Ordnung», höre ich mich sagen, und mein gleichgültiger Ton verblüfft mich noch jetzt. Martin dagegen staunte überhaupt nicht. Er hielt meine Einwilligung für selbstverständlich. Und er war begeistert. Kurz zuvor war er noch so bedrückt gewesen, jetzt war er schlagartig wieder bester Laune. Er küsste mich sogar nach langer Zeit mal wieder. Nicht wie früher in Berlin, als wir Mann und Frau spielten (obwohl er ja nie gern geküsst hat, glaube ich, jedenfalls hat er es nicht oft getan), mehr wie ein Bruder seine Schwester, wenn er sich für ein nettes Geschenk bedankt. Das war vor wenigen Wochen. An diesem Tag habe ich beschlossen, reinen Tisch zu machen. Übermorgen soll ich Benny heimlich vor der Schule treffen. Ich würde ihn so gern in die Arme nehmen, aber es kann und wird nicht geschehen, dafür sorge ich.

Sie werden mich sicher für schwer gestört halten, Herr Schneider, wenn ich Ihnen sage: Ich liebe Martin immer noch. Ich müsste ihn hassen, verabscheuen, zur Hölle wünschen. Ich tu's nicht. Ich kann nicht. Vielleicht ist es keine Liebe, sondern Mitleid. Keine Ahnung. Ich traue meinen Gefühlen nicht mehr. Ich weiß nur, dass ich noch etwas für ihn empfinde. Oft muss ich an seine Angst denken, keine Seele zu haben, und dann weiß ich, dass er leidet. Manchmal zumindest. Er hat sich nicht ausgesucht, so zu sein, wie er ist, und zu tun, was er getan hat. Ich glaube, er hatte keine Wahl. Ich schon. Ich hatte viele Gelegenheiten, die Augen aufzumachen, eine andere Richtung einzuschlagen. Ich hab's nicht getan. Ich hab alle Warnhinweise ignoriert oder umgedeutet.

Vlad ruft.

Hier brachen die Aufzeichnungen ab.

DREI

In den ersten drei Monaten nach ihrem Verschwinden fluchte Hanno Schneider, politisch ganz und gar unkorrekt, über die europaweite Öffnung der Grenzen, die Fluchtbewegungen erleichterten. Er fluchte über die Brüsseler Behörden, die unfähig waren, längst überfällige europäische Zentraldateien zu installieren, die eine effektivere Fahndungsarbeit ermöglicht hätten. Er verfluchte das Innenministerium für seine Sparpolitik, weil es die Polizei dadurch zwang, großenteils noch immer mit steinzeitlicher elektronischer Ausstattung zu arbeiten, über die jeder Hartz-IV-Empfänger gelacht hätte. Andererseits fluchte er über das Internet, weil es zur Hälfte von Pornographie jeder Art verseucht war, weil es so leicht war, es für Verbrechen zu nutzen. Und natürlich fluchte er über die deutschen Datenschützer, die es zusätzlich erschwerten, Kriminelle im Netz ausfindig zu machen. Er fluchte eigentlich nur noch. Am meisten über sich selbst, weil er so dumm gewesen war, Martin zu unterschätzen und im entscheidenden Moment nicht im Auge zu behalten. Und er fluchte, weil er einfach nicht mehr weiterwusste. Er hatte versagt. Auf der ganzen Linie. Nicht einmal das Mahlbach-Mädchen hatte er schützen können, ob vor Martin oder vor sich selbst, wer wusste das schon.

Eine Zeitlang informierte er Irene über die Ermittlungen, doch als es nichts mehr zu berichten gab, als Irene die ausgeliehenen Bücher zurückgegeben hatte und alle Fragen beantwortet waren, versandete der Kontakt. Schade und auch wiederum nicht. Es war besser, keine Situationen heraufzubeschwören, in denen er hätte Gefahr laufen können, Zosia zu verletzen. Ohnehin beanspruchten auch andere Fälle bald wieder seine ganze Energie.

Nach acht langen Monaten dann der Paukenschlag: ein Anruf aus Tschechien. Martin Werneck war aufgetaucht. Tot.

Man hatte ihn bereits drei Tage vor dem Anruf gefunden, aber die Mühlen der Bürokratie mahlten auch in Tschechien langsam. Die Umstände, die der böhmische Kriminalbeamte am Telefon nur andeutungsweise schildern wollte, schienen dermaßen abenteuerlich, dass Hanno augenblicklich Kopien der wichtigsten Unterlagen zu dem Fall in einen Karton warf, nach Hause fuhr, um eine Tasche mit dem Notwendigsten zu packen und eine Nachricht für Zosia an der Kühlschranktür zu hinterlassen. Unterwegs rief er Lea Lomberg an und überredete sie, die langweilige Totschlagsache, an der sie gerade arbeitete, an Kollegen abzugeben und mit ihm einen Ausflug ins Erzgebirge zu machen.

VIER

Mit Bedacht hatte Hanno Irene nach seiner dreitägigen Dienstreise in sein Büro gebeten, in der Hoffnung, die nüchterne Atmosphäre würde erträglicher machen, was er ihr mitzuteilen hatte. *Nicht ganz logisch,* stellte er zwar flüchtig fest, weigerte sich aber, über mögliche andere Motive nachzudenken.

Hanno saß auf dem harten Bürostuhl am Fenster und wartete auf die unvermeidlichen Rückenschmerzen. Seinen bequemen Lesesessel hatte er Irene zugewiesen, mehr konnte er im Moment kaum für sie tun. Zwischen ihnen auf dem kleinen Tisch lagen zwei Schulhefte, verpackt in die Sorte Plastikbeutel, die Polizisten zur Beweissicherung benutzen. Irene starrte sie an, ohne zu wagen, sie auch nur anzufassen. Die Umschläge zeigten noch Spuren des Pulvers, mit dem Fingerabdrücke sichtbar gemacht wurden. Hanno hatte ihr gesagt, was in den Heften stand, zusammengefasst in wenigen Sätzen. Das reichte, um Berührungsangst zu wecken. Darüber hinaus hatte Hanno ihr bei seinem Anruf heute Morgen nur mitgeteilt, dass Martin tot sei.

Wie beginnen? Er schob ihr ein Glas Wasser hin und schenkte sich selbst eines ein. «Am besten fange ich da an, wo es für mich losging: mit dem Anruf eines Polizisten aus einer tschechischen Kleinstadt. Auf dessen Revier waren drei Tage vorher zwei vermisste slowenische Kinder aufgetaucht und hatten ihm diese Hefte übergeben. Meine Visitenkarte war dabei und ein Zettel, auf Deutsch, mit der dringenden Bitte, mich zu benachrichtigen und mir die Aufzeichnungen zukommen zu lassen. Unterschrift: Tina Mahlbach. Die Befragung der Kinder hat ergeben, dass sie auf dem Schulweg in ihrem slowakischen Heimatort von zwei Männern entführt worden waren. Man hatte sie betäubt und in einem Campingbus zu einem Bauernhof im Nordwesten Tscheсhiens transportiert. Dort hat man sie drei Tage lang im Keller gefangen gehalten, zusammen mit Tina. Erst haben sie gedacht, Tina wäre ebenfalls eine Gefangene, aber dann hat sie ihnen zur Flucht verholfen. Das war letzte Woche am Donnerstagabend. Am nächsten Morgen erreichten sie die Polizeistation. Die Kinder wussten nicht, was aus der jungen Frau und den beiden Männern geworden war.

Während ein Kripomann, der gut genug Deutsch konnte, anfing, sich durch die Aufzeichnungen zu arbeiten, fuhr ein großes Aufgebot zu dem Bauernhof. Sie fanden eine männliche Leiche. Offensichtlich Tod durch Fremdeinwirkung. Man fand auch zwei Ausweise mit dem Foto des Toten, aber auf verschiedene Namen ausgestellt. Der eine war falsch, der andere war der echte von Martin Werneck. Es wurden auch ein halbes Dutzend Handys sichergestellt, dazu etliche weitere falsche Ausweispapiere mit dem Foto des anderen Mannes, dessen Identität zu diesem Zeitpunkt noch nicht feststand. Diesen Mann haben die Beamten nicht angetroffen, auch kein Auto. Zuerst haben sie vermutet, dass der zweite Mann auf der Flucht war, vielleicht, weil er Martin getötet hatte. Die Frau, von der die Kinder gesprochen hatten, war ebenfalls nirgendwo zu finden.

Der Besitzer, ein zweiundvierzigjähriger Tscheche namens Jan Kutny, konnte schnell ermittelt werden, blieb aber das ganze Wochenende lang unauffindbar. Nachdem die Spuren gesichert und teilweise zugeordnet waren und nachdem sie die Hefte komplett durchgelesen hatten, rief man mich am Montag früh endlich an: ob mir die Namen Martin Werneck und Tina Mahlbach etwas sagten. Sie können sich vorstellen, wie ich reagiert habe. Kollegin Lomberg und ich sind mit Blaulicht nach Teplice gebrettert und als Erstes in die Pathologie gerannt: Bei dem Toten handelte es sich zweifelsfrei um Ihren Stiefsohn. Danach ging es zum Auffindungsort, der gleichzeitig der Tatort war, ein zweihundert Jahre alter abgelegener Vierseithof, teilweise frisch renoviert, die meisten Fenster vergittert, einige mit Läden verschlossen, die nach außen weisenden Kellerfenster sogar zugemauert, das Einfahrtstor aus massivem Holz und bestens gesichert. Eine Festung. Bei geschlossenem Tor absolut nicht einsehbar. Sehr gut geeignet für die dreckigsten Verbrechen, die man sich nur vorstellen kann. Das Ganze diente als Versteck für die Entführungsopfer, zur Herstellung von Pornos der übelsten Art – die sind dort nämlich zuhauf gefunden worden – und als Basisstation für einen schwunghaften Handel mit Kindern und Kinderpornos. Die Kollegen haben mehrere Computer sichergestellt, einer davon war sogar noch online. Nichts war gelöscht worden. Eine wahre Fundgrube.»

Schneider ging zur Espressomaschine. Sollte er ihr verraten, quasi als Trost, dass dank dieser Fundgrube gegenwärtig eine gigantische europaweite Razzia vorbereitet wurde? Der Polizist in ihm sagte nein. Aber vermutlich war es ihr sowieso klar.

«Übrigens hat man auch ein Geldversteck gefunden. Weit über dreihunderttausend Euro und US-Dollar, anscheinend

Martins Anteil am Geschäft. Sein Kompagnon scheint sein eigenes Geld größtenteils auf legalen Konten gebunkert und in Aktien angelegt zu haben. Da sind die Ermittlungen erst am Anfang, sieht aber ganz danach aus, als hätte der noch einiges mehr verdient.»

«Jetzt wundert mich auch nicht mehr, dass Martin auf das Erbteil seiner Großmutter nicht warten wollte. Hatte er gar nicht nötig.»

Hanno nickte schweigend. Er warf Irene einen prüfenden Blick zu. Sie saß etwas steif im Sessel, gerader Rücken, den Nacken gebeugt, die Hände ineinander verkrampft. Sie litt. Wenn sie über Martins Tod gleichzeitig auch erleichtert war, dann war ihr das noch nicht bewusst. Liebend gern hätte er ihr all den Dreck erspart. Aber das ging nicht. Es war nun mal geschehen, und Irene war die einzige Angehörige des Täters. Sie würde sich um all den Kram kümmern müssen, der nach Todesfällen immer zu erledigen ist.

Er füllte das Kaffeepulver in die Espressomaschine und fuhr fort: «Am Tatort hat man meine Kollegin und mich dann noch über die neuesten Entwicklungen in dem Fall informiert. Nur wenige Kilometer entfernt hatte es einen ominösen Autounfall gegeben, und zwar an genau dem Tag, an dem Martin gestorben ist. Der Fahrer hatte aus noch ungeklärter Ursache die Kontrolle über seinen Camper verloren, war in der leichten Linkskurve unmittelbar vor einer Brücke von der Straße abgekommen und ungebremst die Betonböschung hinunter in den Fluss gerast. Dabei hat sich der Wagen überschlagen, ist an einen Brückenpfeiler gekracht und mit dem Heck im Wasser liegengeblieben. Der Fahrer war sofort tot. Die Beifahrerin, eine junge Frau, hat schwer verletzt überlebt.»

Irene blickte entsetzt auf. «Tina?»

Hanno nickte. «Sie liegt noch im Krankenhaus in Teplice.»

«War sie an Martins Machenschaften beteiligt?»

«Ja und nein. Lesen Sie die Hefte, dann werden Sie verstehen.»

Ich hab keine Eile damit, dachte sie und schob Tinas Aufzeichnungen mit spitzen Fingern ein wenig von sich weg.

«Da für Verkehrsunfälle eine andere Polizeidienststelle zuständig ist», fuhr Hanno fort, «hat man die Verbindung zu unserem Mordfall erst spät hergestellt. Jemand von der Verkehrspolizei hat zwar gleich nach dem Unfall den Wagenhalter Jan Kutny ermittelt und bei dessen Wohnort – dem Hof – angerufen. Da aber niemand rangegangen ist, haben sie den Vorgang erst mal übers Wochenende ruhenlassen. Am Montag ist dann einer der Verkehrspolizisten aus Teplice auf dem Bauernhof aufgetaucht, um gegebenenfalls Hinterbliebene zu benachrichtigen, und hat die Kripo dort angetroffen.»

Er kehrte mit zwei Espressi, einem Wasserglas und seinen ‹Notfalltropfen›, der Magenbitterflasche, zu Irene zurück.

«Der Hofbesitzer und Kompagnon von Martin ist also ebenfalls tot. Im Internet nannte er sich übrigens Vlad T. Nach Vlad Tepes, dem Pfähler. Der blutrünstige Sohn des Grafen Dracul.»

Irene lachte ungläubig auf. «Der berühmte Graf Dracula?»

«Genau. Und unser moderner Nacheiferer hat wirklich alles getan, um genauso berüchtigt zu werden wie sein Vorbild. Nur dass er seinen zweifelhaften Ruhm jetzt nicht mehr auskosten kann. Aber weiter im Text: Wir hatten also Martin und seinen Komplizen. Jetzt musste ich mich nur noch überzeugen, dass es sich bei der schwerverletzten Beifahrerin wirklich um Tina handelte. Also ins Krankenhaus. Sie war stundenlang operiert worden und lag auf der Intensivstation, mehr tot als lebendig, und da sie keine Papiere bei sich hatte, wusste niemand, wer sie war. Meine Kollegin und ich konnten sie identifizieren, eine Vernehmung war unmöglich. Ich glaube nicht, dass viele Knochen in ihrem Körper heil geblieben sind. Innere Verletzungen hatte sie auch, und zumindest bis zu meiner Abreise war nicht sicher, ob sie überleben würde. Wegen der unerträglichen Schmerzen hatte man sie mit Medikamenten vollgepumpt. Trotzdem habe ich sie angesprochen. Ich musste es einfach versuchen, aber sie hat nicht reagiert. Wir wollten schon wieder gehen ...»

Schneider stockte nachdenklich, nahm einen Schluck von seinem Espresso und verzog das Gesicht; ohne es zu merken, hatte er die doppelte Menge Zucker hineingerührt. Er schob die Tasse beiseite.

«Sie hat mich überrascht. Ich weiß nicht, ob sie mich erkannt hat, ob meine Fragen wider Erwarten in ihr Bewusstsein gedrungen sind, ob sie in ihrem Medikamentennebel überhaupt etwas wahrgenommen hat. Jedenfalls hat sie einen Satz gesagt, einen einzigen, ganz leise: ‹Ich hab's getan.› Ich habe mich nicht geirrt, sie hat den Satz ein paarmal wiederholt, und meine Kollegin hat ihn auch gehört. *Ich hab's getan.* Sie hat dabei niemanden angeblickt, aber – ich weiß, es klingt merkwürdig, wenn man das von einer Frau sagt, die total zerschunden und mehr tot als lebendig ist – sie hat dabei gestrahlt.»

«Was bedeutet das: ‹Ich hab's getan›?»

«Vermutlich das Geständnis, dass sie Martin getötet hat.»

Kaum vorstellbar für Irene. Dieses kleine, zierliche Mädchen soll den körperlich weit überlegenen Martin umgebracht haben?

«In ihren Heften», fuhr Schneider fort, «deutet sie so eine Absicht an.»

Er erzählte Irene in so trockenen Worten wie möglich, dass

durch Tinas Aufzeichnungen auch Sebastians Leiche gefunden werden konnte. «Sie selbst hat den Jungen in die Falle gelockt. Sie war beim Mord zumindest dabei und hat bei der Beseitigung der Leiche geholfen.»

Hanno sah, dass Irene Mühe hatte, die Fassung nicht zu verlieren. Er schwieg, um ihr Zeit zu geben. Lange konnte sie keinen klaren Gedanken fassen.

«Weiter», sagte sie schließlich tonlos.

«Sie behauptet in ihrem Geständnis, dass sie nicht mit dem Mord an dem Jungen gerechnet hatte. Und dass sie dann unter Schock stand, als sie merkte, was da abläuft, und nicht gewusst hat, wie sie das Ganze verhindern sollte.»

«Sie glauben ihr nicht?»

Hanno zuckte die Achseln. «Angeblich hat Martin später in Teplice zu seinem Kumpel gesagt, dass er auch Tina umgebracht hätte, wenn sie ernsthaft eingegriffen hätte, und zwar ohne Zögern. Einerseits klingt diese ganze Beichte schonungslos und glaubwürdig. Andererseits muss man bedenken, dass sie es letztlich für ihren Bruder aufgeschrieben hat. Vielleicht wäre ihr egal gewesen, ob ich, Sie und der Rest der Menschheit sie für ein genauso blutrünstiges Monster wie Martin gehalten hätten. Aber Benny ist ihr nicht egal, das nehme ich ihr ab. Benny ist wahrscheinlich der einzige Mensch, den sie jemals uneigennützig geliebt hat. Für Benny fühlt sie sich immer noch verantwortlich, und in seinen Augen will sie, bei aller Aufrichtigkeit, sicher nicht als komplettes Monster dastehen.»

«Wenn Tina sich von dem Unfall erholt, werden Sie sie dann danach fragen?»

«Wonach?»

«Nach ihrer wahren Rolle bei dem Mord. Nach ihren Gefühlen dabei.»

«Nein», antwortete Schneider bestimmt.

Ihr Blicke kreuzten sich; Irene hatte verstanden. Sie hätte es wahrscheinlich genauso gemacht wie er. Das Mädchen war zerstört genug, man musste sie nicht restlos in den Boden stampfen.

«Allerdings», fuhr Schneider fort, «kann ich kein Gericht daran hindern, Fragen zu stellen. – Übrigens, ein paar von den gepflegten Tischgesprächen, die Martin in Tinas Beisein mit Graf Dracula junior geführt hat, hat sie ebenfalls festgehalten. Sind ziemlich aufschlussreich in Bezug auf Martins Aussagen vor Gericht. Tina wollte ganz offensichtlich etwas gutmachen. Und die Dinge endlich selbst in die Hand nehmen. Dazu gehört viel Mut. Schade, dass sie den vorher nicht hatte. Oder an der falschen Stelle», fügte er hinzu.

Irene schwieg. Ihre Hand zitterte so stark, als sie nach der Kaffeetasse griff, dass Hanno die Zeit für seine Notfalltropfen gekommen sah. Dankbar kippte sie ein Glas davon hinunter. Die Wärme, die sich von ihrem Bauch aus in einer langsamen Welle im ganzen Körper ausbreitete, beruhigte sie halbwegs.

«Geht's wieder?»

Irene nickte.

«Gut. Weiter?»

Sie nickte wieder.

«Okay. Während ich also noch im Krankenhaus bei Tina war, haben die Tschechen angefangen, das Grundstück um den Bauernhof herum umzugraben. Sie sind noch dabei. Bis jetzt haben sie zwei weitere Kinderleichen gefunden. Die Einzelheiten erspare ich Ihnen.»

«Danke. Ich weiß das zu schätzen.» Sie sagte es mit einem unbeabsichtigt sarkastischen Unterton.

«Kommen wir zur Rekonstruktion dessen, was …» Er unterbrach sich. «Ich muss sicher nicht betonen, dass alles, was ich hier erzähle, vorerst noch streng vertraulich ist.»

«Klar.»

«Das ist extrem wichtig.»

«Ihr wollt die Kunden schnappen.»

«So viele wie möglich», sagte Hanno. «Zum Glück kooperieren die tschechischen Kollegen sehr gut, sie halten auch die Presse draußen. Also bitte erst reden, wenn ich grünes Licht gebe.»

Irene nickte.

«Die Medien werden sich auf Sie stürzen wie die Wespen auf Pflaumenkuchen.»

«Vielleicht verreise ich mit unbekanntem Ziel, wenn es so weit ist.»

«Würde nicht schaden.»

Als er seinen Bericht fortsetzte, verbannte er jeden persönlichen Tonfall wieder aus seiner Stimme. «Also. Zur Rekonstruktion der Abläufe, wie sie sich aus den Ermittlungen ergeben: Donnerstagabend wollten die zwei Männer mit Tina nach Deutschland fahren. Die zwei slowenischen Kinder sollten zuerst im tschechisch-polnischen Grenzgebiet bei einem Käufer abgeliefert werden. Anschließend wollten sie in einem Hotel übernachten und am Freitagmorgen nach Berlin weiterfahren, wo Tina ihren Bruder nach der Schule abpassen und ins Auto locken sollte. Ich frage mich zwar, was sie gemacht hätten, wenn Benny gerade an diesem Tag krank gewesen wäre oder die Schule geschwänzt hätte oder wenn seine Mutter dabei gewesen wäre. Aber egal, sie werden sich schon was ausgedacht haben. Jedenfalls gab es für Benny einen Interessenten aus der Pädophilen-Szene, und dieses Geschäft sollte gleich im Anschluss über die Bühne gehen.

So weit der Plan der Männer. Tina hatte einen eigenen Plan. Aus einem Autoatlas hatte sie die Seite mit dem Gebiet um Teplice herausgerissen und mit einem roten Marker eine bestimmte Route nachgezeichnet, eine schmale Straße durch einen Wald, und zwar nicht nach Teplice hinein, sondern in die entgegengesetzte Richtung, nach Duchcov. Die Schulrucksäcke der Kinder hat sie mit Wasserflaschen, Essen, Decken und Taschenlampen vollgestopft. Und natürlich mit ihren Aufzeichnungen. Den Kindern hat sie die Wahrheit darüber gesagt, was Martin und Vlad mit ihnen vorhatten, nämlich sie Männern auszuliefern, die ihnen abscheuliche Dinge antun würden. Deshalb sollten sie so vorsichtig und schnell wie möglich den geheimen Weg entlang durch den Wald laufen und sich vor niemandem blicken lassen, bis sie an der Polizeistation angekommen wären. Wie Tina die Kinder aus dem Keller befreien konnte, dafür sehe ich nur einen Weg: Von den Kindern selbst wissen wir, dass sowohl Martin als auch Jan Kutny, alias Vlad, immer einen Schlüsselbund bei sich hatten. Und Kutny, das konnten wir ermitteln, war zur fraglichen Zeit im nächstgelegenen Ort, in Jenikov, um das Auto für die Reise aufzutanken. Martin stand unter der Dusche. Tina ging ins Bad. Das war ein ziemlich merkwürdiger Raum, groß wie ein durchschnittliches Schlafzimmer, Wände, Decke, Badewannensockel und Duschkabine vollständig mit spiegelndem Stahlblech verkleidet, der Betonboden schwarz gefliest. Wir haben diesen Raum dann auf einigen Filmen als Kulisse wiedergefunden. Gespenstisch.»

Hanno schüttelte unwillkürlich den Kopf, hielt sich aber nicht lange bei dem Bild auf. «Also, Tina muss hineingegangen sein, ohne dass Martin sie hörte. Sehen konnte er sie auch nicht, es war eine gemauerte Duschkabine, und an der offenen Seite war sie mit einem undurchsichtigen Vorhang versehen. Tina hat ein

Stilett benutzt, ein rasierklingenscharfes Ding mit einem schicken Griff aus Perlmutt und Silber. Im Haus gab es übrigens eine ganze Sammlung von Hieb- und Stichwaffen, zum Teil recht exotische wie japanische Kurz- und Langschwerter und einen Krummsäbel. Und Schusswaffen. Das nur nebenbei. Soweit wir die Tat rekonstruieren konnten, packte das Mädchen ihren Liebsten von hinten an den Haaren und schnitt ihm die Kehle durch bis zum Halswirbel.»

Irene sog scharf die Luft ein. Rasch nahm sie noch einen kräftigen Schluck Kräuterschnaps, gleich aus der Flasche. Hanno wartete, bis sie sich wieder gefasst hatte.

«Soll ich lieber aufhören?»

«Nein.»

«Sicher?»

Irene nickte entschieden.

«Gut. – Die Tat muss mit erstaunlicher Entschlossenheit und Kraft ausgeführt worden sein. Keine Spur von mehrfachem Ansetzen des Messers. Ein glatter, halbrunder Schnitt durch beide Hauptschlagadern, Luft- und Speiseröhre und Muskelstränge. Keine Ahnung, wie sie das hingekriegt hat. Sie war ja ein ganzes Stück kleiner als er und noch dünner als früher.»

«Kann es nicht der andere Kerl gewesen sein? Aus welchem Grund auch immer?»

«Wir haben nur Abdrücke von Tinas blutigen Händen und Füßen im Bad gefunden», antwortete Hanno. «Ich denke, sie hat ihn überrumpelt. Es gab keinerlei Kampfspuren. Anscheinend hat sie nach vollbrachter Tat den Wasserhahn abgedreht. Als er gefunden wurde, saß er nackt an die Kabinenwand gelehnt, getrocknetes Blut am ganzen Körper und auf dem Boden, den Kopf mit weit offenen Augen in den Nacken geklappt wie den Deckel einer Dose. Man hätte meinen könnte, er habe an der verspiegelten Decke zugeschaut, wie das Blut aus seinem Hals herausgeschossen ist.»

Hanno musste daran denken, was Tina über Martins Lieblingsphantasie geschrieben hatte. Erzählen wollte er das jetzt keinesfalls, der ganze Stoff war so schon kaum zu verdauen. Irene würde die Zusammenhänge selbst erkennen, wenn sie die Hefte jemals las.

«Tina», fuhr er fort, «lässt dann ihren blutigen Bademantel fallen und säubert sich am Waschbecken. Sie schnappt sich Martins Schlüssel, zieht sich im Keller an, befreit die Kinder und schickt sie los. Vorher sagt sie ihnen noch, dass sie selbst die beiden Männer am Hoftor abpassen und ihnen etwas vorlügen wird, damit sie in der falschen Richtung nach den Kindern suchen. Dass Martin zu diesem Zeitpunkt schon verblutet war, hat sie ihnen nicht gesagt. Bei allem, was weiter geschah, sind wir auf Spekulationen angewiesen.

Vermutlich hat Tina diesem Kutny weisgemacht, dass Martin schon in der Umgebung nach den ausgebüxten Kindern sucht, zu Fuß, da er kein eigenes Auto mehr hatte. Tina musste Kutny ja unbedingt daran hindern, den Toten zu entdecken, sonst hätte er natürlich Bescheid gewusst und sie sofort umgebracht.

Die Hauptstraße nach Teplice führt so nah am Hof vorbei, dass man den Verkehr hören kann. Kutny muss davon ausgegangen sein – oder Tina hat es ihm nahegelegt –, dass die flüchtenden Kinder versuchen würden, per Anhalter möglichst schnell in die nächstgelegene Stadt zu kommen. Dass man sie vielleicht noch an der Straße nach Teplice entdecken würde, wenn man sich beeilte. Was auch immer Tina erfunden und Vlad gedacht haben mag, fest steht, dass sie tatsächlich in die falsche Richtung gefahren sind, nach Teplice. Vielleicht mit stark überhöhter Geschwindigkeit. Kutny muss heftig unter

Stress gestanden haben, die Kinder hätten ja seine ganze Existenz ruinieren können. Jedenfalls hat er die Kontrolle über den Wagen verloren. Vielleicht hat auch der Zufall eingegriffen, ein Tier oder ein Fußgänger ist über die Straße gerannt, Kutny wollte ausweichen ...» Hanno hob die Schultern. «Wir wissen es nicht. Und werden es wahrscheinlich nie erfahren.»

Sie schwiegen. Irene hatte das dringende Bedürfnis, Luft zu holen, um das Engegefühl in ihrem Brustkorb loszuwerden. Sie atmete ein paarmal tief durch.

«Ist Ihnen schlecht?», fragte Hanno.

Irene schüttelte den Kopf. «Ist der ganze Horror jetzt ausgestanden?», fragte sie mit spröder Stimme.

«Für Sie schon. – Für Tina nicht», fügte er leise hinzu.

«Was geschieht mit ihr?»

«Erst mal bleibt sie im Krankenhaus in Teplice, bis sie transportfähig ist. Falls sie überhaupt durchkommt.»

«Ich frage mich, was sie eigentlich gewollt hat. Ich meine, irgendwann wären sie und Dracula doch zum Hof zurückgekommen. Er hätte den Toten gefunden und Bescheid gewusst. Und dann? Der hätte sie doch auf der Stelle umgebracht.»

«Vielleicht», meinte Hanno, «hat sie genau das billigend in Kauf genommen. Sie wollte nur den Kindern genug Zeit zur Flucht geben. Einige Wochen vorher, am Anfang ihres Geständnisses, steht der Satz: ‹Mein Tod ist beschlossene Sache.› Was immer sie sich dabei gedacht haben mag – da wusste sie jedenfalls schon, dass die Kerle ihren Bruder verschachern wollten. Dadurch ist sie aufgewacht aus ihrem Liebeswahn, oder wie man das nennen soll, und hat ihre eigenen Pläne geschmiedet. Mehr gibt es im Moment nicht zu berichten.»

Irene nickte und schwieg eine Weile. «Weiß es ihre Mutter schon?», fragte sie schließlich.

«Noch nicht. Das werde ich als Nächstes erledigen müssen. Vorerst werde ich ihr gegenüber nur den Autounfall erwähnen, nicht die ganzen Zusammenhänge. Falls Sie mit ihr sprechen, wissen Sie bitte im Moment auch noch nicht mehr.»

«Wie üblich. Klar.» Sie lächelten sich flüchtig zu; kein sehr heiteres Lächeln.

«Wie fühlst du dich?», fragte Hanno. Das vertraute Du fiel ihm gar nicht auf.

«Keine Ahnung», antwortete Irene. Sie konnte es wirklich nicht sagen. Erleichtert? Bedrückt? Entsetzt? Alles zusammen? Sie horchte in sich hinein. Wie erschlagen. Leer. Nur ein Gedanke begann in ihrem Kopf zu kreisen: *Es ist zu Ende. Endlich zu Ende.* Seltsam nur, dass sich keine Erleichterung einstellen wollte. Zumindest nicht für ihr eigenes Leben. Eher stellvertretend für Martins potenzielle Opfer. Er würde jetzt niemandem mehr etwas antun können. Andererseits konnte ihm jetzt niemand mehr helfen. *Als ob er sich jemals hätte helfen lassen wollen,* dachte sie. Irrtum also, es war noch nicht zu Ende. Sie würde noch so manche Nacht Stoff zum Grübeln haben.

Sie sah Hanno an. «Ich möchte diese Hefte doch lesen. Darf ich sie mitnehmen?»

«Nein, das ist Beweismaterial. Aber ich habe natürlich Kopien gemacht, für den Fall ...» Er holte einen Packen sauber abgehefteter Blätter aus seinem Schreibtisch, zögerte jedoch, ihn Irene zu übergeben.

«Es braucht Kraft, das zu lesen.»

«Ich denke, die habe ich.»

Hanno hoffte, dass sie sich nicht überschätzte. Und er sie. Er schob die Originalhefte beiseite und legte die Kopien vor Irene auf den Tisch. Er war versucht, ihre Schulter zu berühren. Nicht zärtlich, wie man eine Geliebte berührt, sondern ermutigend wie eine Freundin in Not. Als er die Veränderung bei sich selbst registrierte, wusste er, dass er nicht mehr Gefahr lief, in Gefühlsturbulenzen zu geraten. Er fragte sich, ob sie für ihn nur noch eine von den unzähligen Angehörigen darstellte, denen er bei Ermittlungen ständig begegnete und unter denen sich immer die eine oder andere sympathische und interessante Persönlichkeit fand. Seine Neugier erlosch aber gewöhnlich mit der Klärung des jeweiligen Falls. Mit Irene verhielt es sich anders. Wie genau, darüber war jetzt keine Zeit nachzudenken. Er folgte nur dem Impuls, sie nicht einfach aus seinem Leben verschwinden zu lassen.

«Wollen Sie heute Abend mit uns essen gehen? Zosia und ich haben endlich mal wieder gleichzeitig frei.»

«Haben Sie beide da nichts Besseres vor?»

«Nichts, wofür wir nicht danach noch Zeit hätten.» Eine bewusste Andeutung, um keine Missverständnisse aufkommen zu lassen. Ihre forschenden Blicke kreuzten sich. Irene registrierte diesen kleinen, feinen Stich, der ihr verriet, dass ihre Beziehung zu ihm noch immer nicht hundertprozentig auf rein platonischen Füßen stand. Zu achtundneunzig Prozent vielleicht – neunzig.

«Wäre Zosia denn einverstanden, wenn ich mitkäme?»

«Ganz sicher.» Das klang aufrichtig.

«Okay. Dann sehr gern.» Ihr Restverlangen, das wusste sie, würde verschwinden, wenn sie Zosia besser kennenlernte, es war nur eine Frage des Willens. *Finger weg von verheirateten Männern,* das war eigentlich immer ihre Devise gewesen. Vor allem, wenn sie die zugehörige Frau mochte. Und Zosia ihrerseits schien Irene verziehen zu haben; sie war ein ungewöhnlich großzügiger Mensch.

Als die Fortsetzung des Falls Martin W. in die Öffentlichkeit kam, verschanzte sich Irene für einige Wochen bei Sybille. Von dem Reporter, der im Jahr zuvor so felsenfest von Martins Unschuld überzeugt gewesen war, sah und las man nichts. Überhaupt wagte diesmal niemand, Irene zu verurteilen. Einige Journalisten zitierten den Polizeisprecher und den ermittelnden Hauptkommissar, die beide betonten, dass Frau W. maßgeblich zur Aufklärung des Falls beigetragen habe.

Auf Irenes Betreiben wurde eine genetische Untersuchung durchgeführt. Martin war tatsächlich Träger jenes *Low-Activity-MAOA-Allels*. Nur, was war damit wirklich erklärt? Und von wem hatte er es geerbt? Von seiner Mutter? Oder doch von seinem Vater? Wie auch immer, zusammen mit den anderen Faktoren in Martins Vorgeschichte mochte diese Veranlagung eine gewisse Neigung zur Lust an Zerstörung erklären, aber nicht, warum sie sich mit den Sexualhormonen zu dieser hochexplosiven Mischung verbunden hatte. Das an einem Toten erforschen zu wollen, war sinnlos.

Irene ließ Martins Leiche in Tschechien einäschern. Die Kosten dafür wurden mit dem Geld beglichen, das man in seinem Versteck gefunden hatte, den Rest konfiszierte der tschechische Staat. Irene erhob keinen Anspruch darauf. Die Asche ließ sie anonym verstreuen, sodass es keinen Ort gab, an dem man seiner hätte gedenken können. Sybille hatte ihr dazu geraten, und Hanno fand es ebenfalls richtig. «Gruselige Vorstellung, dass er für eine gewisse Szene womöglich ein Idol werden könnte», hatte Sybille gesagt. «Es gibt so viele Durchgeknallte.»

Im ersten Moment hatte sich etwas in Irene dagegen gesträubt. Die Asche eines Menschen, auch wenn er noch so verabscheuenswürdige Verbrechen begangen hatte, einfach so wegzuwerfen wie eine Schaufel voll Dreck, erschien ihr jetzt rachsüchtig. Dann aber entdeckte ein Kollege von Hanno, der sich mit Internet-Kriminalität befasste, kurz nach den Zeitungsmeldungen über Martins Tod zufällig den ersten bewundernden und vor Geilheit sabbernden Kommentar in einem Sex-Chat. Das gab den Ausschlag. Irene fand das anonyme Verstreuen nun doch angemessen. Und erst als sie die schriftliche Vollzugsmeldung in Händen hielt, stellte sich das Gefühl ein, auf das sie gewartet hatte, seit Hanno Schneider ihr die Nachricht von Martins Tod überbracht hatte: Erleichterung. Befreiung. Sie kehrte in ihr eigenes Haus zurück.

Die Nachbarn begannen, sich ihr gegenüber wieder unbefangener zu benehmen. Frau Schmittke bot ihre Hilfe im Garten an, den Irene seit über einem Jahr sträflich vernachlässigt hatte. Zusammen jäteten sie das alles überwuchernde Unkraut und redeten über vieles, bloß nicht über Martin. Irene tat die Rückkehr in den Alltag gut. Auch die Briefträgerin grüßte wieder, und beim Bäcker wurde Irene so zuvorkommend wie früher behandelt. Das verstohlene Tuscheln hörte auf. Jetzt fand sie auch den Mut, sich Tinas Aufzeichnungen vorzunehmen.

Drei Wochen hatte sie das, was sie als abschließendes Kapitel empfand, vor sich hergeschoben. Eine Nacht brauchte sie zum Lesen. Und vielleicht den Rest ihres Lebens, das alles aus ihren Albträumen zu verbannen. Davor fürchtete sie sich. Vor den Gespenstern, die sie ruhelos, schlaflos vor sich hertrieben, von Raum zu Raum, bis sie erschöpft ins Bett fiel, nur um ein ums andere Mal von einem fremden, riesigen, labyrinthartigen Haus zu träumen, durch das bedrohliche Schatten huschten, während sie darin in Panik umherirrte, auf der vergeblichen Suche nach dem Ausgang.

Die Symbolik dieses immer wiederkehrenden Albtraums ging ihr dermaßen auf die Nerven, dass sie beschloss, die ganze Geschichte aus ihrer Sicht aufzuschreiben. Damit hoffte sie, zu der Horrorgeschichte Distanz schaffen zu können, als handle es sich nur um eine Erfindung von Stephen King. Schließlich war ihr das schon einmal gelungen, bei ihrer Spurensuche nach dem Lesen des Polizeiberichts über den Scheunenmord. Damals hatte sie sich die unerträgliche Realität wie einen Comic vorgestellt, als gezeichnete Bilder, die die Emotionen wenigstens so weit in Schach hielten, dass sie das Nachdenken darüber nicht gänzlich blockierten. Ein Willensakt, anstrengend, aber hilfreich. Warum sollte sie es nicht wieder versuchen? Aufschreiben war doch ein legitimes Mittel, den Schrecken zu bannen. Andere Menschen redeten tage-, monate-, jahrelang mit Freunden oder Therapeuten darüber, bis die Emotionen verblassten wie die Farben einer alten Fotografie.

Wochenlang arbeitete sie tagsüber in ihrer Firma und schrieb nachts und an den Wochenenden. Sie benutzte Tinas Bericht und ihre eigenen Erinnerungen. Und sie konnte auf Hannos und Zosias Unterstützung zählen. Trotzdem war sie mehr als einmal drauf und dran, den Laptopdeckel zuzuknallen und schreiend davonzulaufen. Vor allem, wenn sie versuchte, Tinas Beschreibungen von Martins Taten und seiner Gedankenwelt in dessen eigene Perspektive zu übersetzen. Eine Aufgabe, die ihre Fähigkeit und ihren Willen zur Einfühlung bis an die Grenze des Erträglichen strapazierte. Aber sie hielt es für nötig, wenn sie je verstehen wollte. Und sie stellte fest, dass das Bemühen um eine literarische Form, die eigentliche Arbeit, am meisten dazu beitrug, eine heilsame innere Distanz zu schaffen.

Irgendwann musste sie Tinas Vermutung, dass Martin hatte sterben wollen, zustimmen. Vor dem Mord an Sebastian Sand hatte sich Martin ausgebrannt und ruhelos gefühlt wie ein Junkie, bei dem der Stoff nicht mehr wirkt. Ein neuer Kick musste her, der Mord an Sebastian Sand. Dann, in Teplice, nach wer weiß wie vielen Kicks dieser Sorte (auf dem Gelände des Hofes waren insgesamt vier Kinderleichen entdeckt worden), erfüllte womöglich auch diese Droge nicht mehr ihren Zweck. Vielleicht war die Gier nach Zerstörung so stark, dass er sich nur noch von der Zerstörung des Kostbarsten, das es gab, einen echten Kick versprach: der Zerstörung seines eigenen Lebens. Den ultimativen Orgasmus, von dem er seit langem geträumt hatte. Deshalb hatte er sich nicht gewehrt. Irene stellte sich vor, wie Tina den Vorhang beiseiteschob. Wie Martin sie in der spiegelnden Wand der Duschkabine sah, hinter sich, in ihrer Hand das Messer, das er ihr selbst geschenkt hatte. Wie er sofort verstand. Wie ihn der Flash seiner autoerotischen Phantasie mit Lustgefühl überschwemmte, einem Lustgefühl von vielleicht nie gekannter Heftigkeit, oder wie er sich sagte: *Zeit für einen spektakulären Abgang*. Wie er seiner Gefährtin auffordernd zunickte: «Tu es.» Und Tina erwies ihm einen letzten Liebesdienst.

Sybille sog erschrocken die Luft ein, als Irene ihr davon erzählte, was sie da in ihrer freien Zeit schrieb. «Du wirst doch die Gespenster nicht los, wenn du sie täglich rufst!»

«Ich habe einen Deal mit meinen Gespenstern», sagte Irene. «Wenn ich mich tagsüber mit ihnen beschäftige, lassen sie mich nachts in Ruhe. Ich schlafe jedenfalls besser.»

Knapp zwei Monate nach Martins Tod rief Tinas Mutter an. Inzwischen war die «Operation Dracula» in die Medien geraten, obwohl die Ermittlungen noch längst nicht abgeschlossen waren. Unter Hanno Schneiders Leitung war ein gewaltiger

Pädophilenring gesprengt worden; über tausendzweihundert Personen in zweiundsechzig Ländern waren des Kinderhandels, des sexuellen Missbrauchs von Kindern, der Kinderprostitution und der Herstellung und Verbreitung von Kinderpornographie verdächtig. So viele Durchsuchungen von Wohnungen und Computern, Sichtungen von Handyfotos und Filmmaterial auf einen Schlag überforderten die personellen Kapazitäten der meisten beteiligten Polizeibehörden; die Ermittlungen würden noch Monate andauern. Immerhin, vierzehn in Deutschland und in Osteuropa vermisst gemeldete Kinder waren bereits auf Fotos und Filmen identifiziert und sieben von ihnen gerettet worden. Etliche Kinder mussten ihren eigenen Verwandten weggenommen werden. Zwei konnten in Belgien nur noch tot geborgen werden. Die vier Kinderleichen von Teplice blieben ohne Identität, niemand schien sie zu vermissen.

Erst nach Bekanntwerden der Operation Dracula war Britta Mahlbach durch die Polizei über alle Hintergründe von Tinas Unfall informiert worden. Vor dem Gespräch mit Frau Mahlbach hatte sich Hanno überlegt, ob er auch ihr eine Kopie von Tinas Heften zu lesen geben sollte, wenn sie danach verlangen würde. Er entschied sich dagegen, so wie es Tinas ausdrücklichem Wunsch entsprach. Außerdem fühlte er sich als Hüter ihres Vermächtnisses, es war schließlich an ihn persönlich adressiert gewesen. Rein rechtlich gesehen war er der Besitzer der Hefte. Zumindest bis zu jenem fernen Tag, an dem er sie Tinas Bruder würde aushändigen müssen.

Zum Glück hatte Britta kein Bedürfnis, Details zu erfahren. Sie fürchtete, ihr könne sich sonst ein Horrorbild ihrer Tochter ins Hirn brennen, das sich ungewollt auch auf Bennys Bild von Tina übertragen könnte. Benny sollte seine Schwester, solange es ging, in guter Erinnerung behalten. Tina habe einen Autounfall gehabt, erzählte sie ihm. Was aus ihrem Freund Martin geworden sei, das wisse sie nicht, log sie. Bei dem Unfall habe jedenfalls ein anderer Mann am Steuer gesessen. Und warum sich Tina so lange nicht gemeldet habe, wisse auch niemand. Vielleicht habe sie eine Krankheit gehabt, die ihr Gedächtnis gelöscht habe, einen Schlaganfall möglicherweise, so etwas geschehe nicht nur alten Menschen. Dann wisse man nicht mehr, wer man sei und wo man wohne, und die eigene Familie habe man auch vergessen. Tina könne dann nichts dafür. Um sicherzugehen, dass Benny nicht mehr erfuhr, schaute sich Britta in den folgenden Wochen keine Fernsehnachrichten an, wenn er zu Hause war. Zum Glück erfuhr er auch nichts von Schulfreunden und deren Eltern, sie stellten die Verbindung zu Martin gar nicht her, niemand von ihnen hatte ihn gekannt. Und von Tina zeigten die Medien kein Foto, auch ihr Nachname und Aufenthaltsort wurden nicht genannt, dafür hatte Hanno Schneider zusammen mit den beteiligten Ermittlungsbehörden im Ausland gesorgt, zum Schutz der Angehörigen.

Benny gab sich mit der Auskunft seiner Mutter zufrieden. Er hatte sich ohnehin inzwischen an die Abwesenheit seiner Schwester gewöhnt. Und sie war ja nicht tot. Kurz nach Schneiders Besuch an ihrem Krankenbett in Teplice hatte Tina noch einmal operiert werden müssen. Während der Narkose hatte sie einen Kreislaufzusammenbruch mit Herzstillstand erlitten. Zwar konnte sie reanimiert werden, doch erlangte sie das Bewusstsein nicht wieder. Zwischen Leben und Tod blieb sie hängen. Im Wachkoma. Immerhin stabilisierte sich ihr Zustand nach einigen Wochen so weit, dass sie selbständig atmen und etwas später auch transportiert werden konnte. Britta hatte das dringende Bedürfnis, ihr Kind in einem Krankenhaus in ihrer Nähe zu wissen. Sie wollte Tina besuchen können und für sie da sein – sie hatte das unklare, dennoch schmerzhafte Gefühl, etwas gründlich verpatzt zu haben.

Als sie ihre Tochter dann zum ersten Mal auf der Intensivstation eines Berliner Krankenhauses besuchte – Benny hatte sie noch nichts davon gesagt –, brach sie in Tränen aus. Wie ihr Kind da lag, angeschlossen an Überwachungsmonitore, durch eine Sonde ernährt, die Kinnlade hing herab, Speichel rann aus ihrem Mundwinkel, die Augen ohne Blick weit geöffnet, das Gesicht von alten und neuen Narben gezeichnet und doch so weiß und glatt und ohne Geschichte wie ein unbeschriebenes Blatt Papier, ihre einst so stolze, unruhige, eigensinnige Tochter – der Anblick war schwer zu ertragen. Plötzlich wusste sie nicht mehr, warum sie und Tina sich so oft gestritten hatten. Verschwunden war der chronische Ärger über dieses verstockte Kind. Tina brauchte Hilfe. Britta war ihre Mutter und würde ihr geben, was immer in ihrer Macht stand. Die Ärzte machten ihr zwar keine Hoffnung, dass Tina wieder aufwachen könnte, und wenn, dann wäre ihr Gehirn so geschädigt, dass sie für den Rest ihres Lebens ein Pflegefall bleiben würde. Dennoch: Falls Tina doch zu Bewusstsein kam, würde Britta ihr das Gefühl geben, beschützt zu sein. Es war noch nicht zu spät für einen Neuanfang.

Benny weinte, als er seine Schwester zum ersten Mal wiedersah, er war kaum weniger hilflos als sie. Er weinte den ganzen Tag lang. Vor dem Besuch hatte Britta ihm geschildert, was mit Tina los war, und ihm so gut wie möglich erklärt, was das Wort Wachkoma bedeutete. Was hätte es auch genützt, ihm etwas vorzumachen? Gleichzeitig hatte sie ihm ihre eigene Hoffnung eingepflanzt, die Hoffnung auf ein Wunder. Ärzte konnten schließlich auch irren, manche Komapatienten wachten wider Erwarten auf. Und manchmal war ihr Gehirn dann weniger stark geschädigt, als die Mediziner angenommen hatten. Sie wiederholte für Benny, was ihr die Ärzte gesagt hatten: dass man Menschen im Koma streicheln und mit ihnen sprechen solle, denn manchmal, manchmal drang das in ihr Bewusstsein, und ein Ton, eine Berührung konnte – vielleicht, vielleicht – einen Schalter im Gehirn umlegen und sie ins Leben zurückholen.

In der Nacht nach diesem ersten Besuch konnte Benny nicht schlafen. Am Morgen dann, beim Frühstück, ging ein Ruck durch ihn. Er verkündete seiner Mutter, er wolle mithelfen, dass ein Wunder geschah. Er würde Tina besuchen, sooft er konnte, ihr wie früher erzählen, was er erlebt hatte, ihr Musik vorspielen und den *Herrn der Ringe* laut für sie lesen, von der Stelle an, wo sie vor ihrem Verschwinden stehengeblieben war, am Anfang des zweiten Bandes. Zwei dicke Bücher zu bewältigen, das würde dauern, denn er war erst am Ende der ersten Klasse, und so flüssig wie seine Schwester früher konnte er natürlich noch nicht lesen.

«Aber sie ist ja jetzt geduldig», sagte er mit einem Lächeln, das nur noch zur Hälfte traurig war. Britta war stolz auf ihn. *Er spuckt in die Hände und packt's an. Von mir hat er das nicht,* dachte sie selbstkritisch. *Zumindest bei ihm habe ich wohl was richtig gemacht.*

Unter dem Eindruck ihres Gefühlswirrwarrs aus Entsetzen über Tinas Taten, Mitleid, Angst vor der Zukunft und den bevorstehenden Anstrengungen, Selbstmitleid, diffuser Scham und Entschlossenheit, ihre Aufgaben ebenso zu meistern wie ihr kleiner Sohn, rief sie Irene an.

«Hier ist Britta Mahlbach. Ich muss mit jemandem reden, der mich versteht.» So eröffnete sie das Gespräch, das am Telefon zehn Minuten dauerte und dann am nächsten Tag in Irenes Haus fünf Stunden lang fortgesetzt wurde. Es endete mit Irenes für beide überraschendem Angebot, Britta und Benny bei sich wohnen zu lassen. Zumindest, solange Tina in dem Krankenhaus untergebracht war, das in der Nähe von Irenes Haus lag. Platz genug gab es allemal. Miete müsste Britta auch nicht bezahlen, damit sie mehr Geld für Bennys Betreuung und Ausbildung und für Tinas Pflege übrig hätte. Vor allem könnte man so Tinas letzten Wunsch besser erfüllen: Benny zu beschützen. Irene könnte einspringen, wenn Britta, aus welchen Gründen auch immer, keine Zeit hatte, Benny zur Schule zu bringen oder irgendwo abzuholen. Sie könnten sich gemeinsam um ihn kümmern, bis er alt genug wäre, auf sich selbst aufzupassen. Die Arbeit im Garten und im Haus könnten sie sich teilen, soweit sie die Putzfrau nicht ohnehin erledigte. Ebenso die sicher belastenden Besuche bei Tina. Und falls Benny doch irgendwann Dinge über seine Schwester und über Martin zu Ohren kommen würden, die ihn schockierten, dann wäre Tag und Nacht jemand da, um ihm beizustehen.

Britta nahm das Angebot ebenso spontan an, wie Irene es gemacht hatte. Beide ahnten zwar, dass sich ihr Zusammenleben nicht ganz so unangestrengt gestalten würde, wie es jetzt den Anschein hatte. Aber wo bitte schön gab es schon eine völlig stressfreie Beziehung? Und einen Versuch war es wert, schon aus praktischen Erwägungen.

Als die Vereinbarung und das gegenseitige Du mit einem weiteren Glas Wein besiegelt war und Britta sich verabschiedet hatte, ging Irene durch das Erdgeschoss ihres Hauses und zog sämtliche Jalousien hoch. Seit Martins Verhaftung und trotz seines Todes hatte Irene sie die meiste Zeit geschlossen gehalten, längst nicht mehr zum Schutz gegen Neugierige, sondern zuletzt nur noch aus Gewohnheit. Sie riss auch sämtliche Fenster auf: Luft. Freiheit. Welt. Draußen dämmerte ein milder Frühsommerabend. Irene stand am Küchenfenster, hielt ihre Nase in die belebende Brise. Die Blüten einiger Rhododendronbüsche brachen gerade auf. Das Blau der zwei Zwergsträucher leuchtete herüber, zwischen ihnen das Champagnergelb des großen Busches und das Altrosa seiner Knospen. Auch die Azalee an der Einfahrt öffnete schon ihre riesigen pfirsichfarbenen, duftenden Blüten. Irene ging in den Garten, um sich einen Zweig zu holen, sie liebte diesen intensiven, frischen Duft im Haus.

Als sie den Zweig abschnitt, fiel ihr Blick auf die verblühte Forsythie auf der gegenüberliegenden Straßenseite. Dort hatte sie Tina vor über einem Jahr zum ersten Mal gesehen. Wie ein verwunschenes Kätzchen kam sie Irene nun im Rückblick vor, ein harmloses Geschöpf mit der unbändigen Sehnsucht nach einem liebevollen Arm, in dem es sich einrollen und schnurren konnte – und im nächsten Moment erwachte in demselben Geschöpf ein grausamer und doch unschuldiger Jagdtrieb.

Die Bilder der Vergangenheit, stellte Irene in der gleichen Sekunde fest, waren noch immer da, aber nicht mehr ständig präsent. Wie ein Gemälde, das schon so lange an der Wand hängt, dass man es kaum mehr wahrnimmt. Die Erinnerungen an Tina und Martin und ihre Taten waren noch in Irenes Kopf, aber ihre Kraft hatte deutlich nachgelassen. Es wurde Zeit für neue Bilder an der Wand. *Hallo, Leben da draußen! Mal sehen, was du mir noch zu bieten hast.*

Am Tag vor dem Umzug half Sybille, das Haus für die beiden Mitbewohner vorzubereiten. Sie saugte Staub in der Mansarde, die Irene seit der Räumaktion nicht mehr betreten hatte, und wischte die Spinnennetze aus den Ecken. Britta hatte die Räume besichtigt, und sie gefielen ihr. Der Gedanke, dass Martin hier gewohnt hatte, war ihr anfangs zwar merkwürdig erschienen, aber dann fand sie, dass es einfach nur vier Wände waren, alles Böse war mit seinem früheren Bewohner verschwunden. Benny hatten sie gesagt, dass Martin im Ausland gestorben und dass Irene seine Stiefmutter gewesen sei. Irene hatte die Nachbarn gebeten, dem Jungen gegenüber ebenfalls nichts von den wirklichen Ereignissen zu erwähnen. Seltsamerweise fragte er nie.

Benny würde Joachims ehemaliges Büro im ersten Stock als Schlafzimmer bekommen, dazu Jonas' Zimmer zum Spielen und Hausaufgabenmachen. Dieser Raum war leer und frisch gestrichen, bereit, mit Leben gefüllt zu werden, doch noch wirkte das einheitliche Weiß unpersönlich und kühl. Eine plötzliche Eingebung ließ Irene Jonas' alten Plüschlöwen aus dem Keller holen, und sie setzte ihn auf das Fensterbrett mit Blick zur Tür, so als wolle er Benny willkommen heißen. Als sie das Tier richtig platziert hatte und sich umdrehte, fing sie einen Blick von Sybille auf, die mit verschränkten Armen im Türrahmen lehnte und sie aufmerksam beobachtete.

«Was ist?»

«Ich musste gerade daran denken, wie wir den Löwen in seine Kellerhöhle verbannt haben.»

«Ich auch.»

Die Erinnerung an Jonas war kein bisschen verblasst. Der Gedanke an ihn tat noch weh. Sehr weh. Doch die Trauer über den Verlust war gemischt mit dem Gefühl der Dankbarkeit, dass es Jonas gegeben hatte. Sie glaubte nicht an Gott oder an ein Leben nach dem Tod, dennoch empfand sie Jonas' Anwesenheit nahezu körperlich. Nicht in diesem Raum, nicht an sonst einem bestimmten Ort und schon gar nicht in diesem Plüschtier. Er existierte in ihrem Inneren und zugleich außerhalb, ganz in ihrer Nähe. Wo auch immer sie sich aufhielt und durch irgendein zufälliges Wort, ein Bild, einen Klang, einen Geruch an ihn erinnert wurde, da fühlte sie sich mit ihm verbunden. Das würde sich auch nie ändern. Aber sie weinte nicht.

Sybille begriff, dass das Schlimmste überstanden war. Sie nickte der Freundin lächelnd zu. Skeptisch blieb sie in einem andern Punkt: die Gründung dieser Wohngemeinschaft. Ausgerechnet mit Tinas Mutter. Nach allem, was Irene von ihr erzählt hatte, lebte diese Frau ein parasitäres Drohnenleben, und Sybille fürchtete, Irene könne sich eine Zecke an den Hals holen. Sie hatte mit ihrer Meinung keineswegs hinterm Berg gehalten. Sogar Hanno hatte Bedenken angemeldet. Obwohl er andererseits die Idee der Frauen gut fand, sich gemeinsam um Benny zu kümmern. Er war froh, dass ihm damit die Bürde abgenommen wurde, ein fremdes Kind zu beschützen. Er hätte sowieso nicht gewusst, wie er das bewerkstelligen sollte.

Nicht, dass sich Irene in den Wochen vor dem Umzug nicht gefragt hätte, ob ihr spontanes Angebot auch gut für sie selbst war. Aber da war Benny, der sich auf seine geräumigen Zimmer und vor allem auf den Garten freute, seit er gleich bei seiner ersten Besichtigung zwei Eichhörnchen gesehen hatte, die wie rothaarige Lausbuben einander die Bäume rauf- und runterjagten. Sie konnte nicht mehr zurück. Und wollte es auch gar nicht. Diesmal, schwor sie sich, würde sie manches anders machen. Dieses Kind würde sie nicht nur vor anderen beschützen, sondern notfalls auch vor sich selbst. Diesmal würde sie die Augen offen halten und kein Signal mehr ignorieren. Oder resignieren. *Wenn ich mich bloß nicht übernehme,* stöhnte sie im Stillen.

Als Irene und Sybille schließlich gemeinsam zuschauten, wie Benny beim Einzug als Erstes in Jonas' ehemaliges Zimmer stürmte, das jetzt sein Reich war, dann den Löwen entdeckte und das zerzauste Plüschtier mit leuchtenden Augen an sich drückte, als habe er unverhofft einen alten Freund wiedergefunden, da spürte Irene, dass ihre Entscheidung richtig war. Und Sybille bestätigte es ihr. Der Kleine war anders als Jonas, aber genauso liebenswert. Und seine Mutter ... Na ja, man würde sehen.

Ich hab's getan. Ich hab's getan. Während sie noch Benny zuschaute, begriff Irene plötzlich, was Tina in Wahrheit damit gemeint hatte: nicht nur, dass sie Martin getötet hatte. Sie hatte ins Steuer gegriffen, bei rasender Fahrt, Vlad hatte gar keine Chance gehabt zu bremsen. Nur, dass es nicht das gewesen war, wovor sie sich früher gefürchtet hatte, ein Verlust der Selbstkontrolle, eine sinnlose, irrationale Tat. Sie hatte mit Bedacht gehandelt, um sich und Vlad aus dem Leben zu katapultieren. Eine finale Aktion, um das Leben ihres Bruders zu retten. Martin war zu diesem Zeitpunkt zwar schon ausgeschaltet, doch solange Vlad lebte, hatte Tina ihren Bruder in akuter Gefahr gesehen, wahrscheinlich zu Recht. Was für ein mutiges Mädchen!

Vier Monate und drei Tage nach dem Unfall starb Tina Mahlbach an den Folgen des Unfalls, ohne das Bewusstsein je wiedererlangt zu haben.

ENDE

Komm morgen wieder, Wirklichkeit. Für heute reicht es, Leute.

Fernando Pessoa